심야책방
어느 지하생활자의 행복한 책일기 2

지은이 윤성근
펴낸곳 이매진   **펴낸이** 정철수
편집 기인선 최예원   **디자인** 오혜진   **마케팅** 김둘미
첫 번째 찍은 날 2011년 10월 25일
등록 2003년 5월 14일 제313-2003-0183호
주소 서울시 마포구 합정동 370-33 3층
전화 02-3141-1917   **팩스** 02-3141-0917
이메일 imaginepub@naver.com   **블로그** blog.naver.com/imaginepub
ISBN 978-89-93985-62-7 (03810)

일러두기
• 본문에 나오는 인명 등의 외래어는 외래어 표기법에 맞게 쓰되 책의 서지 사항을 밝힐 때는 그 책에 표기
  된 그대로 썼습니다.

심야책방

윤성근
지음

어느 지하생활자의 행복한 책일기 2

이매진

차 례

중요한 건 내가 본 것도 아니며 보았다고 믿었던 것도 아니야.

결국 문제는 내가 어떻게 어떤 생각을 가졌느냐에 달렸으니까.

즉, 내가 어떤 진실에 도달했느냐가 문제란 말일세.

*

*

*

*

❶

환영합니다! 여러분은 멋지고 재미있는, 그러면서도 흥미진진한 책의 세계에 이제 한 발 들여놓았습니다. 사실 지금 쓴 문장은 좀 식상하군요. 그럼, 다시 시작하겠습니다. 여러분은 어떤 이유든지 책을 펴고 몇 장 넘긴 다음 이 글을 읽고 있습니다. 이렇게 시작하는 편이 훨씬 현실에 가깝겠군요. 이 글을 읽고 있는 여러분, 만나서 반갑습니다.

당신은 왜 이 책을 읽고 있나요? 아마 몇 가지 경우 때문일 겁니다. 서점에 갔다가 우연히 이 책을 집어 들었거나, 신문이나 인터넷에서 책 소식을 듣고 관심이 있어 산 경우도 있겠죠. 그런가 하면 평소에 책을 잘 보지는 않지만 이 책을 선물로 받아서 어쩔 수 없이 책장을 좀 넘겨보고 있는 걸 수도 있겠네요. 그리고 제가 이 책을 좀 사달라고 전화나 이메일로 연락을 했기 때문에 별로 내키지 않는데도 책을 산 당신도 여기 있네요.

모두 다 괜찮습니다. 중요한 건 여러분이 지금 책 한 권을 손에 들고 있다는 사실입니다. 책과 사람이 만나는 건 확실히 인연이라고 믿습니다. 책은 살아 있는 생명체가 아닙니다. 두 발이 있어서 뚜벅뚜벅 걸어 우리에게 다가올 수 없습니다. "이봐, 나 여기 있어! 나를 읽어보지 않겠나?" 하면서 말을 걸 수도 없습니다. 반대로 우리는 책에게 다가갈 수 있습니다. 서점에 쌓여 있는 많은 책 중 어떤 책을 집어 들든지, 그 순간 우주의 시작을 알리는 빅뱅에 버금갈 만한 사건이 일어나는 것입니다. 사소한 것 같지만 책을 만나고, 책을 읽는다는 건, 그렇게 큰 사건입니다. 세상에는 책 한 권, 시 한 편을 통해 인생이 송두리째 바뀐 사람들이 얼마든지 있으니까요.

7

❷

저는 몇 년 전 서울에서 작은 책방을 하나 열었습니다. 아니 그 전에, 제가 처음에 어떻게 책과 인연을 맺게 됐는지 잠깐 얘기할게요. 저는 아주 어릴 때부터 책 읽는 걸 좋아했습니다. 아이를 키우는 부모님이라면 아주 좋아할 만한 일이지요. 하지만 제가 좋아한 건 책이 아니라 글자였습니다. 그러니까 책을 읽을 때 내용은 거의 생각하지 않았습니다. 오로지 그냥 글자만 읽었습니다. 이걸 이해하는 분이 얼마나 될지 모르겠습니다만, '와, 나하고 똑같네!' 하면서 웃음을 짓고 있는 사람도 있겠죠?

그러다 비로소 책 내용에 관심을 갖게 된 건 초등학교 3학년 때 같습니다. 1980년대 해문출판사에서 시리즈로 펴낸 애거서 크리스티 추리 소설에 푹 빠진 거죠. 이 시리즈는 저 말고도 많은 사람들이 좋아합니다. 표지가 온통 빨간색이었기 때문에 주로 '빨간책'이라고 불렀죠. 애거서 크리스티의 많은 팬들이 이 책을 봤을 겁니다. 해문출판사가 애거서 크리스티 때문에 먹고 산다는 우스갯소리가 있을 정도였으니까요. 그 정도로 인기가 많았기 때문에 30년 가까이 지난 지금도 그때 표지 디자인 그대로 책이 나오고 있습니다.

초등학생 때는 거의 추리 소설만 읽은 것 같습니다. 다른 책들도 많이 봤지만 대부분 그런 종류였습니다. 그 대신 동화책, 그림책 같은 건 별로 읽지 않았습니다. 글자만 좋아했기 때문에 그림책에는 처음부터 관심이 없었습니다. 동화책도 중간에 그림이 나오는 게 보기 싫어서 읽지 않았습니다.

당연히 가장 싫어한 건 만화책이었습니다. 달마다 나오는 학습지 맨 마지막에는 부록으로 연재만화가 실렸는데, 이상무 작가의 야구 만화 '독고탁' 시리즈가 인기였습니다. 《보물섬》(만화를 좋아하지 않았지만 여기서 연재된 《아기공룡 둘리》는 정말 재밌게 봤습니다)이나 《어깨동무》 같은 만화 잡지도 아이들 사이에서 인기가 아주 많았지요. 그런데도 저는 그런 책을 거의 보지 않았습니다. 한 동네 사는 여자애의 이모가 《어깨동무》를 만드는 회사에서 일했기 때문에 달마다 이모가 집으로 가져오는 그 만화 잡지를 공짜로 볼 수 있었지만, 별 관심이 없었습니다. 지금은 만화책과 그림책도 곧잘 보지만 그때는 왜 그랬는지 오로지 글자만 좋아했습니다.

중학생이 되면서 저하고 비슷한 친구들을 몇 명 만날 수 있었습니다. 무식하다는 말이 오히려 어울릴 정도로 책을 좋아하던 녀석들과 함께 별별 책을 다 읽었습니다. 이렇게 말하면 어떤 사람들은 제가 어릴 때부터 엄청나게 많은 책을 읽은 줄 압니다. 사실은 그렇지 않습니다. 책을 많이 읽기는 했지요. 하지만 중학생 때부터 그렇게 읽은 책들은 거의 다 욕심을 부리면서 읽은 것이었습니다. 무슨 책이 유명하다 그러면 무조건 읽고, 친구가 어떤 책을 읽었다고 말하면 그날 저녁에 책방으로 달려가 그 책을 읽어야 속이 풀렸습니다. 따져 보지는 않았지만 중학생 때부터 고등학생 때까지 읽은 책 중에 내가 좋아서 읽은 책은 별로 없었습니다. 열 권 중에 한 권이나 될까요? 그래서 그때 읽은 책들을 기억하려고 하면 내용이나 지은이 할 것 없이 생각이 나지 않는 경우가 많습니다.

책을 억지로 읽지 말아야겠다는 생각을 한 건 군대를 다녀와 대학을 졸업한 뒤부터입니다. 그때부터 '내가 좋아해서 읽는 책이 진짜 책'이라는 믿음을 가지게 됐습니다. 누가 책이나 독서에 관해 물어보면 자주 이렇게 말합니다. "책 읽기에도 '주체사상'이 있어야 합니다." 소중한 인연으로 만나는 책을 아무렇게나 읽으면 아무런 소용이 없다는 뜻입니다. 아무 소용이 없는 책은 결국 책장에 처박아 두거나 이사할 때 짐을 줄이려고 박스에 담아 버리게 되니까 책에게도 미안한 일입니다.

대학을 졸업하고 돈을 벌기 위해서 회사에서 오랫동안 일했지만, 돈보다 책이 더 좋았습니다. 어떤 사람이 왜 그러느냐고 물으면 웃으면서 이렇게 말했습니다. "돈은 읽을 수 없지만, 책은 읽을 수 있으니까요." 이건 그저 농담이고요, 사실은 나를 나답게 하는 게 책이라고 믿었기 때문입니다. 회사를 다니면서 곰곰이 생각해보니 나는 전혀 나답지 않았습니다. 나처럼 생긴 가면과 나처럼 보이도록 만든 옷을 입고 있을 뿐이었죠.

그렇게 생각하니까 더는 회사를 다닐 수가 없었습니다. 회사를 그만 둔 다음 다시 한 번 책을 찾아다녔습니다. 욕심 부리지 않고, 책을 만날 때 가만히 고개를 숙였습니다. 그러니까 진짜 책이 보였습니다. 물건처럼 보이던 책, 억지로 읽던 책들이 이제 사랑스럽게 보였습니다.

❸

출판사와 헌책방에서 일을 하면서 책을 사랑스럽게 보는 사람들이 아주 많다는 걸 알았습니다. 얼마 뒤 이 사람들과 함께 책 이야기를 만들어갈 공간을 머릿속에 그렸습니다. 사람과 책이 함께 주인이 돼 서로 존중하는 곳을 만들면 좋겠다고 생각했습니다. 그런 생각을 갖고 몇 년 전 문을 연 책방에서 이 글을 쓰고 있습니다. 이곳은 서울 은평구 응암동 골목길에 있는 '이상한 나라의 헌책방'입니다.

책방에서 몇 해를 지내며 별별 일이 다 있었습니다. 어떤 사람은 왜 책방 이름을 그렇게 지었느냐고 물었습니다. 루이스 캐럴을 좋아해서 그랬다고 말은 하지만, 사실은 여러 가지 꿍꿍이가 있었습니다. 책방이라고 하면 책을 가득 쌓아 놓고 팔아서 돈을 버는 곳이라고 생각하는 사람들이 꽤 있습니다. 저는 생각이 다릅니다. 책방에서 책만 팔면 거기에 있는 건 책이 아닙니다. 책처럼 생긴 물건입니다. 어디서든 책방에서 책을 팔기 전에 그 책 속에 담긴 가치를 사람들과 함께 나눠야 합니다.

그런 뜻을 담아 이상한 나라의 헌책방에서 이상하고 재미있는 일을 많이 만들고 있습니다. 책방 한쪽에 무대를 만들어놓고 노래 공연을 했습니다. 무대에서 노래만 합니까? 마술 쇼, 연극, 판소리까지 못 할 게 없습니다. 벽에다 스크린을 만들어서 영화를 보기도 합니다. 제대로 된 극장은 아니지만, 아무렴 어떻습니까? 동네 사람들이 편한 옷 입고 놀러 나오듯 영화나 공연을 보러 옵니다. 그러다 만난 사람들끼리 자연스레 책 이야기를 나누고, 저는 또 그 안에서 다른 일을 벌일 수 있는 실마리를 얻기도 합니다.

얼마 전부터는 '심야책방'이라는 이름으로 새로운 일을 하고 있습니다. 심야책방은 한 달에 두 번 책방 문을 밤새도록 열어두는 것을 말합니다. 처음에는 제가 책 읽고 글 쓰는 시간을 가지려고 시작한 건데 의외로 많은 사람들이 늦은 밤 책방 문을 열고 들어옵니다. 조용하게 책을 읽거나 친구와 이야기를 나누고 싶은 사람들부터 가족 단위까지, 찾아오는 손님도 가지각색입니다.

이 책 제목도 '심야책방'입니다. 처음에 원고를 쓸 때만 해도 제목은 '탐스러운 책'이었습니다. 그러다가 생각이 바뀌어 '책 보다, 책'이라는 제목이 어떨까 싶어서 출판사에 얘기했지요. 별로였나 봅니다. 아무래도 책 제목과 내용이 딱히 개연성이 없다고 할까요? 제가 생각하기에도 '책 보다, 책'이라는 제목은 괜한 멋을 부린 제목이 아니었나 싶습니다. 그 대신 이 제목은 지난여름 홍대에서 열린 서울프린지페스티벌을 할 때 책 관련 행사 기획을 하면서 알맞게 썼습니다. 그러니까 책 제목에 관해서 후회는 없어요.

마지막까지 고민하다가 책 제목을 '심야책방'으로 하는 게 좋겠다고 마음을 잡았습니다. 심야책방은 지금 제가 운영하는 이상한 나라의 헌책방에서 하는 일하고 관련이 있고, 이 책의 내용도 책에 관한 것이기 때문에 책 제목으로 무척 어울립니다.

책과 밤은 아주 친합니다. 저도 집중해서 책을 읽을 때는 늘 밤에 읽습니다. 글을 쓸 때도 마찬가지고요. 늦은 밤이 되어야 머리가 잘 돌아가는 것 같아요. 밤이기 때문에 간섭하는 사람도 없고, 내가 다른 사람을 간섭할 일도 없습니다. 그러니까 책을 만나는 시간은 밤이어야 합니다. 이렇게 생각하니까 '심야책방'이라는 책 제목이 아주 좋습니다. 밤과 책, 그리고 책방을 모두 드러낼 수 있으니까 더없이 좋습니다.

첫 책을 낸 뒤 많은 사람을 만났습니다. 그 사람들과 전화나 이메일로 얘기를 나눴습니다. 더러는 직접 책방에 찾아오는 경우도 있었습니다. 과분한 칭찬과 격려도 많이 받았습니다. 지금 여러분이 읽고 있는 이 책은 바로 이렇게 만난 사람들에서 시작됐습니다.

저도 그렇지만 헌책방을 찾는 사람들은 특별한 책을 찾습니다. 같은 책이라도 싼값에 사려고 오는 사람들도 있지만, 대부분 자기에게 중요한 의미를 갖는 책을 찾습니다. 책방에서 얘기를 나눈 사람들 중 몇몇은 그런 책들에 관한 이야기를 책으로 써보면 어떻겠냐고 했습니다. 생각해보니 참 재미있을 것 같았습니다. 곧장 글을 몇 편 써서 책방 손님들 중 몇 명에게 보여줬는데, 괜찮다고 합니다. 힘을 내서 책방 일을 하는 틈틈이 글을 썼습니다.

솔직히 책 내용은 별 게 없습니다. 그저 책에 관한 내용이니까요. 특별한 게 있다면 여기 소개한 책들은 저마다 사연이 있다는 것입니다. 여기 나온 책들은 대부분 절판됐기 때문에 새 책으로는 구하지 못합니다. 간혹 최근에 다시 나온 책도 있지만, 그런 경우 예전에 나온 책이 더 의미가 있는 경우 여기에 함께 실었습니다.

책에 소개된 건 소설이나 시처럼 문학 작품이 많습니다. 아무래도 그런 책에 깃든 사연이 더 재미있는 경우가 많기 때문에 비중이 높아졌습니다. 물론 문학 작품이 아닌 책도 있습니다. 그리고 정말 손끝이 근질거릴 만큼 '탐스러운 책' 중에는 문학 작품이 아닌 경우가 더 많다는 걸 밝혀둡니다.

여기 나온 책 중에는 여러분이 이미 읽은 책이 있을 겁니다. 그런 경우 읽으면서 좀더 재미가 있겠지요. 하지만 보통 수준으로 책을 즐기는 사람들 중에는 차례를 한 번 보고 그냥 책을 덮는 사람들도 있을 겁니다. 전혀 들어보지도 못한 책들에 관해 얘기하는 글이 무슨 재미가 있나요? 하지만 책을 덮지 마세요! 전혀 들어보지 못한 책이더라도 읽는 동안 흥미가 생겨서 그 책을 찾아볼 수도 있으니까요. 그렇게 새로운 책과 인연을 맺는 것도 무척 신나는 일입니다.

이 책을 읽고 여기 나온 책들과 실제로 새로운 인연을 만들어보기로 했더라도 마지막 고비가 남았습니다. 책을 구할 수 있는 곳이 별로 없다는 겁니다. 오래전에 절판됐거나 재판이 나왔더라도 이전 판이 더 인기 있는 경우도 있으니까요. 출판사는 대개 재판이 나오면 이전 판을 팔지 않습니다. 이런 책을 찾으려면 헌책방을 뒤져야겠지요.

그래도 실망하지는 마세요. 제가 소개한 책들은 아주 오래된 고서에 속하지는 않습니다. 대부분은 1950년대 이후에 나온 책들입니다. 헌책방이나 인터넷 중고 책 쇼핑몰에서 원래 정가보다 비싸게 파는 경우도 있는데, 아주 비싼 책들은 일부러 이 책에서는 다루지 않았습니다. 어쩐지 책이 비싸지는 건 그만큼 욕심도 커지는 것 같다는 생각이 들었기 때문입니다. 얼마 전 법정 스님의 책이 아주 비싼 값에 인터넷에 올라와 있는 걸 보고 좀 씁쓸했습니다. 그 책이 《무소유》였기 때문에 더욱 그랬는지도 몰라요.

5

자, 여기까지 읽으셨는데도 책을 덮지 않은 분들에게 감사드립니다. 아마도 여러분은 정말 책을 좋아하거나, 지금부터 좋아하기로 했거나, 아니면 인내심이 무척 강한 분일 겁니다. 책이라면 발바닥에 난 종기만큼 싫어하는데 이 책을 선물로 받았다고 하더라도 그 사람을 나쁘게 생각하지 마세요. 책을 선물로 주었다면 분명히 당신을 마음 깊이 사랑하고 있는 사람일 가능성이 높습니다(정말입니다. 나중에 확인해보세요).

마지막으로 이 책에 나온 이야기들은 2010년 한 해 동안 SBS 라디오 〈책하고 놀자〉에서 일요일 아침마다 방송된 것임을 밝힙니다. 일요일 아침에 제 목소리를 들은 분들도 있겠지요? 라디오는 방송 시간이 정해져 있어서 거기서 다 하지 못한 이야기들을 이 책에 썼습니다. 방송을 재미있게 들은 분들은 이 책 역시 재미있을 겁니다. 그리고 몇몇 글은 방송되지 않았던 것도 있습니다.

저는 여러분이 이 책을 읽으면서 책과 더욱 가까워지는 경험을 하기를 바랍니다. 지금까지 어떤 이유로든지 책을 좋아하지 않았던 분이라면, 이 책을 통해서 책이라는 게 그저 지루하고 딱딱한 것이라는 오해가 풀렸으면 좋겠습니다. 책은 아주 사랑스럽고 부드러운 것이거든요.

책을 사랑하는 여러분, 황홀하고 탐스러운 책 세계로 오신 것을 환영합니다!

응암동 이상한 나라의 헌책방에서,
가을 무렵, 윤성근 씁니다

'V'는 어디에?

《「브이」를 찾아서》 | 토마스 핀천 | 설순봉 옮김 | 민음사 | 1991

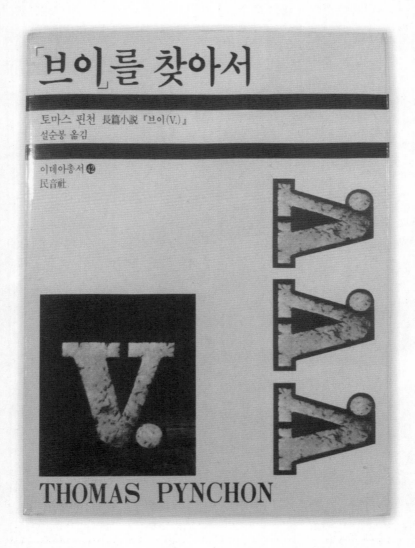

나는 '미국식' 소설을 좋아하지 않는다. 많은 미국 작가들이 이야기 중심으로 소설을 쓴다. 그 이야기가 재미있고 흥미롭기 때문에 영화나 드라마, 애니메이션이나 연극, 뮤지컬로 만들어지는 경우가 많다. 그런데 이 모든 건 대부분 상업적인 이유 때문이다. 어떤 소설이나 영화, 애니메이션이 인기가 있으면 그걸로 돈을 벌려고 하는 게 미국식 문화다. 물론 그렇지 않은 경우도 있지만 어쨌든 그런 이유로 미국 소설, 미국 영화, 미국 작가를 별로 좋아하지 않는다.

'물론 그렇지 않은 경우' 중에 토머스 핀천은 아주 특별한 작가다. 토머스 핀천은 1937년 뉴욕 롱아일랜드에서 태어난 미국인이다. 미국에서 태어나 미국에서 자라고 거기서 학교를 마친 사람인데도 작품은 전혀 '미국답지' 않다. 토머스 핀천은 많은 작품을 발표하지는 않았지만, 펴내는 작품마다 상을 받거나 여러 가지 논란을 일으켰다. 노벨문학상에도 몇 번씩 거론됐지만 상을 받지는 못했다. 문학적인 역량은 많은 평론가들에게 이미 검증됐지만, '난해하다', '즉흥적이다', '저질이다' 같은 악평도 많았기 때문이다.

토머스 핀천의 작품은 번역된 게 별로 없다. 최근에 《제49호 품목의 경매》가 민음사에서 나오기는 했지만, 다른 작품들은 대중성이 없어서 그런지 재판이 나오지 않고 있다. 《제49호 품목의 경매》는 핀천의 작품 중에서 그나마 읽어볼 만하다. 토머스 핀천은 이 소설로 1974년에 풀리처상 수상자로 지목됐지만, 집행위원회가 '읽기 힘들고 외설적'이라는 평을 내려 상을 받지는 못했다. 그해 풀리처상은 수상자 없이 넘어갔다.

《V》는 토머스 핀천이 처음으로 쓴 장편 소설이다. 1963년에 미국에서 출판된 《V》는 민음사에서 '브이를 찾아서'라는 제목으로 1991년에 나왔다. 그 뒤로 《V》는 《브이를 찾아서》로 알려지기 시작했다. 그런데 민음사에서는 이 책을 '이데아총서'로 한 번 출간했을 뿐 지금까지 재판을 내지 않았다.

토머스 핀천을 좋아하는 사람들은 당연히 《브이를 찾아서》에 끌렸다. 그 전

---

* 이데아총서는 대우학술총서와 함께 책 수집가들 사이에서 꽤 인기가 높다. 이데아총서는 시와 소설, 예술, 문학 평론, 철학에 이르기까지 방대한 내용을 다룬다. 나는 아직까지 70권에 이르는 이데아총서 전권을 다 구했다는 사람을 만나지 못했다. 대우학술총서는 400권이 넘지만 가끔 이 모든 책을 다 갖고 있다는 사람의 얘기를 들은 적이 있다. 정말 무서운 사람들이다!

에 학원사에서 '브이'라는 제목으로 펴낸 일이 있지만, 표지로 보나 번역 수준으로 보나 민음사판이 훨씬 인기가 높다. 같은 제목, 같은 책이라도 사람들이 좋아하는 책이 있고, 그렇지 않은 책이 있는 것은 책과 작가에게 모두 아이러니다. 어쨌든 책을 좋아하고 탐내는 사람들은 민음사에서 1991년에 펴낸 《브이를 찾아서》 초판을 찾으려고 헌책방을 돌아다닌다. 하드커버도 아닌지라 책을 발견한다고 해도 상태가 좋은 걸 바랄 수는 없지만, 그나마도 적지 않은 가격을 지불해야 살 수 있다.

나는 대학 때 토머스 핀천을 처음 알았다. 좀 우스운 얘기지만 《브이를 찾아서》가 미국 드라마 〈V〉의 원작 소설인줄 알았다. 물론 내가 그렇게 알고 있었다는 사실을 다른 사람에게 말한 적은 없지만……. 몇 년 전 금호동에 있는 헌책방에서 일할 때 마침 봉준호 감독의 〈괴물〉이 개봉됐는데, 책방 사장님이 자신만만하게 〈괴물〉이 이외수의 소설이 원작이라는 얘기를 한 적이 있다. 그 얘기만 했으면 그저 웃고 넘겼을 텐데 요즘 영화판에는 괜찮은 시나리오가 없어서 결국 소설을 슬쩍 바꿔서 영화로 만든다는 독설을 한 시간씩이나 늘어놓는 바람에 짜증이 머리끝까지 났었다.

그런데 토머스 핀천이 쓴 글을 보면 이 사람은 정말로 누군가에게 재밌는 얘기를 하지 못해서 안달이 난 것 같다. 《제49호 품목의 경매》도 그렇지만 《브이를 찾아서》도 정말 재미있는 소설이다. 물론 이 책을 읽으면서 당장 톡톡 튀는 재미를 찾는다면 열 쪽을 넘기지 못하고 실망할 게 뻔하다. 《브이를 찾아서》를 재미있게 보려면 포스트모던 소설에 익숙해져야 한다.**

《브이를 찾아서》는 포스트모던 소설의 극치를 보여주며 20세기 미국 문학이 가야 할 길을 보여준다는 평가를 받는다. 토머스 핀천은 언론과 매체를 기피하며 은둔하는 작가로 유명한데, 《브이를 찾아서》는 그런 이미지와 아주 잘 어울리는 작품이다. 핀천은 포스트모던 계열에서 자주 쓰이는 음모와 아이러니, 블

---

* 가장 처음 나온 건 주우(主友) 출판사에서 1982년에 펴낸 것이다. 학원사판과 마찬가지로 상, 하 두 권으로 펴냈다.

** 《브이를 찾아서》가 대표적인 포스트모던 문학에 속한다는 건 책날개를 보면 더욱 확실하다. 여기에는 민음사가 펴낸 포스트모더니즘 연구서들이 소개돼 있다.

랙 코미디, 상징적인 문장을 멋지게 구사해 이 첫 작품으로 그해 최고 처녀작에 게 주는 윌리엄 포크너 문학상을 받게 된다. 그 뒤《제49호 품목의 경매》등 몇 작품을 더 펴냈지만, 확실히 토머스 핀천다운 작품은《브이를 찾아서》라고 할 수 있다.

이 책은 다른 포스트모던 작품들이 그렇듯 대단히 복잡한 구성으로 되어 있 다. 이렇게 복잡한 책을 흥미롭게 읽는다는 건 뛰어난 인내력을 가졌거나 이런 식으로 쓴 소설에 본능적으로 재미를 느끼는 능력 중 한 가지를 타고난(또는 무던한 노력으로 경지에 다다른) 사람인 게 분명하다. 복잡한 책을 잘 읽는 법 은 사실 특별한 게 없다. 처음에는 그냥 무작정 읽는 게 그나마 방법이라면 방 법이다.

내가 잘 쓰는 방법은 이런 것이다. 먼저 책을 한 번 빠르게 읽으면서 대강 큰 줄거리를 파악한다. 복잡한 구조를 가진 작품일수록 줄거리는 단순한 경우가 많다. 그런 다음 책을 다시 한 번, 이번에는 조금 천천히 읽으면서 줄거리에 근 육과 살을 붙이고, 마지막에는 책 내용이 커다란 그림인 것처럼 머릿속에 그려 본다. 여기서 책 읽기를 멈출 수도 있지만 더 깊이 파고 싶은 생각이 들면 이번 에는 최대한 천천히 읽으면서 글의 가장 작은 단위인 문단과 문장, 단어 사이에 어떤 관련이 있는지 추측하면서 읽는다.* 이때 지금 읽고 있는 책에 관한 평론서 를 한두 권 정도 참고해서 읽는 것도 도움이 된다.

《브이를 찾아서》도 줄거리만 놓고 보면 간단하다. 크게 나누면 이렇다. 무슨 일에든 실수투성이인 보통 남자 베니 프로페인이 요요처럼 똑같은 길을 무한히 반복하는 이상한 삶을 살면서도 기본적인 인간성을 잃지 않는다는 내용이 첫째 줄기다. 또 다른 내용은 드디어 'V'에 관한 내용인데, 허버트 스텐슬이라는 이상 한 사람이(이 소설에서 이상하지 않은 인물은 없지만) 'V'라는 인물(또는 존재) 을 끈질기게 추적하는 것이다. 허버트 스텐슬은 V를 추적하면서 여러 나라와

---

* 여기서 중요한 건 '확신'이 아니라 '추측'이다. 책 내용을 자기 방식대로 무조건 확신하면서 읽는 것만큼 편견에 쉽게 사로 잡히는 일도 없다.

도시를 돌아다니며 이상한 문화와 만나게 된다. 이야기 순서나 시간, 배경은 갈피를 잡기 힘들지만 대략 1차 대전이 일어나기 전인 1898년부터 2차 대전이 끝난 다음인 1956년까지다. 인류가 큰 어려움을 겪은 시기를 중심으로 이야기를 펼쳐놓고 있는 것이다. 그 사이에 스텐슬은 뉴욕 거주 예술인 집단인 '그 모든 병든 족속들'과 만나 여러 에피소드를 만들고, 이집트와 프랑스, 이탈리아, 아프리카, 몰타에 이르기까지 V를 찾는 여정을 계속한다.

그러면 V는 과연 무엇을 뜻하는 것일까? V에 관한 단서는 여러 가지가 있다. 책에 직접 암시하는 부분이 여러 곳 나온다. 1898년 카이로에서 처음 나타났다가 1899년 피렌체에 나타나는 빅토리아 렌Victoria Wren일까? 포플의 농성 파티 장면에서는 비엔나에서 온 여인으로 나오는 베라 메로빙Vera Meroving인가? 또는 1943년 몰타에서 죽은 '나쁜 신부'(또는 베로니카 망가니즈Veronica Manganese)일 가능성도 있다.*

하지만 어떤 사람들은 V는 가장 처음에 같은 길을 반복해서 왔다 갔다 하고 있는 베니 프로페인의 경우처럼 역사의 수레바퀴에 남겨진 인간들, 즉 우리 인류가 걸어가야 하는 고독한 길을 암시한다고 보기도 한다(V는 원근감을 가진 길 모양이다). 이것을 보면 V란 현실 세계에 존재하는 어떤 인물이 아니라 망가진 인류 보편의 인간성 그 자체라는 추측을 하게 된다. 하지만 V의 정체가 무엇이든 책 내용하고는 상관없다. 스텐슬도 결국 V를 찾지 못하고 계속 방황하면서 책이 끝나기 때문이다. 그러면 V는 우리가 죽을 때까지 찾아야 할 존재의 이유라고 하는 게 가장 적당한 해답일 것 같다.

학창 시절 코넬대학교를 전 과목 최고 성적으로 졸업한 핀천은 교내 문학지 편집위원 일을 하면서 작가 생활의 첫발을 내디딘 셈인데, 그때 쓴 초기 작품을 찾아서 읽는 것도 재미있다. 게다가 핀천은 코넬대학교 교수로 있던 블라디미

---

* 망가니즈(manganese)는 원자 번호 25인 망간(Mn)을 뜻하기도 한다. 단단한 물질이지만 부서지기 쉽다. 녹는 것은 어렵지만 쉽게 산화하는 성질을 가지고 있다. 이 이름은 강한 심성을 가진 사람일수록 어떤 환경에서는 무너지기 쉬운 것을 암시하는 것 같다.

르 나보코프*의 강의를 들은 적이 있는데, 그래서 그런지 작품 전반에 걸쳐 나보코프의 영향도 무시할 수 없다. 토머스 핀천도 스스로 나보코프의 영향을 많이 받았다고 얘기했을 정도니 더 말이 필요 없다. 그때 쓴 작품으로 《이슬비The Small Rain》(1959), 《비엔나에서 도덕과 자비를Morality and Mercy in Vienna》(1959), 《저지대Low-Lands》(1960), 《엔트로피Entropy》(1960), 《은밀히Under the Rose》(1961) 등이 있으며, 그중 《엔트로피》와 《은밀히》는 최우수 단편상과 오헨리상을 수상하기도 했다.

코넬대학교는 성적이 우수한 핀천에게 모교에서 창작을 강의할 수 있게 '우드로우 펠로우쉽'을 수여했지만 핀천은 거절했고, 영화 비평가가 되어달라는 《에스콰이어》의 제의도 거절했다. 한때는 디스크자키가 될까 생각했다고 하지만, 결국 뉴욕의 그리니치 빌리지에서 장편 《V》를 집필하기 시작했다. 만약 토머스 핀천이 코넬대학교나 《에스콰이어》의 제의를 받아들여 편안한 생활을 했다면 과연 《V》가 태어날 수 있었을까? 아마 그 뒤에 나오는 다른 작품들도 그 탄생을 보장받지 못했으리라.

토머스 핀천은 파트리크 쥐스킨트**처럼 사람을 거의 만나지 않는 성격으로도 유명하다. 그래서 몇몇 작품을 통해 세계적으로 이름을 알렸지만, 핀천의 제대로 된 인적 사항은 여전히 비밀에 가려져 있다. 심지어 실제 이름과 사는 곳, 나이 등 아주 기본적인 것조차 많은 추측이 난무한다. 지금까지 한 번도 언론 인터뷰를 한 적이 없기 때문에 신문사는 토머스 핀천이 10대 때 찍은 사진을 신문에 실을 정도다. 1973년 책이 나온 뒤 한꺼번에 세 개의 문학상 후보가 됐던 《중력의 무지개Gravity's Rainvow》 같은 경우 내셔널 북 어워드 시상식 때 출판사가 임기응변식으로 토머스 핀천 대신 코미디언을 시상식장에 내보낸 일화는 유명하다.

나는 시간이 날 때마다 《브이를 찾아서》를 펴보곤 한다. 처음부터 읽을 때도

---

* Vladimir Nabokov(1899~1977). 러시아에서 태어났고, 미국에서 작가와 대학교수로 활동했다. 대표작으로 《롤리타》, 《아다(Ada)》 등이 있다.
** Patrick Süskind(1949~). 독일 소설가. 영화로 만들어진 《향수》, 연극으로 만들어진 《콘트라베이스》, 마치 자기 자신의 이야기처럼 보이는 《좀머씨 이야기》 등을 썼다.

있지만 아무 곳이나 펴놓고 무작정 읽기도 한다. 두 가지 모두 재미있는 일이다. 나도 이 책을 꽤 비싸게 주고 샀다. 아무리 절판된 책이지만 웃돈까지 주면서 사는 이유가 뭔지 묻는 사람들도 있지만, 나도 그 이유를 정확히 설명하지 못한다. 토머스 핀천은 알까? 모르겠지! 그 이유는 아마 책에게 물어봐야 할 텐데, 책은 말을 못 하고 글도 못 쓰니까 결국 이것도 영원한 미스터리로 남을 확률이 높다. 핀천이 《브이를 찾아서》에서 썼듯이, 도대체 인간을 살게 하는 것, 그게 무엇이든 그렇게 생각하게 만드는 현상들이 얼마나 불가사의한 이유에서 시작되는지 그 누구도 알 수 없는 일이기 때문이다.

열 번 고쳐 쓴 소설*

《광장》| 최인훈 | 문학과지성사 | 1976

* 《광장을 읽는 일곱 가지 방법》(김욱동, 문학과지성사, 1996), 《작가세계》(1990년 봄호) 등을 참고해 글을 썼다.

사람들이 헌책방을 찾는 건 대개 책을 싸게 사고 싶기 때문이다. 헌책방에서 대학 교재나 참고서, 문제집 같은 게 특히 인기 있는 이유도 거기에 있다. 이런 책들은 해마다 좋은 옷을 갈아입고 나오지만 내용은 거의 변하지 않는다. 겉모습만 바뀌었는데 책값은 계속 오른다. 헌책방은 몇 년 전에 나온 똑같은 책을 싼값에 판다. 이런 일은 내가 학교에 다니던 20여 년 전이나 지금이나 별로 달라지지 않았다. 내가 운영하는 책방에도 방학이나 새 학기가 시작할 무렵이면 참고서나 교과서를 찾는 전화가 많이 온다. 그런 전화가 많이 오면 귀찮기도 하지만, 교재가 너무 비싸다는 생각도 든다. 어쨌든 우리 책방은 참고서나 교과서를 팔지 않기 때문에 그런 전화가 오면 가까운 다른 책방을 알려준다.

대학 교재나 참고서, 교과서, 실용 서적을 팔지 않는 우리 책방에서 가장 반가운 손님, 그러면서도 한편으로는 두려운 사람이 바로 책을 수집하는 이들이다. 이런 사람들은 일단 책을 읽고 즐기는 것을 넘어선 경우가 많다. 말 그대로 책을 물건처럼 무작정 수집하는 경우도 있지만, 대부분 많이 읽고 열심히 읽는 사람들이다. 이런 경우 책을 향한 열정은 둘째 치더라도 아예 걸어 다니는 책이라고 해도 괜찮을 만한 사람들이 꽤 있다.

두어 달 걸러 한 번씩 책방에 들르는 정 씨도 그런 사람 중 하나다. 무슨 일을 하는 사람인지는 모르는데, 깡마른 몸에 거뭇하고 옅은 주름이 있는 피부를 보면 나이는 40대 중반 즈음이 아닐까 싶다. 정 씨는 네 번째인가 책방에 들렀을 때 이름을 알려준 걸 빼면 자신과 관련된 말은 거의 하지 않았다. 지금까지 열 번 정도 만났지만 내가 알고 있는 건 이름과(과연 진짜 이름일까) 최인훈 소설을 수집하고 있는 것 정도다.

몇 년 전 조희봉 씨가 쓴 《전작주의자의 꿈 — 어느 헌책수집가의 세상 건너는 법》(함께읽는책, 2003)을 재미있게 읽었다. 책에 관한 이야기지만 어렵고 고리타분하지 않아서 그렇게 즐겁게 읽은 책도 드물 것이다. 스스로 그렇게 말하고 있기도 하지만 내가 보기에 조희봉 씨는 소설가이자 번역가, 그리고 신화학자인 이윤기의 열렬한 팬이다. 결혼식 주례도 이윤기 씨에게 부탁했을 정도다(그때 서로 전혀 모르는 사이였다고 하니 그 배짱이 정말 부럽다). 게다가 이윤기 소설과 번역서를 모두 갖고 있는 걸 자랑한다. 조희봉 씨는 어떤 특정 작가의 책을 모조리 수집하는 것을 '전작주의자'라고 부른다. 조희봉 씨가 이윤기 전작숲作에 목을 매고 있듯이 정 씨의 목표는 최인훈의 전작이다.

우스운 건 최인훈 작가가 이미 죽었다고 생각하는 사람이 꽤 된다는 사실이다. 1936년에 태어나서 불과 20대에 《광장》을 썼으니까 그런 오해가 있고도 남는다. 정 씨가 찾는 게 바로 《광장》을 포함한 최인훈의 책들이다. 최인훈은 아주 어린 나이부터 글을 쓰기 시작해 1960년대까지 왕성하게 활동했다. 《광장》을 시작으로 《구운몽》, 《회색인》 등이 모두 그때 나왔다.

이렇게 많은 작품을 짧은 시간 동안 완성한 데는 1957년부터 1963년까지 7년 동안 군대에서 장교로 생활한 게 도움이 됐다. 최인훈도 군대 생활을 돌아보며 "참다운 의미의 '나의 대학'이었다"라고 말했을 정도다. 어차피 직업 군인으로 출세하려고 군에 들어간 게 아니기 때문에 꽉 짜인 조직 생활은 최인훈에게 큰 부담을 주지 않았다. 오히려 통역 장교와 정훈 장교로 근무한 덕분에 소설을 구상할 수 있는 시간이 더 많이 생겼다. 우리가 알고 있는 작품의 대부분이 그 시기에 구상되거나 발표된 것이고, 놀랍게도 이 모든 일이 최인훈이 서른 살이 되기 전에 일어난 것이다.

어쨌든 최인훈이 쓴 작품은 소설, 산문, 희곡을 비롯해서 문학 평론과 예술론까지 꽤 넓고 깊다. 정 씨는 그런 최인훈의 작품을 추적해 모든 책을 연도에 따라 철저히 수집하고 있다. '최인훈 마니아'라고 부를 만하다. 그런데 정 씨는 실제로 최인훈을 만난 적은 단 한 번도 없다고 한다. 어떻게 해서든 만나려고 해본 적도 없단다. 말주변이 없어서 만나도 제대로 말도 못 붙일 것 같은 내성적인 성격 때문이라고 하는데, 그러면서 이리도 고집스럽게 최인훈의 작품을 모으는 걸 보면 조금 섬뜩하기도 하다.

언젠가 가장 애착이 가는 최인훈 작품이 뭔지 물은 적이 있다. 그러자 단호한 목소리로 《광장》이라고 말했다. 내용은 《회색인》이 더 좋지만, 여러 번 작품을

---

* 러시아 작가 막심 고리키의 작품 제목에서 따온 것으로 보인다. 최인훈이 쓴 산문 〈원시인이 되기 위한 문명한 의식〉에서 인용했다.

고쳐 쓴 것으로 유명한《광장》은 고칠 때마다 나온 책을 순서대로 모으는 재미가 있다는 것이다. 작가가 작품을 고쳐 쓰면 내용이나 글 분위기가 적지 않게 바뀐다. 책을 읽고 수집하는 사람은 그렇게 고친 내용을 일일이 찾아서 비교해 보는 데 많은 의미를 둔다. 이건 글자 하나 틀리지 않은 책을 연도별로 모으는 것에 비교할 게 못 된다. 해마다 똑같은 내용에 표지만 바꾸고 값을 올리는 참고서나 대학 교재하고는 전혀 다른 것이다.

그래서인지 딱히 최인훈 전작 때문이 아니더라도 책방에 오는 손님 중에는《광장》을 찾는 사람들이 꽤 있다.《광장》은 1960년 11월에 월간지《새벽》에 처음 실렸다. 개작은 바로 다음 해 정향사에서 단행본으로 펴내면서부터 시작됐다. 정향사판《광장》은 잡지에 실릴 때 원고지 600장 분량이던 것을 800장으로 대폭 늘려 장편에 가깝게 수정한 원고다. 이 정도면 소설 전체 분위기가 초판과 아주 많이 달라졌다고 해도 심한 말이 아니다. 뒤를 이어 1967년 신구문화사, 1973년 민음사에서 책을 낼 때도 최인훈은 원고를 고쳤다.

《새벽》에 실린 초기 원고와 정향사판은 독자와 연구자 모두 관심을 갖고 있다. 초판과 정향사판은 분량도 차이 나고, 내용에도 적지 않은 변화가 있기 때문이다. 하지만《광장》을 이해하는 중요한 상징이라고 할 수 있는 '갈매기 두 마리'는 정향사판까지는 별 차이가 없다.

주인공 명준이 타고르호를 타고 중립국으로 갈 때 따라오던 갈매기 두 마리는 각각 은혜와 윤애를 암시한다. 명준은 북한과 남한 그 어느 쪽도 선택하지 않고 포로 석방 때 중립국을 선택하게 되는데, 두 곳에서 사랑을 나눈 여인 중 누구하고도 이루지 못한 슬픈 사랑의 감정에 사무쳐 자살을 결심하게 된다.

정향사판《광장》은 중편 분량이던 초판에 내용을 덧붙여 주인공과 사건, 그리고 소설 전체가 더욱 의미 있고 풍성해졌다. 초판의 꽤 많은 부분에 손을 댔지만 큰 부분만 살펴보면 이렇다.

《새벽》에 처음 실린《광장》에는 라틴어와 독일어, 영어 따위를 원어로 표현한 부분이 많았는데, 정향사판에서는 이것을 우리말로 바꾸거나 원어 옆에 우리말 풀이를 함께 적었다. 초판만 보면 이런 외국어 때문에 소설 자체가 현학적이다 못해 건방지다는 생각마저 드는데, 정향사판은 이런 부분이 많이 다듬어졌다. 그리고 소설 속 인물이 욕을 하는 장면도 거르지 않고 넣어서 좀더 실감나는 분위기를 연출했다. 초판에는 대부분 'ㅇㅇㅇ놈의 새끼'처럼 표현됐다.

갈매기 상징은 정향사판에서 더욱 두드러지게 강조된다. 초판에서는 희미하던 상징성을 소설 여기저기에 꽤 많은 부분 포함시키면서 갈매기를 더욱 중요한 상징으로 만들었다. 정향사판을 낼 때 새로 넣거나 수정한 곳 중에서 많은 부분에 이 갈매기 이야기가 나올 정도다. 갈매기 두 마리가 명준의 두 애인을 각각 상징하고 있다는 건 초판과 달라지지 않았지만, 타고르호에서 명준이 죽음을 선택할 때 마치 갈매기 때문에 정신적 압박을 받고 죽는 게 아닐까 싶을 정도로 갈매기의 의미를 더욱 크게 만들어놓았다.

주인공 이명준의 성격도 정향사판에 와서 더욱 확실해졌다. 《새벽》에 실린 원고에는 그저 책 읽기를 좋아하는 철학도라고 간단히 나오지만, 정향사판 단행본에는 명준에게 철학은 삶의 모든 것이라는 표현이 나온다. 《광장》을 가득 메우고 있는 철학과 남북한의 이데올로기 문제, 사랑의 상처가 명준에게 얼마나 커다란 시련인지 알 수 있는 대목이다.

정향사판에는 초판에 없던 새로운 사건 몇 개가 추가되기도 하는데, 이것은 초판에서는 부족하던 사건 정황을 자세히 설명하는 구실을 한다. 예를 들어 포로 송환 장면에서 명준이 제3국을 선택하는 과정이 그렇다. 초판에는 이 내용이 자세히 나오지 않는다. 명준이 송환 등록을 할 때 포로가 원하면 제3국으로 갈수도 있다는 말을 듣고 당장 그렇게 결심하는 것으로 나올 뿐이다. 정향사판은 여기에 꽤 많은 부분을 새로 추가해 명준의 행동을 변호한다. 북한과 남한 모두 커다란 광장을 갖고 있지만 그 둘은 명준이 경험해본 결과 너무나 달랐고, 어느 곳에도 자유의 광장은 없었다. 결국 명준은 두 곳 모두 포기한 채 중립국을 선택한다.

《광장》은 1967년 신구문화사판을 거쳐 1973년 민음사판에 이른다. 이때도 역시 어느 정도 내용이 수정되거나 추가, 삭제됐다. 특히 민음사판에서는 갈매기 상징이 달라진다. 처음에 갈매기 두 마리는 북한과 남한에서 만나 사랑을 나눈 은혜와 윤애였지만, 민음사판에는 윤애를 상징하는 내용이 없어졌다. 대신 갈매기는 북한에서 만난 은혜와 둘 사이에서 생긴 아이로 바뀐다. 명준의 자살은 갈매기와 그것이 무엇을 상징하는가에 큰 의미가 있는데, 이렇게 갈매기의 상징이 바뀐다면《광장》의 주제 의식 자체가 어느 정도 수정됐다고 볼 수도 있다.

그리고 1976년, 문학과지성사(이하 '전집판')에서 드디어 최인훈 전집이 나왔다. 전집을 펴낸 건 작가에게도 큰 의미가 있는 사건이다. 전집을 낼 정도로 작품이 많고, 그 작품들이 독자들에게 한결같은 사랑을 받고 있다는 증거이기 때문이다. 최인훈은 이 전집판에서 다시 한 번 내용을 대폭 수정한다.

전집판에서 수정된 것 중 두드러진 건, 먼저 민음사판에서 다하지 못한 우리말 다듬기를 또 다시 시도한 것이다. 작가는 사소하게 넘어갈 수도 있을 법한 곳까지 꼼꼼히 살피면서 한자를 우리말로 바꿨다. 어떻게 보면 우리말에 너무 집착하는 게 아닌가 싶을 정도로 많은 부분에 손을 댔다. 그래서 우리말로 바꾼 게 더 어색하다 싶은 곳도 더러 있다. 예를 들어 이런 부분이다.

명준이 북한에 관한 자기 생각을 드러내는 부분인 "창조적 정열이 아니라 철통같은 명령이 지배하는 곳이었다"(민음사판, 187쪽)를 전집판에서는 "제가 낸 신명이 아니라, 무쇠 같은 멍에가 다스리는 곳이었다"(178쪽)로 바꾸는 식이다. 이것뿐만이 아니다. 스페인의 '투우'를 '백정놀이'로 바꾸고, '악마와 위험한 계약을 한다'는 문장을 '도깨비와 흥정한다'는 식으로 바꾼 건 좀 무리인 것 같다.

갈매기 상징은 민음사판에 이어서 의미가 더욱 확실해진다. 전집판에는 민음사판에 남아 있던 윤애에 관한 내용을 완전히 없애고, 북한에서 만난 은혜와 둘 사이에서 태어난 것으로 짐작되는 아이를 암시하는 내용이 노골적으로 들어가 있다. 이전 판에서 갈매기 두 마리는 은혜와 윤애를 나타내기도 하지만, 동시에 북한과 남한 사회를 생각하게 만들기도 한다. 그러던 것이 남쪽의 윤애가 빠지고 북쪽에 있는 은혜만 남았다. 이것 때문에 이명준은 더는 북쪽과 남쪽의 이데올로기 문제 때문에 고민하다가 자살한 게 아니라는 비평도 나온다.* 정말 최인훈은 명준의 죽음을 이데올로기가 아닌 사랑 문제로 바꾼 것일까? 책을 읽어보면 딱히 그것도 아닌 것 같다. 오히려 전집판에 와서 명준이 북한 사회를 비판

---

* 《문학과 유토피아》(김현, 문학과지성사, 1992)에서 〈사랑의 재확인: 개작된 광장에 관하여〉 참조.

하는 모습이 더욱 자주 나온다. 그런가 하면 남한에서 느낀 상실감 가득한 자유주의에 실망하는 장면도 더 강조하고 있다.

전집판은 1989년에 개정판이 나오면서 또 조금 달라졌다. 내용은 많이 달라지지 않았지만 이전까지 세로쓰기였던 걸 가로쓰기로 바꾼 게 눈에 띄는 점이다. 출판 기술이 변하면서 조판도 달라지고 있는 것이다. 전집 개정3판은 드디어 컴퓨터로 활자를 찍기에 이른다. 그렇게 개작과 수정을 거듭하며 《광장》은 최인훈의 분신처럼 따라다녔다. 최근까지 《광장》은 아홉 번 수정됐다. 2010년 초에 《광장》을 열 번째로 고치고 있으며 곧 출간된다는 기사를 본 적이 있는데, 아직은 소식이 없다. 현재까지 가장 최근에 나온 《광장》은 2008년판이다.

다시 정 씨 이야기로 돌아가 보면, 정 씨는 여전히 최인훈의 작품을 꼼꼼히 수첩에 적어가지고 다니면서 수집을 하고 있다. 한 작가의 책을 모조리 수집한다는 건 어떤 의미를 갖고 있을까? 나는 물어보지 않았고, 정 씨도 대답한 적이 없다. 그냥 막연하게 생각하고 있을 뿐이다.

어쩌면 정 씨는 《광장》의 주인공 명준처럼 이러지도 저러지도 못하는 두 가지 사이에서 방황하고 있는 건 아닐까? 우리가 사는 건 거의 대부분 이것과 저것을 두고 선택하는 일을 반복하는 것에 지나지 않는다고 볼 때, 나 또한 몇 년 전 대기업에서 주는 달콤한 월급을 포기하고 돈 안 되는 책방을 시작했다. 돈보다 귀중한 무엇을 찾아보려고 했기 때문이다. 최인훈의 책을 수집하는 정 씨도 자기 삶에서 가장 중요한 무엇 때문에 다른 것을 마다하고 책 수집에 몸과 마음, 시간과 열정을 투자하고 있는 것이다. 책은 가끔 이렇게 사람을 꼼짝 못하게 붙들고 놓아주지 않는다.

살 수도 팔 수도 없는 책

《살구꽃 봉오리를 보니 눈물이 납니다 — 이오덕과 권정생이 주고받은 아름다운 편지》
이오덕·권정생 | 한길사 | 2003

가장 절실한 인간의 목소리를 낼 수 있는 사람은 위대한 장군이나 성직자가 아닙니다. 지금 배고픈 사람, 지금 추위에 얼어 죽어가는 사람, 지금 병으로 괴로워 몸부림치고 있는 사람, 온갖 괴로움 속에 허덕이는 사람만이 진실을 말할 수 있습니다.

— 1981. 11. 19. 권정생 편지 중에서

나는 이오덕과 권정생을 잘 모른다. 모르는 것 또는 모르는 사람에 관해서 말하거나 글 쓰는 건 겁이 많은 내가 두려워하는 일 중 하나다. 그래서 이 글을 시작하기 전 부끄러운 변명부터 해야겠다.

어릴 때 누구나 그림책과 동화책을 본다. 요즘 아이들은 무슨 책을 그리 많이 읽는지 초등학교 2학년인 조카는 겨울 방학 동안 100권 넘게 읽었다고 한다. 내가 놀라니까 조카는 자기가 적게 읽은 거란다. 어떤 아이들은 더 많이 읽는단다. 방을 둘러보니 책이 많지 않아 물어보니 학교 도서관에서 빌려 읽는다고 대답한다. 학교 도서관에 없으면 구립 도서관에서 빌린단다.

놀랍기도 하고 부럽기도 해서 "이야~ 그것 참 편리하구나. 정말 좋겠다! 삼촌은 어릴 때 가난해서 책을 많이 못 읽었어" 했더니 돌아오는 말이 재미있다. "좋긴 뭐가 좋아요. 독서 점수 따려고 억지로 읽을 때도 있는데요……." 책을 읽고 싶지만 없어서 못 읽는 답답함도 있지만, 너무 책이 많아서 그걸 억지로 읽는 것도 어릴 땐 힘든 일이구나 싶다.

나는 어린이 책을 별로 못 읽었다. 집안 형편이 넉넉하지 않아 책이 없었을 뿐만 아니라 학교 도서관에도 책이 많지 않았다. 아니, 책이 많았는지 어땠는지 정확히 모른다. 학교 도서관은 관리하는 선생님이 따로 없어서 늘 잠겨 있었기 때문이다. 책에 관심이 많은 나는 늘 잠긴 문틈으로 도서관 안을 들여다보곤 했다. 열심히 눈알을 굴리면서 살피던 불 꺼진 도서관 안에는 비어 있는 책장이 더 많았다.

그 대신 여기저기서 어른들이 읽는 책을 많이 얻어 읽었다. 길을 가다가 쓰레기통 옆에 버려진 책을 보면 몰래 집에 가져와서 읽기도 했다. 그때 우리 집 옆방에는 대학생 형들이 하숙을 하고 있었다. 형들은 책을 많이 보는지 방에는 책 말고 다른 물건이 거의 없을 정도였다. 형들이 부러워서 그 책들을 좀 빌려달라고 하자 형들은 박장대소하며 마음대로 가져가 읽으라고 허락해줬다. 그러면서 학교 갔다가 돌아오기 전까지 자유롭게 방에 들어가서 책을 보되, 방 청소를 해달라는 조건을 달았다. 나는 기뻐서 그렇게 하겠다고 약속했다. 그 방이 얼마나 지저분한지도 모르고.

첫날 가보고 알았다. 전에 지나가듯 슬쩍 훔쳐본 방은 책 말고는 눈에 안 들어왔는데, 사실 거기에는 온갖 잡동사니가 있었다. 언젠가 텔레비전에서 본 난지도 쓰레기 산 같았다. 휴지, 신문지, 비디오테이프 등을 제자리에 정리하는 것을 시작으로, 이불을 개고, 라면 끓인 냄비까지 씻어 놨다. 그렇게 일하다 보니 첫날은 무슨 책이 있는지 살펴볼 틈조차 없었다.

많이 실망했지만 다음 날부터는 좀 나아졌다. 방 치우는 일이 익숙해지니까 드디어 책에 눈을 돌릴 수 있게 됐다. 당연히 그 방에는 내가 도무지 이해할 수 없는 책들만 가득했다. 도스토옙스키, 톨스토이, 푸시킨, 프루스트 등 이름조차 발음하기 힘든 사람들의 책이었다. 한국 사람 책이 없나 살피다가 유난히 눈에 띄는 노란색 책등에 '권정생 글 모음'이라는 글자가 적힌 걸 발견하고, 운명처럼 그 책을 뽑아들었다. 《오물덩이처럼 딩굴면서》(이철지 엮음, 종로서적, 1986)였다. 무슨 책인지 전혀 알 수가 없었지만, 그나마 읽어볼 만하다 싶어서 몇 장을 넘겨 봤다.

책은 1, 2부로 나뉘어 있는데, 차례를 보니 1부 처음에 크게 '동화'라고 쓰여 있었다. 대학생 형들이 왜 애들이나 보는 동화 모음집을 가지고 있는지 전혀 생각하지 않고, 재빨리 동화 모음 부분을 읽었다. 거기에는 지금도 유명한 〈무명저고리와 엄마〉, 〈강아지 똥〉, 〈하느님의 눈물〉 등이 실려 있었다(〈하느님의 눈물〉에는 밑줄과 메모가 많았다). 동화 다음에는 시와 소설, 평론 등이 있었는데, 동화 말고는 별로 관심이 없어서 그 책을 끝까지 읽지는 않았다.

'권정생'이라는 이름과 거기서 인연이 끊겼다. 어린이 책을 많이 보지 못하고 자란 나는 그 모습 그대로 중학생이 됐고, 중학생이 되고 나서는 그림책이나 동화책은 이제 어울리지 않는다고 생각해서 어린이 책과 더 멀어졌다. 그렇게 건방지고 겸손하지 못한 생각은 믿음이 돼 굳어지기 쉽다. 부끄럽게도 오랫동안 굳어진 생각 때문에 그 뒤로도 어린이 책에 가까이 다가갈 수 없었다.

권정생을 얘기할 때 빼놓을 수 없는 사람이 있다. 바로 이오덕이다. 권정생은 우연히 알게 됐지만, 이오덕은 워낙 유명해서 어느 순간부터 자연스럽게 알고 있었다. 이오덕은 글쓰기, 특히 어린이 글쓰기를 공부하는 사람들에게는 전설적인 인물이다. 말이나 글만 잘 쓰는 사람이 아니기 때문이다. 이오덕은 세상을 떠나기 전까지 아이들과 함께 공부하며 글쓰기를 쉬지 않았다. 그렇게 실제 생활에서 나온 경험을 바탕으로 한 글쓰기 책을 펴내니까 그 내용이 알차고 마음에 와 닿는 것이다. 어린이들과 함께 글쓰기 교육에 평생을 바친 이오덕과 어린이에게 꿈과 희망을 주는 동화 작가 권정생의 만남은 하늘이 맺어준 운명이라고 할 수 있다.

서로 모르고 살던 둘을 연결한 건 권정생의 동화 〈강아지 똥〉이었다. 1960년대 후반 작품인 이 동화는 아주 파격적인 내용으로 사람들 눈길을 끌었다. 그때 동화라고 하면 무조건 예쁘고 아름다운 풍경을 그린다든지 교육적인 내용, 유교적인 교훈이 담긴 것들이 대부분이었다. 그럴 때 개가 싸놓은 더러운 똥을 주인공으로 삼아 이야기를 쓴다는 건 미친 짓이나 다름없었다.

많은 비평가들이 이 작품을 비판했지만, 이오덕은 달랐다. 이오덕이 보기에 권정생은 이원수*를 능가할 만한 소질을 갖춘 사람이었다. 이오덕은 직접 권정생을 찾아갔다. 이것이 두 사람의 남은 인생에 커다란 전환점이 되는 사건이 될 줄 아무도 몰랐을 것이다.

한길사에서 2003년에 펴낸 《살구꽃 봉오리를 보니 눈물이 납니다》는 이오덕이 권정생을 찾아간 뒤 1980년대 중반까지 이어진 두 사람의 편지를 모아 엮은 책이다. 편지는 '다녀가신 후, 별고 없으셨는지요?' 하고 권정생이 이오덕에게 묻는 1973년 1월 30일 글로 시작한다. 이오덕은 이 편지를 받고 2월 2일에 바로 답장을 보낸다. 이오덕은 '아동문학가협회의 이원수 선생과 그밖에 여러분들에

---

* 〈고향의 봄〉(홍난파 작곡)에 시를 붙인 아동 문학가. 초등학교 6학년 때 이 시를 썼다. 한국문인협회 이사, 한국아동문학가협회 회장 등을 지냈다.

게 선생님 소식을 전했더니 협회에 가입하는 것이 좋겠다는 의견이었습니다'라고 하면서 권정생에게 아동문학가협회 가입을 권한다. 이렇게 시작된 인연은 두 사람이 죽을 때까지 계속 이어진다.

《살구꽃 봉오리를 보니 눈물이 납니다》는 두 사람이 주고받은 편지를 시간 순서대로 늘어놓은 것에 불과하지만, 독자에게는 편지 이상의 큰 의미가 있다. 이오덕과 권정생을 그저 유명한 아동 문학 평론가, 좋은 작품 많이 쓴 아동 문학가 정도로만 알고 있는 보통 사람들에게 두 사람의 인간적인 속마음을 엿볼 수 있는 기회를 주기 때문이다.

1937년 일본의 빈민가에서 태어난 권정생은 광복 뒤 외갓집이 있는 경상북도 청송으로 왔지만, 가난한 살림 때문에 가족과 헤어져 살아야 했다. 어려서부터 나무 장수, 고구마 장수, 담배 장수, 가게 점원 등을 하며 힘겹게 살던 권정생은 젊은 나이에 결핵과 늑막염 등의 병을 얻어 평생 고통에 시달리며 고달픈 생활을 했다. 방랑 생활을 하던 권정생은 1967년 경상북도 안동에 있는 교회 옆 작은 문간방에 살면서 종지기 일을 시작한다. 그리고 2007년 숨을 거두기까지 거기서 창작에 몰두했다. 최고의 작품 대부분이 바로 그 초라한 흙집에서 탄생했다. 병이 깊어 세상을 떠나기 전 7년 동안은 몸에 고무관을 꽂고 지낼 정도였지만, 글쓰기는 멈추지 않았다.

건강이 좋지 않은 권정생에게는 종지기 일은 물론 원고지 몇 장을 채우는 일도 목숨을 건 모험이었다. 이오덕이 "펜에 먹물을 찍어 쓰는 게 아니라 피를 찍어 쓴다"라고 할 정도로 권정생의 글쓰기는 그 자체가 삶과 죽음을 가로지르는 싸움이었다. 이런 이유 때문에 권정생이 이오덕에게 쓴 편지에 가장 많이 나오는 것도 '아프다', '외롭다' 같은 말이다. 이오덕은 권정생이 그렇게 써서 보낸 편지를 받으면 답장을 쓸 때 진심으로 아픈 마음을 함께 전했다. 때로는 얼마씩 돈을 보내기도 했다. 그러면 권정생은 그 돈으로 약이나 원고지를 샀다. 편지를 모아 만든 책에는 이렇게 두 사람의 애틋한 사랑과 우정이 가득하다.

한국의 아동 문학에 관해 두 사람이 나눈 진솔한 대화도 마음에 와 닿는다. 1960년대 이후 전두환 정권이 끝날 때까지 아동 문학이라고 하면 교육적인 내용이 많았다. 특히 아이들에게 반공 사상을 심어주기 위한 책들이 많이 나왔다.

권정생은 잡지에 연재하던 《몽실 언니》를 단행본으로 내려고 하다가 북한을 '나쁘지 않게' 그리고 있다는 이유로 출판사와 마찰이 생겼다. 권정생은 이 일로 이오덕에게 편지를 쓰며 이렇게 말한다.

> 종로서적에서의 단행본 출판을 포기하기로 했습니다. 저는 절대 용공분자가 아닙니다. 공산주의 사회주의를 구체적으로 모르면서 반공도 용공도 할 수 있다는 건 어불성설입니다. 우리는 어느 것도 강요당해서는 아니 됩니다. …… 하느님 나라는 절대 하나 되는 나라가 아닙니다. 하나님 나라는 일만 송이의 꽃이 각각 그 빛깔과 모양이 다른 꽃들이 만발하여 조화를 이루는 나라입니다.
>
> — 1980. 7. 24. 권정생 편지 중에서

답답한 현실에서 아픈 몸을 이끌고 바른 글쓰기에 열정을 다한 권정생의 심정이 그대로 묻어나오는 대목이다. 일본에서 태어난 권정생은 우리 아이들, 특히 북한 어린이들에게 큰 관심을 보이며 돕고 싶어했다. 세상을 떠나기 얼마 전까지 1년에 인세로만 1억 이상씩 벌어들이는 베스트셀러 작가였지만, 여전히 교회 옆에 있는 작은 흙집에 살면서 통장에 들어 있는 그 돈을 전혀 쓰지 않았다. 대신 그 돈을 북한과 아프리카 어린이들을 돕는 데 써달라는 유언을 남겼다.

이렇게 아름다운 책을 좀더 많은 사람들이 볼 수 있으면 얼마나 좋을까? 하지만 출판사는 이 책을 2003년에 출간한 뒤 한 달이 채 못 돼 모두 회수하고 절판했다. 그 이유는 권정생 때문이다.

한길사에서 처음 책을 내기로 하고 작업을 한 사람은 이오덕, 권정생과 친한 주중식* 씨였다. 이오덕의 부탁을 받은 주중식은 이오덕이 제목까지 달아 분류해놓은 편지들을 모아 책으로 엮었다. 2003년 여름 이오덕이 세상을 떠난 뒤 주

---

* 거창에 있는 샛별초등학교 교장이었다. 공교육에서 희망을 찾는 일에 큰 힘을 쓰고 있다. 쓴 책으로 《들꽃은 스스로 자란다》(한길사, 2005)가 있다.

중식은 책을 마무리해 11월에 한길사에서 초판을 펴냈다. 처음부터 나쁜 의도
는 아니었지만, 권정생에게 이 책에 관해 설명하지 않은 게 문제였다. 권정생은
책이 나온 걸 보고 깜짝 놀라 출판사에 급히 연락했다. 책 속에 자기가 사는 마
을 사람들 이야기가 많이 나오는데 그 사람들 중에는 자기 이야기가 책으로 나
오는 걸 좋아하지 않는 사람들이 많다는 뜻을 전했다. 한길사는 권정생의 뜻을
알아듣고 곧장 서점에 풀린 책을 회수했다. 이것으로 이 책이 사람들과 만날 수
있는 길이 끊어졌다. 책은 권정생이 세상을 떠난 뒤 지금도 다시 나오지 않고
있다.

그러면 그때 회수된 책은 모두 어디에 있을까? 이오덕의 아들인 이정우 씨는
아버지의 교육 정신을 실천하기 위해 충청북도 충주시 산골짝에 '이오덕학교'라
는 대안학교를 만들어 운영하고 있다. 서점에서 사라진 책은 여기에 있다. 초등
학생 아이를 두고 있는 부모들 중에 뜻 있는 사람들은 특별히 광고도 내지 않
는 이오덕학교를 알음알음 찾아간다. 참교육에 관심 있는 교육자나 성직자들
도 더러 이 학교를 찾는다. 반가운 책이 바로 거기 공부방 책꽂이에 있다.

나는 이 책을 성균관대학교 앞에서 '풀무질'이라는 책방을 운영하고 있는 은
종복** 씨에게서 선물로 받았다. 은종복 씨는 얼마 전 이오덕학교에 다녀오는 길
에 이 책을 몇 권 가지고 와서 뜻 맞는 사람들과 나누고 있다면서 특유의 어린
아이 같은 웃음을 지었다. 안 그래도 보고 싶은 책이었기 때문에 기쁜 마음으로
받아들고 첫 장을 폈다. '살 수도 팔 수도 없는 책, 이오덕 공부방에서는 볼 수
있는 책입니다'라는 글씨가 맨 먼저 보였다. 그날 나는 대구에 일이 있어서 버스
를 타고 내려가는 길이었다. 세 시간이 조금 넘게 걸리는 버스 여행에서 오랜만

---

* 2010년 보리출판사에서 펴낸《살구꽃 봉오리를 보니 눈물 납니다 — 아주 특별한 노래상자》는 제목이 같을 뿐 내용은 다
른 책이다. 이 책은 권정생, 이오덕의 편지글 모음이 아니라 백창우 씨가 만든 시 노래를 엮은 것이다. 여기에는 권정생과 이오
덕 시로 노래를 만든 것이 들어 있다.
** 은종복 씨는 성균관대학교 앞에서 벌써 20년 가까이 풀무질 책방을 운영하고 있다. 대학교 앞에서 술집이 아니라 책방을
하는 것도 겁 없는 일인데, 더욱이 이 책방은 인문사회과학 책을 전문으로 팔고 있다. 김영삼 정권 때는 대학생에게 불온 서
적을 판다며 유치장 신세를 지기도 한 은종복 씨는 빠듯한 책방 살림이지만 많은 진보 단체, 환경 단체, 인권 단체 등에 기
부금을 내고 시간을 쪼개 뜻 있는 일을 많이 하는 걸로도 유명하다. 7년 동안 쓴 글을 모아서《풀무질, 세상을 버리다》(이후,
2010)를 펴내기도 했다.

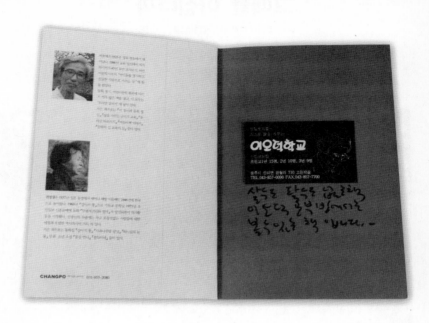

에 졸거나 멀미도 하지 않고 그 책을 다 읽었다.

5월이다. 권정생이 세상을 떠난 지 벌써 3년이 지났다. 우리가 이오덕을 잃은
건 7년이나 됐다. 하지만 이 책이 앞으로도 다시 책방에서 팔릴 일은 없을 것 같
다. 아쉽기도 하지만 한편으로는 다행이라는 생각이다. 이것은 꾸며서 쓴 소설
이 아니다. 두 사람이 진심을 담아 쓴 마음의 편지다. 이 편지를 영원히 두 사람
만의 것으로 남겨 두는 것도 괜찮지 않을까.

그때를 아십니까

《1979년》 | 이병주 | 세운문화사 | 1978

나는 1975년에 태어났다. 그러면 나는 1970년대 사람일까? 아무리 끼워 맞추려고 해도 1970년대 사람은 아니다. 태어난 건 그때지만 1970년대에 관한 어떤 기억도 남아 있지 않다.

성북구 정릉동에서 태어난 나는 집에서 가까운 초등학교와 중학교를 다녔다. 늘 걸어서 다녔기 때문에 대중교통을 이용할 일이 없었다. 스스로 버스를 타고 동네를 벗어난 건 초등학교 4학년 이후 일이다. 그 이전에는 걸어서 왔다 갔다 할 수 있는 동네 언저리가 내게 유일한 '사회'였다.

그래서인지 오랜 시간이 지난 것도 아닌데 1970년대를 생각하면 까마득하게 먼 과거처럼 느껴진다. 그때는 컴퓨터라는 게 없었다. '삐삐'도 없을 때니까 휴대전화는 당연히 없고, 집 전화도 없어서 필요할 때는 수동 분배기를 설치해 전화선 하나를 옆집과 공동으로 사용했다. 우리 집 부엌에는 전자레인지나 오븐이 없었다. 석유를 사용하는 곤로*가 있을 뿐이었다. 겨울에는 연탄을 때서 생기는 열로 방바닥을 덥히는 보일러를 썼다. 이 연탄보일러는 때를 맞춰 보일러에 들어가는 물을 계속 보충해주고, 연탄불을 꺼뜨리지 않게 조심해야 한다. 물이 없으면 보일러가 타서 망가지고, 연탄불이 꺼지면 바로 보일러도 식는다. 추운 겨울밤 연탄불이 꺼지면 오들오들 떨면서 부엌으로 나가 번개탄을 꺼내 다시 불을 지피던 기억이 바로 어제 일처럼 생생하다.

이렇게 어릴 때 기억은 집과 동네에서 그친다. 그때만 해도 아이들은 어른들이 하는 일을 굳이 알 필요가 없었고, 알려고 하지도 말아야 했다. 텔레비전을 보다가 밤 9시가 되면 뉴스를 시작하기 전 꼭 이런 소리가 나왔다. "어린이 여러분 이제 잠자리에 들 시간입니다. 일찍 자고 일찍 일어나는 건강한 어린이가 됩시다(이게 정확한지는 모르겠다)." 아마도 많은 아이들이 이 말을 듣고 잠자리로 갔을 것이다. 그리고 어른들은 '땡전뉴스**'라고 불리던 9시 뉴스를 봤다.

---

* 일본어인 '곤로(焜爐, こんろ)'를 그대로 쓴 말이다. 우리말로는 뭐라고 불러야 할까? 화로? 잘 모르겠다. 어떤 사람들은 이것을 '풍로'라고도 불렀다. 이제는 석유곤로를 쓰는 집이 거의 없다. 초등학교 때까지 우리 집은 이 곤로를 사용했다.

** 전두환 정권 때 저녁 9시를 알리는 종이 울리고 텔레비전에서 뉴스가 시작하면 아나운서가 늘 "전두환 대통령은 오늘……"이라고 대통령 이야기를 먼저 시작한다고 해서 9시 뉴스를 '땡전뉴스'라고 불렀다.

가장 인상 깊은 기억 중 하나는 1981년 여의도에서 벌어진 '국풍81'이다. 어머니와 함께 만원버스를 타고 가서 본 국풍81*은 대규모로 열린 축제 같은 것이었는데, 어린 내가 보기에도 구경 온 사람이 너무 많아서 여의도 광장이 비좁게 느껴질 정도였다. 거기서 뭘 구경했는지 전혀 기억나지 않는다. 어머니는 축제에 다녀온 기념으로 장난감 장구를 하나 사주셨는데 몇 번 갖고 놀다가 책상 서랍 속에 넣어두고 잊어버렸다. 내가 기억하고 있는 건 거기까지다.

이 모든 게 왠지 모를 강박증처럼 다가오던 때가 있었다. 내가 태어나고 자란 때는 1970년대인데 왜 그때 기억은 지우개로 지운 듯 전혀 남아 있지 않은 것일까? 어릴 때부터 책에 푹 빠져 지낸 나는 초등학교 고학년이 되면서 종로서적이나 사직공원 안에 있는 어린이 도서관에 문턱이 닳도록 드나들며 1970년대에 관한 책을 찾아 읽었다. 물론 이때 읽은 책들은 전문 서적이 아니라 대부분 어린이와 청소년을 위한 책이었다. 그래도 그런 책을 통해 1970년대는 아주 중요한 일이 많이 일어난 때라는 것을 조금은 짐작할 수 있었다.

1970년 7월에 경부고속도로가 개통됐다. 그해 11월에는 평화시장에서 전태일이 분신자살했다. 1972년에는 '7·4남북공동성명'과 '유신헌법', 1974년에는 지하철이 개통되고, 육영수 여사가 피격당해 목숨을 잃는 사건이 있었다. 1979년 10월 '부마민주항쟁'이 터졌고, 뒤 이어 박정희마저 수하의 총에 맞아 숨을 거둔다. 그리고 그해 겨울 '12·12 사태'로 전두환이 정권을 잡는다. 전두환은 1980년 광주에서 시위하는 사람들을 학살하고……. 아니다. 내가 본 책에는 전두환이 시위대를 학살했다고 나와 있지 않았다. 북한 괴뢰의 사주를 받고 봉기한 폭도들이 무고한 시민들에게 피해를 주지 않도록 정부가 제압하고 광주 시민의 안전을 지킨 것으로 돼 있었다.

고등학생이 된 뒤에도 1970년대를 향한 관심은 사라지지 않았다. 드디어 나는 청계천과 황학동을 돌면서 책과 레코드판 파는 가게를 기웃거렸다. 그곳에

---

* 1981년 5월 28일부터 6월 1일까지 닷새 동안 여의도에서 열린 문화축제다. 전국에서 많은 대학생들이 동원돼 행사를 만들었다. 해마다 열리는 축제인 줄 알았는데 1981년에 딱 한 번 하고 말았다. 1980년 5월 광주에서 일어난 민주화 운동 1주년을 맞아 전두환 정권이 그 분위기를 무마시키기 위해 대학생들을 대거 동원해서 이런 행사를 만들었다.

서는 책에서 보던 것 말고 더 재미있는 것들을 구경할 수 있었다. 레코드판을 뒤져보니 대학가요제*, 강변가요제**, 해변가요제*** 같은 음악 축제가 모두 1970년 대부터 시작됐다. 모두 풍족하지 못하던 때인데 해마다 젊은이들이 축제를 벌이는 게 이상했지만, 나중에 알고 보니 대학생들이 스스로 '놀자 판'을 벌인 게 아니라 어두운 정치와 사회 현실을 덮으려고 정부가 주도한 쇼에 불과했다. 쇼의 절정은 단연 컬러텔레비전****보급과 프로야구 개막*****이고, 그 피날레는 '88서울 올림픽'이었다.

그렇게 청계천 쪽 헌책방을 돌아다니면서 얻은 가장 큰 수확은 새 책을 파는 서점에서는 만날 수 없는 여러 소설책을 싸게 구해 읽을 수 있는 것이었다. 1980년대까지만 해도 청계천 평화시장 쪽에는 지금과 비교할 수 없을 만큼 많은 헌책방이 줄지어 들어서 있었다. 그곳은 나처럼 어린 학생부터 대학생, 직장인, 나이 많은 어르신까지 책을 사러 나온 사람들로 늘 차고 넘쳤다.

나는 거기서 김승옥의 오래된 책을 읽었고, 황석영, 이청준, 김지하 같은 작가도 알았다. 그러나 내게 가장 큰 충격을 준 작가는 이병주였다. 이병주의 책을 청계천에서 처음 보기 전까지 나는 그 이름조차 들어본 적이 없었다. 다만 책방을 옮겨 다닐 때마다 이병주라는 작가가 쓴 책이 유독 많이 보였기 때문에 조금 궁금했을 뿐이었다.

그러다가 순전히 호기심 때문에 집어 든 책이 《1979년》이다. 책등에 제목과 함

---

* 1977년 9월 서울 정동 문화체육관에서 처음으로 대학생 음악 축제가 열렸다. 대상을 받은 팀은 〈나 어떡해〉를 부른 '샌드 페블스'다. 그밖에 동상을 받은 '서울대 트리오'의 〈젊은 연인들〉, 함중아가 부른 〈내게도 사랑이〉 등이 1회 대학가요제에서 나왔다.
** 1979년 여름, 처음으로 청평에서 시작됐다. 적당한 무대가 없어서 호수 위에 빈 드럼통을 묶은 나무 판을 엮어 무대로 썼다. 1회 대상 곡은 '홍삼트리오'의 〈기도〉. 1981년까지 '강변축제'라는 이름으로 이어지다 1982년부터는 '강변가요제'로 이름을 바꿨다.
*** 1978년 TBC 방송국 주최로 연포 해수욕장에서 처음 열렸다. 2회와 3회 대회는 '해변가요제'가 아닌 '젊은이의 가요제'로 이름을 바꿨다. 1회 대회 장소만 해변이었고, 다음부터는 장충체육관으로 무대를 옮겼기 때문이다. 해변가요제를 통해 구창모가 보컬을 맡은 '블랙 테트라'를 비롯해 '장남들', '런 어웨이', 배철수의 '활주로' 등 역량 있는 그룹사운드들이 유명해졌다. 이 대회에서는 인기상에 그쳤지만 통기타 듀엣으로 나온 '벗님들'의 연주를 나는 가장 좋아한다. 나중에 벗님들은 드러머를 영입해 3인조 밴드 '이치현과 벗님들'로 재탄생하고, 1980년대 가요 프로그램에서 정상을 차지할 정도로 인기를 누렸다.
**** 한국에서 처음으로 전파를 탄 컬러텔레비전 방송은 1980년 12월 1일 수출의 날 기념식이었다.
***** 고교 야구만 있던 한국에 프로야구 경기가 처음 열린 건 1982년 3월 27일이다. '삼성 라이온스'와 'MBC 청룡'이 겨룬 개막전 경기에서 전두환 대통령이 시구를 했다.

게 '이병주 칼럼'이라고 적혀 있었다. 그러니까 이 책은 이병주 작가가 쓴 짧은 칼럼을 모아 엮은 책인데, 우선 제목이 내 눈을 확 잡아끌었다. '1979년이라!' 이 책 안에는 궁금해하던 1970년대에 관한 이야기가 가득할 거라고 생각했다. 게다가 묵직한 하드커버에 마치 1968년 멕시코 올림픽 공식 포스터를 따라한 것 같은 멋진 검정색 제목 디자인도 마음을 설레게 했다.

책을 펴서 발행 연도를 보니 재미있게도 1978년 겨울이었다. 아직 1979년이 안 됐는데 제목을 그렇게 지었다는 게 우습기도 했지만 뭔가 대단한 의미가 있을 것 같아서 그 책을 사들고 집으로 와서 천천히 읽기 시작했다.

예상대로 책 내용은 이병주가 여러 곳에 기고한 칼럼을 모은 것이었다. 칼럼은 모두 63편으로, 주제에 따라 분류가 돼 있었는데, 각각 '사상과 정치와의 사이', '성의 자유, 성의 타락', '계산할 줄 모르는 사람들', '발각됐다, 튀어라'였다. 이병주가 가장 많은 부분을 할애한 곳은 첫 부분인 '사상과 정치와의 사이'다. 제목만 봐도 알 수 있듯이 각종 정치, 사회에 관련된 칼럼을 모아놓았다. 모두 열아홉 꼭지였는데, 기대하던 한국 얘기보다는 외국 얘기가 훨씬 많았다. 특이하게도 그중 네 꼭지는 스탈린과 아들딸, 아내에 관한 내용이었다. 세운문화사에서 처음으로 펴낸 《지리산》이 1978년에 나왔으니까, 아마도 이때는 공산당과 공산주의에 관한 책들을 탐독하고 있을 시기였기 때문에 그런 칼럼을 여러 편 썼을 것이다.[**]

어쨌든 좀 실망스러웠다. 한국 얘기가 많지 않았기 때문이다. 그 대신 '성의 자유, 성의 타락'에서는 1970년대 재미있는 사회 풍속을 엿볼 수 있다. 그리고 '발각됐다, 튀어라'는 평범한 사람들의 사고방식에 관한 글이었기 때문에 꽤 흥미롭게 읽었다.

솔직히 이 책을 처음 봤을 때 가장 관심이 있었던 건 당연히 '성의 자유, 성의

---

[*] 그때 학생들 사이에서는 우표 수집이 인기 있는 취미 생활이었다. 나를 포함해서 적지 않은 친구들이 올림픽 기념우표를 주로 모았는데, 그중에서 1968년 멕시코 올림픽 기념우표는 그림이 멋있어서 중요한 수집 대상이었다.
[**] 칼럼 〈스탈린의 딸〉 첫 부분에 이런 얘기가 나온다. "나는 요즘 공산당에 관한 대하소설을 쓰기 시작한 때문도 있어 소련과 동구 관계의 자료를 모으기도 하고 읽기도 하는 시간을 비교적 많이 갖게 되었다."

타락' 아래 있는 글들이었다. 사춘기 소년의 호기심을 가득 담아 은밀히 펼쳐봤지만 정작 성에 관한 내용은 두 편뿐이고, 그나마도 내용은 별거 없었다.

그중에 〈이조의 성풍속〉은 조선 시대 사람들의 은밀한 성생활을 다룬 글이 아니라 유교적 가치관에 바탕을 둔 우리의 성 풍속이 다른 나라들보다 건전하다는 얘기였다. 심지어 이병주는 칼럼 마지막에 "여성 여러분, 이조 시대에 태어나지 않은 것만으로도 다행이라고 여기십시오"라고 써놨다. 참 허탈한 엔딩 크래디트다.

이런 게 1970년대 느낌일까? 어릴 때는 이 책을 한두 번 훑어보다가 덮어놓고 다시 보지 않았지만, 지금 다시 보니 재미라고 해야 할지 쓴웃음이라고 해야 할지 애매한 느낌을 주는 글들이 꽤 있다. 이병주가 어느 대학생을 만난 자리에서 사회 문제(대학생은 그때 군부 정권을 비판했다)를 이야기하다가 이제 더는 보릿고개가 없으니 이만하면 풍요로운 나라가 아니냐고 말하는 장면이나(17~18쪽), 유럽과 미국은 여성이 자유롭기 때문에 성적으로 타락한 나라라고 말하는 게(117쪽) 그렇다. 특히 교육에 관심이 많았는지 '성의 자유, 성의 타락'의 절반 정도를 대학의 자유화라든지 교육이란 게 어느 정도까지 가능한 것인지 반문하는 글로 채우고 있다. 물론 이 글들을 지금 읽어보면 꽤 시대에 뒤떨어진 얘기들이 많이 나오는 건 어쩔 수 없다.

그중에서도 눈에 띄는 글이 있다. 제목도 아주 도발적인데, '여자는 대학을 나와야 하는가'다. 지금 같으면 곳곳에서 돌멩이가 날아올 만한 이야기인데, 퇴계 이황 선생의 일화를 들면서 여자가 대학을 나와야 하는 이유가 100가지 있다면 나오지 않아도 좋은 이유도 많기 때문에 당장 결론 내기 어려운 문제라는 내용으로 얘기가 시작된다. 그리고 이어지는 내용은 1970년대 시대상을 잘 나타내는 예들로 채워진다.

이를테면 여자가 대학을 나와야 하는 이유는 크게 두 가지다. 좋은 직장에 취직하는 것, 아니면 좋은 집안의 사람과 결혼하는 것. 이 두 가지 목적이 아니라면 여자는 굳이 대학 교육까지 받을 필요가 있겠느냐 하는 것이다. 특히 여자는 시집을 잘 가야 하는데, 명문가 며느리가 되고 싶은 야망이 없다면 대학 교육은 오히려 독이 된다. 이병주는 "결론적으로 말해서 대학 출신의 마누라는 여성 일반의 결점에다 지식 여성의 결점까지 겹쳐서 남편에게 군림하는 존재가 되기 쉬운 것이다"라고 말한다.

좋은 직장에 취직하는 문제도 그렇다. 여자가 대학을 나와서 전문 지식을 쌓으면 당연히 좋은 직장에 취직할 수도 있겠지만, 이것은 극히 일부 여성에게 해당하는 일이다. 대부분 여자들은 평범한 직장에서 일하게 되는데, 대학을 나온 여자는 "어느 정도 이상으로 월급을 주어야 하고 성실할 수도 있으나 연애, 기타 개인 사정이 여고 졸업생보다는 비교적 복잡한 탓으로 직장에 백 퍼센트 성실할 수 없는 경우가 많다"고 얘기한다.

그밖에도 여자가 꼭 대학을 나오지 않아도 될 이유를 몇 가지 더 든다. 물론 이 모든 게 1970년대 이야기이기 때문에 지금과 비교하면 맞지 않는 구석이 많다. 그래도 1970년대에는 이런 이야기가 꽤 당연한 이야기로 들렸을 것이다. 이병주가 누구인가? 유명한 작가에다가 신문사에서도 오랫동안 일한 지식인 아닌가?

어쨌든 《1979년》이라는 책을 30년이 지나 다시 읽으면서 소설가 이병주의 오래된 생각을 슬쩍 엿봤다. 이병주가 정력적으로 글을 쓴 1970년대 사람들 생각도 함께. 태어나기는 했지만 전혀 알지 못하는 그때 일을 책은 기억하고 있다. 책은 기억을 가둔다. 그것이 좋은 기억이든 그 반대이든 책은 무심히 기억을 보듬어 안으며 산다.

내가 나림那林 이병주를 대단하게 생각하는 것은, 소설가로서는 아주 늦은 나이인 마흔네 살에 문단에 나왔는데도 일흔 살을 조금 넘긴 나이로 세상을 떠나기 전까지 신기에 가까울 정도로 많은 글을 남겼다는 사실이다. 책방을 운영한답시고 바쁘게 살지만 평소에 책 읽기와 글쓰기에 게으른 나와 비교하면 전설 같은 존재다.

1965년 《세대》에 발표한 데뷔작 《소설·알렉산드리아》를 시작으로, 30년이 채 안 되는 작가 생활 동안 《관부연락선》(신구문화사, 1973), 《지리산》(세운문화사, 1978), 《산하》(동아일보사, 1985) 등 근현대사를 치밀하게 재현한 대하소설을 비롯해 장편, 단편, 산문 등 장르를 가리지 않고 많은 작품을 발표했다. 이병주가 살아 있을 때 나온 작품집만도 60권이 넘고, 소설만 따져도 80여 편이나 된다. 그밖에 《1979년》 같은 칼럼집이나 산문집까지 합하면 정말이지 글을 기계로 뽑아 냈다는 말이 실감이 날 정도다. 병으로 생을 마감하기 직전까지 한 달 평균 원고지 1000장을 썼고, 죽음이 다가오는 순간에도 다음에 쓸 작품을 구상하고 있었다고 하니 이만한 작가 정신이 또 없다.

이병주가 태어난 경상남도 하동에는 이병주의 문학 정신을 기리는 이병주 문학관이 들어섰고, 2007년부터는 '이병주 국제 하동 문학제'를 시작으로, 다음 해에는 '이병주 국제 문학상'이 제정돼 운영되고 있다.

소년 장정일, '포르노' 소설을 쓰다

《그것은 아무도 모른다》| 장정일 | 열음사 | 1988

장정일은 글 써서 먹고 사는 작가다. 지금까지 별별 글을 다 썼다. 시를 많이 썼지만, 소설도 많다. 희곡도 썼다. 지금 당장 작가 장정일에 관해 얘기하라고 하면 가장 먼저 무엇이 떠오르는가? 많은 사람들이 《아담이 눈뜰 때》(미학사, 1990), 《내게 거짓말을 해봐》(김영사, 1996) 등 이른바 변태적인 내용을 담고 있는 소설을 떠올린다. 그런가 하면 어떤 사람들은 《장정일의 독서일기》 시리즈를 떠올리며 무척 학구적인 장정일의 모습을 그린다. 최근에 장정일을 알게 된 사람들은 열 권짜리 《삼국지》(김영사, 2004)를 읽었을 것이다. 또는 텔레비전에 나와서 〈TV, 책을 말하다〉를 진행하는 모습을 기억하기도 한다.

괴상한 주인공이 변태적인 일을 벌이는 소설부터 새롭게 해석한 삼국지, 그리고 가장 최근에는 보수파 젊은이 이야기를 그린 소설 《구월의 이틀》(랜덤하우스코리아, 2009)까지, 장정일은 말 그대로 전방위 작가라고 해도 괜찮을 정도로 여러 가지 장르를 넘나들며 끊임없이 시도하고 실험을 계속해온 사람이다.

그러면 좀더 옛날로 돌아가자. 장정일은 1984년 《언어의 세계》 3집에 〈강정 간다〉를 발표하며 시인이 됐다. 하지만 시인 장정일이 유명해진 건 몇 년 뒤 《햄버거에 대한 명상》(민음사, 1987)이라는 시집을 통해서다. 그 뒤 《서울에서 보낸 3주일》(청하, 1988), 《길 안에서의 택시 잡기》(민음사, 1988)를 펴냈지만 큰 빛을 본건 아니다. 그러던 장정일은 1990년대 이후 갑자기 소설을 쓰기 시작한다.

공식적으로 장정일의 첫 소설은 1990년 미학사에서 펴낸 《아담이 눈뜰 때》다. 그리고 2~3년 걸러 한 번씩 소설을 발표했다. 1992년 《너에게 나를 보낸다》, 1994년 《너희가 재즈를 믿느냐》, 1996년 《내게 거짓말을 해봐》, 1999년 《보트하우스》 등이다. 공교롭게도 이 소설들은 모두 '변태 소설'이라고 불리기도 한다. 주인공들의 성적인 환상이나 경험을 중심으로 풀어낸 독특한 내용 때문이다.

장정일의 소설은 마광수 교수의 책이 그랬듯 대부분 일찍 절판되고, 서점에 뿌려진 책도 대부분 회수되는 운명을 맞았다. 그래서 1990년대 펴낸 장정일의 소설은 대부분 조금씩 웃돈을 주고 헌책방에서 구해야 할 정도로 귀한 컬렉션이 됐다. 변태 소설이라는 우스운 별명에도 불구하고 평론가들은 그 소설들을 높이 평가했다. 이 시기에 쓴 소설들이 대부분 영화로 만들어진 것을 보면 알수 있다.

하지만 1990년 이전에 쓴 소설이 있다는 것을 아는 사람은 많지 않다. 헌책방을 돌아다니며 장정일 작품 컬렉션을 찾는 사람들에게는 바로 이 소설이 목표다. 그 소설은 바로 《그것은 아무도 모른다》(열음사, 1988)다. 많은 사람들이 알고 있듯이 장정일이 소설을 쓴 건 1990년 이후인데 1988년, 그러니까 열정적으로 시집을 펴내고 있을 시기에 소설을 낸 것은 이상하다. 이유가 뭘까? 우스운 소리 같지만 책 제목에 이미 답이 나와 있다. '그것은 아무도 모른다.'

검은색 표지에 작은 판형, 마치 애드거 앨런 포*의 '검은 고양이'를 연상케 하는 검정색 동물이 기분 나쁜 눈을 가늘게 뜨고 이쪽을 바라보고 있다. 이 동물은 처음 보면 고양이 같지만 자세히 보면 늑대 같기도 하다. 쫑긋한 귀를 보면 박쥐같은 느낌이 들기도 한다. 뭘까? 역시, '그것은 아무도 모른다.'

책 내용은 줄거리라고 할 것도 없이 단순하다. 주인공인 '나'가 소설을 쓰기로 결심하는 게 첫 장면이다. 그리고 실제로 소설을 구상하고 쓰는 과정을 보여준다. 쉽게 말하면 거기까지가 소설 내용 전부다. 하지만 이 소설을 그렇게 쉽게 보는 건 옳지 않다.

장정일은 이 책 첫 장에 이렇게 썼다. "해체란 삶 자체를 일컬음이며, 사람들이 그것을 가리켜 해체주의라고 부르기 훨씬 이전부터 나는 해체주의자였다." 익숙한 말이 나온다. '해체'**다. '해체'는 프랑스 학자인 자크 데리다가 쓴 책 제목이다. 여기서 《해체》 이야기까지 하면 너무 길어지기 때문에 일단 그렇다고 치자. 중요한 건 바로 이것이다. 장정일은 왜 책 첫머리에 자기를 '해체주의자'라고 밝힌 것일까?

이걸 조금이라도 이해하려면 장정일이 쓴 모든 작품을 다 읽어봐야 한다. 장

---

* 일본 추리 소설의 전설 히라이 타로(平井太郎, 1894~1965)는 미국 작가 에드거 앨런 포(Edgar Allan Poe, 1809~1849)를 존경한 나머지 그 이름을 따서 필명으로 삼았다. 그 이름이 바로 너무도 유명한 '에도가와 란포(江戶川亂步)'다. 일본 사람들은 장르 소설, 특히 추리 소설을 아주 좋아한다. 한국에서도 방영돼 잘 알려진 일본 애니메이션 〈명탐정 코난〉에서 주인공 '코난'은 이름이 '에도가와 코난'이다. 이 이름도 '에드거 앨런 포'와 '코넌 도일'에서 따온 것이다. 그런 이유 때문인지 이 만화를 들여올 때, '코난'의 고등학생 때 이름을 '남도일'로 번역했다.

** 쉽게 말해 데리다는 지금까지 나온 모든 철학이 결국 '문자유희' 또는 '언어유희'에 불과하다고 주장한다. 이 말은 '차연(差延, 프랑스어로는 différance)'이라고 번역된다. 그런데 이 말 자체가 언어유희의 결과물이다. 결국 장정일의 소설 《그것은 아무도 모른다》에서 끊임없이 반복되는 언어유희, 문장유희를 이해하는 데 데리다의 '해체'는 중요한 단서다.

정일은 그만큼 어려운 사람이다. 중요한 건 바로 이 소설이 장정일이라는 작가가 시인에서 소설가로 옮겨 가는 과정에 아주 중요한 위치를 차지하고 있다는 점이다. 소설을 보면, 장정일은 글자를 가지고 장난을 치듯이 도무지 알 수 없는 텍스트 덩어리를 바닥에 쏟아낸다. 이렇게 머릿속에서 바닥으로 쏟아낸 텍스트를 발끝으로 아무렇게나 쓱쓱 밀어서 모아놓은 것 같다. 어쩌면 이 소설은 장정일의 시를 모아놓은 것 같은 느낌마저 든다. 또는 글쓰기를 향한 고백, 푸념, 결심, 투쟁 같은 글이기도 하다.

주인공은 소설을 쓰려고 자리에 앉았지만 아직 제목도 정하지 못했다. 청탁을 받고 출판사에서 선금 100만 원도 받았지만 몇 개월째 쓴 것이라곤 고작 몇 문장뿐이다(소설에서 주인공에게 선금을 준 출판사는 바로 이 소설 《그것은 아무도 모른다》를 펴낸 열음사다). 주인공은 도대체 무슨 소설을 써야 할지 방황하며 일기장을 펼쳐서 처음부터 읽어나간다. 그러다가 몇 문장 또 써본다. 하지만 이내 포기하고 다른 생각에 빠진다. 난삽한 생각에 빠져 있던 주인공은 어느 순간 그 생각을 그대로 옮겨 소설로 쓰고 있다. 소설 속에서 소설을 쓰고 있는 소설가는 바로 지금 독자가 읽고 있는 이 소설에 나오는 소설가가 소설을 쓰고 있는 그 내용이다. 여기까지 생각하면 슬슬 머리가 아프다. 어쨌든 주인공은 소설을 끝냈다. 바로 지금 독자가 보고 있는 이 소설을 말이다.

《그것은 아무도 모른다》가 책 사냥꾼들의 목표가 된 것은 바로 이런 장정일이라는 독특하고 복잡한 사람을 갈기갈기 해체하고 싶은 욕심 때문이다. 여기에는 장정일이 앞으로 쓰게 될 이상한 소설이 어떻게 태어났는지에 관한 이유가 나온다. 왜 그런 소설을 썼는지, 어째서 그런 소설을 쓸 수밖에 없었는지 대답이 들어 있는 게 바로 이 책이다. 그 대답은 무엇인가? 물론, '그것은 아무도 모른다.' 그러면 나는 이렇게 말한다. "흥! 알고 싶지도 않다." 장정일이 원하는 대답이 바로 이런 것일 게다.

장정일은 이제 이른바 '변태 소설'은 쓰지 않는다. 한동안 텔레비전 프로그램을 진행하는 모습을 봤는데, 거기서도 이 사람 성향이 딱히 변태 같다는 느낌은 받지 못했다. 어떤 사람들은 장정일 생김새가 좀 변태 같다는 얘기도 하는데, 동의할 수가 없다. 적어도 나는 시인 기형도가 만난 '소년 장정일'의 모습이 변함없이 지금의 모습이라고 믿는다.

기형도는 산문 《짧은 여행의 기록》(살림, 1990)에서 대구 소년 장정일에 관한 이야기를 들려준다. 기형도가 장정일과 함께 호프집에서 맥주를 마셨는데, 그때 장정일이 곧 자기 이름으로 된 소설이 나온다는 말을 했다는 것이다. 그 소설이 바로 《그것은 아무도 모른다》이다. 기형도는 이 소설을 '포르노 소설'이라고 말한다. 아니, 이 말은 기형도가 그 소설을 읽어보지 않은 상태에서 쓴 글이니까 당연히 장정일 자신이 직접 한 말이다.

그밖에도 장정일은 술을 마시며 뮤지컬 〈지저스 크라이스트 슈퍼스타〉 중에서 마리아의 노래 〈그 사람을 어떻게 사랑해야 하나요 don't know how to love him〉를 포르노 가사처럼 번역해 이야기한다.˙ 이런 모습을 보면 장정일은 일거수일투족이 다 변태 같아 보인다. 하지만 기형도에게 장정일은 '소년'이었다. "책은 지문 묻을까봐 손을 씻은 뒤 읽으며, 초판만 읽지 재판은 읽지 않으며, 책에는 볼펜 자국을 남기지 않으며, 한 번 본 시들은 모두 외우다시피" 하는 별종 소년이었다.

나는 장정일을 한 번도 만난 적이 없지만(물론 기형도도), 글 속에 나타난 장정일은 소년 같다. 심지어 많은 사람들이 포르노 소설이나 변태 소설이라고 말하는 작품 속에서도 '소년 장정일'을 발견한다. 세상 그 어떤 더러운 곳에도 휩쓸리지 않고 써낸 순수한 문학, 맑은 언어들을 만난다.

최근에 다시 《그것은 아무도 모른다》를 처음부터 읽었다. 그리고 생각했다. 이걸 포르노 소설이라고 말하는 사람은 진짜 포르노가 뭔지 잘 모르는 사람일 거라고. 아니면 아주 잘 알고 있는 사람이거나. 장정일은 어느 쪽일까?

˙ 장정일은 기형도에게 이 노래 제목 중 'how to love him'을 두고 지금까지 해온 섹스 방법(편안한)으로는 그 사람을 사랑할 수 없어 절망하는 한 여인의 이야기라고 말한다.

덕혜옹주를 찾아간 신문 기자

《그리운 사람들》 | 김을한 | 삼중당 | 1961

책을 좋아하는 사람들, 책 읽기 좋아하는 사람들 중에는 '이야기'에 빠져 있는 사람이 많다. 책이라는 건 어쨌든 뭔가 풀어서 이야기해주는 것이기 때문에 그것을 귀로 듣는 것도 좋지만 천천히 눈으로 글자를 보면서 책 내용을 상상해보는 재미도 있는 것이다. 게다가 책에서 말하는 이야기가 흥미진진하다면 밤새도록 읽고 또 읽는 것도 마다하지 않는 게 그런 사람들이다.

흥미로운 이야기로 사람들 관심을 끄는 건 아주 오래전부터 있던 일이다. 아마 책이라는 물건이 생긴 뒤로 계속 그렇지 않았을까? 호메로스가 쓴 방대한 서사시를 생각해보면 그때도 얼마나 사람들이 이야기에 끌렸는지 이해된다. 지금 보면 좀 지루하기도 한 모험담이 그때는 베스트셀러였다.

지금도 그렇지만 모험담이라고 하는 게 사소한 사실을 부풀려 멋있게 보이려고 쓴 경우가 많기 때문에 큰 인기를 끌 수 있던 게 아닐까 싶다. 더구나 그렇게 오래전이라면 텔레비전이나 신문 같은 매체도 없었기 때문에 모험담이나 영웅 서사시 같은 경우 더욱 황당하게 이야기를 꾸몄을 것이다. 작가가 '오디세우스가 바다에서 포세이돈을 만났다'라고 쓰면 그게 사실처럼 받아들여지는 것이다. 신과 인간이 겁 없이 '맞장을 떴다'는 얘기인데, 이게 진짜라면 얼마나 멋진 일인가. 예나 지금이나 사람들은 확인할 수 없는 일일수록 더 큰 허세를 부리는 모양이다. 하긴 남자들이 간혹 술자리에서 군대 얘기하는 것도 어느 정도는 허세 아닌가.

때로 사람들은 그런 얘기가 허풍인줄 알면서도 좋아한다. 그래서 잘 만든 무협지나 로맨스 소설은 시간이 가도 인기가 식지 않는가 보다. 아니면 사람들이 기본적으로 남의 얘기 엿듣는 걸 좋아하기 때문인지도 모른다. 나는 사람들이 책에 빠져드는 이유가 바로 거기에 있다고 믿는다. 더구나 그게 유명한 사람에 관한 이야기라고 하면 궁금증은 더욱 커지는 법이다.

김을한은 사람들의 그런 심리를 잘 알고 있었던 걸까? 일제 강점기 시절 조선일보에서 기자 생활을 시작한 김을한은 매일신보사, 서울신문(지금의 서울신문과는 다른 신문사) 이사까지 지낸 뒤 출판사를 만들어 유명한 인물들의 전기를 여러 권 펴냈다.

그때 기자는 지금과는 다른 사람들이었다. 말하자면 '엘리트'였다. 국운이 기울고 일본이 우리 주권에 노골적으로 간섭하던 시절, 기자는 아무나 될 수 없는 직업이었다. 가슴 아픈 역사가 시작되려는 1900년대 초 서울에서 태어난 김을 한은 고등학교까지 서울에서 다니다가 일본 와세다대학으로 유학을 떠났다가 1923년 관동대지진이 일어나자 학업을 포기하고 한국으로 돌아와 이듬해 조선 일보 사회부 기자가 된다. 이렇게 시작한 언론인 생활은 1960년대 중반 은퇴할 때까지 계속된다.

이런 김을한이 지금 사람들 입에 다시 오르내리는 이유가 있다. 《덕혜옹주 — 조선의 마지막 황녀》(권비영, 다산책방, 2009)가 김을한과 적지 않은 관계가 있기 때문이다. 조선의 마지막 황녀인 덕혜옹주와 신문 기자 김을한은 무슨 관련이 있는 걸까? 아주 복잡한 이야기인데, 이건 조금 있다 말하기로 하고, 우선은 김 을한이 쓴 책 이야기를 해보자.

앞서 말했듯이 김을한은 사람들 심리를 잘 안 덕분인지 유명한 사람의 전기 나 뒷이야기를 담은 책을 몇 권 펴내 재미를 봤다. 그중에서도 조선일보 사장을 지낸 월남 이상재 선생의 일화를 엮어 만든 《월남선생일화집月南先生逸話集》(대한민 주여론협회大韓民主與論協會, 1956), 해방의 감격에서 환국에 이르는 영친왕의 슬픈 역 사를 엮은 《인간 이은李垠》(한국일보사, 1971) 등이 꽤 유명했다. 하지만 가장 대중 적인 인기를 얻은 건 역시 《그리운 사람들》일 것이다.

《그리운 사람들》은 4·19 이전 《연합신문》에 연재한 토막글을 모은 것으로, 앞부분은 1950년 한국전쟁을 전후해서 납북된 인물의 이야기를 다루고 있고, 뒤쪽은 일제 강점기 때 활동한 예술인과 독립 운동가를 소개하고 있다. 아름다 운 표지 그림은 김기창 화백의 솜씨이며, 장정은 역시 화가이며 김기창 화백의 아내인 박내현 여사가 했다.*

책을 펴냈을 때가 한국전쟁이 일어나고 만 10년이 됐을 때라 아직은 이런저 런 이유 때문에 북으로 간 사람들을 향한 궁금증이 남아 있을 때다. 더구나 김

---

* 이 책을 발견했을 때 1961년 초판인 것을 의심하게 만들 정도로 깨끗한 상태였다. 김기창 화백의 표지 그림과 박내현 여사
의 꼼꼼한 장정은 50년 세월을 뛰어넘어 지금 갓 태어난 아기처럼 순수한 모습이었다. 표지 그림과 장정에 들어간 정성 때문
인지 책 가격은 1500원으로, 1961년에는 조금은 부담스러운 가격이다.

을한은 기자 생활을 하면서 이런 사람들과 어느 정도 친분이 있었기 때문에 이야기를 꽤 자세하게 쓸 수 있었다. 그리고 중간 중간에 양념처럼 들어가 있는, 유명인들의 알려지지 않은 일화들을 읽는 재미도 빼놓을 수 없다.

책에 나오는 사람들 이름을 보면 누구든지 읽어보고 싶은 흥미가 생길 수밖에 없다. 고당 조만식 선생을 시작으로, 홍난파로 잘 알려진 작곡가 홍영후('난파'는 호다), 평생을 어린이와 함께 한 소파* 방정환, 독립선언문을 기초한 육당 최남선**, 대한민국임시정부 부주석을 지낸 김규식 박사 등……. 오랫동안 기자 생활로 다듬은 글솜씨에 담긴 다양한 일화를 읽고 있으면 과연 이 책이 1960년대에 나온 게 맞는지 의심스러울 정도다.

특히 재미있게 읽은 일화 몇 가지를 소개한다. 조만식 선생은 어릴 때 동네에서 소문난 싸움패 대장일 정도로 행실이 걸걸했다고 한다. 커서도 그 버릇을 버리지 못하고 늘 술과 노래를 달고 살았는데, 어느 날부터 기독교를 믿으면서 완전히 다른 사람이 됐다.

한국에서 숭실학교를 졸업하고 일본으로 건너가 메이지대학에서 공부했지만 조국을 침략한 일본에게 끝까지 반감을 가지고 살았다. 어느 정도였는가 하면, 일본에서 학교를 다닐 때 교복을 거의 입지 않았으며, 한국에 올 일이 있으면 부산에서 배를 내리자마자 교복을 벗어 보자기에 싸고 무명 두루마기를 입고 갓을 썼다고 한다. 이런 복장은 선생이 이 땅에서 사는 동안 전혀 바뀌지 않았다.

정주에 있는 오산학교 교장으로 있을 때 하루는 일본인 평안북도 지사가 학교 시찰을 온다고 하자 사람들이 조만식 선생에게 양복을 입고 마중 나가라고 권했다. 두루마기만 입었기 때문에 양복이 없는 선생은 이렇게 답하며 단박에 거절했다고 한다. "없는 양복을 입을 수도 없거니와 지사가 온다고 고읍까지

---

* 소파(小波)는 방정환이 일본 유학 시절 영향을 받은 아동 문학가인 이와야 사자나미(岩谷小波)에서 딴 것이다.
** 한국 최초 잡지인 《소년》을 만들었다. 최초의 신체시 〈해에게서 소년에게〉를 썼고, 기미독립선언문 초안 작업을 한 것으로 유명하다. 만세운동 뒤 체포돼 1921년에 가석방된 다음 변절한 것으로 알려졌다. 문학과 역사 연구 등 많은 부분에서 업적이 있지만 이광수, 윤치호 등과 함께 변절한 친일 지식인이라는 평가가 꼬리표처럼 붙어 있다.

마중 나갈 거야 없지 않습니까?"

이 일 때문에 숭실학교는 지사에게 잘못 보여 고등보통학교로 인가가 나지 않았다. 이 일로 선생은 사표까지 냈는데, 소문을 들은 숭실학교 학생들이 '고등보통학교가 되지 않아도 좋으나 조만식 선생님이 학교에 나오지 않으면 우리 모두 등교를 하지 않겠다'고 하면서 함께 동맹 휴학을 한 일이 있다.

묘비에 아무것도 쓰지 말고 커다란 눈 두 개만 새겨 달라고 한 유언도 유명하다. 한쪽 눈으로 일본이 망하는 것을 보고, 다른 눈으로는 한국이 독립하는 것을 보겠다는 의미였다.

유명한 가곡 〈봉선화〉의 작곡가이자 한국 최초의 바이올리니스트인 홍난파에게는 가슴 아픈 첫사랑이 있다. 어릴 때부터 음악에 뛰어난 재능을 보인 홍난파는 한국과 일본을 오가면서 열정적으로 연주 활동을 했다. 그 즈음 K라는 여인을 만나서 앞날을 약속하게 되는데, K는 이화학당 출신의 피아니스트이며 음악과장의 수양딸이었다. K의 어머니는 홍난파가 술을 좋아한다는 이유로 결혼을 반대했고, 급기야 어머니와 딸이 함께 미국으로 유학을 떠나버렸다.

K를 잊지 못한 홍난파는 얼마 뒤 한국과 일본의 활동을 모두 접고 사랑하는 여인이 있는 미국으로 유학을 떠났다. 준비를 제대로 하지 못한 미국 유학은 시련만 안겨주고, 결국에는 미국에서 사고를 당해 늑막염에 걸리게 되는데, 이것이 천재 음악인을 마흔넷 젊은 나이로 생을 달리하게 만든 계기가 됐다. 미국 유학을 마친 뒤 한국에 돌아온 홍난파는 숨을 거두기 전까지 일본을 찬양하는 음악을 만들고 친일 단체인 '조선문예회'에 가입해 활동하는 등 인생에 씻기 힘든 오점을 남겼지만, 여전히 위대한 음악가인 것은 많은 사람들이 동의하는 점이다.

소파 방정환은 서른세 해밖에 살지 못했지만, 평생 어린이를 위해 일한 사람이다. 아주 어릴 때부터 남다른 추진력으로 여러 가지 일을 많이 한 것으로도 유명하다. 이미 열 살 때 동네 아이들을 모아서 소년 조직을 만들어 함께 토론하고 연설도 했다고 한다. 도쿄 유학을 하던 시절, 불과 스물네 살 나이에 '색동회'를 만들어 어린이 잡지를 펴냈고, 한국 최초 동화집인 《사랑의 선물》을 발표했다.

김을한은 방정환이 《어린이》*, 《별건곤》** 등의 잡지를 만들 때 자주 원고 청탁을 받았다고 한다. 그때 김을한은 조선일보 기자로 일하고 있었는데, 기사를 써서 넘기면 방정환이 이것저것 조언을 해줄 정도로 감각이 뛰어난 사람으로 기억하고 있었다.

이렇게 김을한이 만난 사람들, 그리고 그 사람들과 맺은 관계는 무척 다양하지만, 그 모든 걸 아우를 정도로 중요한 건 앞에서 잠시 말한 덕혜옹주에 관한 것이다. 언젠가는 누군가에 의해서 세상에 알려질 일이지만 그동안 어두운 역사의 그림자에 가려져서 보이지 않던 한 사람에 관한 이야기다.

《덕혜옹주》를 통해서, 그리고 여러 기사를 통해서 알려졌다시피 김을한은 일본의 어느 정신병원에 있는 덕혜옹주를 발견해 한국으로 데려오는 데 큰 구실을 한 사람이다. 그런데 이때부터 수십 년 전으로 거슬러 올라가보면 이건 단순히 기자 한 명이 우연히 하게 된 일이 아니란 사실을 알게 된다.

덕혜옹주는 1912년 고종의 딸로 태어나 갖은 사랑을 다 받으며 자랐다. 궁안에 덕혜옹주를 위한 유치원을 만들었을 정도다. 일본은 영친왕 이은에게 그런 것처럼 옹주를 강제로 일본으로 데려가서 일본식 교육을 시키고 일본 사람과 결혼시키려고 했다. 이것을 염려한 고종은 황실의 시종인 김황진에게 은밀히 옹주의 신랑감을 찾아오라고 했다. 김황진은 얼마 뒤 자신의 조카인 김장한을 데려왔지만 일본이 막아섰다. 결국 김황진은 덕수궁에 드나들지 못하게 됐고, 고종은 얼마 지나지 않아 갑자기 승하했다.

이때 옹주와 긴밀히 약혼을 추진하려고 한 김장한이 바로 김을한의 동생이다. 김을한도 가슴 아픈 역사에 한쪽 몸을 기대고 있던 것이다. 덕혜옹주는 일본의 뜻대로 일본으로 거처를 옮겼고, 거기서 일본 남자와 결혼했다. 그 다음은

---

* 방정환이 1923년 3월에 창간한 한국 최초의 어린이 잡지. 1934년까지 나왔다. 처음에는 천도교 소년회가 중심이 돼 내용이 꾸며졌지만, 나중에는 여러 곳에서 널리 읽혔다. 방정환은 이 잡지에 '소파' 말고도 '몽견초', '몽견인', 'ㅈㅎ생'이라는 필명으로 글을 썼는데, 일본의 언론 검열을 피하기 위한 수단이었다.

** 別乾坤. 1926년에 창간해 1934년까지 나왔다. 1920년부터 나오던 《개벽》의 뒤를 잇는 잡지였는데, 《개벽》과 많이 다른 대중 잡지 성격을 가지고 있었다. 하지만 창간호 머리글에서 밝히고 있듯이 가벼운 내용은 아니었다. 넓게 보면 대중 계몽운동 성격이 짙은 잡지였다.

우리가 아는 대로다. 한 나라의 황녀, 옹주로서의 삶은 완전히 망가졌고, 처절한 삶을 살다가 조발성치매증, 즉 정신분열병으로 결국에는 정신병원에서 치료를 받기에 이른다.

김을한은 광복 이후 우리 기억에서 사라진 덕혜옹주를 정신병원에서 발견해 이승만 대통령에게 귀국을 허락해달라고 요청했지만 거부당했다고 한다. 덕혜옹주의 귀국은 시간이 흘러 박정희 정권 때 가능해졌다. 1962년 실로 오랜 세월을 기다려 덕혜옹주가 우리 땅을 밟았고, 이듬해에는 역시 김을한의 노력으로 영친왕 이은도 한국으로 돌아올 수 있었다.

기자였던 김을한과 황녀인 덕혜옹주의 인연은 거기서 끝이 아니다. 일본에서 옹주를 발견하기 전 김을한과 결혼한 민덕임은 바로 옹주와 함께 덕수궁 유치원에서 함께 지내던 친구였다. 일본으로 덕혜옹주를 찾으러 갔을 때 정신병원에서 만난 옹주는 이미 병세가 심해서 민덕임을 알아보지 못했다고 한다.

역사의 주체는 사람일 수밖에 없다. 이 땅에 사는 사람들이 집을 짓듯이, 성을 쌓듯이 하나하나 쌓아올려 커다란 역사를 이룬다. 그 안에서 어떤 사람은 즐겁게, 또 어떤 사람은 슬프게 살다가 간다. 어떤 경우는 덕혜옹주처럼 자기가 선택하지 않은 역사의 물결에 휘말려 자기 역사를 잃어버리는 경우도 있다. 그리고 이렇게 잃어버린 역사를 다시 찾아주는 것 또한 사람이 할 일이다.

김을한은 책에서 그저 '그리운 사람들'이라는 소박한 표현을 썼지만, 사실 그 사람들은 모두 우리가 지금까지 달려온 역사를 만든 사람들이다. 그중에는 독립 운동가도 있고 변절한 지식인도 있지만, 그것도 모두 우리 역사다. 역사는 좋은 것만 기억하면 안 되고, 나쁜 것이라고 해서 지워도 안 된다. 모두 알고, 배우고, 느끼고, 때로는 반성할 필요가 있다. 역사는 그렇게 소중한 것이다.

언제부터 언제까지가 청춘인가

《낯선 별에서의 청춘》| 장석주 | 청하 | 1991

내 스물한 살에 대해 무엇을 얘기할 수 있을까. 1974년 여름의 햇살이
얼마나 뜨거웠던가를 얘기하는 것은 그리 의미 있는 일 같지 않다.

— 《낯선 별에서의 청춘》, 45쪽

봄, 가을마다 날씨가 좋아지면 이상한 나라의 헌책방을 찾는 사람들도 많아
진다. 그냥 왔다 가는 손님도 있지만 《이상한 나라의 헌책방 — 어느 지하생활
자의 행복한 책일기》를 내고 난 다음부터는 라디오나 신문, 잡지에서 책방을 취
재하러 오는 사람이 부쩍 늘었다. 꽤 유명한 매체에서도 가끔 오지만 지역 신문
이나 대학 학보사에서 취재를 오는 경우가 더 많다. 이렇게 찾아와서 하는 인터
뷰라는 게 처음에는 좀 어색하고 힘들었는데 몇 번 하다 보니까 대개 어슷비슷
한 질문과 대답을 하게 되는 걸 알았다. 때로는 색다른 대답을 하기도 하지만
나중에 기사가 나온 걸 보면 그런 내용은 편집되고 그저 평범한 얘기만 있다.
이렇게 하다 보니 인터뷰가 재미없고, 한편으로는 크게 의미도 못 느끼게 됐다.
내가 하루에도 몇 번씩 인터뷰 요청을 받는 유명인이 아닌 게 다행이다.

그래서 오히려 잘 알려진 잡지나 신문보다 독립 잡지나 대학 학보사 인터뷰
가 더 재미있다. 내가 한 말이 그대로 실리는 경우가 많기도 하지만, 이상한 질
문도 많이 받기 때문이다. 예를 들면 이런 식이다.

"책을 많이 읽으셨다는데 왜 유명 대학에 못 가셨나요?"

"책 속에 길이 있다는 말을 믿으세요?"

"지루하고 재미도 없는 게 책인데 왜 책방까지 차릴 생각을 하셨나요?"

우스개처럼 들리기도 하지만 그 사람들은 진심으로 묻고 있는 것이다. 그러
면 나도 진심을 담아서 대답한다. 나는 이렇게 재미있는 인터뷰가 좋다.

고등학생이나 대학생을 만나다 보면 내 나이가 아직 마흔도 안 돼 늙은 건
아니지만 학생들이 너무 재미로만 세상을 살고 있는 게 아닌가 하는 생각이 든
다. 그러면 안 되는 거냐고 따져 물으면 할 말 없지만 세상을 재미로 살려면 더
많은 지혜가, 그리고 지혜를 얻기 위한 깊은 고민이 필요하다.

작년에 어느 대학교 학보사에서 책방을 취재하러 왔다. 사진도 찍고 여느 때
처럼 즐겁게 이런저런 얘기를 나누다가 학생 기자가 마지막 질문이라면서 책을

한 권 추천해달라고 했다. 대학생들이 읽을 만한 책으로 말이다. 나는 요즘 대학생들이 무슨 책을 좋아하느냐고 되물었다. 기자는 생각만큼 책을 잘 읽지 않는다면서 되도록 평범하고 잘 알려진 작가 책을 추천해달라고 대답했다. 나는 평소에 유럽 소설을 즐겨 읽으니까 그쪽 작가 책을 권하면서, "그렇다면, 카뮈는 어떨까요?"라고 운을 띄웠다. 그랬더니 돌아온 대답이 의외다.

"카뮈가 책 제목인가요?"

"아뇨, 프랑스 작가요. 알베르 카뮈."

학생들은 카뮈가 누군지 몰랐다. 처음 들어보는 이름이라고 한다. 작품 제목은 알지만 작가 이름을 기억하지 못하는 경우도 가끔 있는 일이니까 다시 한 번 《이방인》을 아는지 물어봤는데, 그것도 모른다고 한다. 당연히 대학생 정도면 카뮈를 알 거라고 생각했는데 예상이 완전히 빗나간 것이다. 당황한 표정을 억지로 감추면서, "그럼 도스토옙스키는 어떤가요? 《죄와 벌》, 《미성년》 같은 책이라면…….". 거기까지 말했을 때 학생 기자가 말을 끊고 들어왔다. "죄송하지만 그 작가도 누군지 모르겠는데요…….".

나는 순간, '그럼 대체 무슨 책을 추천해달라는 거야!' 하고 소리치고 싶었다. 물론 대학생이라고 해서 모든 사람이 카뮈나 도스토옙스키를 알아야 하는 건 아니지만 설마 이름도 모르리라고는 상상도 못했기 때문이다. 결국 전혀 마음에 들지 않았지만 무라카미 하루키*가 쓴 《어둠의 저편》***을 추천했다.

---

* 프랑스에서 활동한 작가. 알제리 사람이다. 《이방인》, 《시지프의 신화》 등으로 유명하다. 1957년에 노벨문학상을 받았고, 장편 소설 《최초의 인간》을 쓰던 중 자동차 사고를 당해 세상을 떠났다. 미완성작으로 남은 《최초의 인간》은 열린책들에서 번역돼 나왔다.

** 1949년 일본에서 태어나고, 와세다대학교에서 영화를 전공했다. 그래서 그런지 하루키의 작품은 아주 시각적이고, 다 읽은 다음에 영화 한 편을 본 듯한 느낌이 든다. 1979년에 발표한 《바람의 노래를 들어라》로 제22회 군조신인문학상을 받아 문단에 데뷔했다. 1982년 첫 번째 장편 소설인 《양을 둘러싼 모험》으로 제4회 노마문예신인상을 받았다. 1987년에는 《상실의 시대》가 60만 부 이상 팔리면서 일본에서 가장 잘 나가는 작가가 됐다. 이어서 최근에 발표한 《해변의 카프카》가 카프카상을 받았고, 《1Q84》 시리즈로 여전히 식지 않은 인기를 확인하고 있다.

*** 무라카미 하루키가 작가 데뷔 25주년을 기념하는 의미로 펴낸 소설이다. 어느 날 밤부터 다음 날 아침까지 두 자매에게 일어나는 일을 영화처럼 그려낸 작품으로, 이전에 보여주던 하루키 문학과 소재, 구성, 주제 면에서 적지 않은 차이가 있다. 하루키 문학의 전환점으로 보는 평가가 많은데, 나는 솔직히 하루키가 노벨상을 노리면서 의도적으로 글쓰기를 하고 있는 게 아닌가 싶은 생각을 갖게 한 소설이 바로 이 작품이다. 2005년에 문학사상사에서 나왔다. 번역은 문학사상사 대표인 임홍빈 씨가 했다.

학생들이 돌아가고 난 뒤 크게 실망했다. 그 일이 있고 며칠 동안 절대 모든 젊은 사람들이 다 그렇지는 않을 거라는 억지 생각을 집어넣었다. 하지만 얼마 지나지 않아 사건이 또 하나 일어났다. 도대체 대학생들이 무슨 교양을 갖고 있는 것인지 더욱 의심을 하게 된 사건이었다. 이번에는 어느 대학교 국문학과 학생들 대여섯 명이 책방에서 모임을 한 게 시작이었다. 학생들은 모두 2, 3학년들이고 문학 작품을 놓고 토론을 벌이고 있는 듯했다.

얼마 동안 자기들끼리 이야기를 주고받고 있는데 한 여학생이 갑자기 쿡쿡대면서 웃었다. 나는 왜 그리 웃는지 물었다.

"여기 이것 때문에요. 책 제목이 글쎄 몬테크리스토 백작이잖아요."

책장에 꽂혀 있는, 민음사에서 2002년에 펴낸 다섯 권짜리 《몬테크리스토 백작》 완역본을 보고 하는 소리다. '그래? 그게 어떻다는 거지?' 이유를 듣고 보니 이 학생 역시 《몬테크리스토 백작》을 처음 본 거였다. 당연히 알렉상드르 뒤마를 알 리는 더더욱 없고. 여학생이 책 제목을 보고 웃은 건 '몬테크리스토'가 베니건스의 메뉴 이름이기 때문이었다. 음식 이름과 사람 이름이 같다니! 정말 웃을 만한 일이긴 하다. 더욱 놀라운 사실은 거기 있는 모든 학생들이 '몬테크리스토'를 보고 여학생과 똑같은 생각을 했다는 것이다. 우스개로 "명색이 국문학과 학생인데 뒤마를 모르다니요?"라고 물었더니, 역시 웃자고 한 소리였겠지만 다른 학생이 이렇게 대답했다. "우리는 국문학과라서 외국 작가는 잘 몰라요." 이 말을 듣고 학생들과 함께 "흐흐" 어색하게 웃고 말았다.

일단 우스운 얘기는 여기까지 해두고(예를 들어서 그렇다는 건데), 청년들이 정말 책을 안 읽는 모양이다. 초등학교 다닐 때부터 죽어라고 공부를 해서 대학에 들어가는데, 그때까지 머릿속에 지식을 채우느라 바빠서 책을 읽으며 삶에 대해서 진지하게 고민할 시간은 정작 없는 모양이다.

언제부터 이렇게 됐는지, 누구 때문에 그런지 모르겠지만, 심각한 문제다. 젊은 사람들이 삶을 고민하지 않는 것 말이다. 젊을 때 걱정이라면 오로지 돈 벌어서 먹고 살 일만 따지지 스스로 고민해서 얻은 철학 없이 사는 청년들이 너무 많다.

가만히 생각해보면 이렇게 나무랄 게 아니다. 나부터 그랬으니까. 그래도 살면서 몇 가지 깊은 고민거리를 던져준 책이 있었기 때문에 감사할 뿐이다. 나도 돈이라는 걸 벌어보겠다고 열심히 회사에 나가 매일 똑같은 일상을 견디던 때가 있었고, 돈을 위해서라면 그런 고통은 아주 성스러운 희생이라고 믿던 시절이 있었다. 가끔 어느 날 갑자기 회사를 박차고 나가는 사람이 있으면 뒤통수에 대고 남몰래 군말을 쏟아냈다. '돈을 많이 벌어 놨나? 배가 불렀군!'

2002년 월드컵 축구가 한창이던 때도 경기장에 한 번도 가지 않았다. 심지어 텔레비전 중계도 거의 보지 않고 회사에 나가 일했다. 그런 나를 대견하게 생각하고 스스로 칭찬하면서 말이다. 그러다가 어느 날 퇴근하고 집으로 가는 길에 신촌에 있는 헌책방에 들러 장석주 소설 《낯선 별에서의 청춘》을 샀다. 무척 유치하고 게다가 말도 못하게 느끼한 제목이라고 생각했지만, 뭔지 모르게 끌어당기는 힘 때문에 그 책을 사고 말았다.

솔직하게 말하면 책 첫 장에 나와 있는 장석주의 근엄한 상반신 사진을 먼저 봤더라면 책을 사지 않았을 것이다. 하지만 책을 살 때는 사진을 못보고 곧바로 몇 장 더 넘겨 아무 문장이나 읽었다. 그 문장은 "거리에서, 뜻밖에 나는 나의 생애 어느 한순간에 밀착돼 있는, 그러나, 그게 딱히 어느 순간인지 잘 기억이 나지 않는, 그 익숙한 냄새에 이끌려 잃어버린 나의 삶을 찾아 나서기로 결심했다. 때로 진실은 그렇게 어처구니없는 방법으로 다가온다"였다. 아무 생각 없이 펼친 곳에서 운명처럼 내 청춘을 다시 돌아보게 하는 순간을 마주했다.

책을 사갖고 집으로 와서 대충 씻은 다음 저녁밥도 먹지 않고 읽기 시작했다. 장편 소설 치고 그리 길지 않아서 다 읽는 데 두 시간 정도 걸렸다. 이 책이 비록 소설 속에 나오는 주인공이 바라던 대로 역사에 길이 남을 만한 위대한 작품이라고 할 수는 없지만, 한 가지는 확실했다. 지금까지 내가 잊고 살던 뭔가를 찾아야겠다는 용기를 줬다. 내 청춘을 찾아 떠나야 한다. 다음 주나 내일부터가 아니라, 지금 당장.

소설 처음에 밝히고 있듯이 이 책은 사실이 아니라 허구다. 다 지어낸 이야기라는 것인데, 누가 봐도 이 책은 장석주 자신에 관한 이야기다. 주인공 이름이 장석주가 아니라 최영호지만, 그것만 빼면 모든 설정이 실재하는 장석주와 거의 같다.

최영호는 서른일곱 살이다. 지금 깊은 고민에 빠져 있다. 그 고민은 좀 진부하고 따분한 것일지 모른다. 자기 정체성과 실존에 관한. 요즘 같은 때 나이 서른일곱 살에 정체성 문제로 고민을 하고 있다면 미쳤다고 하겠지. 나이도 먹을 만큼 먹은 놈이 정신 못 차렸다고 친구들 사이에서 따돌림을 당할 것이다.

책이 처음 나온 1991년에 최영호가 서른일곱 살이니까 1954년에 태어난 장석주와 나이가 비슷하다. 최영호는 어느 날 서점에 갔다가 어떤 여성 작가가 쓴 시집을 읽고 문득 자신의 젊은 날을 되돌아보게 된다. 그리고 자서전을 쓰기 시작한다. 젊은 시절 겪은 고민, 방황, 사랑, 그 모든 게 어느 순간 한꺼번에 밀려오는 걸 감당하기 힘들었던 것이다.

자서전이라고는 하지만 최영호가 쓴 글은 1974년에 겪은 일들이 대부분이다. 그것도 '블루노트'라고 하는 재즈 카페에서 있던 일이 소설 내용 전부라고 할 만큼 대부분을 차지한다. 지독히도 소설을 쓰고 싶었던 스물한 살의 최영호는 당연히 아무것도 쓰지 못하고 블루노트에서 밤늦게까지 맥주나 마시면서 지내고 있다.

1974년 젊은이들은 여자를 그렇게 만났는가 보다. 최영호는 블루노트에서 홍지원이라는 여자를 만나 사랑에 빠지는데, 최영호가 지원에게 처음 한 말이 아주 우습다. "좀벌레에 위가 있다고 생각해요, 없다고 생각해요?" 지금 같으면 처음 만나서 다짜고짜 이런 말을 하는 남자에게 관심을 가질 만한 여자가 없겠지만, 소설에서는 멋지게 성공한다. 물론 갑자기 타오른 사랑이 오래가지는 못했지만, 최영호에게 홍지원은 가장 애틋한 사랑의 기억이다.

그러나 주인공 최영호에게 사랑이나 재즈 카페보다 큰 영향을 준 건 다름 아니라 1974년이라는 시대였다. 1974년은 스물한 살 청년에게 아주 가혹한 매질을 했다. 육영수 여사가 총에 맞아 숨을 거둔 때가 1974년 8월 15일이다. 이 사건을 시작으로 10월에는 전국 대학에서 데모가 일어났다. 겨울에는 모든 광고사들이 정부의 협박과 회유 때문에 《동아일보》의 광고 계약을 끊는 일이 일어났다. 이런 괴상한 일은 해가 바뀌고도 계속됐다. 독재 정권은 그 악랄함을 더해가고 있었다.

이런 시대를 살아가는 청년이 고민하고 방황하지 않는다면 오히려 이상할 것이다. 최영호에게는 사랑도 재즈 카페도 모두 자기 존재를 찾기 위한 방랑길 위에 있었다. 결국 최영호는 친척 아저씨가 소개해준 '안 아무개'라는 사람 때문에 경찰에 불려가 억울한 고문을 당한 뒤 철저하게 자신을 버리고 돌 안에서 사자를 찾는 여행을 시작한다. 죽을 만큼 괴로움을 안겨준 1970년대가 그렇게 저물고, 최영호의 청춘도 끝나가고 있었다.

최영호는 나중에 소설 대신 시와 평론이 신춘문예에 당선되면서 작가가 됐다. 그리고 출판사에 들어가 2년 동안 일하다가 스스로 출판사를 차렸는데, 신인 작가 몇 명을 발굴해 소설책을 내면서 '대박'이 났다. 그러고 보니 이것도 장석주와 똑같다. 장석주도 1979년에 《동아일보》와 《조선일보》에 각각 시와 평론이 당선되면서 본격적으로 작품 활동을 시작했다. 그리고 1991년 《낯선 별에서의 청춘》을 펴낼 때는 청하출판사에서 편집과 발행인을 겸하고 있었다.

소설 속 주인공 최영호는, 지독한 독서광이고 한시도 책이 없으면 살아갈 수 없는 사람, 장석주 자신이 확실하다. 장석주는 문학이라는 틀 속에서 볼 때 모두 똑같이 입을 모으는 '완전주의자'다. 어떤 잡지 인터뷰 기사를 보니 매일 새벽 4시에 일어나서 점심때까지 글을 쓰고, 오후에는 방송 활동 등으로 밖에서 보내다가 집으로 돌아와 보통 8시간 동안 독서를 한다고 한다.

정말로 그런지 눈으로 보지는 못했지만, 작년에 나온 《나는 문학이다》(나무이야기, 2009)를 보면 당연히 그러고도 남을 사람이라는 생각이 든다. 장석주는 2000년부터 경기도 안성으로 내려가 금광 호숫가 근처에 '수졸재'라는 집필 공간을 마련했고, 지금은 그곳과 서울 동교동 '서향재' 작업실을 오가며 책 읽기와 글쓰기에 몰두하고 있다.

장석주의 소설을 처음 읽었을 때, 나는 청년이었다. 1974년은 아니었지만 그만큼 외롭고 쓸쓸한 시간을 치열하게 고민하며 보내고 있었다. 매일 아프고 어려웠지만 그 시간은 아주 소중한 시절이었다. 청년은 자신에 관해서, 자기가 살고 있는 사회를 보면서 늘 아파하며 고민해야 한다고 믿는다. 그런데 지금 열심히 공부하고 있는 중·고등학생들을 보면 참 불쌍하다는 생각이 먼저 든다. 학교는(학원도 물론이고) 무엇을 고민할 만한 시간을 좀처럼 주지 않는다. 대학 입학 시험은 그저 머릿속에 누가 더 많은 걸 집어넣을 수 있는지 겨루는 경기장

같다. 그렇게 대학생이 되면 또 무엇이 기다리고 있나? 영어 시험과 취업 시험, 학자금 대출을 어찌 갚을까 하는 고민 따위로 머리가 복잡하다. 나이는 젊지만 청년이 없다. 진짜 청년다운 고민을 하는 젊은 세대가 부족하다.

1970년대와 지금을 똑같이 놓고 비교할 수는 없지만, 그때는 그 시절만큼 아픔이 있고, 지금은 또 다른 아픔이 여전히 젊은이들 주위를 둘러싸고 있다. 그래서 나는 여전히 청년이다. 아직 청년의 고민에서 벗어나지 못한 것 같다. 지금 이 글을 쓰고 있는 내 나이가 《낯선 별에서의 청춘》에 나오는 최영호의 나이와 얼추 비슷하다. 나는 무슨 고민에 빠져 있나? 다른 사람들은 무슨 고민을 할까? 요즘 대학생들은 정말로 큰 것을 배우고 있는 걸까? 우리는 언제부터 청춘이었고, 또 이 청춘은 언제 끝이 날까? 내가 이런 얘기를 하면 책방에 와서 내 말을 듣던 대학생들은 대부분 키득키득 웃기 바쁘다.

소중할지에......

아니라 강렬한 삶에 대한 열망이다. 맹종한 인식에

삶...... 꿈처럼, 혹은 한없는 갈증...... 내 육신에서

일 때 나는 한갓 빈 푸대자루에 지나지 않는다. 갈증

밤중 다시 잠에 빠져들지 못하고 멍민해진 의식으로

다. 창밖으로는 수은과 같은 달빛이 집들과 나무들과

《낯선 별에서의 청춘》에
누군가 밑줄을 긋고
낙서를 해놓았다.

책에 끄적거린 낙서

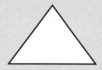

나는 어떤 책이든지 그 안에 무엇을 쓰는 걸 좋아하지 않는다. 이건 초등학교 다닐 때부터 그랬다. 지금도 그렇지만 예전에도 교과서에다가 곧바로 글씨나 숫자를 쓰도록 되어 있었는데, 그게 정말 싫었다.

이유는 단순하다. 책이 더러워지는 게 싫기 때문이다. 나는 어릴 때부터 교과서든 문학책이든 아주 깨끗하게 봤다. 누가 가르쳐준 것도 아닌데 꼭 그래야만 한다는 강박증이라도 있는 것처럼 책에 낙서 따위는 전혀 하지 않았다.

보통 교과서에 글씨를 많이 써서 책이 더러워지는 아이들은 두 가지로 나뉜다. 공부를 아주 잘하거나 그 반대. 하지만 책을 깨끗하게 쓰는 아이들은 많지 않았다. 몇몇 여자애들이 나하고 비슷하게 책을 깨끗이 쓰는 걸 봤지만, 남자애들 중에서는 본 일이 없다. 그러면서도 내가 그렇게 특별하다는 생각은 해보지 않았다. 다만 교과서나 소설책에 낙서를 해서 더러워지면 공부를 하거나 책을 읽을 때 집중이 안돼서 싫어한 것 뿐이다.

또 다른 이유는 교과서를 1년 동안 쓰고 난 뒤에 후배들에게 물려줘야 하기 때문이다. 지금은 그렇지 않은 것 같은데 교과서를 후배에게 물려주는 건 1990년대 초·중반까지도 아주 흔한 일이었다. 책에 낙서가 돼 있으면 내 책을 받게 될 이름 모를 후배에게 어쩐지 미안한 마음이 들었다. 그

리고 내가 쓴 것을 다른 사람이 보는 것도 싫었다. 책을 물려줄 때 이것 말고 다른 건 문제되지 않았다.

마지막 이유는 나뿐만 아니라 많은 사람들이 고개를 끄덕일 것이다. 책을 헌책방에 팔 때 낙서가 있느냐 그렇지 않느냐에 따라서 받을 수 있는 돈이 꽤 차이가 났다. 특히 교과서나 참고서, 문제집은 그 차이가 아주 크다. 책 상태에 따라서 거의 두 배까지 나기도 한다. 돈을 아껴서 다른 책을 사야 했던 초등학생과 중학생 시절에 책을 헌책방에 팔아 돈을 버는 건 나뿐만 아니라 다른 아이들에게도 마찬가지로 자주 있는 일이었다.

심지어 더 많은 돈을 벌기 위해서(물론 이건 책을 사보기 위해서다) 학교 수업을 마친 다음 곧장 집으로 가지 않고 동네를 돌아다니며 빈 병을 주워 내다 팔기도 했다. 초등학교를 함께 다니던 최병석이라는 친구가 있었는데, 이 녀석은 병을 줍는 게 학교보다 더 중요하다고 생각할 정도로 병 주워서 파는 데 일가견이 있었다. 종종 나도 병석이와 함께 병을 주우러 다녔는데, 이때 나는 거의 병석이 조수였다. 아이들은 이런 병석이에게 '병팔이'라는 별명을 붙여줬다. 이렇게 해서 돈을 벌면 헌책방에 가서 또 책을 사본다. 어느 정도 돈이 모였을 때 그걸 주머니에 넣고 헌책방에 갈 때면 훨훨 날아갈 것처럼 신이 났다.

어릴 때부터 이런 습관이 들어서 그런지 여전히 책에 낙서를 하지 않는다. 그런데 헌책 다루는 일을 하면서 책 속에 누군가 낙서를 해놓은 걸 많이 본다. 대개 어느 서점에서 책을 샀는지 작게 써놓는데, 편지나 일기를 써놓은 것도 있다. 처음에는 잘 이해하지 못했다. 왜 책에 낙서를 하는지 말이다. 책을 정리하다가 낙서를 발견해도 대수롭지 않게 넘겼다.

생각이 조금씩 바뀌기 시작한 건 얼마 되지 않았다. 언젠가부터 책 속에 낙서가 있으면 그걸 천천히 읽어봤다. 그리고 생각했다. 왜 책에 그런 낙서를 했을까? 이 낙서를 한 사람은 누구일까? 그렇게 몇 번 책에 쓰여 있는 글을 읽다 보니 책 속의 낙서들이 아주 진실하다는 걸 깨달았다. 짧든 길든 책 속에 무슨 글이든 쓰기로 마음먹은 사람이라면 가식적이거나 속이는 글을 쓰지 않는 것 같다. 아닐 수도 있지만, 그렇게 믿고 있다. 지금은 아무리 사소한 낙서라도 유심히 보고 깊이 생각한다. 이건 헌책 다루는 일을 하면서 얻는 또 다른 즐거움이다. 책 속의 낙서는 글 쓴 사람 마음이 고스란히 담겨 있다.

200질 중에 207번

《도스또예프스끼 전집》 | 표도르 미하일로비치 도스또예프스끼 | 석영중 외 옮김 | 열린책들 | 2007

왼쪽은 2판에 속한 《도스또예프스끼 읽기 사전》. 오른쪽이 한정판이다.

책방을 운영하면서 가장 많이 산 책 중에 하나가 도스토옙스키 책이다. 또 가장 많이 판 것도 도스토옙스키 책이다. 도스토옙스키는 유명하기도 하지만 그만큼 번역이 많이 된 작가이기 때문이다. 헌책방에는 많은 사람들이 책과 만나기 위해 찾아온다. 대부분 시중에서 흔히 구하기 힘든 책들을 찾으려고 오는 경우가 많다.

도스토옙스키는 뛰어난 작가이기 때문에 여러 출판사가 아주 다양한 판으로 많이 펴냈다. 그중에는 해외 에이전시와 정식 계약해서 책을 펴낸 경우도 있지만, 1990년대 이전 많은 출판사들은 계약도 없이 도스토옙스키 책을 펴내곤 했다. 이렇게 다양한 책들 중에서 헌책방에 오는 사람들이 즐겨 찾는 출판사가 있다. 바로 '열린책들'이다. 열린책들은 출판사 초기에는 다양한 책을 펴냈지만, 1990년대 이후 소설가 이윤기 씨가 움베르토 에코의 《장미의 이름》을 번역한 게 큰 인기를 끌면서 소설 쪽은 대부분 번역서만 출간하고 있다.

열린책들이 번역서만 출간하는 것을 놓고 의견이 분분하다. 우리 작가 중에도 훌륭한 사람이 많은데 왜 굳이 외국 작품만 돈 들여가며 번역하느냐는 사람들이 있다. 반면에 좋은 외국 책을 소개해주는 고마운 출판사라고 말하는 사람들도 많다. 솔직히 나는 후자에 속한다. 한국은 번역서 시장이 너무 좁다. 책을 읽는 독서 인구* 자체가 적으니까 번역서를 내는 데 한계가 있는 건 사실이다. 그렇다고 해도 그동안 한국에 소개된 외국 책들을 보면 대부분 영어권 나라들에 머물러 있었다. 1980년대 이전에도 유럽이나 러시아 쪽 번역은 있었지만, 그때 한국의 정치 상황이 좋지 않았기 때문에 그쪽 작가가 쓴 책을 번역한 게 많지 않았고 독자들도 소수였다.

게다가 그 시기에 나온 소설이나 인문학 책들은 일본어로 번역된 것을 다시 우리말로 번역한 경우가 많았기 때문에 원문 뜻 전달이 자연스럽지 못했다. 이런 번역은 일제 강점기 때 일본에서 유학한 사람들이 일본 책을 우리말로 옮기

---

* 통계청이 2009년에 발표한 자료에 따르면, 한국 사람들의 하루 평균 독서 시간은 1시간 이내라고 한다(출퇴근 시간에 지하철에서 독서하는 것 포함). 하지만 텔레비전을 보는 시간은 평균 3시간이 넘는다. 한 사람이 1년 동안 읽는 책은 평균 1.5권 정도로, OECD 국가 중에서 가장 적다.

는 경우가 대부분이었기에 이 시기에 번역된 책들을 보면 일본 말투를 그대로 쓴 게 많다. 최근 번역서에는 이런 일본 말투가 많이 사라졌지만 여전히 철학이나 인문학 책을 보면 일본 말투 번역이 간혹 보인다.

제대로 된 번역에 관심을 갖고 있던 열린책들은 1990년대 이후 러시아와 동구권, 유럽 작가들 책을 많이 번역했다. 그냥 번역한 게 아니라 원래 그 작품을 쓴 작가의 문학성을 가능한 훼손하지 않는 방법에 관해 많이 연구했다. 나는 열린책들의 그런 노력을 높이 산다. 새로운 한국 작가 발굴도 중요하지만, 그동안 소개되지 않은 외국 책을 제대로 번역하는 것도 무척 중요하다.

도스토옙스키는 열린책들에서 가장 심혈을 기울이는 작가다. 홍지웅 대표는 1954년에 태어나 고려대학교를 졸업하고 같은 학교 대학원에서 러시아 문학 석사 학위를 받았다. 한국문인협회가 선정한 '가장 문학적인 출판인상'을 받기도 한 홍지웅 대표는 평소에도 책 많이 읽기로 소문난 사람이다. 러시아 문학으로 학위를 받고, 도스토옙스키의 《죄와 벌》을 읽고 많은 감명을 받았다는 홍 대표가 1986년에 열린책들을 세웠을 때는 도스토옙스키를 향한 목표가 있었던 것이다. 어떤 인터뷰 기사에서 보니 도스토옙스키 책을 출판하는 데서 그치지 않고 한국에 도스토옙스키 전문 연구소를 설립하고 싶은 꿈이 있다고 한다. 그러니까 열린책들에서 펴낸 도스토옙스키 책에 특히 많은 정성이 들어간 건 안 봐도 뻔하다.

1821년 러시아에서 태어난 도스토옙스키는 잘 알려진 대로 작가 생활을 하던 중 지하 조직 활동에 가담했다. 당국에 체포된 뒤 사형을 선고받았지만 황제의 특사로 총살형 바로 직전 형을 감면당한 일화가 유명하다. 도스토옙스키의 일생은 대문호라는 이름에 걸맞지 않게 술과 도박 등으로 생긴 빚 때문에 초라했다. 러시아 문학 전문 번역가인 석영중 교수는 《도스토예프스키, 돈을 위해 펜을 들다 ― 세계적인 대문호 도스토예프스키의 가장 속물적인 돈 이야기》에서 도스토옙스키가 심지어는 도박에 빠져 탕진한 돈 때문에 빚 갚을 목적으로 글을 썼다고 이야기한다. 사실이 그렇다. 도스토옙스키는 술과 도박 등으로 돈을 탕진하고 번번이 출판사에 책 판매 대금을 앞당겨 달라고 요구했다. 그렇게 돈을 받으면 또 도박을 했다. 하지만 도박에는 소질이 없었나 보다. 작가로서 큰 성공을 거뒀지만 늘 빈털터리였다. 하지만 문학적인 재능만큼은 뛰어나서 여러 작가들에게 영향을 끼쳤을 뿐 아니라 세계 각지에 여전히 많은 팬이 있다.

1846년 《가난한 사람들》로 데뷔한 도스토옙스키는 《분신》(1846), 《죄와 벌》(1866), 《백치》(1868), 《악령》(1871) 등을 비롯해 마지막 작품인 《카라마조프의 형제들》(1879)에 이르기까지 많은 작품을 남겼다. 도스토옙스키는 1880년 작가 푸시킨의 동상 제막식에 초대돼 기념 강연을 한 것을 끝으로, 1881년 2월 생을 마감했다.

열린책들은 지금까지 모두 네 번 도스토옙스키 전집을 펴냈다. 초판은 2000년에 나온 것으로, 모두 25권이다. 2002년에는 18권으로 줄이고, 조유선 씨가 엮은 《도스또예프스끼 읽기 사전》을 따로 추가했다. 2007년에는 세 번째 전집을 펴냈다. 이번에도 18권으로 2002년판과 분량은 같지만 '보급판'이라는 이름을 달고 싼 가격에 나왔다. 보급판은 2판과 디자인은 비슷하지만 하드커버가 아니라 소프트커버다. 《도스또예프스끼 읽기 사전》을 제외하면 각권이 7800원에서 9800원 사이로, 꽤 싸고 튼튼하게 제본됐기 때문에 인기가 좋았다.

뒤를 이어 2007년 봄, 드디어 한정판 도스토옙스키 전집이 나왔다. 분량은 똑같이 18권이고, 《도스또예프스끼 읽기 사전》은 빠졌지만 210질만 만든 것이라서 도스토옙스키 팬이라면 누구라도 몇 개월 전부터 예약을 해두고 책을 기다렸다. 이 한정판에 관해서는 또 할 말이 있으니 잠시 뒤로 미루고, 지금은 《도스또예프스끼 읽기 사전》 얘기를 잠깐 하고 넘어가자.

《도스또예프스끼 읽기 사전》은 도스토옙스키가 쓴 책이 아니다. 이 책은 러시아 문학을 깊이 연구한 조유선 씨가 작업해서 2002년 열린책들의 두 번째 도스토옙스키 전집에 포함시킨, 말하자면 도스토옙스키 전집을 해설해놓은 책이다. 이 책에는 도스토옙스키의 모든 작품에 관한 해설이 있을 뿐 아니라 줄거리 요약, 등장인물 소개는 물론 그 인물이 작품에서 어떤 식으로 나오는가에 관한 설명도 있다. 게다가 책 뒷부분에는 도스토옙스키 작품에서 자주 나오는 용어와 러시아 사회에서 쓰던 화폐 단위, 도량형, 사회 구조 등도 자세히 설명해놨기 때문에 방대한 도스토옙스키 책을 읽는 데 더없이 좋은 참고서 구실을 한다.

아쉬운 점은 이 책이 2002년에 나온 2판과 2007년 3판에만 포함되고, 초판과 한정판에서는 빠졌다는 것이다. 그래서 도스토옙스키 전집을 소장하려는 사람들은 대부분 《도스또예프스끼 읽기 사전》이 포함된 2판을 찾는다. 3판에도 읽기 사전이 포함돼 있지만 3판은 보급판이라서 2판처럼 하드커버가 아니고 튼튼한 실 제본도 아니다.

그리고 또 하나, 2판에는 각 소설마다 그 내용에 어울리는 화가 뭉크의 그림이 표지로 들어가 있다. 이 뭉크 그림 표지는 18권을 다 모았을 때 정말 뿌듯한 느낌을 준다. 초판과 한정판에는 표지에 뭉크 그림이 없기 때문에 2판의 인기는 더욱 높다. 경우에 따라서는 뭉크 그림이 멋들어지게 들어간 《도스또예프스끼 읽기 사전》만 따로 구해달라는 요청도 많다. 하지만 2판에 포함된 읽기 사전은 전집을 능가하는 희귀 도서여서 상태가 괜찮은 책은 오랜 시간을 투자해야 만날 수 있다.

여기서 의문이 든다. 왜 사람들은 210질만 만든 한정판보다 2판을 더 좋아할까? 여기에는 여러 가지 이유가 있지만 무엇보다도 한정판이 한정판답지 않기 때문이다. '한정판'이라는 말은 책이 대단히 희귀하고 소장 가치가 높다는 걸 의미한다. 그렇기 때문에 도스토옙스키를 좋아하는 사람들은 이 책이 나오기 전부터 예약 구매를 한 것이다. 하지만 결과는 실망이었다. 붉은 천으로 감싼 견고한 하드커버에 고급스런 종이 커버를 입히고 내구성 높은 본문 종이를 사용한 건 훌륭하다. 그렇지만 책을 만드는 과정에서 실수가 생길 줄은 출판사도 예상 못했을 것이다.

출판사 홈페이지 게시판에는 예약 구매를 통해 전집을 받았는데 책 상태가 좋지 않다는 글이 많이 올라왔다. 그때 나도 예약을 하고 전집을 샀는데 살펴보니 절반 정도 되는 책들의 제본이 갈라져 있었다. 이상한 건 나뿐만 아니라 많은 사람들이 이렇게 제본 상태가 좋지 않은 책을 받았다는 데 있다. 유명한 '한정판 사태'다.

책을 구입한 사람들이 출판사 홈페이지에 항의 글을 올리자 처음에는 답변이 없던 출판사가 사태가 커지니까 공지 형식으로 글을 올렸다. 간단한 사과 글과 함께 올라온 공지 내용은, 상태가 좋지 않은 책은 일일이 출판사에서 확인한 뒤 새 책으로 교환해주겠다는 것이었다. 훼손된 책을 새것으로 바꿔준다는 게 당연한 조치이지만 사람들 반응은 차가웠다. 한정판이라는 건 말 그대로 한정된 수량만 출판한 것이기 때문에 소장 가치가 있는 것인데, 훼손된 책을 새 책으로 바꿔준다는 건 똑같은 책을 다시 찍어낸다는 거나 마찬가지 아닌가. 그렇게 되면 한정판의 가치는 없는 거나 마찬가지다.

게다가 열린책들은 처음에 200질만 한정판으로 만든다고 했다가 책이 나오고 나서 갑자기 210질로 늘렸다. 이렇다 보니 '전집 200질 중에 207번'이라는 일련번호가 찍힌 책이 독자에게 배달되는 웃지 못할 일이 일어났다. 이제 한정판은 더는 한정판이 아닌 게 됐다. 이렇게 '한정판 사태'는 일단락됐지만 열린책들은 그동안 좋은 책 만들기로 쌓아온 이미지가 책으로 흠집이 나는 씁쓸한 흔적을 남기게 됐다.

이렇다 보니 중고 책 시장에 도스토옙스키 한정판 전집이 비싼 가격으로 나오면 오히려 사람들이 코웃음을 친다. 그것은 진정한 한정판의 가치를 잃었기 때문이다. 반면에 빨간색 양장에 뭉크 그림이 박혀 있는 2판 전집이 나오면 책 상태에 상관없이 높은 가격에 팔려나간다. 게다가 한정판에는 《도스또예프스끼 읽기 사전》도 포함이 안 됐기 때문에 더욱더 2판에 밀리고 말았다.

책을 수집하는 사람들은 당연히 초판을 중요하게 생각한다. 상식적으로 생각해봐도 그렇다. 하지만 도스토옙스키 전집 같은 경우는 예외다. 이렇게 길게 설명한 바로 그런 이유가 있기 때문이다. 말 그대로 전집 2판은 '형보다 나은 아우'가 된 것이다.

예술과 외설 사이

《콜렉터》 | 존 파울즈 | 안동민 옮김 | 문예출판사 | 1968

1926년에 영국에서 태어난 원로 작가 존 파울즈는 모르더라도, 유명한 소설 《프랑스 중위의 여자》를 들어보지 못한 사람이라도, 십수 년 전 대학로 어느 극장에 올라온 '미란다'라는 연극을 한 번 쯤 들어보지 못한 사람은 별로 없을 것이다.

어릴 때라 연극을 실제로 보지는 못했지만, 이 연극은 큰 화젯거리였다. 연극 내용은 아주 단순하다. 어떤 남자가 아름다운 여자를 납치해 자기 집 지하실에 가둔다. 거기까지가 일단 설정 끝이다. 이 남자는 여자를 무척 사랑한 나머지 납치한 것인데, 이런 내용은 아직 '성인물'이라는 말조차 생소하던 그때 아주 에로틱한 느낌으로 다가왔다.

당연히 연극은 '외설 시비'에 올랐다. 요즘에는 어떤 영화가 개봉하면 공공연히 외설 시비 기사를 인터넷에 올려서 사람들 관심을 끄는 게 마치 마케팅 기술의 교과서처럼 됐는데, 그때는 정말 이 문제로 떠들썩했다. 남자가 아름다운 여자를 납치해서 지하실에 가둔 다음 뭘 하겠는가? 다음 내용은 안 봐도 비디오요, 눈앞에 불 보듯 뻔하지 않은가?

사람들, 특히 남자들은 이 연극을 보려고 극장 앞에 줄을 섰다. 언론에서 외설적이라고 떠들어대자 관심은 더욱 높아졌다. 이 소극장 연극을 보러가는 사람들 중에는 소형 쌍안경을 갖고 들어가는 사람도 있었다고 한다. 지금이야 인터넷 검색만 하면 이런저런 성인물이 넘치니까 그럴 필요도 없겠지만, 어쨌든 그때 〈미란다〉는 크게 흥행했다. 당연히 대가도 치러야 했다. 이 연극을 올린 극장 대표와 극단 대표가 모두 경찰에 불구속 기소된 것이다. 하지만 사전심의제도라는 게 없는 연극의 특성상 그 뒤에도 〈미란다〉는 계속해서 연극 무대에 올라왔다.

이 연극 〈미란다〉의 원작자가 바로 존 파울즈다. 그리고 존 파울즈가 1963년에 쓴 처녀작 《콜렉터》가 그 작품의 원래 제목이다. 미란다는 《콜렉터》에 나오는 여주인공, 그러니까 납치된 여자 이름이다. 그런데 《콜렉터》는 사실 외설적인 소설이 아니다. 시청 부속실에서 근무하던 별 볼 일 없던 소심한 성격의 한 남자가 어쩌다 축구 경기 도박으로 엄청난 돈을 갖게 된 뒤에 오래전부터 마음에 두고 있던 여자를 자기 집 지하실로 납치하는 것까지는 연극 내용과 다르지 않다. 문제는 납치를 하고 나서 뒷이야기다.

《콜렉터》에는 연극처럼 남녀가 옷을 벗고 뒹구는 장면은 나오지 않는다. 심지어 남자가 여자 몸에 손을 대는 일도 거의 없다. 《콜렉터》는 완벽하게 두 사람 간의 대화와 심리 묘사만으로 구성된 작품이다. 그리고 연극이나 영화와 달리 소설 《콜렉터》는 프레디와 미란다의 처지에서 쓴 두 권의 일기 형식이다. 에쿠니 가오리와 츠지 히토나리가 함께 쓴 유명한 소설 《냉정과 열정사이》처럼 말이다.

미란다와 프레디는 거의 두 달 동안 지하실에서 지내며 서로 알아간다(사실은 일방적으로 프레디가 미란다를 향해 자기 마음을 알아주길 바라는 것이다). 미란다는 처음에 프레디를 경멸하지만, 자신에게 더할 나위 없이 친절한 태도에 조금은 마음을 여는 모습을 보여주기도 한다. 하지만 아무리 그래도 사랑 때문에 납치라는 극단적인 방법을 동원하는 건 이해할 수 없는 짓이다. 대화를 이어갈수록 미란다와 프레디는 가까워지기보다 서로 멀어지는 느낌을 지울 수 없다.

함께 지낸 지 두 달 정도가 흐를 무렵 미란다는 병이 난다. 축축한 지하실에 두 달이나 감금됐으니 병이 날 만도 하다. 하지만 프레디는 미란다가 꾀병을 부려서 탈출을 시도한 적이 있었기 때문에 이번에는 잘 돌보지 않는다. 진짜 병에 걸렸다고 하더라도 미란다를 병원으로 데려갈 수 없는 상황이다. 그러면 미란다를 납치한 사람이라는 게 드러나기 때문이다. 결국 미란다는 프레디의 집에서 숨을 거둔다.

단지 여기까지라면 존 파울즈의 《콜렉터》는 대단한 작품이 아니다. 물론 연극 〈미란다〉는 미란다가 죽는 장면에서 끝이 난다. 프레디는 미란다를 품에 안고 독백한다. "내 잘못이 아니었어. 당신은 나한테 어울리지 않는 나비였을 뿐이야. 내가 도저히 잡을 수 없는 진귀한 나비였어." 그리고 암전이다.

소설 《콜렉터》는 미란다가 죽고 난 뒤 프레디의 행적에 관해서도 상세하게 기록하고 있다. 미란다의 시체를 처리한 방법과 또 다른 계획에 관해서도 일부 내용을 공개한다. 프레디의 광기가 극단적으로 표출되는 이 부분은 마치 스티븐 킹의 스릴러를 읽는 느낌이 든다. 프레디는 또 다른 'M', 즉 '마리안'이라는 여자를 다시 납치할 계획이 있었던 것이다.

《콜렉터》의 마지막 부분은 제법 으스스하다. 프레디가 미란다 납치가 실패로 돌아간 것을 뼈저리게 후회하면서 다음에는 실수하지 않겠다는 다짐으로 끝을 맺는다. 실제로도 나비 수집이 취미인 프레디는 절대적으로 사랑하던 미란다와 맺은 관계가 어이없는 죽음으로 끝나자 이제는 본격적으로 '인간 수집가', 즉 '콜렉터'가 되려고 하는 것이다.

《콜렉터》를 읽다 보면 작가가 심어놓은 재미있는 장치를 여럿 보게 된다. 미란다는 납치된 뒤 프레디에게 '당신 이름이라도 말해달라'고 한다(이미 프레디의 이름은 알고 있었다). 프레디가 손목에 찬 시계에 알파벳 이니셜 'F'가 있는 것을 보고 그렇게 물은 것이다. 프레디는 거짓말로 자기 이름은 퍼디난드라고 말한다.

이건 그저 소설 전체로 봐도 사소한 해프닝일 뿐이지만 예민한 독자라면 이 이름을 듣고 금방 알아차릴 수 있는 상징이 숨어 있다. 셰익스피어의 희곡 《템페스트》에 나오는 남녀 등장인물 이름이 바로 퍼디난드와 미란다 아닌가. 연극에서 퍼디난드는 배가 난파돼 섬에 도착하는데 섬에 있는 미란다는 퍼디난드를 보는 순간 사랑에 빠진다. 어쨌든 우여곡절 끝에 둘이 결혼에 성공하면서 연극은 마무리된다. 아마도 프레디는 마음속에 그런 아름다운 마무리를 생각하며 순간적으로 자기 이름을 퍼디난드라고 말한 게 아닐까.

그런데 미란다라는 이름이 전적으로 셰익스피어에서 나왔는가 하면 그것도 아니다. 프레디는 극단적으로 소심한 성격을 가진 남자이며 유일한 취미는 나비 수집이다. 그렇다 보니 나비 모양을 닮은 알파벳 'M'에 자연히 끌리게 된다. 그런 이유인지 소설 첫 부분을 보면 프레디는 미란다의 이름을 그저 M이라고만 설정하고 있다. 이것은 소설 끝에 나오는 두 번째 M인 마리안의 경우도 마찬가지다. 이것 말고도 독자들을 즐겁게 해주는 숨은 장치들이 소설에는 많이 등장한다.

남자가 여자를 납치해 아무도 찾을 수 없는 곳에 감금한다는 설정은 그 뒤 스릴러나 공포물에서 자주 쓰이는 소재가 된다. 일본에서는 '완전한 사육'이라는 제목으로 시리즈 영화가 만들어지기도 했다.

헌책방에서 높은 가격에 거래되는 책에는 몇 가지 이유가 있지만, 작가의 성향을 가장 잘 나타내고 있는 책이 높은 인기를 끄는 경우가 많다. 《콜렉터》는 존 파울즈 특유의 치밀한 심리 묘사가 뛰어난 작품이다. 게다가 처녀작으로, 출간 즉시 호평을 받은 작품이다. 나중에 '미란다'라는 제목으로 몇몇 출판사에서 다시 펴내기도 했지만, 문예출판사에서 1968년에 초판을 낸 하드커버판이 가장 인기가 높다.

2단 세로쓰기에 누릿한 색깔, 구수한 옛 책 냄새가 확 풍기는 종이를 넘기다 보면 책 내용에 더욱 몰입하게 된다. 특히 표지 그림이 책 내용과 아주 잘 어울린다. 표지는 창살과 나비 그림으로 단순하다. 아마 미란다가 납치당해 지하실에 감금된 것을 표현한 것이리라. 두꺼운 창살이 세 개다. 그리고 창살 안쪽인지 바깥쪽인지 모르겠지만 나비가 한 마리 날고 있다. 가운데 창살은 아래가 잘려 있다. 그림만으로 보면, 나비는 충분히 밖으로 날아갈 수 있을 것 같다. 창살 사이가 좁지 않기 때문이다. 나비는, 미란다는, 과연 프레디의 창살 밖에 있는 것일까, 안에 있는 것일까? 그 둘이 밀폐된 공간에서 나누는 긴 대화를 엿들어보면 답을 찾을 수 있을 것이다.

시를 파는 거지

《보리피리》| 한하운 | 인간사 | 1955

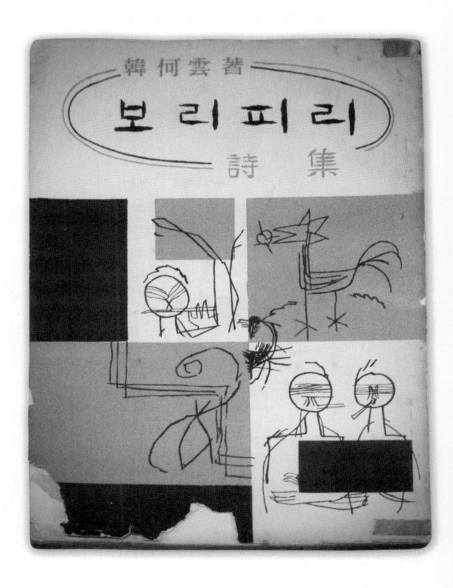

어려서 강원도에 살 때 아이들이 가장 무서워한 건 문둥이였다. 우리는 병 때문에 얼굴이 이지러지고 손톱이 빠져 늘 붕대를 감고 다니는 사람들을 그냥 아무 생각 없이 문둥이라고 불렀다. 솔직히 그때는 문둥이가 무슨 뜻인지도 몰랐다. 얼굴이 썩어 문드러져서 문둥이라고 하는 줄 알았다. 어른들은 그 이유를 정확히 가르쳐주지 않았고, 아이들도 굳이 그런 걸 물어보지 않았다.

다만 어른들은 문둥이한테 가까이 가거나 말을 걸지 말라고 했다. 그 이유는 실로 무시무시한 것이었다. 가까이 가는 것만으로 당장 전염된다고 했다. 문둥이들은 병을 고치려고 힘이 약한 어린아이를 잡아먹는다는 말도 있었다. 밖에서 놀다가 해가 진 뒤 어둑해질 때까지 집으로 돌아오지 않으면 문둥이들이 소리 없이 아이들 뒤를 졸졸 따라가다가 갑자기 덮쳐서 살가죽을 벗겨내고 내장을 꺼내 먹는다고 했다.

문둥이는 나환자를 낮잡아 부르는 말이다. 한센병(나병)은 예나 지금이나 흔한 질병이 아니고, 일단 병에 걸리면 얼굴과 손발 등 외부로 노출된 거의 모든 부분이 썩어 들어가기 때문에 빨리 치료하지 않으면 몸 전체로 병이 퍼진다. 확실한 발병 원인을 알 수 없는 병이라 치료도 쉽지 않다. 지금은 초기에 발견하고 치료에 들어가면 완치가 되지만 옛날에는 천형병(하늘이 내린 형벌)이라고 불렀을 정도로 불치병이었다. 그렇게 무서운 병인지도 모르고 우리는 그저 무서운 사람들로만 본 것이다.

시간이 많이 흐른 뒤 서정주 시인이 쓴 시를 봤을 때 나환자를 괴물처럼 대하던 건 비단 우리 동네만은 아니었구나 하는 생각을 했다. 서정주의 〈문둥이〉라는 시에는 "해와 하늘빛이 문둥이는 서러워/ 보리밭에 달뜨면 애기 하나 먹고"라는 구절이 있다.

언제부터 그런 말이 떠돌았는지 알 수 없지만 나환자가 아이를 잡아먹는다는 얘기는 아주 오래전부터 자연스럽게 전해오던 것이었나 보다. 물론 나환자들이 어린아이를 잡아먹는다는 이야기는 사실이 아니다. 또 한센병은 환자에게 가까이 가는 것은 물론 신체 접촉 따위로도 전염이 되지 않는다. 나환자들은 이런 잘못된 속설들과 힘겹게 싸우며 불운한 세월을 한숨으로 보내다가 쓸쓸히 죽어야 했다.

우리가 잘 아는 시인 중에 한센병 환자였던 사람이 있다. 바로 한하운이다. 한하운은 생전에 병과 싸우면서 많은 작품을 쓰지는 못했지만, 〈보리피리〉라는 시가 중학교 교과서에 실려 있을 만큼 뛰어난 서정성을 인정받는 작가다.

〈보리피리〉는 한하운의 대표작으로 1955년 처음 세상에 나왔다. 인간사에서 나온 《보리피리》는 한하운의 작품집 중에서 가장 인기가 있다. 이것보다 앞서 1949년 정음사에서 《한하운 시초》를 펴낸 게 처음이기는 하지만, 역시 한하운이라고 하면 〈보리피리〉, 그 시가 실려 있는 《보리피리》 초판을 찾는 사람들이 많다. 그만큼 시인 한하운과 〈보리피리〉는 뗄 수 없는 관계다.

한하운을 잘 모르는 사람이라도 〈보리피리〉에 얽힌 이야기를 알게 되면 시를, 시인을 다시 보게 된다. 책은 저마다 사연을 가지고 있다. 누군가는 책 내용이 재미있어서 끌리는가 하면, 어떤 사람은 그 책이 말하고 있는 사연 때문에 책을 좋아하게 된다. 오랫동안 사랑받는 책은 내용도 내용이지만 책이 간직하고 있는 이야기 때문인 경우가 많다.

한하운의 본명은 태영으로, 1920년 함경남도 함주에서 태어났다. 부잣집에서 태어난 한하운은 부족한 것 없는 어린 시절을 보냈다. 일제 강점기 시절 쉽지 않던 중국 북경대학교 유학까지 다녀왔다. 공부를 마치고 공무원이 돼 함경남도와 경기도청에서 근무할 때까지만 해도 한하운의 인생은 아주 안정되고 평화로웠다.

그때 한하운에게 한센병이 찾아왔다. 병원을 찾아 사실을 알게 된 한하운은 모든 사람들이 말하듯 천벌을 받아 생긴 병으로 받아들였다. 하지만 한센병은 갑자기 생긴 병이 아니었다. 어릴 때부터 몸이 약하고 잔병이 많았는데 돌아보니 그것이 한센병의 초기 증상이었다(《나의 슬픈 반생기》, 인간사, 1958). 한하운은 병에 걸린 것을 숨기고 계속 관청에서 일하다가 살이 썩어 들어가자 도저히 더는 숨길 수 없어 그만두고 고향에서 치료를 한다. 하지만 이미 발병 초기를 지났기 때문에 어떻게 손쓸 방법이 없었다.

시인의 인생은 이제 내리막이었다. 나환자로는 고향에서 더 살 수가 없어 가족과 친구들을 뒤로하고 아무런 연고도 없는 서울로 왔다. 거기에서 인생 전체를 통해 가장 고통스럽고 살기 어려운 몇 해를 보낸다. 하지만 꼭 살아야 한다는 집념으로, 병을 고쳐보겠다는 희망을 가지고 비록 거지와 다름없는 신세였지만 닥치는 대로 일을 하며 지낸다.

기댈 곳 없고 희망조차 구름처럼 흩어져버린 인생에서 시는 마지막 남은 기쁨이었다. 문드러진 손가락으로 연필을 쥐고 시를 쓰면 그 순간만큼은 현실에서 벗어나 자유의 몸이 된 것을 느꼈다.

한하운은 남루한 차림으로 서울 시내를 돌아다니면서 자기가 쓴 시를 사람들에게 팔았다. 죽을 것 같은 고통을 참으며 써내려간 시는 시를 공부하고 정식으로 문단에 등단한 시인의 작품보다 좋다는 평가를 받으면서 조금씩 사람들의 관심을 받게 됐다.

한하운이라는 이름이 사람들 입에 오르내릴 즈음 시인 이병철*은 서울신문(지금의 《서울신문》과는 다른 신문으로, 정부 기관지다)에서 발행하는 종합 잡지 《신천지》에 한하운의 시를 소개하기에 이른다.** 이병철은 한하운의 시 몇 편을 함께 엮으면서 한하운이 나환자라고 썼다.

이렇게 되자 사람들의 관심은 더욱 높아졌다. 나환자는 사람들에게 두려움의 대상이었다. 병을 옮길지도 모르고, 사람을 잡아먹는다는 속설 때문에 인간 이하의 취급을 받았다. 나환자들을 대부분 반강제로 소록도***에 격리시키는 게 사회 분위기였다. 한센병은 불치병이며 하늘이 내린 천벌이기 때문에 온몸이 썩어가다가 결국 죽는 것밖에 도리가 없다고 믿었다. 한센병에 걸리면 모든 희망이 일순간 사라지는 것이다. 그런 한센병 환자가 시를 쓴다고 하니 사람들은 놀랄 수밖에 없었다.

곧이어 정음사에서 한하운의 시 스물다섯 편을 모아 70쪽 분량으로 《한하운 시초》를 펴냈다. 1949년 4월 《신천지》에 한하운의 시가 소개된 지 한 달밖에 지

---

* 1946년 《전위시인집》(노농사, 1946)을 내고 '조선문학가동맹'에 가담했다. 한국전쟁 이후 행방불명됐지만, 사실은 전쟁 때 북한으로 올라갔고, 지금껏 살아 있다는 말도 있다. 이런 이유 때문에 정음사에서 펴낸 한하운의 시집 재판에는 이병철의 발문이 빠져 있다.

** 《신천지》에 〈전라도 길〉, 〈벌〉, 〈목숨〉 등 한하운의 시 13편이 실렸다.

*** 1916년 5월 조선총독부가 '소록도자혜병원'을 소록도에 세우면서 이 섬은 나환자들이 사회와 격리되는 곳이 됐다. 그때는 한센병이 전염된다고 믿었기 때문에 환자들은 유배당하듯 소록도에 모이게 됐다. 현재는 나환자와 병원, 요양소가 있는 것은 물론 아름다운 경관을 즐기려는 관광객도 이곳을 많이 찾는다.

나지 않았을 때다. 이 시집 끝부분에 있는 시인 소개 글 역시 한하운을 처음 발굴한 시인 이병철이 맡았다. 한하운은 떠돌이 거지 나환자에서 단박에 문단으로 나와 인기 시인이 됐다.

한하운은 시집이 팔려 나온 돈으로 치료를 하면서 계속 시를 썼지만, 1950년 한국전쟁이 터지면서 시 쓰기와 병 치료에 모두 어려움을 겪었다. 1953년 전쟁이 끝난 직후 정음사에서《한하운 시초》재판을 찍었지만, 반응은 이전 같지 않았다. 산 넘어 산이라고 했나, 이때 시인 한하운에게 가장 큰 시련이 찾아온다.

문제가 된 건 재판을 펴낸《한하운 시초》에 들어 있는 〈행렬行列〉이라는 시였다. 이 시는 초판에는 '데모'라는 제목으로 실렸다. 재판을 내면서 제목을 바꾼 것이다. 〈데모〉에는 이런 구절이 있다. "물구비 가장 앞서 피빛 기빨이 간다." 이 부분을 두고 한하운이 공산주의자다, 빨갱이다, 심지어 간첩이라는 소리까지 돌았다. 1949년에 처음 시집이 나왔을 때는 아무런 문제가 없다가 전쟁이 끝나고 나자 이런 일이 생겼다는 건 전쟁 뒤 사회 분위기가 갑작스레 바뀐 것을 잘 보여준다.

정음사에서도 이것을 모른 게 아니다. 그래서 재판을 찍을 때 문제가 될 수 있는 부분은 삭제를 한 것이다. 우선 초판에 있는 이병철의 발문을 뺐고, 대신 조영암, 박거영, 최영해의 소개 글을 실었다. 〈데모〉는 〈행렬〉로 바꿨고, '피빛 기빨이 간다'처럼 공산주의를 암시할 만한 내용은 아예 빼버렸다.

하지만 언론은 이것을 더욱 수상하게 받아들였다. 전쟁 때 북한으로 올라간 이병철의 글을 빼고 민족 진영에 있던 조영암 시인 등의 글을 시집에 포함시킨 것은 불온한 사상을 담고 있는 책을 민족적인 분위기로 둔갑시켜 책방에 퍼뜨리는, 한마디로 아주 지능적인 대남 공작이라는 것이다.

소문과 의혹이 불거지자 정음사는 한하운이 지금 어디 있는지, 전쟁이 끝난 뒤 죽었는지 살았는지도 모른다고 발표한다. 일은 더 커졌다. 실제로 있지도 않는 한하운이라는 이름을 쓰는 간첩이 시인의 이름을 빌어서 간첩 활동을 한다는 말이 나돌았다.

이렇게 됐을 때 한하운이 갑자기 사람들 앞에 나타났다. 1953년 10월, 직접 서울신문사로 가서 기자를 만난 것이다. 신문사 기자들은 진짜 시인 한하운인지, 아니면 간첩일지도 모른다는 생각에 한하운을 두려워했다. 그러자 한하운은 기자들 앞에서 시를 한 편 썼다. 이것이 유명한 〈보리피리〉다. 기자들은 시를 읽어보고 진짜 시인 한하운인 것을 알았고, 서울신문은 당장 〈보리피리〉를 신문에 실었다.

하지만 간첩 논란은 식지 않았다. 색안경을 낀 사람들은 가을에 〈보리피리〉라는 시를 쓴 것도 수상하다면서 계속 시인을 압박했다. 결국 한하운 문제는 임시 국회에서 국회의원이 국무총리에게 답변을 요구하는 일로 번졌다.*

'문화 빨치산'이라고까지 불리던 한하운 사건은 급기야 경찰이 시인과 정음사 발행인을 직접 조사하는 단계로 넘어갔다. 조사는 어렵지 않았다. 시를 쓴 한하운이 실제로 존재하는 인물인 것으로 드러났고, 정음사 발행인 최영해도 조사 결과 사상이 불순하지 않은 것으로 밝혀져 이 사건은 마무리됐다. 다만 경찰 조사에서 초판에 실린 〈데모〉의 '피빛 기빨' 같은 내용은 한하운이 쓴 게

---

* 1953년 10월 19일 제17회 임시 국회에서 최원호 의원은 한하운 문제가 단순히 문학 작품에 그치지 않고 공산주의자들이 벌인 치밀한 계획이라고 주장했다.

아니라 이병철이 추가로 쓴 것이라는 게 밝혀졌을 뿐이다. 이렇게 해서 한하운의 간첩 혐의도 끝을 보게 됐다.

그런 일이 있은 다음 한하운과 즉석에서 기자들에게 써줬다는 시 〈보리피리〉는 또다시 큰 인기를 얻었다. 인기에 힘입어 1956년 인간사에서 한하운의 시집이 '보리피리'라는 제목을 달고 세상에 나왔다.

〈보리피리〉는 과연 즉석에서 쓴 시였을까? 어쩌면 시인이 오랫동안 마음속에 간직해왔던 시상詩想이었을 가능성이 크다. 시와 문학 정신을 붉은 이데올로기로 칠해버리는 병든 사회를 향한 불편하고 답답한 심정이 언제나 마음 한구석에 자리잡고 있었을 것이다.

시집 《보리피리》는 독자들에게 반응이 좋았다. 한하운은 다시 많은 사람들 입에 오르내렸고, 돈도 많이 벌었다. 치료도 적극적으로 할 수 있었다. 한하운은 점점 건강해졌고, 그 사이 시집 몇 권과 자서전을 펴냈다. 1960년 명동에 '무하문화사無何文化社'라는 출판사를 만들었을 때 한센병은 거의 다 나은 상태였다.

그렇지만 한하운은 평생 나환자를 위한 일을 멈추지 않았다. 사람들은 나환자에게 희망과 용기를 준 한하운 시인을 기리기 위해 1973년 소록도에 〈보리피리〉를 새긴 한하운 시비를 만들었다.* 한하운은 1975년에 숨을 거뒀는데 남과 북이 갈려 있기 때문에 고향이 아니라 김포에 묻혔다.

틈날 때마다 헌책 시장을 돌아다녀봐도 1956년에 나온 《보리피리》 초판은 좀처럼 보이지 않는다. 대부분 1950년대 후반에 펴낸 2판이나 3판이 많다. 시집은 초판과 재판, 그리고 3판까지도 표지가 거의 비슷하기 때문에 책 맨 뒤에 나와 있는 서지를 보지 않고는 어떤 책이 초판인지 구분하기 쉽지 않다. 내용도 거의 똑같다. 하지만 자기가 좋아하는 시인의 시집을 오랫동안 소장하고 싶어하는 사람들은 물어볼 것도 없이 비싸더라도 초판을 구하려고 한다.

생각하기에 따라서는 내용이 다르지도 않은데 왜 굳이 초판을 찾는 것인지

---

* 보통 기념비와 달리 한하운 시비는 넓은 돌을 눕혀놓은 모습이다. 힘겨웠던 인생이었지만 자신과 같은 나환자들을 위해 낮은 자리에서 이웃을 섬긴 시인의 겸손한 마음을 상징하는 듯하다.

이해가 안 될 수도 있다. 책 좋아하는 사람들 세계는 보통 사람과 차이가 있다. 책에 관해서라면 평범한 사람들이 이해하지 못할 일도 서슴없이 하는 사람들이 바로 책에 빠져 사는 사람들이다. 책 사랑에 깊이 빠져보지 않은 사람들은 어떻게 말해도 이해할 수 없다. 마치 한센병에 걸려보지 않은 사람이 그 사람들의 어렵고 슬픈 삶을 다 이해하기 힘든 것처럼 말이다.

별안간 책장을 덮은, 푸시킨

《뿌쉬낀》 | 알렉산드르 뿌쉬낀 | 석영중 옮김 | 열린책들 | 1999

푸시킨이라는 이름을 처음 들은 건 중학생 때다. 수업 시간에 선생님이 《대위의 딸》(1836)을 읽어보라고 했기 때문이다. '대위의 딸'이라는 제목만 들어봤지 지루한 책인 것 같아 읽어볼 생각이 없었는데, 무척 유명하고 멋진 책이라고 하니 한번 읽어보기로 마음먹었다. 그리고 서점에 나가서 여러 가지 번역본 중에 가장 싼 《대위의 딸》을 집어 들었다. 그 책의 지은이가 푸시킨이었다.

한참 동안 나는 지은이 이름이 그저 푸시킨인 줄 알았다. 좀 우스운 이름이라고 생각했다. 사실은 푸시킨이 '알렉산드르 세르게예비치 푸시킨'이라는 멋진 이름을 갖고 있다는 걸 안 건 아마 고등학생이 되어서일 것이다. 나는 그중에 특히 '알렉산드르'라는 부분이 맘에 들었다. 멋진 귀족 같은 느낌이 들었다. 그 이름을 알고난 뒤 '푸시킨'도 멋지게 들렸다.

그 즈음 같은 집에 세 들어 사는 대학생 형들이 이런 말을 하는 걸 들었다. "삶이 그대를 속일지라도 노하거나 서러워하지 마라……." 형들끼리 쓰는 말 치고는 꽤 고상하게 들렸다. 형들은 누가 일이 잘 풀리지 않거나 하면 버릇처럼 그 말을 중얼거렸다. 몇 명이 모여서 이야기를 하다가 누군가 이 말을 꺼내면 자지러지며 웃어댔다. 나는 분명 그게 코미디 프로그램에 나오는 유행어라고 생각했다. '김형곤이 비룡그룹의 회장님으로 분장하고 나와서 사람들을 웃기던 〈회장님 회장님〉 같은 데 나온 게 아닐까?' 하지만 그렇게 생각하면서 돌아오는 주말에 주의 깊게 본 그 프로그램에는 형들이 한 말은 나오지 않았다.

그 일은 한동안 잊고 지냈다. 그리고 고등학생이 됐을 때 그 말이 푸시킨이 지은 시에 나오는 문장이라는 걸 알고 무척 놀랐다. 그때 그런 말들을 쓰던 형들은 정말 부러울 만큼 대단한 문학청년들이 아니었을까. 어쨌든 그렇게 러시아의 대문호 푸시킨과 인연을 맺게 됐다.

푸시킨은 1799년에 태어났다. 집안은 대대로 귀족이었지만, 푸시킨이 태어났을 때 가문은 거의 파산 직전이었다. 하지만 푸시킨은 문학을 좋아하는 아버지와 시인이던 삼촌 덕에 아주 많은 책들 속에서 자랄 수 있었다. 푸시킨도 문학

---

* 푸시킨이 1825년에 오시뽀바의 딸인 예프쁘락시아 볼프의 앨범에 써준 시다.

을 좋아했고, 어려서부터 문학에 특별한 재능을 보였다고 한다.

새삼 침 튀기며 떠들지 않더라도 많은 평론가들이 말하듯 푸시킨은 러시아를 대표하는 천재 시인이다. 심지어 푸시킨을 전혀 모르는 사람이라도 "삶이 그대를 속일지라도……"로 시작하는 시 구절은 대강 들어봤을 정도다.《대위의 딸》을 비롯해서 운문 소설인 《예브게니 오네긴》(1830),《벨긴 이야기》(1830),《스페이드의 여왕》(1834) 등 어느 것 하나 문학사에 중요하지 않은 작품이 없다. 푸시킨의 작품들은 차이코프스키나 라흐마니노프 등 많은 음악가들에게 영감을 줘 기악곡이나 오페라로 재탄생하기도 했다.

한 문학가가 대중과 평론가들에게 높은 평가를 받는 이유는 무엇일까? 여러 가지가 있겠지만 그 문학가가 독특한 장르를 개척했다든지, 과거와 다른 문학의 흐름을 새로이 보여줬을 경우에 그런 평가를 받는다(물론 뛰어난 작품성도 빠져서는 안 된다).

푸시킨 같은 경우 많은 평론가들이 낭만주의 시대를 대표하는 예술가로 본다. 하지만 분명히 푸시킨은 완전한 낭만주의 작가는 아니었다. 좀더 자세히 말하면, 신고전주의 기법을 통해 낭만주의 감성을 표현한 리얼리즘 작가라고 할까? 써놓고 보니 정말 말장난 같지만 푸시킨의 글을 직접 읽으면 누구라도 이런 말에 공감할 것이다.

푸시킨은 문학과 더불어 러시아어 자체를 발전시킨 사람이라는 평가도 받는다. 그때만 해도 러시아는 서유럽에 견줘 문학적으로 뒤떨어져 있었다. 러시아어는 언어에서 풍기는 느낌 자체도 유럽 말보다 딱딱했기 때문에 아름다운 시를 쓰기란 쉽지 않았다. 이런 시기에 푸시킨은 서유럽에서 유행하는 많은 장르를 도입해 러시아어로 작품을 만들었다. 마음을 울리는 아름다운 서정시를 비롯해 장엄한 서사시, 운문 소설, 단편, 희곡에 이르기까지 다방면으로 많은 작품을 쓴 푸시킨이 아니었다면 투르게네프나 톨스토이 같은 사람도 나오지 않았을 거란 평가마저 있다.

한국에도 당연히 푸시킨이 쓴 작품이 많이 소개됐다. 그렇지만 몇몇 유명한 것들만 번역이 됐을 뿐이다. 그나마도 번역이 영 매끄럽지 않아서 독자들은 늘 제대로 된 번역으로 러시아 문학을 만나보길 고대했다. 하지만 정치적 사정이 좋지 않았기 때문에 러시아나 동구권쪽 작품 번역은 1990년대가 지나서야 조금씩 나오게 됐다.

열린책들은 오래전부터 많은 러시아 문학을 번역해서 소개한 고마운 출판사다. 특히 1999년은 세기말이기도 하지만 푸시킨이 태어난 지 200주년이 되는 해이기 때문에 열린책들에서 푸시킨 전집을 출판할 거라는 기대가 컸다. 독자들이 가진 기대에 보답이라도 하듯 1999년 봄부터 열린책들에서는 푸시킨 작품집이 나오기 시작했다. 《예브게니 오네긴》을 비롯한 몇 작품이 단행본으로 먼저 출간됐고, 뒤이어 그 유명한 '푸시킨 전집'이 나왔다.

푸시킨 작품집을 기대한 독자들은 우선 반가운 마음이 들었지만 전집을 실제로 본 사람들은 조금 당황스런 반응이었다. 자그마치 1800쪽에 이르는 걸 한 권으로 만들어놨기 때문이다. 만약에 이 책이 성경이나 사전이라고 하면 두께가 얇은 종이를 써서 책 두께를 좀 줄였겠지만, 일반 소설책에 쓰이는 종이로 만들고 보니 결과는 책이 아니라 목침에 가깝게 나온 것이다.

온통 빨간색 표지에 뚱뚱한 푸시킨을 보고 있자니 우습기도 했지만, 푸시킨의 거의 모든 작품을 한곳에 모아놓은 책이라고 생각하니 한편으로는 애정이 갔다. 아마 다른 사람들도 비슷한 생각일 것이다. 게다가 이 책은 러시아어에 정통한 석영중 교수가 번역한 것이기 때문에 더욱 믿음이 간다. 다른 책들과 비교해봐도 석영중 교수의 번역이 좀더 매끄럽고 문장에서 문학다운 맛이 느껴진다. 이렇게 많은 분량을 번역한 석영중 교수의 열정에도 박수를 보낸다.

책 머리말을 보면 석영중 교수는 1993년부터 푸시킨 번역을 하겠다고 마음먹고 작업을 했다는데, 실제로 그때부터 번역을 하고 있었다고 해도 6년 동안이나 푸시킨 번역에 매달린 셈이다. 번역 말고도 석영중 교수는 틈틈이 톨스토이나 러시아 정교에 관한 책들도 직접 써서 펴낸 적이 있다. 그야말로 대단한 작업량이다. 고려대학교 노어노문학과에서 학생들을 가르치는 석영중 교수는 2009년에 한국러시아문학회 회장으로 선출되기도 했다.

다시 열린책들에서 나온 푸시킨 전집 이야기를 해보자. 이 책은 1999년에 초판이 나온 뒤 곧 절판됐다. 3만 9000원이라는 만만치 않은 가격에 백과사전 같은 두께 때문에 찾는 사람이 많지 않았던 모양이다. 그렇기 때문에 절판된 지

그리 오래되지 않았지만 헌책방에서도 구하기가 쉽지 않은 책 중 하나다.

일단은 크고 두껍다 보니 헌책방에 들어오기 전에 이미 책이 훼손되는 경우가 많다. 열린책들이 제본을 튼튼하게 잘하기로 이름나기는 했지만, 1800쪽짜리 단행본이라면 사정이 다르다. 조심스레 다룬다고 해도 헌책방으로 들어오기 전 끈으로 묶고 차로 이리저리 옮기는 과정을 거치다 보면 본문이 찢어지거나 책등이 갈라지는 일이 많기 때문이다.

그런 이유 때문에 이 책을 구하려는 사람들은 헌책방보다는 인터넷 독서 동호회 카페 같은 곳에서 나오는 개인 소장본 쪽에 관심을 기울인다. 그렇다고 해도 책 상태가 좋은 1999년 초판 같은 경우는 꽤 웃돈을 줘야 손에 넣을 수 있다. 푸시킨 작품은 열린책들에서 작품별로 나눠 단행본으로 여러 권을 만들기도 했지만, 생김새부터 특별한 존재감을 느끼게 하는 한 권짜리 푸시킨을 소장하고 싶은 마음은 누구나 같을 것이다.

푸시킨은 낭만주의 시대에서 리얼리즘 문학으로 가는 길을 터놓은 작가다. 암울한 1800년대 러시아를 살면서 이렇게 아름답고 낭만적인 글을 쓴 작가는 드물다. 푸시킨과 비슷한 시기에 태어나 그 뒤를 이어 러시아 리얼리즘 문학을 완성한 고골은 '푸시킨의 문학은 적어도 200년을 앞서 갔다'고 말하기도 했다.

그런 푸시킨의 최후는 더 말할 것도 없이 극적이다. 푸시킨은 러시아 사교계의 요정이던 아름다운 여자 나탈리아 곤차로바와 결혼한 뒤 끊임없이 추근대는 조루주 단테스를 참지 못하고 결투를 신청한다. 첫 결투 신청에서는 단테스가 나탈리아의 언니에게 청혼하는 것으로 일이 무마되는가 했다. 그러나 단테스가 계속 나탈리아에게 구애를 하자 푸시킨은 두 번째 결투 신청을 한다.

푸시킨은 1837년 1월 27일 오후 4시, 상트페테르부르크 시내에 있는 과자점에서 결투 증인과 함께 결투지로 출발했고, 두 시간 뒤 배에 총상을 입고 집으로 실려 온다. 이 무슨 운명의 장난이란 말인가! 푸시킨보다 단테스의 총이 더 빨랐던 것이다. 이틀 뒤 푸시킨은 자신의 아파트에서 사망했다. 이때 나이는 고작 38세였다.

비극적인 최후를 맞은 작가 푸시킨의 소식이 알려지자 아파트 주변으로 수만 명이 몰려들었다고 한다. 그러자 놀란 러시아 황제 니콜라이 1세는 다음과 같은 명령을 내렸다. '장례식 장소를 비밀리에 변경할 것, 일반인의 장례식 참석 엄금, 가족과 친구들만 참석 가능, 군대는 비상 대기할 것, 황실 주치의를 보낼 것, 불법 결투를 벌였지만 죄를 묻지 말 것, 신문의 과격한 추모 기사는 엄금.'

푸시킨의 소설《예브게니 오네긴》에서 렌스키는 오네긴과 벌인 결투에서 죽음을 맞이했다. 푸시킨은 자기가 쓴 소설에 나온 장면처럼 생을 마감한 것이다. 이런 푸시킨의 최후는 생각하기에 따라서 낭만적인데다가 남자답고, 명예를 지킬 줄 아는 멋진 사람으로 비춰지기도 하는데, 사실 이 결투 자체는 그때 진보적인 기질을 갖고 있던 푸시킨을 제거하기 위해 러시아 궁정 내부 세력이 꾀한 음모에서 비롯됐다는 설도 있다.

푸시킨의 대표작이라고 할 수 있는 많은 작품들은 아이러니하게도 결투로 생을 마감하기 얼마 전에 완성됐다. 이 시기가 푸시킨 문학의 절정기라고 봐도 괜찮다. 만약에 결투를 하지 않고 살았더라면 어땠을까? 얼마나 더 고귀한 작품들이 탄생했을지 생각하면 아쉬운 마음이 끝없이 밀려온다. 하지만 한편으로는 《예브게니 오네긴》마지막에 쓴 글처럼 어쩌면 푸시킨은 가장 행복한 사람일지도 모른다. "인생의 소설을 다 읽지도 않고 별안간 책장을 덮을 수 있는 자는 행복하도다"(《예브게니 오네긴》마지막 문장).

진짜 사랑을 찾아서

《사랑과 인식의 출발》| 구라다 하쿠조 | 김봉영 옮김 | 창원사 | 1963

몇 년 전 금호동에 있는 헌책방에서 일할 때 그 어르신을 처음 봤다. 아직 덥지 않은 초여름이었다. 70대 정도라고 생각했지만 깔끔하게 차려입으신 것 하며, 점잖은 분위기 때문에 실제 연세는 짐작하기 어려웠다.

책방에는 워낙 많은 책이 쌓여 있다 보니 직원들도 무슨 책이 어디에 있는지 모를 때가 많다. 어르신은 지하 책방으로 이어지는 층계를 조심스레 내려와서 책 찾는 걸 도와달라고 했다. 마침 그렇게 바쁘지 않은 시간이라 도와드리겠다고 말씀드렸다.

평범한 날이었지만 어르신의 얼굴을 본 순간, 그 일이 마치 운명이라도 되는 느낌을 받았다. 일터에는 직원이 열 명이나 있었는데, 어르신은 실제로 어떤 운명을 전하러 다니는 천사 조나단*처럼 내 앞에 서 있었던 것이다.

어르신은 천천히 입을 열어서 정확하게 제목을 말했다. 《사랑과 인식의 출발 愛と認識との出発》이라는 일본 작가 글을 우리말로 번역한 책을 찾는다고 했다. 처음 듣는 제목이라 좀 어리둥절해하면서 컴퓨터로 책방에 있는 책 목록을 검색해봤다. 그런 책은 없었다.

"그런 책은 없네요"라고 짧게 말하자 어르신은 얼굴이 좀 어두워지면서 알겠다고 말한 뒤 내려왔던 계단을 다시 하나씩 밟고 올라갔다. 어떤 말을 하고 싶었지만 딱히 할 말은 없었다. 내가 할 수 있는 일이라곤 혹시 가파른 계단을 올라가다가 넘어지지나 않을까 걱정 어린 눈으로 뒷모습을 바라보는 것뿐이었다. 마지막 몇 계단을 남겨놨을 때 나도 다시 일을 하려고 몸을 돌렸다. 그때 계단 위에서 어르신 목소리가 들렸다. 올라가봤더니 메모지를 한 장 달라고 하더니 양복 속주머니에서 만년필을 꺼내 야윈 손으로 전화번호를 적어서 돌려줬다. 책이 책방에 들어오면 꼭 연락을 해달라는 것이다.

새 책이 아니라 헌책을 놓고 파는 책방이라서 이런 부탁을 하는 사람이 적지 않다. 하지만 하루에도 수백 권씩 들어오는 책들을 일일이 확인해서 전화번호

---

* '천사 조나단'은 1984년부터 1989년까지 방송된 미국 드라마 제목이다. 주인공 조나단 역을 맡은 마이클 랜든은 〈초원의 집〉에서 아빠 역으로도 나와서 인기가 있었다. 〈천사 조나단〉의 원래 제목은 'Highway to Heaven'이다.

를 받은 사람에게 그때그때 연락을 해준다는 건 거의 불가능한 일이다. 책방에서도 이런 일이 있을 때마다 체계 있게 정리를 해놓지는 않는다. 나는 어르신에게 받은 메모지를 바지 주머니에 대충 구겨 넣고 꽤 오랫동안 그 일을 잊어버리고 있었다. 그해 겨울 아주 춥던 어느 날, 실제로 그 책이 눈앞에 나타나기 전까지 말이다.

나는 그 책을 보는 즉시 푸르스트가 마들렌 향기에 취해 과거를 여행하듯* 여름에 만난 어르신을 기억해냈다. 다행히 그날 받은 메모지를 아직 갖고 있었다. 나는 당장 전화를 드렸고, 어르신은 다음 날 점심시간이 되기 전 책방으로 찾아왔다. 그날 어르신과 나눈 짧은 이야기는 내 삶에서 잊을 수 없는 기억 하나가 됐다.

《사랑과 인식의 출발》은 구라다 하쿠조가 사랑에 관해 쓴 짧은 글을 모아서 펴낸 책이다. 일본에서는 1921년에 나왔고, 한국에서는 1954년 종로서관 출판사에서 처음 나왔다. 종로서관은 이 책을 1961년에 다시 펴냈지만, 1954년이든 1961년이든 헌책 시장에서 종로서관판을 발견하는 건 쉽지 않은 일이다. 그 대신 사람들에게 많이 알려진 책은 1963년에 창원사에서 펴낸 것이다. 번역은 종로서관판과 마찬가지로 김봉영 씨가 했다. 어르신이 찾던 게 바로 창원사에서 1963년에 펴낸 책이었다. 40년이 넘은 지금 왜 그 책을 다시 찾고 있는지 무척 궁금했다.

사연은 이랬다. 어르신이 청년이던 1960년대, 한국전쟁은 오래전에 끝났지만 사회는 여러 가지 면에서 불안한 분위기였다. 1960년 시작과 동시에 4·19혁명이 일어나 세상은 어떻게든 좋은 방향으로 바뀌는가 싶었다. 하지만 민주주의를 간절히 원하던 사람들의 바람하고는 달리 곧이어 박정희가 이끄는 군사 정권이 들어섰다. 이 일은 대학생과 지식인들에게 가장 큰 충격을 주었다. 민주화

---

* 마르셀 푸르스트가 쓴 소설 《잃어버린 시간을 찾아서》(김창석 옮김, 국일미디어, 1998) 초반에 나오는 장면을 말한다. 작가이자 책 속의 주인공이기도 한 마르셀은 중년이 된 어느 날 차를 마실 때 우연히 마들렌 과자 향기를 맡았다. 이것을 계기로 어린 시절 기억을 찾아가는 기나긴 여행을 시작한다. 정신분석학에서는 이렇게 향기 등으로 과거 기억을 떠올리는 일을 '푸르스트 효과(Proust phenomenon)'라고 부른다.

와 자유를 소망하던 꿈은 더욱 멀어질 수밖에 없었다.

어르신은 가정 형편이 좋은 편이라 일본에서 공부를 마치고 한국으로 돌아와 조국을 위해 무엇이든 해보겠다는 열정이 컸다고 한다. 하지만 사회적·정치적 현실은 일본에서 듣던 것보다 더욱 좋지 않았다. 처음 얼마 동안은 일본에서 공부할 때 봐둔 좋은 책들을 우리말로 옮겨 출판하는 일을 해봤지만 잘 되지 않았다. 유럽, 특히 독일이나 러시아 문학 작품을 번역하는 것만으로도 정치적인 색안경을 끼고 바라보는 일이 많았다. 번역 일이 잘 될 리 없었고, 책을 내봤자 독자도 별로 없었다. 미국이나 일본 책은 번역해놓으면 그나마 잘 나갔지만, 청년은 유럽 문학에 관심이 있었기 때문에 그쪽 일을 주로 했다. 일은 고되고 들어오는 돈은 적었기에 번역을 그만두고 은행에 취직했다.

전문 번역가를 꿈꾸던 문학청년은 은행에서 주판알을 튕기며 돈 세는 일로 여러 해를 보냈다. 힘든 시간이었지만 좋은 일도 있었다. 거기서 예쁜 여직원과 사랑에 빠진 것이다. 그러나 청년의 머릿속에는 여전히 문학을 향한 꿈이 가득했다. 청년은 3년 정도 사귄 애인과 헤어지고 독일로 유학을 떠나게 된다. 사랑하던 사람을 잊으려고 공부에만 매달렸다. 그렇게 보낸 시간이 10년이 넘었다. 그리고 거기서 한국 여자를 만나 함께 공부하며 또 다른 사랑을 키웠고, 그 여자와 결혼해 지금에 이르렀다고 한다.

어르신이 70세가 넘은 나이에 다시《사랑과 인식의 출발》을 찾는 이유는 역시 '사랑'과 관계가 깊다. 청년 시절 은행에서 만난 첫사랑 여인에게 고백하는 편지를 쓰려고 하는데 도무지 머릿속이 하얘져서 아무것도 생각이 나지 않았다. 새벽이 되도록 빈 편지지만 바라보며 고민하던 청년의 머리를 스친 책이 바로《사랑과 인식의 출발》이다. 다음 날 당장 서점에 가서 책을 샀다. 그 책은 일본에 있을 때 몇 번씩이나 읽은 책이다.

책을 쓴 구라다 하쿠조는 일제 강점기 시대를 산 작가다. 1900년대 초반, 일본도 암울한 시절을 보내고 있었다. 예술가들은 현실을 외면하고 자연주의에 빠졌다. 특히 메이지 40년대(1907년)에는 자연주의에서 더 나아가 탐미주의 경향에 이르렀다. 어두운 현실을 완전히 벗어나 극단적인 아름다움을 좇았다. 하지만 그런 시기에 조류에 휩쓸리지 않고 독창적인 작품을 발표한 작가들이 있었다. 모리 오가이*와 나쓰메 소세키** 같은 작가가 그렇다. 이 작가들은 현실을 바로 보며 그것이 얼마나 이상과 비교해 모순이 되는지 이야기했다. 그 작가들의 작품은 작품 자체에서 끝나지 않고 문명 비판까지 시도했다.

이 작가들과 비슷한 시기에 유행처럼 번지던 이상주의 세계관에 영향을 받아 시라카바파***가 등장했는데, 구라다 하쿠조는 시라카바파가 모여 만든 잡지 《시라카바》에서 활동하던 작가다. 구라다 하쿠조가 사랑에 관해 쓴 글을 모은 책 《사랑과 인식의 출발》은 일본에서도 그렇지만 한국에서도 큰 인기를 끌었다.

은행에서 일하던 문학청년은 이 책에 나오는 문장을 편지 첫머리에 넣기로 한 것이다. 계획은 성공이었다. 편지를 받고 감동을 느낀 여자는 청년과 사랑하는 사이가 됐다. 첫사랑의 감격이다.

"편지를 몰래 주고 도망치듯 은행 문을 박차고 나가던 그때 일을 어떻게 잊을 수가 있겠소?"

어르신은 책이 아니라 40년 전 만났다 헤어진 첫사랑을 찾고 있었던 것이다. 처음 봤을 때처럼 말끔한 차림을 하고 찾아온 어르신은 이야기를 마치고 고맙다는 인사를 한 뒤 천천히 왔던 길로 되돌아갔다. 책 한 권에 얽힌 이 멋진 사랑 이야기는 지금도 잊히지 않는다. 1년 정도 시간이 더 지난 뒤 다시 그 책을 구할 수 있었다. 이번에는 그 누구도 아닌 나를 위해 책을 구했다. 오래된 책이지만 끝까지 읽어보고 싶었다.

《사랑과 인식의 출발》은 제목 그대로 사랑이라는 추상적인 감정을 어떻게 인식의 수준까지 끌어올릴 수 있는가에 관한 책이다. 구라다 하쿠조는 책 속에서 많은 철학자를 인용한다. 그렇다 보니 이 책 전체가 사랑에 관해 철학적인 고민을 하는 내용으로 보이기도 한다. 하지만 알쏭달쏭한 책 제목과 더불어 본문에

---

* 모리 오가이(森鷗外, 1862~1922)의 본명은 린타로(林太郎)다. 여러 방면에서 많은 책을 썼고, 《무희》, 《아베 일족》 등이 유명하다. 1956년 이와나미 서점은 53권으로 〈모리 오가이 전집〉을 펴냈다.
** 나쓰메 소세키(夏目漱石, 1867~1916)의 본명은 나쓰메 긴노스케(夏目金之助)다. 소설가이며 영문학자이기도 하다. 주요 작품으로 《나는 고양이로소이다》, 《마음》, 《도련님》 등이 있다.
*** 《시라카바(白樺)》는 메이지 43년(1910)에 창간해 다이쇼 12년(1923) 8월에 관동 대지진을 계기로 종간된 동인 잡지다. 시라카바파는 자연주의를 반대하고, 철저하게 이성과 자아를 탐구하는 문학을 추구했다. 동인들이 대부분 경제적으로 윤택한 삶을 살며 서양에서 유행하는 문화를 자유롭게 누릴 수 있었기 때문이기도 하다.

수도 없이 등장하는 철학자들 이름값에 견줘 결론은 아주 단순하다. 사랑이란 "남의 운명을 자기 일처럼 생각해 이를 두려워하고, 이를 축복하고, 이를 지키는 마음을 말하는 것"(163쪽, 〈사랑의 두 가지 기능〉 중에서)이다.

경제적으로 안정되고, 여러 가지 서양 학문을 자유롭게 공부할 수 있는 환경 속에서 자란 구라다 하쿠조는 사랑을 순간적인 감정으로 보지 않았다. 사랑한 다는 것은 충분히 머릿속으로 생각해 실천하는 일이다. 구라다 하쿠조는 갑자기 타올랐다가 어느새 사그라지는 사랑은 그저 우리가 살면서 느끼는 많은 감정들 중 하나에 불과하다고 믿었다. 구라다 하쿠조에게 사랑은 모든 육체와 영혼을 초월한 일이다.

이것은 신이 인간을 향해 베푸는 사랑과 의미가 닿아 있다. 구라다 하쿠조는 책을 통해 기독교에서 말하는 사랑이라는 개념을 이성의 힘으로 풀어내려고 했다. 이것을 뒷받침하듯 차례 바로 앞에 《성경》 요한일서 제2장* 내용이 서문과 함께 등장한다. 신이 인간에게 준 최고 계명은 사랑**이다. 그래서 성경에는 사랑에 관한 내용이 많이 나온다. "네 이웃을 네 몸과 같이 사랑하라"는 대목은 신약성경 모든 복음서에 기록됐다. 특히 "믿음, 소망, 사랑 중에서 제일은 사랑"이라는 유명한 선언은 기독교를 믿지 않는 사람이라도 한 번은 들어봤을 것이다.

구라다 하쿠조는 성경이 가르치는 진리에 빗대어 사랑을 해석한다. 그 사랑은 관념이 아니다. 이성이다. 책을 읽으면서 때로는 너무 딱딱하고 건조하게 썼다는 느낌이 들었지만 '과연 지식인다운 글이다'라는 생각이 들었다.

전쟁으로 파괴된 우울한 한국 사회에 두발 디디고 서 있는 청년은 이 책에서 진짜 사랑을 배웠다. 그 청년뿐만이 아니었으리라. 많은 젊은이들이 이렇게 냉철한 시각을 갖고 써내려간 사랑 이야기에 매력을 느끼지 않았을까? 불안한 조국의 현실 앞에서 젊은이들이 사랑 놀음에 빠져 청춘을 소비할 수 있었겠는가?

---

* "사랑하는 자들아 내가 새 계명을 너희에게 쓰는 것이 아니라 너희가 처음부터 가진 옛 계명이니 이 옛 계명은 너희의 들은 바 말씀이거니와 다시 내가 너희에게 새 계명을 쓰노니"(개역 한글판 《성경》).
** "그런 즉 믿음, 소망, 사랑 이 세 가지는 항상 있을 것인데 그중에 제일은 사랑이라"(개역 한글판 《성경》, 고린도전서 3장 13절).

구라다 하쿠조는 청춘을 낭비하지 말라고 전한다. 인생을 통틀어 가장 찬란한 때인 젊은 시절을 헛되이 보내지 말며(목적 없는 연애나 욕정에 빠지는 것을 가장 경계해야 한다), 이성을 갖고 진리를 탐구하는 게 진정한 삶이라고 얘기한다.

지금 읽어보면 이런 글들이 조금은 고루하게 느껴진다. 그러나 이 조언들은 1960년대 적지 않은 젊은이들에게 영향을 줬다(게다가 이런 책 속에서 문장을 뽑아 연애편지를 쓴다는 건 또 얼마나 멋진 일인가! 실제로 편지를 받은 상대방도 그렇게 생각했을지는 모르지만).

지금 우리는 직설적이고 인스턴트 같은 사랑에 익숙하다. 가볍게 만나고, 맘에 들지 않는다고 생각될 때 헤어지면 그만이다. 확실히 수십 년 전에 견줘 사랑이 아주 쉬워졌다. 흔할 정도로 말이다. 나는 구라다 하쿠조가 살던 때를 전혀 모른다. 그러나 《사랑과 인식의 출발》을 읽으면서 타임머신을 타고 시간 여행이라도 한 듯 다시 한 번 '사랑'이라는 쉽고도 어려운 문제에 관해서 가만히 생각해봤다.

어르신이 연애편지에 인용한 부분을 여기에 싣는다(1960년대 번역은 읽기 어색해 요즘 말투로 다시 옮겼다).

둥그스름한 푸른 하늘은 우리들 머리 위에 덮혀있고 햇빛을 받은 흰 구름은 정처 없이 떠돈다. 평평하고 굳은 땅은 마음대로 우리들 발아래 펼쳐졌고 물은 은같이 번쩍이며 흐른다. 바람기 없는 빈들에 작은 별은 구슬프게 껌벅이고, 나뭇잎은 속삭임을 거두고 죽은 듯 고요하다.

그리고 우리들의 으스스 추운 등을 스쳐, 영원의 시간이 발걸음을 죽이고 사뿐히 옮겨 가는 것을 느낄 때 우리들의 마음속에는 걷잡을 수 없는 쓸쓸함이 그림자처럼 드리울 것이다.

눈앞에 억누르듯 울창하게 뻗은 커다란 산은 금방 무너져 모진 생명을 눌러 버리지는 않을까. 아! 우리는 살고 있다. 가늘게 한숨을 내쉬며 살고 있다. 우리 생명의 무게를 받드는 두 발은 또 얼마나 여위어 보이는가?

손으로 쓴 글씨

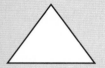

나도 학창 시절에 책 선물로 사랑을 고백한 적이 있다. 사랑? 아니, 같은 반 여자애한테 좋아한다는 말을 해보고 싶은데 용기가 나지 않아서 책 선물을 핑계로 그 안에 편지를 써서 줬다. 그 책은 신달자의 《백치애인》이었다. 20년이 족히 넘은 일이지만 정확히 기억할 뿐 아니라 영원히 잊지 못할 책이다. 그러나 애석하게도 그때 거기에 무슨 글을 썼는지는 전혀 기억나지 않는다. 중학교 3학년 때였으니까 기억이 안 날 만도 하다. 그러고 보니 《백치애인》이 무슨 내용인지도 모르겠다. 산문집이라는 것 말고는 내용은 전혀 모른다. 어쩌면 내가 그 책을 끝까지 읽지 않았을 수도 있다. 그저 '고백용'으로 쓸 괜찮은 제목을 찾다 보니 《백치애인》이 걸린 것뿐이다.

지금도 그런 일이 있을까? 책으로 사랑 고백하는 것 말이다. 요즘에는 이메일이나 휴대폰 문자 같은 게 워낙 생활처럼 되어 있기 때문에 이렇게 손 글씨로 편지를 써서 마음을 전하는 일은 흔하지 않다. 연말에 크리스마스카드를 주고받는 일도 드물어진 것 같다. 생일처럼 특별한 날에 작은 카드에 몇 글자 적어서 주는 것이라면 몰라도 길게 편지를 쓰는 경우는 없다. 어린 학생이나 젊은 친구들은 더욱 그럴 것이다.

그런데도 나는 아직까지 손으로 글씨를 써서 누군가에게 마음을 전하는 일에 큰 의미를 부여하면서 산다. 손 글씨를

예쁘게 쓰는 건 아니지만, 손으로 글씨를 쓰다 보면 솔직한 마음이 구불구불한 글씨 안에 들어가는 느낌을 받는다. 글씨는 누군가에게 걸어가는 한적한 오솔길처럼 생겼다. 이건 컴퓨터로 찍어내는 반듯한 글씨하고는 전혀 다르다. 내 마음은 그렇게 건조하지 않기 때문이다. 구불구불한 마음, 숲속에 작게 난 길 같은 마음을 다 전할 수 있는 건 손 글씨밖에 없다.

최근에 만년필을 하나 살까 했는데 너무 비싸서 관뒀다. 돈을 좀더 모으면 금촉이 달려 있는 멋진 만년필을 하나 사고 싶다. 헌책방 일을 하면서 언제 그런 돈을 모을 수 있을까 걱정도 되지만, 어쨌든 그때까지 계속 연필을 쓸 것이다. 부드럽고, 종이에 쓸 때 사각거리는 느낌이 드는 멋진 만년필을 마음속에 두고서 말이다.

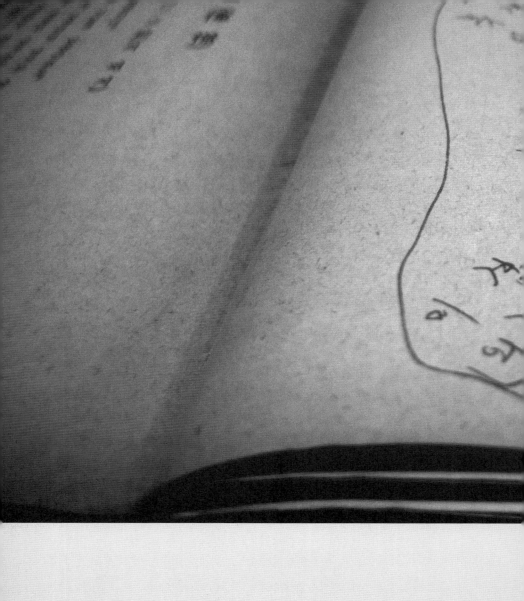

1963년판 《사랑과 인식의 출발》을 찾았을 때 책 속에서 본 낙서들.

'**E**' 없는 책

《사물들》 | 조르주 페렉 | 허경은 옮김 | 세계사 | 1996

생활용품을 실은 트럭들이 마을을 가로질러 기근이 한창인 남쪽으로 향해갔다. 그들의 삶은 날마다 똑같았다. 수업시간, 〈레장스〉의 엑스프레소, 저녁의 오래된 영화들, 신문, 말십자놀이…… 그들은 몽유병자와 같았다. 더 이상 자신들이 무엇을 원하는지 몰랐다. 그들은 완전한 이방인이었던 것이다.

— 《사물들》, 113쪽

세상 무엇으로도 규정지을 수 없는 이가 있다면, 그 사람 이름은 분명히 조르주 페렉일 것이다. 이 사람은 작가지만 동시에 장난이 심한 어린아이 같기도 하고, 어떤 면을 보면 정신이상자가 아닐까 싶은 생각마저 든다(특히 작품들을 보면). 그렇기 때문에 조르주 페렉을 딱 한 가지 모습으로 단정 지어 말할 수가 없다. 물론 그런 이유 때문에 아주 다양한 해석을 내놓을 수 있기도 하다.

1965년에 첫 작품 《사물들》을 내놓고 1982년 폐암으로 갑자기 죽을 때까지 17년이라는 짧은 작가 인생이었지만, 조르주 페렉은 독자와 평론가들에게 수없이 많은 질문을 던진 사람이다. 심지어 페렉이 세상을 떠난 뒤 발견된 일기나 편지, 미완성 원고조차 학자들의 연구 자료로 지금껏 이용되고 있다.

하지만 무슨 이유인지 조르주 페렉이라는 이름조차 아는 사람이 드물다. 많은 작품 중에 번역된 것만 봐도 《사물들》과 《인생 사용법》이 전부다(2010년과 2011년에 《W 또는 유년의 기억》과 《임금 인상을 요청하기 위해 과장에게 접근하는 기술과 방법》이 출간되기는 했다).

조르주 페렉이 유대인이기는 하지만 프랑스어로 작품을 쓰는 사람이고 프랑스어를 우리말로 쉽게 옮길 수 없다는 걸 감안하더라도, 이런 작가의 작품이 많이 번역되지 않았다는 건 아쉽다. 우리말은 세계 그 어느 나라 말보다 우수한 표현력과 과학적인 언어 체계를 갖고 있다. 하려고만 한다면 프랑스어는 물론이고 아프리카나 아마존 오지의 말이라도 충분히 번역할 수 있을 것이다.

---

* 조르주 페렉은 《W 또는 유년의 기억》을 쓰면서 4년간 정신분석 치료를 받았다.

사실 조르주 페렉의 글이 번역되지 않은 책임을 단순히 출판사나 번역가들에게 돌릴 수는 없다. 프랑스어의 다양한 시제 변화와 복잡하고 은유적인 표현 방법도 번역하는 데 걸림돌이 되겠지만, 확실히 조르주 페렉은 단어 그 자체를 가지고 게임하듯이 글을 쓴 사람이라서 그것을 의미 그대로 다른 나라 말로 옮긴다는 것 자체가 거의 불가능에 가까운 일이다. 그러면 어디서부터 이야기를 시작해야 할까? 조르주 페렉은 아주 다양한 방면에서 실험적인 글을 많이 썼기 때문에 '과연 어디서부터 시작할 것인가?' 하는 물음을 던지는 것조차 두려움이 앞선다.

먼저 조르주 페렉에게 가까이 가려면 '울리포OuLiPo'라는 단체를 거쳐야 한다. 울리포는 '잠재적인 문학의 공동작업실Ouvroir de Littérature Potentielle'의 줄임말인데, 이 문학 운동은 전쟁 뒤 프랑스가 겪고 있는 혼란한 사회 문제에도 깊이 관련된다.

1936년에 유대인으로 태어난(이것은 조르주 페렉에게 가장 처음 일어났으며, 가장 중요한 사건이다) 조르주 페렉은 어릴 때 나치의 손에 부모를 여읜다. 페렉의 부모는 자식에게 불편한 일이 일어나지 않게 하려고 프랑스식 이름을 지었다. 그때 나치는 전 유럽을 상대로 엄청난 유대인 사냥을 벌이고 있었다. 조르주 페렉에게 이런 어린 시절의 기억은 큰 충격이었다. 아마 가장 잊고 싶은 기억이기도 했을 것이다. 실제로 페렉은 자신의 자서전이나 마찬가지인 소설 《W 또는 유년의 기억》에서 어릴 때를 회상하는 첫 장면을 '나에겐 유년기에 대한 기억이 없다'라는 문장으로 시작한다.

나치에게 철저하게 유린당한 유럽에서, 그것도 폴란드계 유대인으로 태어나 그 모든 것들을 보고 자란 조르주 페렉이다. 게다가 프랑스는 2차 대전이 끝나고 쓰러진 경제를 되살리기 위한 노력이 한창이던 1950년대 중반 알제리와 벌

---

* 문학과 수학을 접목할 목적으로 1960년 작가 레몽 크노(Raymond Queneau)와 수학자인 프랑수아 르 리요네(François Le Lionnais)가 처음으로 울리포를 만들었다. 글을 쓸 때 단어나 문장에 갖가지 제한 사항을 덧붙이면 오히려 작가의 상상력이 증폭된다는 믿음을 가지고 있었다. 조르주 페렉은 울리포의 가장 적극적인 가담자였으며, 이 문학 운동은 전세계적으로 아직도 계속되고 있다.

인 전투에서 패하고 만다. 그 결과 프랑스에는 소시민 계급, 즉 '프티 부르주아 petit bourgeois'들이 대거 등장하게 됐다. 전쟁이 끝난 뒤 유럽 사회, 특히 프랑스가 가야 할 길은 어디인가 하는 어려운 질문에 다다른 것이다. 그런 문제를 풀어나 갈 지식인들, 또는 소시민들에게 철저한 각성이 필요한 시기이기도 했다. 조르 주 페렉이 이런 문제를 심각하게 다룬 첫 소설《사물들》을 쓰고 나서 울리포에 가입하게 된 계기도 바로 이런 유럽 사회의 현실에서 출발한다.

《사물들》이야기는 조금 뒤에 하고, 우선 울리포에 관해 알아보자. 울리포는 1960년대 초반부터 시작된 일종의 실험적인 문학 운동이다. 울리포는 2차 대전 직후 일어난 문학 운동인 '누보로망nouveau roman*'과 완전히 반대되는 문학을 추 구한다. 누보로망은 소설의 모든 형식과 가치관을 파괴하는 것인데, 울리포 문 학은 글쓰기에 갖가지 제약을 둔다.

생각하기에 따라서 울리포 문학은 오히려 작가에게 걸림돌이 되는 것 같다. 하지만 조금 더 깊이 들여다보면 울리포는 편견과 생각에서 더욱 자유롭게 되 는 길이다. 울리포의 글쓰기 제약은 자유롭지 못한 작가의 사소한 부분까지 해 방시킨다는 의미를 갖고 있다.

누구든지 자유롭게 글을 쓰면 자기 편견에 빠지기 쉽다. 특정 작가의 글을 보면 항상 그 작가의 개성이 드러나는 걸 알 수 있다. 작가가 자신도 모르게 자 기만의 방식으로 글을 쓰고 있기 때문이다. 이것은 장점이지만 때로는 부작용 을 드러내기도 한다. 작가에게 잠재되어 있는 놀라운 글쓰기 능력을 발굴하지 못하기 때문이다. 울리포는 글쓰기에 특정한 제약이나 장치를 둠으로써 작가의 글을 개성에서 해방시킨다.

예를 들어 리포그람Lipogramme은 글을 쓸 때 특정한 알파벳이 들어간 단어를

---

* 안티-로망(anti-roman), 우리말로는 반소설(反小說) 운동이다. 1947년 사르트르가 처음 사용한 말로, 소설 자체로 소설의 형식과 내용을 파괴하는 것이다. 보통 누보로망 소설들은 일관된 줄거리나 주인공이 없고, 등장인물이 있다 하더라도 제멋대 로 등장했다가 이유도 없이 사라지는 등 글쓰기에 정해진 것이 아무것도 없다. 소설 속에서 사건이나 행위보다는 등장인물의 심리 묘사를 극단적으로 세세하게 다루는 경향이 있다. 그런 이유로 누보로망 소설들은 현대를 살아가는 개인들이 마주한 인 간성 상실의 문제 따위를 주로 다루고 있다. 제임스 조이스나 프란츠 카프카, 윌리엄 포크너 같은 작가들을 누보로망의 시작 으로 보기도 한다.

제외하는(또는 그 반대) 방법이다. 조르주 페렉은《실종La Disparition》(1969)*에서 실제로 'e'가 들어가지 않는 단어만 갖고 소설을 썼다. 프랑스어에서 'e'는 가장 중요한 철자다.** 'e'를 뺀다면 전체 단어 중에서 적어도 절반 이상은 쓸 수 없다. 마치 우리말에서 'ㅏ', 'ㅓ'가 들어가지 않은 단어로만 글을 쓰는 셈이다. 그런데 조르주 페렉이 얼마나 완벽하게 문장을 구사했는지《실종》을 써서 출판사에 넘겼을 때 이 소설이 리포그람 방식으로 쓰여진 것을 아무도 몰랐다고 한다.

팔렝드롬Palindrome***이라는 방법도 있다. 오른쪽에서 왼쪽으로 읽어도 말이 되고, 그 반대로 읽어도 말이 되는 단어만으로 문장을 만드는 것이다. 이것도 리포그람 못지않게 골치 아픈 작업이다. 조르주 페렉은 바로 이런 울리포 글쓰기에 가장 적극적으로 참여한 작가다.

특히 조르주 페렉은 좌우 대칭 기법으로 된 소설 구성이나 단어, 또는 문장 구성을 즐겨 썼다. 보통 사람이라면 리포그람이나 팔렝드롬 같은 언어유희를 구사하려면 많이 노력해야겠지만, 조르주 페렉은 이런 방법을 비교적 쉽게 썼다. 하지만 재미있는 건 실제 생활에서는 좌우 대칭을 자주 혼동했다는 점이다. 예를 들어 버려야 할 원고와 출판사에 넘겨야 할 원고를 서로 다른 가방에 넣어 보관했는데, 종종 이 구분을 잘 못해서 출판사에 넘겨야 할 원고를 몽땅 버리는 일이 많았다고 한다. 17년간 짧은 작가 활동을 하면서도 꽤 많은 작품을 남긴 조르주 페렉인데, 이런 실수를 하지 않았다면 얼마나 많은 작품이 쏟아져 나왔을지는 아무도 모르는 일이다.

길게 돌아왔지만 이제《사물들》이야기를 할 차례다.《사물들》은 조르주 페

---

* 1972년에 발표한《돌아온 사람들(Les Revenentes)》은 반대로 모든 단어에 의도적으로 'e'를 포함하고 있다.

** 프랑스어에서 단어는 남성이나 여성으로 나뉜다. 그런데 여성에 해당하는 단어는 거의 '-e'로 끝난다. 따라서 페렉은 단어 중 절반을 버려야 한다. 관사를 보면 더 난감하다. 여성 관사가 'la'인 반면 남성 관사는 'le'다. 그러므로 남성 명사도 못 쓴다. 여성도 못 쓰고 남성도 못 쓰니까 부정관사나 소유 형용사 따위로 피해가면서 글을 쓸 수밖에 없다. 게다가 인칭 사용은 더 답답하다. '나'는 'je'이기 때문에 우선 1인칭은 쓸 수 없다. 2인칭 동사는 'es', 3인칭 여성은 'elle', 3인칭 동사는 'est'. 결국 1, 2, 3인칭 모두 제약이 따른다. 이렇게 보면 전체 단어 중에서 쓸 수 있는 단어는 고작 20퍼센트 정도밖에 안 된다. 과연 이런 상황에서 무슨 글을 쓸 수 있을까? 하지만 그렇게 쓴 글이 바로《실종》이다. 제목 그대로 알파벳 'e'가 실종된 소설인 것이다.

*** 우리말로 예를 들면 '회사'와 '사회'처럼 어느 쪽으로 읽어도 의미를 갖는 단어만으로 소설을 완성하는 기법이다. 이것이 얼마나 어려운 방법인지는 직접 해보지 않아나 알 만하다. 지금 이 글을 읽고 있는 여러분도 소설이 아닌 짧은 시를 쓰면서 팔렝드롬 기법에 도전해보라. 5분도 안 돼 머리에 쥐가 나는 경험을 할 것이다.

렉의 첫 소설이기도 하지만 울리포에 들어가기 전에 쓴 소설이다. 그렇기 때문에 우리말로 번역될 수 있었나 보다. 조르주 페렉이 울리포 기법으로 쓴 소설은 하나도 번역되지 않았다. 1978년 작품인《인생 사용법》이 번역된 게 있지만 이것은 울리포 소설이기에 앞서 치밀하게 조작된 논리 게임이기 때문에 언어유희 문제로 읽는 데 막히는 건 없다. 울리포 소설은 번역이 어려운 점도 있지만 거의 단어를 가지고 게임하듯이 쓰는 것이기 때문에 다른 나라 말로 번역하면 제대로 된 맛을 느낄 수 없다. 다른 나라 말로는 아예 의미 자체가 전달되지 않는 경우도 많다.

《사물들》은 세 부분으로 나뉜다. 조르주 페렉이 자주 사용하는 좌우 대칭 구조다. 세 부분 중 가운데는 현실이고, 앞과 뒤는 미래 시제로 쓴 글이다. 미래 시제로 쓴 글 두 개가 중간에 현실을 두고 서로 거울처럼 마주보는 구성인 것이다. 이런 글은 내용이나 주제가 쉽게 이해되지 않는다. 그러나 처음부터 겁먹지 말자. 이 소설은 내용이 아주 짧고 줄거리 또한 단순하다. 내가 사람들에게 늘 하는 말인데, 내용이 복잡한 소설일수록 줄거리는 꽤 '허접'한 것이 많다.

여기 나오는 주인공들은 프티 부르주아들이다. 아니, 정확히 말하면 프티 부르주아가 되고 싶어하는 젊은 두 남녀다. 이름은 '제롬'과 '실비'다. 1장에서 두 사람은 꿈 같은 미래를 영화처럼 그리고 있다. 실제로 그렇게 사는 건지(또는 살았다는 것인지) 알 수 없지만, 어쨌든 부족한 것 없이 산다. 멋진 양탄자와 번들번들 윤기가 나는 가구, 길이 잘 든 가죽 소파가 놓인 방에서 한가롭게 공상이나 떠는 게 두 사람이 하는(또는 하고 싶은) 일이다. 첨단 가전제품 때문에 생활은 편리하고, 마음 잘 맞는 친구들도 많다. 친구들하고 가끔 파티를 즐긴다. 시끌벅적한 파리 시내에서 맛보는 프티 부르주아의 삶이란 지금 우리 젊은이들이 상상하는 '뉴요커'의 그것이다. 얼마나 멋있는 일인가! 나이는 젊고 전문직에 종사하며 영원히 끝날 것 같지 않은 행복한 미래가 보장된 것처럼 느껴진다.

두 사람이 이런 꿈에 젖어 있는 이유는 무엇일까? 책에 나와 있듯이 이것은 그때 프랑스 현실하고도 관계가 있다. 지금 이 나라는 전쟁이 끝난 지 얼마 되지 않았기 때문에 그 누구도 큰 부자가 아니다. 그렇다고 해서 완전히 헐벗고 사는 계층도 딱히 없다. 대부분 고만고만한 삶을 누리고 있다. 그래서 젊은이들은 다들 자기가 남보다 먼저 부자가 될 수 있다는 희망을 품고 있는 것이다.[*] 모든 사람의 출발점이 비슷하면 희망을 품을 수 있지 않은가?

하지만 현실은 그렇지 않다. 두 남녀는 사소한 비정규직만 전전하며 하루하루를 보내고 있다. 꿈은 그럴 듯하지만, 앞에는 너무도 치열한 경쟁이 기다리고 있을 뿐이다. 2장으로 넘어오면서 두 사람은 삭막한 파리를 떠나겠다고 선언한다. 그리고 실제로 떠난다. 그렇게 향한 곳이 시골이다. 마치 요즘 사람들이 귀농에 관심 있어 하듯 도시의 삶을 접고 홀연히 시골을 택한 것이다.

제롬과 실비는 시골에서도 충분히 직업을 갖고 잘살 수 있을 거라 생각했다. 게다가 도시와 비교할 수 없이 편안한 마음은 덤으로 주어질 거라 믿었다. 하지만 이것 역시 현실과 전혀 다른 희망 사항일 뿐이다. 그나마 실비는 교사 일을 찾았지만 제롬은 마땅한 직업도 갖지 못한 채 백수건달처럼 지내고 있다. 이것은 분명히 원하던 삶이 아니다.

마지막 3장에서 제롬과 실비는 결국 다시 도시행을 택한다. 시골행은 잘못된 선택은 아니지만, 결과적으로 두 사람은 적응에 실패한 것이다. 애초에 1장에서 보여준 편하고 안락한 삶에 몸과 마음이 젖어 있는데 무료하고 답답한 시골 생활이 잘될 리 없다. 풍족한 삶, 돈을 좇는 삶, 물질을 따라가는 삶이 인생의 정답이 아니라는 것은 알고 있지만, 실제로 그것을 극복하기는 어렵다. 평범한 개인들이 커다란 사회 변화 앞에서 얼마나 나약한 존재인지 보여주면서 소설은 막을 내린다.

책을 읽다 보면 이 소설에 아주 많은 '사물들(물건들)'이 나오는 걸 알 수 있다. 그냥 물건이 아니라 분명히 부를 상징할 만한 물건이다. 지금 우리 사회를 예로 들면 명품 가방이나 메이커 손목시계, 멋진 신발 따위가 그것이다. 과연 이런 것을 마다할 젊은이들이 얼마나 될까? 《사물들》은 1965년에 나온 책이지만 놀랄 만큼 지금 우리 사회와 닮아 있다. '일등만 기억하는 더러운 세상'이라는 외침

<hr>

[*] "그러나 오늘날 점점 더 많은 사람들이 그리 부자도 아니고 그리 가난하지도 않다. 그러므로 사람들은 부자가 되기를 꿈꾸고 또 부자가 될 수 있다고 믿는다. 바로 거기에서부터 불행이 싹튼다"(59쪽).

이 개그 소재가 되는 게 지금이다. 우리는, 당신은, 그리고 나는, 지금 그렇게 살고 있지 않다고 잘라 말할 수 있는가? 단 한순간도 사물(물질)에 얽매이지 않으면서 산다고 할 수 있는가 말이다. 그러면서 우리는 행복이나 자유에 관해 아무렇지도 않게 말하고 있다. 조르주 페렉은 바로 그런 심각한 질문을 사람들을 향해 내지르고 있는 것이다. 《사물들》 표지에 나온 조르주 페렉의 얼굴, 특히 커다란 눈을 보고 있으면 나 자신이 점점 작아지는 느낌이 든다.

조르주 페렉은 작가 생활을 하면서 비슷한 형태나 내용으로는 글을 쓰지 않겠다고 선언한 것으로도 유명하다. 그 약속은 완벽하다고 할 수 없지만 거의 지켜졌다.* 1982년 세상을 떠날 때까지 많은 작품을 발표했는데, 소설, 수필, 시, 시나리오, 여행기, 자서전은 물론 바둑 이론서**와 낱말 십자풀이***까지 별별 작업에 손을 댔다. 그리고 의도적으로 각기 다른 문장 기법을 사용했다. 어떤 사람들은 조르주 페렉과 울리포의 이런 문학 운동은 예술이 아니라 장난 같다는 평가를 내리기도 한다. 하지만 이렇게 멋지고 지능적인 장난이라면 충분히 예술적인 가치가 있다. 실제로 조르주 페렉은 살아 있을 때 작품성도 인정받았다. 《인생 사용법》은 메디치상, 《사물들》은 르노도상을 받았다.

---

* 《어두운 상점》(1973)과 《W 또는 유년의 기억》(1975)은 문장과 단어 등 서로 비슷한 부분이 많다(이재룡, 〈만능열쇠로도 열 수 없는 페렉의 세계〉, 《작가세계》 22호, 1994).
** 《바둑의 섬세한 기술로 초대하는 작은 책》(1969). 페렉이 1967년 울리포에 가입하고 나서 펴낸 책이다. 같은 해에 장편 소설 《실종》도 함께 나왔다.
*** 《낱말 게임》(1979), 《낱말 게임 2》(1986). 첫 번째 낱말 게임은 페렉이 죽기 3년 전에 나왔고, 두 번째 낱말 게임은 페렉이 죽고 난 뒤 발견돼 출판됐다.

우리가 상상하는 것들

《상상동물 이야기》| 호르헤 루이스 보르헤스 외 | 남진희 옮김 | 까치 | 1994

40여 가지의 그림이 곁들여진 "그림으로 보는 서양판「山海經」"

상상동물 이야기

호르헤 루이스 보르헤스 外

남진희 옮김

120편의 이야기에 등장하는 130여 가지의 기기묘묘한 동물들 ─ 그것은 인간이 상상했던 모든 존재들, 곧 또 하나의 우주이다.

까치

나는 어릴 때부터 백과사전에 관심이 많았다. 지금이야 궁금한 게 있을 때 컴퓨터 앞에 앉아서 자판만 두들기면 금방 갖가지 자료들이 쏟아져 나오지만, 불과 20년 전인 1990년대 이전에는 그런 건 꿈도 못 꿨다.

1993년인가 용산에 갔을 때 브리태니커 백과사전 영문판이 시디롬으로 나온 걸 본 다음 학교에 가서 친구들에게 "드디어 신세기가 왔구나! 인류의 유년기는 끝났다"라고 말하고 다니던 게 생생하게 기억난다. 그 방대한 분량이 얇은 시디롬 하나에 들어간다는 걸 믿지 않는 녀석들도 많았다.[**] 친구들에게 그걸 실제로 보여주고 싶었지만 백과사전 시디롬은 너무 비싸 살 수 없었다. 그것을 읽을 수 있는 시디롬 리더기는 더 비쌌다. 지금이야 수십 배속 시디롬 리더기를 고작 몇 만 원이면 살 수 있지만, 그때는 1배속 시디롬 리더기 가격이 100만 원 가까이 했기 때문에 시디롬 백과사전은 대학교 도서관이나 기업체에서 연구용으로나 살 수 있었다.

브리태니커는 사치라고 하더라도 동아출판사나 학원출판사 등에서 펴낸 컬러판 백과사전 정도는 갖고 있는 집이 더러 있었는데, 우리 집에는 백과사전이 없었다. 언제가 아버지가 구해오신 만화 백과사전[***]이 있었는데, 그건 사전이라기보다 그냥 흥밋거리로 가끔 볼 수 있는 정도였다.

나는 제대로 된 백과사전을 늘 부러워했다. 어릴 때 친구 집에 가서 처음 본 백과사전은 정말이지 놀라움 그 자체였다. 내가 모르는 별별 신기한 것이 글로 설명돼 있을 뿐 아니라 가끔은 그림이나 사진도 있었기 때문에 백과사전을 읽고 있으면 시간 가는 줄 몰랐다.

---

[*] 친구들 사이에서 인기 있던 아서 C. 클라크의 과학 소설 《유년기의 끝》을 흉내 낸 말이다.

[**] 그때만 하더라도 컴퓨터 하드디스크가 고작 200메가바이트 정도였다. 지금처럼 시디롬이 흔하지 않았고, 데이터 저장 매체로 시디롬을 쓴다는 것도 생소했다. 데이터 저장은 주로 플로피디스크를 썼는데, 용량이 고작 1메가바이트 안팎이었다. 그때 마이크로소프트에서 윈도우 운영 체제 초기 버전인 '윈도우 3.1'이 나왔는데, 이걸 컴퓨터에 설치하려면 플로피디스크 20장 정도가 필요했다. 당연히 스무 번이나 디스크를 빼고 넣기를 반복했다. 이러니까 친구들이 백과사전을 디스켓 한 장에 넣는다는 걸 이해하지 못한 것이다.

[***] 1970~80년대에 만들어진 '금성판 과학학습만화' 시리즈. 이 책은 꽤 인기가 좋아서 1990년대에도 계속 나왔다. 지금도 예림당의 'Why' 시리즈 등 어린이용 학습 만화가 많은데, 박사님과 어린이가 타임머신을 타고 과거로 돌아가서 궁금한 것을 해결하고 돌아온다는 설정은 거의 변하지 않는 게 신기하다.

어릴 때 백과사전을 향한 뜻 모를 동경까지 품고 있어서 그랬는지 커서도 백과사전에 관한 흥미는 사라지지 않았다. 이 세상의 '모르는 것', '신기한 것'에 관한 모든 게 하나도 빠짐없이 백과사전에 들어 있다고 믿었다. 당연히 그건 사실이 아니겠지만 적어도 매년 분량이 늘어나고 있는 브리태니커 백과사전을 보면, 이 회사는 정말로 세상 모든 걸 책으로 담겠다고 작정한 것 같다.

그런 생각은 그저 망상일 뿐일까? 여기 세상 모든 것이 책(또는 글자)으로 되어 있다고 믿은 멋진 사나이가 있다. 바로 아르헨티나 작가 호르헤 루이스 보르헤스다. 보르헤스의 인생은 처음과 끝이 모두 책과 연결돼 있다. 심지어 보르헤스는 천국이 있다면 그곳은 도서관처럼 생겼을 것이라고 말하기도 했다.

보르헤스는 현대 라틴아메리카 문학을 말할 때 빼놓을 수 없는 사람이고, 아주 뛰어난 작가라는 것도 인정받지만, 보르헤스의 책을 단박에 머릿속에 떠올릴 수 있는 사람은 그리 많지 않다. 그만큼 보르헤스의 책이 많이 번역되지 않은 탓도 있지만, 그건 꼭 번역가나 출판사의 책임이라고 볼 수 없다. 보르헤스에 관심을 갖고 읽어보려는 독자가 많지 않기 때문이기도 하다. 이 글을 읽는 사람 중에도 보르헤스라는 이름을 처음 듣는 이들이 적지 않을 것이다.

1899년 아르헨티나 부에노스아이레스에서 태어난 보르헤스는 변호사이자 심리학 교수인 아버지를 둔 덕에 부족함 없는 생활을 했다. 특히 보르헤스가 좋아한 책에 관한 것이라면 더욱 그랬다.

보르헤스는 정규 교육을 받지 않고 가정교사에게 영어와 스페인어 등을 배우는 한편 여러 가지 뛰어난 문학 작품도 배웠다. 보르헤스의 언어와 문학적 재능은 아주 뛰어나서 10살 때 이미 오스카 와일드의 《행복한 왕자》를 스페인어로 옮겨 신문에 발표하기도 했다.

청년이 된 보르헤스는 향토색 짙은 작품을 몇 편 내놓았지만 문단의 주목을 받지는 못했다. 보르헤스의 인생에 가장 큰 영향을 끼친 운명적인 사건은 아버지의 죽음이었다. 아버지가 세상을 떠나자 보르헤스는 큰 정신적 충격을 받았다. 그런데 이것만으로 보르헤스의 문학이 바뀌었다고 볼 수는 없다.

아버지가 죽던 그해 보르헤스는 사고로 머리를 다치게 된다. 머리에 큰 상처를 입고 패혈증으로 위급한 상태까지 갔지만 다행히 목숨을 건졌다. 과연 이것이 계기가 됐을까? 정말 알 수 없는 일이지만 그 뒤 보르헤스 문학은 완전히 바뀌게 된다.

1935년에 《불한당들의 세계사Historia universal de la infamia》를 펴낸 보르헤스는 사고 이후 괴상한 장르(지금은 아주 보편적인 환상적 사실주의 문학)를 창조한다. 《픽션들Ficciones》(1944), 《알렙El Aleph》(1949) 따위가 그것이다. 이 작품들은 비록 짧은 단편이었지만 문학계에는 커다란 충격이었다. 어릴 때부터 영어와 스페인어, 라틴어, 프랑스어, 독일어 등을 유창하게 말하며 언어에 천재적인 재능을 보인 보르헤스는 작품 속에서 말 바꾸기와 언어유희를 자유자재로 구사하며 소설이라는 것을 그저 '글자로 된 재미있는 이야기'라고 생각하던 개념에 마침표를 찍었다. 보르헤스의 작품은 문학이라는 장르에서 끝나지 않고 미셸 푸코, 루이 알튀세르, 자크 데리다, 움베르토 에코 등 세계적인 지식인들에게 새로운 사고를 할 수 있는 아이디어를 제공했다.

그런데 처음에 백과사전 이야기를 하다가 갑자기 보르헤스로 말이 옮겨 갔다. 좀 돌아왔지만 이건 지금부터 등장할 보르헤스의 책 얘기를 위한 서론이다. 보르헤스야말로 '걸어 다니는 백과사전'이라고 할 만한 사람이다. 일찌감치 언어에 천재적인 재능을 보인 보르헤스에게 또 다른 재능이 있었다. 그건 '글자'에 관한 것이다. 보르헤스는 어떤 문학 작품을 읽으면 그것을 대부분 기억할 수 있었다. 내용은 물론 주인공 이름과 배경이 되는 도시, 심지어 독자들이 그냥 지나칠 수 있는 사소한 부분들까지 다 기억했다.

그런 사람에게 도서관 사서라는 직업은 정말 안성맞춤 아닌가! 보르헤스는 30대 후반 나이에 처음 부에노스아이레스 시립 도서관에서 일하기 시작해 거의 평생을 도서관에서 일했다. 신은 이 사람의 뛰어난 능력을 시기한 것인지 최고의 직업과 함께 최악의 시련도 안겨줬다.

가족 내력 때문에 시력이 점점 나빠지게 된 것이다. 그러나 보르헤스의 책 읽기는 멈추지 않았다. 도서관 일도 계속했다. 40대에 접어들면서 생활에 불편을 겪을 정도로 시력이 나빠졌는데, 그때도 책을 읽고 도서관에서 책을 분류했다. 이 모든 게 상상을 초월하는 기억력 때문이다. 도서관 일에 관한 보르헤스의 능력은 55세에 완전히 시력을 잃을 때도 계속됐다. 바로 눈앞에 있는 글자도 읽을

수 없을 정도였지만 아르헨티나는 보르헤스에게 국립도서관장 자리를 맡겼다.

아마 이런 상황이 보르헤스가 놀라운 상상력을 발휘해서 글을 쓸 수 있게 한 가장 큰 원동력이 아니었을까? 1967년에 처음으로 펴낸 《상상동물 이야기》El libro de los seres imaginarios》는 작가로서 작품 활동의 정점에 다다른 보르헤스의 진면목을 보여주는 책이다.

한국에서는 1994년에 까치 출판사에서 처음 나왔지만, 문학 책이 아니기 때문에 독자들 눈에 잘 띄지 않았다. 빨리 절판되는 게 아까운 책이지만 결국 초판을 찍은 뒤 다시 펴내지 않았다. 1990년대 중반 민음사에서 《픽션들》과 《알렙》을 포함한 보르헤스 단편 전집을 엮어서 펴내기도 했지만, 이 책은 그때도 나오지 않았다.

《상상동물 이야기》는 제목 그대로 인간이 상상해낸 동물, 괴물, 요정 등에 관한 이야기를 모아 엮은 책이다. 시력을 완전히 잃어버린 다음 쓴 책이기 때문에 공식 저자로 마르가리타 게레로Margarita Guerrero가 함께 올라 있지만, 이 책이야말로 걸어 다니는 백과사전 보르헤스의 모습을 엿볼 수 있다.

이 책은 '그림으로 보는 서양판 《산해경山海經》*'이라는 부제가 붙어 있을 정도로 신기한 동물 이야기로 가득하다. 《상상동물 이야기》는 아르헨티나에서 처음 나올 때 116편으로 구성돼 있었다. 그리고 1969년 영어 증보판이 나올 때 120편으로 늘어났다. 까치 출판사가 펴낸 게 바로 이 책이다. 중국의 《산해경》만큼 분량이 많은 건 아니지만 서양 사람들이 생각하던 갖가지 상상 속 동물들이 도판 40장과 함께 실려 있다.

책방 일을 하다 보면, 절판된 《상상동물 이야기》를 구해달라는 부탁을 많이 받는다. 보르헤스의 다른 책들은 이미 민음사 등에서 전집으로 나온 게 있으니 굳이 헌책방에서 찾지 않는다고 하지만 대체 이 책이 보르헤스를 이해하는 데 무슨 의미를 갖고 있어 보려고 하는 걸까? 이 책은 소설이나 수필이 아니다. 시도 아니다. 그냥 옛날부터 전해지는 이상한 동물과 요정 이야기를 사전처럼 늘어놓은 것에 지나지 않는다.

쉽게 생각하면 그렇다. 하지만 좀더 깊게 볼 필요가 있다. 시력을 잃은 보르헤스는 눈을 감고 상상하는 것만으로 '바벨의 도서관**'을 만든다. 세상 모든 문화는 어쨌든 사람들 머릿속에서 나왔다. 말하자면 인간이 상상한 것이 현실에 등장하고 그것이 일반화되면 문화가 되는 식이다. 지금도 그렇지만 오래된 과학 소설에 등장하는 개념이 실제 과학 기술로 현실화되는 경우를 생각하면 쉽게 이해가 된다. 그렇게 많은 상상의 결과물 중에서 동물이나 요정이라는 건 가장 심오한 문화다. 이것들은 모두 살아 있는 생명체 아닌가? 생명체를 만드는 일은 오직 신만이 할 수 있다. 그러므로 인간이 살아 숨 쉬는 생명체를 창조하는 건 문화의 최고 경지인 신의 영역에 도전하는 셈이다. 보르헤스는 이렇게 만들어진 생명체들을 책 속으로 들어오게 해 책을 방주***가 되게 했다. 상상 속 동

---

* 중국에서 가장 오래된 지리서로, 땅이 넓은 만큼 분량도 방대하다. 여기에는 중국에 있는 갖가지 신기한 동식물은 물론 모든 산과 들의 지명과 유래 등이 실려 있다.
** 《픽션들》에 실려 있는 단편. 여기서 보르헤스는 이성적인 세상을 부정하고 우주를 도서관에 비교해 새로운 세계관을 창조하기에 이른다. 보르헤스의 철학과 사상을 엿볼 수 있는 작품으로, 많은 사람들이 보르헤스의 단편 중에서 최고로 꼽는다.
*** 성경에서 신이 노아에게 명령해 만든 커다란 배. 신은 배가 만들어진 다음 모든 동물을 두 마리씩 방주에 태우고 40일 동안 계속되는 비를 내려 모든 생명체를 땅에서 쓸어버린다. 이 재앙에서 살아남은 것은 노아의 가족과 동물들뿐이다.

물은 그저 허무맹랑한 이야기가 아니라 인간이 상상하던 모든 것, 즉 또 하나의 우주인 것이다. 《상상동물 이야기》는 바로 이런 측면에서 이해해야 한다. 너무 어려운 얘기인가? 그렇다면 좀더 재미있는 예를 들어보자.

이탈리아 기호학자이며 소설가인 움베르토 에코는 보르헤스의 추종자라고 할 정도로 작품 곳곳에서 보르헤스의 흔적을 찾아볼 수 있다. 나도 에코의 책은 나올 때마다 꼬박꼬박 사서 보는 편인데 읽을 때마다 '정말 에코답다……'라는 말이 한숨처럼 내뱉어진다. 알 만한 사람은 알겠지만 에코도 워낙 머릿속에 들은 게 많은 양반이다 보니 소설이라고 써놓은 책이 그냥 박물지博物誌 같은 느낌이다. 특히 《바우돌리노》(열린책들, 2002) 같은 책은 아예 작정하고 쓴 것처럼 중세 시대에 관한 온갖 이야기들로 넘친다.

책은 '바우돌리노'라고 하는 허무맹랑한 남자가 겪는 모험담을 그린 것인데, 중세 시대판 '포레스트 검프*'라고 할 수 있다. 바우돌리노는 모험담의 거의 마지막 부분에서 몇몇 일행과 함께 요한 왕국을 찾아 떠난다. 물론 이 여정도 순탄할 리 없다. 바우돌리노는 가는 도중 신기한 동물(종족)들과 마주치고 싸움을 벌이기도 한다.

이름을 다 말하기조차 지루한 그 동물들을 살펴보면 《상상동물 이야기》에 나오는 것들이 꽤 있다. 머리가 없고 가슴에 입이 달린 '블레미에스', 키가 작아 요정같이 생긴 '피그미', 하반신은 산양이고 몸통과 팔 그리고 얼굴은 인간을 닮은 '사티로스', 머리에 뿔이 달린 말 '유니콘', 독수리를 닮았지만 몸집은 열 배 이상 큰 '로크' 따위다. 이런 걸 보면 움베르토 에코가 1967년에 나온 보르헤스의 책을 주의 깊게 봤을지 모른다는 생각을 하게 된다.

《상상동물 이야기》에는 에코의 책에 등장하는 이상한 짐승들을 포함해서 100가지가 넘는 동물, 요정, 괴물 이야기가 담겨 있다. 달나라에 사는 토끼**처럼 옛

---

* 1994년에 개봉한 미국 영화 〈포레스트 검프〉의 주인공. 아이큐 75의 포레스트 검프는 좀 아둔하기는 하지만 무척 빠른 달리기 실력으로 베트남전에 참전해 공을 세우기도 하며, 갖가지 역사적인 일에 우연히 관여하게 된다. 톰 행크스가 포레스트 검프 역을 맡았다.

** 책에 따르면, 달의 거뭇한 그림자 부분이 토끼를 닮았다는 건 중국에서 유래됐다.

날이야기에 나올 법한 귀여운 동물도 있고, '놈gnome'과 '골렘golem'처럼 유럽 지방에 전설로 떠도는 존재도 자세히 소개하고 있다. 루이스 캐럴이 《이상한 나라의 앨리스》에서 소재로 삼은 '체셔 고양이Cheshire Cat'는 재미있게 그린 삽화도 함께 나온다.

에코가 이렇게 다양한 상상 동물 이야기를 담고 있는 보르헤스의 책을 단순히 참고용으로 봤을까 하는 건 중요한 게 아니다. 보르헤스가 펼쳐 놓은 인간의 상상력, 다시 말해 우리 선조들이 창조한 상상력의 세계에 만물박사 에코가 어느 정도 기대고 있다는 사실은 분명하기 때문이다. 도대체 머릿속에 들은 게 얼마나 많은지 검증조차 할 수 없는 움베르토 에코가 스승처럼 받드는 보르헤스는 또 어떤 존재일까.

에코 말고도 보르헤스는 많은 작가와 철학자, 심지어 대중 가수나 배우 같은 연예인들에게도 영향을 줬다. 마르케스의 단편집 《낯선 순례자》에 나오는 이야기는 아주 유명하다. 노벨문학상을 받은 칠레의 시인 파블로 네루다가 어느 날 낮잠을 자다가 갑자기 일어나 외쳤다. "어떤 여자가 내 꿈을 꾸는 꿈을 방금 꿨다!" 이 얘기를 들은 가브리엘 마르케스(이 작가도 노벨문학상을 받았다)는 덤덤하게 말했다. "그건 이미 보르헤스가 쓴 이야기야. 아직 안 썼더라도 언젠가 쓸 게 틀림없어." 노벨문학상을 받은 두 거장이 선배격인 보르헤스 문학 세계를 어느 정도로 높이 평가하고 있는지 보여주는 일화다.

보르헤스와 실제로 관계를 맺으며 영향을 많이 받은 사람 중에서 우리에게 가장 익숙한 사람은 알베르토 망구엘이다. 부에노스아이레스의 한 서점에서 일하던 10대 소년 망구엘은 어느 날 단골손님인 보르헤스의 부탁을 받는다. 시력

---

* 기이하게 생긴 난장이다. 무리를 지어 생활하고 고깔모자 같은 것을 쓰고 다닌다. 애니메이션 '스머프'에 나오는 난장이들과 비슷한 모습이다.
** 유럽 지역에 아주 오래전부터 전설로 내려오는 인조인간이다. 히브리의 신비주의자들이 신이 하던 방법에 따라 흙으로 인간 모양을 만들었다. 하지만 마지막 단계에서 코에 생기를 불어넣지 않아 영혼이 없는 존재다. 오스트리아 작가 구스타프 마이링크는 게토 지역의 전설을 소재로 《골렘》이라는 소설을 썼다. 영화 〈반지의 제왕〉에 나오는 '골룸'이 바로 '골렘'에서 모티브를 얻은 캐릭터라는 얘기는 신빙성이 있어 보인다.
*** 영국의 체셔 지역에 사는 고양이들이 기분 나쁘게 입을 벌리고 웃는다고 해 '체셔 고양이'라는 말이 생겼다고 한다.
**** 꿈꾸는 사람에 관한 꿈을 꾼다는 건 겹겹이 중첩된 구조를 갖고 있는 환상 문학의 원형이다.

을 점점 잃어가는 보르헤스가 망구엘에게 자기 아파트로 와서 책을 읽어달라고 한 것이다. 보르헤스만큼이나 책을 좋아하던 망구엘에게 그것은 인생의 가장 큰 전환점이 된 사건이다. 나중에 유명한 작가가 된 망구엘은 《독서의 역사》, 《보르헤스에게 가는 길》 등에서 인생의 스승, 문학의 스승인 보르헤스에게 헌사를 보낸다.

그밖에도 보르헤스에 관한 이야기, 보르헤스가 쓴 책 이야기, 도서관 이야기, 보르헤스의 철학과 우주관까지 모두 이야기하려면 정말로 바벨의 도서관 전체가 모자랄지도 모른다. 만약 보르헤스의 말대로 우리가 죽은 뒤 가게 될 저 세상이 도서관처럼 생겼다면 그 안에서 분명 보르헤스에 관한 더 많은 이야기들을 찾아볼 수 있을 것이다. 아니, 그럴 필요 없이 미로 같은 도서관 어느 곳에서 지금도 열심히 책을 읽고 있을 보르헤스를 직접 만나보고 싶다.

그래도 시장은 지지 않았다

《서울의 시장 — 서울의 유명 전문시장 98곳 완벽 가이드》
최은숙 글 | 안해룡 사진 | 도서출판공간 | 1993

채소 한 묶음, 생선 한 두름도 서울을 거쳐야 값어치가 생겨날 정도다. 서울 사람들이 생산지 사람들보다 더 싸게 물건을 살 수 있는 것은 바로 서울이 '전국 도매시장의 원조 도매시장'이기 때문이다. 반면 같은 물건이라도 전시효과에 따라 값이 열 배, 스무 배까지 우습게 올라가기도 하는 서울은 참말 요지경 시장이다.

— 《서울의 시장》, 5쪽

대형 마트와 백화점 때문에 재래시장 설 자리가 없다고 난리다. 어제 오늘 얘기가 아니다. 이제는 설날이나 추석이 가까워지면 뉴스에서 늘 보는 기사다. 언제부터 이렇게 됐는지 정확히 모르겠지만 서울은 물론 요즘은 지방 재래시장도 대형 마트에 밀려 장사가 안 된다고 하니 큰 문제다.

확실히 재래시장은 여러 면에서 경쟁력이 없다. 대형 마트와 비교하면 여전히 물건 값이 조금 싸기는 해도 몇 백 원, 몇 천 원 때문에 시장에 나가 힘들여 다리품을 팔려는 사람은 점점 줄어들고 있다. 조금 비싸더라도 다양한 상품이 깔끔하게 진열되고 선택의 폭이 훨씬 넓은 대형 마트에서 편하게 사려는 것이다. 쇼핑도 문화라고 말할 수 있는 요즘 편리하고 쾌적한 공간에서 자기 마음에 드는 물건을 사고 싶은 건 당연한 '욕심'이다.

1980년대 초등학교에 다닐 때만 하더라도 대형 마트라는 이름조차 들어보지 못했다. 생각난 김에 인터넷으로 대형 마트에 관한 정보를 찾아보니 '이마트'가 1993년 서울시 도봉구에 창동점을 낸 게 첫 시작이라고 한다. 그 뒤를 이어서 '홈플러스', '롯데마트', 'GS마트' 등이 생겨났고, 20년이 채 안 된 지금 적어도 서울에서는 동네 어디를 가나 대형 마트 하나는 쉽게 찾을 수 있을 정도로 그 수가 많아졌다. 점포 수는 적지만 '코스트코' 같은 외국계 회사도 점점 매장을 늘려가고 있다.

이렇게 대형 마트들이 승승장구 매출을 늘려가고 있을 때 재래시장은 어떻게 됐을까? 눈앞에 불 보듯 빤한 얘기다. 전국에 있는 재래시장들은 하나둘씩 문을 닫기 시작했다. 사람들이 재래시장을 찾지 않고, 돈을 못 버니까 장사를 할 수 없어 상인들은 시장을 떠난다.

물론 그 이전에도 규모가 큰 슈퍼마켓* 같은 상점 때문에 재래시장은 위협을 받고 있었다. 그런 상황에서 대형 마트라는 거대한 괴물이 등장하자 사람들로 붐비던 시장 골목은 썰렁해지기 시작했다.

바로 그런 때 누가 《서울의 시장》 같은 책을 거들떠나 봤을까? 1990년대 초반, 그러니까 전통적인 시장이 점점 사라지고 있는 시점에서 나온 이 책은 분명히 아무 곳에도 쓸모 없는 정보를 담고 있다. 나름 알찬 정보가 책 전체에 빼곡히 들어 있는 건 사실이지만 앞으로 몇 년만 있으면, 아니 일 년만 지나도 여기 나와 있는 시장들은 허공으로 사라질 운명이다. 실제로 그렇다. 이 책에 나와 있는 시장 정보 중에 지금도 참고할 만한 것은 거의 없다. 대형 마트가 들어선 뒤 20년, 거의 400쪽에 이르는 책 속에 담겨 있는 각종 전문 시장들은 규모가 작아지거나 땅 값이 싼 변두리로 옮겨 갔다. 그것만 해도 다행이다. 책에 나온 시장들 중 아예 없어진 곳도 많다.

《서울의 시장》에서 가장 반가운 부분은 '동대문 스포츠 용품 상가'다. 나는 해태 타이거즈를 좋아했다. 1980년대 초에 처음 시작된 프로야구는 어른 아이 할 것 없이 인기가 좋았다. 초등학교 5학년 때였을 것이다. 아버지를 졸라서 해태 타이거즈 리틀 야구단에 가입했다. 해태로 가입비 5000원을 보내면 가입 증서와 함께 해태 타이거즈 선수들이 서명한 야구공을 비롯해 몇 가지 선물을 받을 수 있었다. 해태 타이거즈가 그해 시즌에서 우승하면 더 많은 선물을 받는다. 해태는 아이들이 좋아하는 과자와 음료수를 만드는 회사였기 때문에 우승 선물로는 과자가 한가득 왔다.

야구가 인기 있으니까 동네 남자아이들은 모였다 하면 야구를 했다. 이때는 자연스럽게 '아랫동네', '윗동네', '개울 건너 동네'처럼 사는 곳이 비슷한 아이들끼리 한 편이 됐다. 날씨가 좋건 나쁘건 매일 야구를 하기 때문에 나중에는 진짜 프로야구처럼 순위가 생기기도 했다. 그때는 요즘 아이들이 PC방에 가서 컴

---

* 이런 대형 유통망의 시작을 '근대화연쇄점'이라고 말하는 사람들도 있다. 근대화연쇄점은 1970년대 중반 술을 만들어 팔던 '조선맥주(주)'가 처음으로 맥주 유통망을 확보하려고 동네마다 만든 체인점 형태 관리 단위인데, 규모는 크지 않아서 거의 구멍가게 수준인 것도 많았다.

퓨터 게임으로 하는 팀플레이가 우스울 정도로 탄탄한 조직력이 있었다. 동네 야구에서 가장 중요한 것은 실력이 아니라 협동심이다. 같은 편끼리 평소 동네 나 학교에서 얼마나 친하게 지내는지도 야구 실력에 중요하게 작용했다.

하지만 아이들 야구이기 때문에 심리적인 요인도 무시할 수 없었다. 어느 동네 아이들이 더 좋은 야구 장비를 갖고 있느냐 하는 문제는 야구 경기를 했을 때 좀더 자신감을 갖고 하느냐 그렇지 않느냐 하는 걸로 연결되기 십상이었다. 당연히 아이들은 부모를 졸라서 좋은 야구 장비를 사고 싶어했다. 특히 질 좋은 가죽 글러브와 미끈하고 가벼운 알루미늄 방망이는 누구라도 갖고 싶은 장비였다. 알루미늄 방망이를 휘두를 때 나는 바람 소리, 방망이에 공이 정통으로 맞았을 때 울리는 '깡!' 하는 경쾌한 소리가 평소에도 귓가에 들릴 정도였다.

동대문 스포츠 용품 상가는 그런 야구 장비들이 가득한 곳이었다. 얼마 전 철거하고 새 건물을 지은 동대문야구장과 축구장 주변으로 스포츠 용품 파는 상점들이 다닥다닥 붙어 있었다. 동대문야구장에서 고교 야구를 하던 때, 고교 야구가 지금 프로야구만큼이나 인기가 많던 때, 야구장 주변 상가는 온통 야구 장비 파는 곳들로 넘쳐났다. 그런가 하면 임춘애가 서울 아시안게임에서 금메 달을 세 개나 땄을 때는 신발이나 반바지 같은 육상 용품이 인기가 높았다. 다

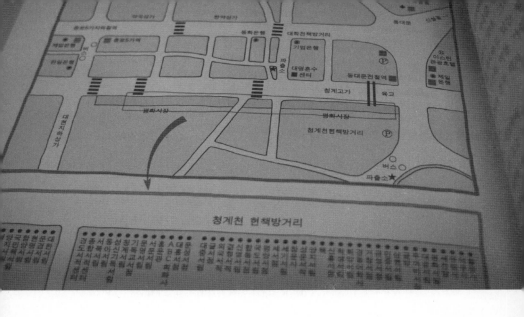

청계천 헌책방거리

음 올림픽에서 탁구 종목이 금메달을 따자 상점들은 저마다 탁구채를 앞에 내놓고 팔았다.

책을 보면 1980년대 이후에 태어난 사람들은 믿지 못할 내용이 나온다. 동대문 스포츠 용품 상가가 있던 곳은 야구장 주변만이 아니다. 1990년대 초만 하더라도 지금 야구장 건너편, 그러니까 '밀리오레'나 '두타', '헬로우 에이피엠' 같은 커다란 의류 전문 매장이 들어선 건물들 있는 자리가 모두 스포츠 용품을 팔던 곳이었다. 책방에 오는 대학생들에게 《서울의 시장》을 보여주면서 그런 이야기를 꺼내면 정말 그 건물 있던 자리가 스포츠 용품 팔던 곳이 맞느냐고 신기해한다.

그리고 헌책방에 관한 정보도 《서울의 시장》에서 찾을 수 있다. 1990년대 초반만 하더라도 아직 청계천 공사가 시작되기 전이라 평화시장 1층에 헌책방들이 많았다. 1980년대를 포함해서 그 이전에는 더 많았지만 불과 20년도 지나지 않은 지금 그곳에 있던 헌책방들은 대부분 자취를 감췄다. 지금 남아 있는 책방은 어린이 전집, 참고서, 성경책 같은 일명 덤핑 도서 따위를 판다. 그렇게라도 해야 수익이 나니까 어쩔 수 없다. 거기 있던 책방들은 장사가 안 돼서 문을 닫거나 세가 싼 서울 변두리로 옮겨 갔다. 지금 청계천 헌책방들은 많이 사라졌고, 큰 책방들은 동묘 쪽 풍물시장을 끼고 몇 군데가 남아 있을 뿐이다.

평화시장 근처에서 자취를 감춘 것은 헌책방만이 아니다. 여전히 존재하지만 사람들이 거의 기억하지 않는 책방 골목이 있다. 평화시장 헌책방 거리를 지나 동대문역 쪽으로 넘어 오면 좁은 골목에 책을 도매로 파는 곳들이 있었다. 대학천이다. 대학천 골목은 1960년대부터 70년대까지 전성기를 누렸다.

나도 보지 못한 풍경이지만 그때 대학로 자리에 흐르던 서울대학교 문리대 앞 대학천이 이화로터리를 돌아 청계천과 합쳐지던 곳이어서 그런 이름이 붙었다고 한다. 그래서 서울대학교, 성균관대학교 등에서 온 학생 손님들이 많았다. 학생들은 거기서 각종 철학, 사회과학 책들을 싸게 구입한 다음 돈이 남으면 동대문 근처 술집에서 술잔을 기울이기도 했다. 지금 대학천 골목을 가보면 철학이나 사회과학 책들을 파는 풍경은 거의 볼 수 없다. 대학생들도 없다. 어린이 전집을 싸게 사거나 판타지, 무협지, 만화 등을 사러 오는 사람들이 여기를 찾는다.

인사동에 가면 고서를 파는 가게가 더러 있었다. 하지만 그것도 옛말이 됐다. 지금은 안국동에서 인사동 골목으로 들어가는 입구에 있는 '통문관' 정도가 인사동 고서점 명맥을 지키고 있을 뿐이다. 인사동에는 책뿐만 아니라 붓을 파는 필방도 많았는데, 지금은 몇 군데 남지 않았다. 지금 인사동에 가보면 고서나 필방 대신 외국인을 상대로 기념품을 파는 가게들이 즐비하다(그런데 아이러니하게도 이렇게 파는 한국 기념품들이 대부분 중국에서 만든 물건들이다).

서울에 있는 이런 전문 시장들이 다 사라지기만 했을까? 아직까지 건재하고 오히려 더욱 발전한 곳도 몇 군데 있다. 《서울의 시장》에서 소개한 곳 중에 낙원동 악기 시장이나 반포 기독교 용품 상가는 지금도 변함없이 큰 규모를 유지하고 있다. 물론 악기나 기독교 용품도 인터넷으로 사는 사람들이 많아졌기 때문에 전성기만큼은 못하지만 여전히 사람들은 악기를 사려면 낙원상가를 찾고, 기독교 용품이라고 하면 반포를 떠올린다.

---

* 통문관(通文館)은 고려 시대에 외국 책 번역과 외국어 교육 등을 맡아보던 관청이다. 인사동 고서점 통문관은 1934년 3월 '금항당(金港堂)'이라는 이름으로 처음 문을 연 뒤 1945년 지금 이름인 통문관으로 바뀌었다. 한국에서 가장 오래된 책방 중한 곳이다.

황학동 벼룩시장은 청계천 공사 이전에 동대문 중앙시장 건너편에 있었다. 성동공업고등학교 옆쪽으로는 기계와 전자 상가가 자리를 잡았고, 그 옆으로는 말 그대로 별별 것을 다 파는 벼룩시장이 있었다. 청계천이 공사에 들어가면서 벼룩시장은 동대문운동장 안으로 옮겼다. 그러다 동대문운동장을 철거하면서 서울시에서는 동묘 지하철역 근처에 멋진 건물을 지어서 풍물시장이라고 이름 짓고 동대문운동장에서 물건을 팔던 상인들에게 자리를 내줬다. 하지만 그 건물은 너무나도 멋지고 현대적이라서 풍물시장 같은 맛이 안 난다. 풍물시장 안으로 들어가지 못한 상인들은 건물 주변으로 좌판을 벌여놓고 물건을 팔기 시작했는데, 그 규모가 예전 황학동 벼룩시장보다 더 크다고 여겨질 정도다. 특히 주말과 공휴일에는 이곳 좌판 벼룩시장도 물건을 사려는 사람들로 북새통이다.

동묘 벼룩시장에는 정말로 없는 게 없을 정도로 많은 물건이 쏟아져 나온다. 입던 옷과 신발부터 시작해 골동품, 옛날 대통령 사진, 수집용 동전과 우표, 외국에서 수입한 먹을거리, 심지어 요즘에는 값비싼 전문가용 자전거나 캠핑카를 파는 사람들도 있다. 주말에 이곳에 가면 과연 지금이 21세기인가 의심이 들 정도로 신기한 골동품을 많이 볼 수 있다. 그래서 술집이나 카페를 꾸밀 소품을 구하려고 들르는 사람들도 있고, 최근에는 오래된 물건을 구경하러 온 외국인들도 많이 보인다.

작년에 어찌 알게 돼서 《서울의 시장》에서 사진을 찍은 안해룡 감독을 만나게 됐다. 그렇다. 안해룡 씨는 감독이 돼 있었다. 시장을 돌아다니면서 사진을 찍은 안해룡 씨가 〈나의 마음은 지지 않았다〉라는 독립영화를 찍은 그 안해룡 감독이었다. 책방에서 사람들과 함께 영화 뒷이야기를 담은 필름을 보고 난 뒤 《서울의 시장》을 안 감독에게 보여줬다. 안 감독은 이 책을 거의 잊고 있었다면서 반가워했다. 그때는 영화를 찍고 싶었지만 가진 게 아무것도 없어서 이것저것 하며 돈을 벌던 때라고 했다.

나름 열심히 1년 동안 서울 곳곳을 돌아다니면서 사진 찍고 글 써서 만든 책인데 정작 본인도 이 책을 갖고 있지 않다고 했다. 나는 책방에 있는 걸 한 권 주면서 시장을 돌며 취재하던 때 이야기를 들려달라고 부탁했다. 그런 뒷이야기 듣는 걸 좋아하기 때문이다. 긴 얘기는 나누지 못했지만 많은 여운이 남는 대화였다.

아예 사라진 것을 발굴해서 책을 내는 건 큰 의미가 있다. 하지만 이제 막 사라지고 있는 것들, 몇 년 뒤면 당연히 사라질 것들을 기록으로 남기고 일일이 지도까지 그려가면서 얻을 수 있는 건 무엇일까? 그런 힘든 작업을 통해서 사람들에게 무슨 말을 하려고 했을까? 그게 어떤 가치를 줄까? 하지만 이 책은 영화 〈나의 마음은 지지 않았다〉와 다르지 않다. 영화는 일제 강점기 때 일본으로 끌려간 일본군 위안부 피해자인 할머니의 재판 과정을 다큐멘터리 형식으로 담고 있다. 할머니가 재판에서 이기고 보상이나 일본 정부의 사과를 받아내는 건 쉽지 않은 문제다. 재판 결과는 실망스럽다. 결국 이길 수 없는 재판이었던 것일까? 하지만 할머니는 이렇게 말씀하신다. "재판에는 졌지만 내 마음은 지지 않아."

비록 사라지고 잊어버리는 게 역사이고 시간이지만 마음속에서 지우지 말아야 할 가치가 있는 것이다. 그것은 경쟁이나 학교 성적보다는 야구 글러브 하나에 목숨을 걸던 우리들의 추억이다. 철학 때문에 고민하며 대학천 골목에서 책을 사고 남은 돈으로 친구들과 값싼 술을 마시던 대학생들 모습이다. 인사동에서 오래된 책을 사고 먹과 벼루, 붓을 사는 어르신들의 진지한 눈빛이다.

책에 담을 수 있는 가치는 무궁무진하다. 그런 가치들 중에서 가장 소중한 것은 바로 우리 자신이 잊어버리고 사는 아름다운 추억과 감정이다. 책은 바로 그런 것을 담아두기 위한, 그리고 어느 날 문득 한가득 끌어올리기 위한 두레박이다.

오래된 책을 사랑하는 사람들

《세계의 고서점》 1~3 | 가와나리 요 | 박노인 옮김 | 신한미디어 | 2001

세계의 고서점 III

가와나리 요 (川成洋) 편

박 노 인 역

(주) 신한미디어

세상에 나온 지 오래된 책을 고서古書라고 부른다. 많은 사람들이 그렇게 부르고 있지만, 얼마나 오래돼야 고서라고 부를 수 있는 건지 생각해본 적은 많지 않다. 당장 떠올려봐도 그렇다. '오래된 책은 고서'라고 한자 뜻 그대로 풀이할 수 있지만 오래됐다고 해서 무조건 고서 취급을 받는 건 아니다. 그 이전에 과연 언제 나온 책부터 고서라는 이름을 붙일 수 있을까? 이 문제를 확실히 결정지은 사람이 없다.

일본은 보통 19세기 중반 메이지 유신 이전에 나온 책을 고서라고 부른다. 일찍이 종교적인 이유로 책 문화가 발달한 유럽은 더 앞으로 간다. 14세기부터 16세기, 그러니까 르네상스 때부터 그 이전에 나온 책들을 고서로 본다.

한국은 어떨까? 한글은 세종대왕 때 만들어졌지만 우리글로 인정받고 널리 쓰이게 된 건 한참 뒤의 일이다. 그 전까지 우리는 중국 말을 빌려 썼다. 1896년 최초의 한글 신문인 《독립신문》이 나왔지만, 여전히 우리는 한자 문화권에 속해 있었다. 그러다가 많은 사람들이 보는 종합 일간지로는 처음으로 '한글 전용', '가로쓰기'를 실천한 《한겨레신문》이 태어난 게 1988년이니까 완전히 우리말로 된 '고서'를 시기적으로 꼬집어 말하는 게 쉽지 않은 일이다. 아니면 한자어로 된 책까지 포함해서 고서라고 해야 하는 것일까?

이 문제는 꽤 의견이 분분하다. 1900년대 초 일제 강점기를 기준으로 삼아 그 이전에 나온 책을 고서로 봐야 한다는 주장도 있고, 1950년 한국전쟁을 기준으로 삼아야 한다는 주장도 있다.* 이런저런 논란이 많지만 확실한 것 하나는 한국에 고서를 깊이 연구하거나 그런 책을 전문으로 다루고 있는 책방이 많지 않다는 사실이다.

일본이나 유럽 같은 경우 어떤 책은 신성한 대접을 받기도 한다. 우리는 책이라는 물건과 문화를 바라보는 시선이 조금은 낮은 게 현실이다. 온전한 우리말로 쓴 책이 활발하게 유통되기 시작한 것도 고작 100년 정도밖에 안 되기 때문

---

* "나는 육이오전쟁이 끝난 1953년을 기점으로 하는 것이 더 바람직하다고 본다. 육이오전쟁은 우리 근대사의 커다란 사건으로 이 당시 수많은 책이 소실됐을 뿐만 아니라, 전쟁 중에는 출판활동에 많은 제약이 따라 이 기간 중에 출판된 책의 수가 아주 적기 때문이다"(박대헌 지음, 《古書 이야기》, 열화당, 2008).

에*(그나마도 남아 있는 책이 거의 없기에) 책이라는 게 고급 문화로 들어설 틈이 없었던 것이다.

우리 근현대사는 일본의 침략으로 문화 전반이 순식간에 바뀌었다. 그 전까지 중국 문화권에 속해 있었다면 이번에는 일본에 속할 수밖에 없는 운명이 됐다. 많은 지식인들이 그때 일본에서 신식 문화를 배웠고, 작가들도 대개 이런 절차를 밟아 문단으로 나왔다. 수십 년 동안 일본의 영향권 아래서 우리 고유의 문화가 많이 사라지고 잊혔다. 이것은 말이나 글도 비켜갈 수 없는 일이다. 해방이 된 지 60년 넘게 지났지만 여전히 일본 말을 그대로 쓰거나 일본 말투로 글을 쓰는 일이 아주 자연스러운 것처럼 보일 정도니까 말이다.

그게 전부가 아니다. 일제 강점기 이후는 한국전쟁 때문에, 그 다음은 군사독재 때문에……. 혼란스럽고 긴박하게 돌아가는 세상 속에서 우리에게 책은 그렇게 중요한 물건이 아니었다. 이런 상황에서 책은 무엇일까? 지금도 그렇지만 책을 많이 읽거나 글을 쓰는 사람이라면 그저 한량 같은 느낌으로 다가올 뿐이다.

그렇지만 한국에도 독특한 고서 문화가 있다. 바로 '헌책'이라는 개념이다. 책 문화가 크게 발달하지 못한 한국은 고서의 개념도 절대적이지 못했다. 고서를 수집하거나 유통하는 것도 아주 소극적이었다. 그 대신 어려운 시절을 지나면서 그래도 어느 정도 배울 기회가 있던 사람들이 손수레에 책을 담아 돌아다니며 파는 행상이 생겨났다. 이 사람들은 길거리에 좌판을 벌여 여기저기서 수집한 책을 사람들에게 헐값으로 팔아 돈을 마련했다. 그러다가 돈을 좀 벌면 헌책방을 열었다.**

'고서점'과 '헌책방'은 어감부터 차이가 있다. 쉽게 말하자면 고서점은 오래된 책 중에서 어느 정도 가치가 인정되는 책을 팔았고, 헌책방은 고물상 같은 곳에

---

* 한국 최초의 신소설이라 불리는 이인직의 《혈의 누》가 《만세보》에 연재되기 시작한 것이 1906년이다. 단행본은 다음 해인 1907년 광학서포에서 나왔다. 근대적인 의미에서 소설은 이광수를 시작으로 보기도 한다. 이광수의 첫 장편 소설 《무정》은 1917년 《매일신보》에 연재됐다.

** 좀더 자세한 이야기를 알고 싶다면 《고서점의 문화사》(이중연, 혜안, 2007)를 보기 바란다. 한국 고서점(헌책방) 문화를 깊이 있게 다룬, 얼마 되지 않는 책 중에 하나다.

「호산방」박대헌 씨　　　　　　　　「문고당」박찬익 씨

서 수집한 잡다한 책들을 모두 그러모아 팔았다. '헌책', '헌책방' 같은 말은 다른 나라에서는 찾기 어렵다. 일본만 하더라도 중고 책을 파는 가게는 대개 '고서점'이나 '고서방'으로 부른다. 아니면 새 책을 파는 곳과 똑같이 그저 '서점'이라고 부르기도 한다.

지금 한국에는 고서를 전문으로 다루는 책방은 거의 남아 있지 않다. 벌써 70년 넘게 책을 다루고 있는 인사동 통문관*과 지금은 파주로 옮긴 호산방** 정도일까. 이곳 말고 대부분 중고 책을 다루는 책방은 여러 가지 책들을 쌓아놓고 파는 '헌책방'이라고 할 만하다.

그나마도 1990년대 이후 문을 닫는 헌책방이 많아졌고, 이제는 새 책을 다루는 곳도 대형 서점에 밀려서 점차 사라지는 형편이다. 몇 년 전부터는 대형 인터넷 서점들이 중고 책 장사에 뛰어들었으니 앞으로 온라인에서 책을 팔지 않는 헌책방들의 운명은 장담할 수 없게 됐다. 주말 오후, 오래된 책방에 찾아가 느긋하게 책을 고르다 우연히 만나는 좋은 책 한 권, 이런 풍경이 사라질지도 모른다는 생각에 겁을 먹은 게 한두 번이 아니다.

그렇다면 다른 나라의 고서점(헌책방)들은 어떤 모습일까? 당연히 한국에는 이런 궁금증을 가지고 전문적으로 연구한 사람은 없다. 다만 신한미디어 출판사에서 여러 가지 책을 번역하고 기획한 박노인 씨 같은 경우 학자는 아니지만 워낙 책을 좋아하다 보니 일본 자료를 많이 번역해서 소개하고 있다. 박노인 씨가 번역한, '잘 팔리지 않고 일찍 절판된 책' 중에 《세계의 고서점》은 꽤 의미 있는 책이다. 이 책은 제목 그대로 세계 여러 나라에 있는 고서점들을 소개한 책이다. 제목이 제목이다 보니 다루고 있는 책방들도 많은데 세 권으로 나눠 펴낸 것을 합하면 모두 102곳이나 되는 세계 각지의 책방들 이야기를 엿볼 수 있다.

---

* 오랫동안 통문관을 지킨 이겸노 옹이 2006년 97세로 세상을 뜬 뒤 아들인 이종운 씨가 통문관을 이어받아 운영하고 있다. 할아버지가 하던 일을 손자까지 이어받는다는 게 한국에서는 잘 볼 수 없는 일인데, 통문관의 3대에 걸친 책방 운영은 아주 놀랍고 뜻 깊은 일이다. 이겸노 옹이 살아 있을 때 쓴 《통문관 책방비화》(민학회, 1987)는 책을 좋아하는 사람들이 빼놓지 않고 수집 목록에 넣는 책인데 절판된 뒤 다시 나오지 않아 폐 비싼 가격에 거래가 된다.
** 책 수집가였던 박대헌 씨가 1983년에 만든 고서 전문 책방이다. 박대헌 씨의 책 사랑은 거기에서 끝나지 않고 1999년에는 영월에서 폐교를 빌려 책 박물관을 만들었다. 여기서 여러 가지 책도 펴냈고, 박대헌 씨가 직접 쓴 《古書 이야기》도 볼 만하다. 이 책은 고서에 관한 여러 가지 읽을거리도 많지만, 특히 장정이 아주 튼튼하고 멋있다.

책에는 영국의 유명한 책 마을인 '헤이온와이'부터 시작해 유럽, 중국, 캐나다, 미국, 호주는 물론이고 동남아와 아프리카에 있는 책방 이야기까지 있다. 1권은 주로 유럽과 동구권, 호주의 책방을 다뤘고, 2권은 중국을 비롯한 아시아, 동남아, 아프리카 책방 이야기가 있다. 마지막 3권에서는 미국과 일본, 한국에 있는 책방을 만날 수 있다.

세계의 책방들을 소개하고 있는 만큼 지역에 따라서 재미있는 이야기도 많다. 역시 부러울 만큼 책에 관한 인식 수준이 높은 유럽 국가들은 그만큼 수집 가들도 많아서 고서 유통이 아주 활발하다. 우리는 이미 있는 헌책방 거리도 없어질 위기에 놓여 있는데. 영국의 헤이온와이와 벨기에의 작은 마을 '레듀'는 책을 통해서 마을 전체가 활력을 찾고 있다고 하니 멋진 일이다. 그것뿐만 아니라 경제 생활이 좋지 않은 인도도 책 문화만큼은 수준이 아주 높다.

이웃 나라인 일본도 빼놓을 수 없다. 잘 아는 대로 일본 사람들은 책 많이 보는 걸로 따지면 세계적인 수준이다. 책을 대하는 태도도 남달라서 "아직 사용 가능한 텔레비전이나 냉장고 따위의 값비싼 가정 전기기구를 단지 구식이라 쓰기 불편하다는 이유로 손쉽게 내다 버리는 사람일지라도, 책을 버리거나 하지는 않는다……책이 쓰레기와 함께 버려진 것을 본 적이 없다"(2권, 236쪽)라는 대목에서는 일본 사람들의 책 사랑에 경외심마저 들기도 한다.

한국 책방도 3권에서 몇 군데 소개가 됐다. 과연 일본 사람은 우리 고서점을 어떻게 봤을지 궁금하다. 여기에 나오는 책방은 통문관과 호산방, 그리고 인사동 골목에 있는 몇 군데와 청계천 평화시장 헌책방 거리 조금이다. 특히 일본 사람들도 통문관을 꽤 높이 평가하고 있다. 각각 다른 사람이 한국 책방에 관해 쓴 글 세 편에 통문관이 모두 등장한다.

1975년 인사동에 처음 들러 통문관에 갔을 때 서울에 고층 빌딩이 하나도 없어서 한 나라의 수도라기보다 그저 지방 도시 같은 느낌을 받았다는 노자키 미쓰히코의 글을 보면서 지금 빌딩 숲에 둘러싸인 서울과 지금도 거기 그대로 있는 통문관이 어떻게 같은 시대를 살아가고 있는지 놀라울 따름이다. 그밖에도 인사동 승문각, 문고당 등이 활발하게 책 장사를 하고 있는 모습을 볼 수 있다.

《세계의 고서점》 일본판은 1996년에 처음 나왔는데, 이와야 미치오 교수는 책에서 이전과 비교하면 서울의 고서점들이 많이 사라지는 게 안타깝다고 얘기했다. 1980년대까지 서울에는 인사동과 평화시장 말고도 신촌, 마포, 영등포 할 것 없이 책방들이 즐비했는데 지금은 그 흔적을 찾기 힘들 정도로 많은 책방이 문을 닫았다. 아쉽기도 하고 한편으로는 꼭 이렇게 없어져야 하는 것인지 내 자신에게 되묻기도 한다.

덴리대학교의 조교수 마쓰오 이사무는 1974년부터 2년 동안 한국에서 공부하며 한국학 자료를 모으려고 고서점 여러 곳을 돌아다녔는데(물론 통문관을 포함해서), 그때 동대문과 신촌, 종로 일대에 책방이 많았다고 한다. 지금과는 시내 분위기가 많이 달랐을 것이다. 마쓰오 이사무는 "종로의 서쪽 끝인 종로 1가에, 현재는 '교보문고'라는 거대한 서점이 로터리의 한 모퉁이를 차지하고 있다. 그때 광화문우체국이 있는 곳에서 지하철 종각역 사이에 있었던 가게에 몇 번인가 다녔다. 여기서 구한 몇 권의 언어학 서적은, 당시 일본에서도 손에 넣기 어려웠던 것이다"(3권, 58쪽)라고 회상한다. 이 책방 이름은 기억이 나지 않는다고 하는데 책에 나온 위치로 보자면 아마도 공씨책방*이 아닌가 싶다. 1990년에 책방 주인 공진석 씨가 갑자기 심장마비로 세상을 뜨면서 공씨책방이 없어지는 게 아닌가 싶기도 했지만, 가족이 뒤를 이어받은 다음 신촌에서 동교동으로 넘어가는 언덕 길가에 자리를 옮겨 여전히 책방을 운영하고 있다.

책은, 책방은 세계 어느 곳에나 있다. 그리고 책을 사랑하는 사람들도 그만큼 많다. 숨 쉬며 사는 것만큼 익숙한 것이 사방에 널린 책이다. 이런 때 딱히 고서점이나 헌책방 이야기가 아니더라도 동네 골목마다 있던 작은 책방들이 점점 사라지고 있는 건 너무 아쉬운 일이다. 큰 서점보다 경쟁력이 없기 때문에 문을 닫을 수밖에 없지만, 조금 다른 눈으로 보면 어떨까? 왜 경쟁력이 없으면 사라져야 하는 걸까? 왜 남보다 뒤처지는 삶을 살면 안 되나? 여러 사람이 모여 달리기를 하면 빨리 뛰는 사람이 있고 늦게 뛰는 사람이 있다. 그건 아무리 생각

---

* 이런 곳에서 헌책방을 한다는 게 참으로 건방진(?) 일이 아닌가. 1970년대라면 교보문고가 생기기 전이기는 하지만 근처에 이미 대형 서점인 종로서적이 떡하니 자리를 잡고 있을 때인데 말이다.

해봐도 늦게 뛰는 사람의 잘못이 아니다. 원래 그렇게 태어난 것일 수도 있다. 제아무리 열심히 노력해도 일등을 앞지르지 못하는 꼴찌가 있다. 꼴찌는 모두 눈앞에서 사라져야 하는 걸까? 일등이든 꼴찌든 점수나 등수를 매기지 않고 모두 함께 갈 수 있는 방법은 없을까?

무엇이 정답인지 모르겠지만 내가 믿고 있는 건 이렇다. 경쟁으로만 삶을 평가하면 결국 이 세상에 남는 건 마지막까지 일등을 한 단 한 사람뿐일 것이다. 일등만 남아 있는 세상은 꼴찌만 남은 세상과 전혀 다를 게 없다.

숨어 살아도 외톨박이는 아니다

《숨어사는 외톨박이》| 윤구병 외 | 한국브리태니커회사 | 1977

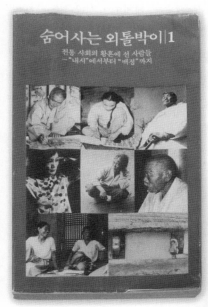

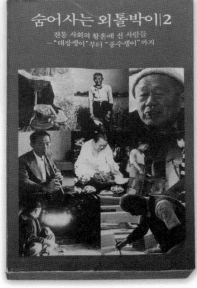

"일등만 기억하는 더러운 세상!"

이 소리를 목이 터져라 외치는 개그맨이 있다. 웃게 만들려고 하는 소리가 아니라 우리 사회가 지금 그렇다. 언제부터 이렇게 됐을까? 그 얘기를 하자면 우선 깊고 어두운 역사의 동굴 속으로 기어 들어가야 한다. 지난 100여 년 동안 우리는 일제 강점기와 한국전쟁, 군사 독재 시기를 거치면서 모질고 힘든 시간을 보냈다. 그러면서 사람들은 마음 한구석에 '누구에게도 무시당하지 말자'라는 다짐을 새겼다.

실제로 한국전쟁 이후 경제 발전 속도는 세계에서도 비슷한 예를 찾기 힘들 정도로 빨랐다. 일본이든 어느 나라든 무시 못 할 나라가 되겠다는 독한 마음이 지난 수십 년 동안 우리를 뒤에서 밀고 있었다. 그러다 보니 자연스레 무엇이 됐든 남보다 잘해야 성공한다는 강박증이 알게 모르게 이 나라 전체를 덮은 때이기도 하다. 남보다 공부를 잘해야 하고, 남보다 좋은 직장에 다녀야 하고, 남보다 돈 잘 버는 일을 해야 한다. 출세해서 남보다 더 좋은 집에 살고, 더 좋은 차를 몰고 다녀야 한다. 이게 1980년대만의 얘기일까? 안타깝게도 우리 사회는 여전히 거기에서 벗어나지 못하고 있다. '일등만 기억하는 더러운 세상'은 우스갯소리가 아니다.

어릴 때 나도 '일등'이란 말을 좋아했다. 조용한 성격에 부모님 말, 선생님 말 잘 듣던 나는 어른이 시키면 시키는 대로 잘하는 착한 어린애였다. 어른들이 강조하는 건 늘 공부였다. 공부를 잘해서 성적이 좋으면 칭찬을 들으니 그게 좋아서 공부를 했다. 공부하면 나중에 무엇이 어떻게 좋은지 알려주는 사람이 없었다. 그러니까 아무런 의미도 없이 성적 잘 받는 방법을 공부한 것이다.

그러나 사실 그런 공부보다는 글쓰기를 좋아해서 소설가나 시인이 되고 싶었다. 봄, 가을에 학교에서 하는 백일장을 손꼽아 기다렸다. 거기서 상을 받으면 얼마나 좋을까 늘 상상하면서 방학 때는 소설을 써보기도 했다. 꾸준히 일기를 쓰거나 책을 많이 읽은 게 도움이 됐는지 글 쓰는 실력이 빼어나지는 않지만 정말로 몇 번 상을 받기도 했다.

중학생이 됐을 때 다른 친구들보다 글을 잘 쓴다는 우쭐한 마음에 빠져 있었다. 다른 사람보다 잘하는 게 있다는 생각은 나를 마치 다른 사람인 것처럼 행동하게 만들었다. 여전히 조용한 성격이었지만 누가 시키지도 않았는데 학교 신문을 만들겠다고 교장 선생님에게 직접 건의해 실제로 신문을 만들기도 했고, 나는 3년 내내 편집국장을 했다.

1학년 여름 방학 때 제대로 된 소설을 한 편 써보겠다고 다짐했다. 계획은 거창했다. 많이 쓰는 건 무리가 있으니까 첫 작품은 원고지 100장 정도 되는 단편 소설로 정했다. 되도록 멋있는 작품을 써서 개학 날 담임 선생님에게(담임은 국어 선생님이었다) 보여드리고 칭찬받고 싶었다.

소설 소재는 미리 생각해둔 것이 있었다. 유랑 극단에 관한 것이다. 어릴 적 어머니가 마을에 찾아온 유랑 극단 공연을 본 이야기를 해준 적이 있는데, 그게 무척 재미있었다. 이야기로 듣는 것도 이렇게 재미있는데 실제로 보면 얼마나 대단할까, 다른 사람들도 이 얘기를 소설로 읽으면 재미있지 않을까 생각했다.

문제는 내가 유랑 극단을 한 번도 본 적이 없다는 데 있었다. 심지어 텔레비전에서도 보지 못했다. 어머니는 유랑 극단은 이미 오래전에 없어졌다고 말씀하셨다. 가끔 시내에 서커스단 같은 게 오기도 하는데, 서커스단하고 유랑 극단은 많이 다르다는 말도 덧붙이셨다. 맥 빠지는 일이었다. 유랑 극단 공연을 한 번이라도 봐야 소설이든 일기든 쓰겠는데 유랑 극단이 사라졌다는 말은 기운을 다 빼놨다. 그래도 유랑 극단 이야기를 소설로 쓰겠다는 다짐은 변함없었다.

궁리 끝에 유랑 극단에 관해 자세하게 나온 책을 찾아보기로 했다. 큰 서점이나 도서관은 아직 익숙하지 않았기 때문에 몇 번 가본 적이 있는 헌책방에 가기로 했다. 오래전에 사라진 유랑 극단이라고 하니 오래된 책이 있는 곳을 찾는게 더 나을 것 같았다. 며칠 동안 성북구 근방에 있는 여러 헌책방을 돌아다닌 끝에, 책방 이름은 기억나지 않지만, 성북구에서 정릉동으로 들어가는 길 골목에 있던 헌책방에서 괜찮은 책 하나를 발견했다. 《숨어사는 외톨박이》였다.

청소년 소설인 줄 알았는데 내용을 보니 사라져가는 우리 문화 끝자락에 서 있는 사람들 얘기를 모아 놓은 책이었다. 차례를 보다가 눈에 띄는 글이 있었다. 〈유랑 극단과 치마 입은 사내〉였다. 반가운 마음에 그 책을 사들고 뛰다시피 집으로 와서 유랑 극단이 나오는 부분을 읽었다.

하지만 실망했다. 〈유랑 극단과 치마 입은 사내〉는 내가 원하던 재미있는 이야기가 아니었기 때문이다. 이 글에는 일곱 살 때 집을 나와 남사당패를 좇아 다니던 문난주 씨가 나온다. 문난주 씨는 열 살 때 아버지에게 붙잡혀 다시 집으로 와 학교에 다녔지만, 남사당패 생활에 익숙해져서 학교생활에 적응하지 못하고 다시 집을 나갔다.

그 뒤로도 파란만장한 인생을 살았다. 남사당패 생활을 하던 중 한국전쟁이 터졌는가 하면 전쟁 뒤에는 공산군 밑에서 공연을 했다는 이유로 3년간 감옥살이를 했다. 형기를 마치고 나온 뒤 할 수 있는 일은 남사당패, 유랑 극단, 악극단을 전전하는 것밖에 없었다. 그렇게 평생 떠돌이로 살았고, 1978년 글쓴이가 취재할 때는 이미 그런 생활 끝자락에 와 있었다. 나이는 아직 쉰이 안됐지만 유랑 극단은 텔레비전과 라디오에 밀려 사람들 앞에 설 수 있는 자리가 점점 줄어들고 있었다.

책을 읽어보니 유랑 극단이라는 게 재미있는 일이라곤 하나도 없는 것 같았다. 하지만 어머니는 정말 재미있어서 자다가도 꿈에 나타날 정도라고 하지 않았던가? 거짓말을 하신 걸까? 하긴 문난주 씨도 불과 일곱 살 때 유랑 극단이 아주 재미있어서 무작정 따라 나섰다고 했으니까 확실히 재미가 있긴 있었던 모양이다. 이 책에는 유랑 극단 말고도 무당, 고수, 장돌뱅이, 기생, 내시, 백정 등 내가 모르던 옛날이야기들이 가득 들어 있었다.

유랑 극단을 소재로 단편 소설을 쓰겠다는 계획은 포기했다. 그 대신 여름 방학 내내 《숨어사는 외톨박이》를 읽었다. 이 책은 소설이 아니다. 수필도 아니다. 우리 사회 곳곳에 흩어져 살고 있는 이름 모를 사람들을 찾아내서 한 인터뷰를 정리한 글이라고 할까? 이야기를 어찌나 눈에 선하게 잘 썼는지 한 편 한 편 읽을 때마다 마치 내가 주인공이 된 듯했다.

《숨어사는 외톨박이》와 출판사 뿌리깊은나무, 그리고 한창기, 윤구병 등이 어떤 관계가 있는지 안 건 군대를 다녀온 뒤다. 《숨어사는 외톨박이》는 1977년 초

---

* "이 이름은 그가 어려서부터 예쁘장하게 생겼고 남사당패에서도 여자 분장을 하고 공연을 했기 때문에 바꾼 이름이다. 진짜 이름은 문병옥이라고 한다"(《숨어사는 외톨박이》, 31쪽).

판을 낼 때는 '한국브리태니커회사'에서 나왔다. 한창기 씨는 이 회사를 1968년에 만들었다. 외국 백과사전을 파는 회사에서 《숨어사는 외톨박이》 같은 전통문화에 관한 책을 펴내다니 이상하다. 그런데 한창기 씨가 진짜로 관심 있는 것은 외국이 아니라 한국, 우리 문화였던 것 같다.

한창기 씨 하면 맨 먼저 떠오르는 게 《뿌리깊은 나무》다. 이 잡지는 한국브리태니커회사를 운영하던 한창기 씨가 1976년 3월부터 잡지와 같은 이름으로 만든 출판사에서 펴낸 전통문화 잡지다. 《숨어사는 외톨박이》도 1980년부터는 뿌리깊은 나무에서 나왔다. 《숨어사는 외톨박이》는 독자들에게 반응이 좋아서 1990년대까지 계속 나왔고, 나중에는 두 권으로 늘어나기도 했다.

《뿌리깊은 나무》는 1976년부터 매달 한 권씩 나오는 잡지였지만, 1980년 이른바 신군부가 단행한 언론 통폐합 조치 때문에 강제 폐간됐다. 한창기 씨는 《뿌리깊은 나무》가 폐간되자 뒤를 이어 1984년부터는 여성 잡지 《샘이깊은 물》을 펴냈다.

1970년대에는 판소리 공연을 매달 열어 그 실황을 모아 책과 음반을 만들었다. 그것뿐만 아니라 1980년대와 1990년대 초반에 걸쳐 《한국의 발견》(모두 11권), 《민중 자서전》(모두 20권)을 펴내 각각 한국출판문화상을 받았다. 한창기 씨가 책을 만들면서 한 일을 다 말하려고 하면 너무 길다. 지금까지 해온 일, 앞으로 해야 할 일들을 생각하면, 한창기 씨는 1997년 예순한 살 나이로 너무 일찍 생을 마감했다.

다시 《숨어사는 외톨박이》 이야기를 해보자. 이 책은 우리 사회에서 점점 사라져가는 문화, 그 맨 끝자락에 간신히 매달려 살고 있는 사람들을 인터뷰해 그 이야기를 모은 책이다. 글을 쓴 시기는 대부분 1970년대 후반이고, 등장하는 사람들은 마지막 내시부터 백정, 무당, 기생, 머슴 등 아주 다양하다. 이 사람들은 영화배우나 정치인처럼 유명한 사람, 성공한 사람들이 아니다. 이제 곧 이 땅에서 사라질 사람들, 사라질 문화를 지키고 있는 사람들이다. 그러니까 《숨어사는 외톨박이》는 일등이 아니라 꼴찌들 이야기다. 남들 앞에 우뚝 서서 목에 힘 주는 사람들이 아니라, 말 그대로 숨어사는 외톨박이의 이야기다.

그런데 이런 외톨박이들을 찾아다닌 사람들이 예사롭지 않다. 우선 소설가

강정규, 김원석, 문순태 같은 익숙한 이름이 보인다.* 그리고 김명곤,** 윤구병*** 등도 참여했다. 이런 사람들이 보잘것없이 사그라지는 운명에 놓인, "전통 사회의 황혼에 선 사람들"(《숨어사는 외톨박이》 초판 표지에 적힌 말)을 찾아 나선 것이다.

1970년대에서 1980년대로 넘어가는 시기는 '새마을운동'이다 '경제개발오개년계획'이다 하면서 개발과 발전만을 부르짖던 때다. 전통문화는 무시되거나 천한 문화처럼 취급받았다. 반대로 서양에서 들어온 사고방식과 문화는 더 좋고 신식인 걸로 소개됐다. 《숨어사는 외톨박이》는 바로 이런 시기에 나온 책이라는 데 큰 의미가 있다. 게다가 출판사는 1980년 언론 통폐합 조치로 상당한 압력을 받았는데도 이 책의 두 번째 이야기까지 펴내기도 했다.

'뿌리가 깊은 나무'라는 말은 굳은 전통 위에 튼튼하게 서 있는 민족이라는 뜻이다. 사회적, 정치적으로 힘든 시기에 전통문화를 지키고 발굴하는 데 힘쓰던 사람들이 있기에 우리는 튼튼한 뿌리를 잊지 않고 살 수 있다.

여러 사람과 함께 이 책을 쓴 윤구병 씨는 돈 잘 버는 직장인 대학교수 생활을 접고 시골에 내려가 농사를 짓는다. 대학에서 존재 철학을 강의하던 사람이 오랫동안 찾아 연구하던 존재라는 게 사실은 열매가 아니라 뿌리에 있다는 걸 깨달은 것이다.

나도 뿌리깊은 나무에서 나온 오래된 책을 찾아 읽으며 존재에 관해 생각한다. 데카르트? 후설? 화이트헤드? 내가 거기서 읽은 건 내 존재가 아니라 외국

---

* 강정규는 《숨어사는 외톨박이》 취재 당시 크리스찬신문사 문화부장이었으며, 소설도 썼다. 《운암도》, 《따뜻한 겨울》 등의 작품이 있다. 소설가 김원석은 서울언론문화클럽 출판부장을 지냈고, 《겨울 대합실》, 《개나리 시들 때》, 《축대》 등을 썼다. 문순태는 1974년 《백제의 미소》로 등단한 소설가다. 2004년에 이상문학상 특별상, 2006년에 요산문학상을 받았다. 《숨어사는 외톨박이》 취재 당시 전남매일 출판국 부국장이었다. 《흑산도 갈매기》, 《징소리》 등의 작품을 썼다.

** 뿌리깊은 나무에서 기자 생활을 하다가 연극과 판소리가 좋아서 회사를 그만뒀다. 한창기 씨 권유로 《숨어사는 외톨박이》 작업에 참여했으며, 그때는 번역으로 생계를 유지했다. 그 뒤 배화여고 교사, 우석대학교 연극영화과 전임강사를 거쳐 1986년 극단 '아리랑'을 만들었다. 1993년에 직접 각색한 영화 〈서편제〉에 출연해 청룡영화상 남우주연상을 받았다. 2000년부터 2005년까지 국립중앙극장 극장장을 지냈으며, 2006년에는 문화관광부 장관으로 일했다. 2009년부터는 전주세계소리축제 조직위원회 위원장으로 일하면서 우리 소리와 전통문화를 발굴해 알리는 데 힘을 쏟고 있다.

*** 뿌리깊은 나무에서 편집장으로 있다가 그만두고 《숨어사는 외톨박이》 작업할 때는 서울대학교 철학과 강사였다. 나중에 충북대학교에서 교수로 학생들을 가르쳤다. 나이 오십을 넘기면서 대학교수도 그만두고 현재는 보리출판사 대표로 있다. 그러나 대부분 시간을 전북 부안 변산공동체에서 마을 사람들과 농사를 지으며 산다. 《흙을 밟으며 살다》, 《꿈이 있는 공동체 학교》, 《자연의 밥상에 둘러앉다》, 《가난하지만 행복하게》 등을 펴냈다.

사람 누군가의 존재다. 책을 읽으면서도 시원하지 않았다. 나는 한국에서 태어나 수십 년 동안 한국에서 산 사람이다. 그러니까 한국 사람이 갖는 존재가 궁금하다. 《숨어사는 외톨박이》는 어릴 때 정말 우연히 읽게 된 책이지만, 어른이 되어 다시 읽으면서는 책이나 글자가 갖는 의미 이상으로 깊은 인간 존재의 물음을 생각하게 해준 고마운 책이다.

우리가 살고 있는 세상 곳곳에 착한 사람들이 많다. 그 사람들은 눈을 크게 뜨고 보지 않으면 찾을 수 없다. 숨어사는 사람들이다. 그렇다고 해서 외톨박이는 아니다. 그 사람들 곁에는 자유와 행복이 있다. 이 사람들을 외롭게 만드는 사람들이 오히려 외톨박이다. 지금 편하게 자리에 앉아 이 글을 쓰고 있는 나, 그리고 당신을 포함해서 말이다.

나는
피안 선생이다

《악마를 위하여》 | 시마다 마사히코 | 양억관 옮김 | 삼문 | 1994

시마다 마사히코는 1961년 일본에서 태어난 작가다. 우리에게는 많이 알려지지 않았지만 일본에서는 꽤 유명하다. 무라카미 하루키, 무라카미 류*와 함께 일본 현대 문학의 3대 작가라고 불린다. 그런데 한국에서는 왜 그런지 통 인기가 없다. 지금껏 펴낸 소설이 일본 작가 스타일이 아니라서 그럴 수 있다. 일본 소설은 신선한 소재와 빠른 전개를 특징으로 한다. 시마다 마사히코 소설에서는 이런 특징이 별로 없다. 군이 어떤 식인지 말하라고 하면 유럽이나 러시아 소설 쪽에 가깝다. 어쩌면 이런 특징은 시마다 마사히코가 도쿄외국어대학에서 러시아어를 공부한 때문인지도 모른다. 이렇게 일본 작가이면서 일본보다는 유럽에 가까운 느낌을 주기 때문에 마니아층에서 인기가 있다.

시마다 마사히코 책이 처음 번역된 건 1993년으로 거슬러 올라간다. 장정일의 책을 몇 권 펴낸 미학사에서 《드림 메신저》가 나왔다. 물론 인기를 끌지 못하고 일찍 절판됐다. 그 뒤 여러 출판사에서 꽤 출간됐는데도 거의 대부분 빛을 보지 못한 채 절판돼 지금은 그저 이름 모를 헌책방을 전전하고 있는 신세다.

그나마 1990년대까지는 활발하게 출판이 됐지만 2000년대 들어서면서 시마다 마사히코라는 이름은 아예 기억 저편으로 사라지는 운명을 맞게 됐다. 이상하게도 이때는 다양한 일본 문화가 합법적으로 개방되는 시기였는데, 오히려 이런 작가의 작품이 더 나오지 않는다는 건 팬들에게는 더욱 억울한 일이었다. 아마 일본 문화가 개방되면서 이미 본토에서 검증을 마친 유명한 작가들의 작품을 먼저 들여오느라 상대적으로 이름이 덜 알려진 작가에게는 눈길이 가지 않았던 것 같다.

그러다가 2006년 한일 문화포럼**에서 시마다 마사히코가 강연한 것을 계기로 다시 알려지기 시작했다. 북스토리에서는 때맞춰 《나는 모조인간》을 새로운 표지로 내놓았다. 사실 이 책은 1994년 삼문출판사에서 펴낸 《악마를 위하여》가

---

* 본명은 무라카미 류노스케. 무사시노 미술대학교를 중퇴했다. 1976년 《한없이 투명에 가까운 블루》로 아쿠타가와상을 받으며 데뷔했다.

** 2006년 11월 10일에 진행한 한일 현대작가 심포지엄 '문학의 새 지평'에서 시마다 마사히코는 '언어를 배운다는 것'이라는 제목으로 강연을 했다. 그때 구효서 씨도 '기억, 경계, 미디어'라는 강연을 했다.

다시 나온 것이다. 이 책은 헌책방에서 꽤 인기가 있다. 같은 책인데도 수집가들이 《악마를 위하여》를 선호하는 이유는 단지 더 오래전에 나왔다는 것에 있지 않다. 《악마를 위하여》에는 '모조인간' 얘기만 있는 게 아니다. 이 책에는 그 유명한 〈부드러운 좌익을 위한 희유곡〉이 함께 들어 있다.

〈부드러운 좌익을 위한 희유곡〉은 시마다 마사히코가 1983년에 쓴 처녀작이다. 분량이 많지 않은 단편이기 때문에 아직도 이 소설은 단행본으로 출간된 적 없이 《악마를 위하여》 뒷부분에 부록처럼 껴 있는 신세다. 그래서 시마다 마사히코 책을 수집하는 사람에게 《악마를 위하여》는 가장 선호하는 책 중에 하나인 것이다. 게다가 삼문에서 나온 이 책은 초판 이후 더는 찍지 않았기 때문에 그 가치는 더욱 높아졌다. 또 팬들에게는 최근에 나온 《나는 모조인간》과 비교해가며 읽는 재미도 크다.

시마다 마사히코가 일본에서 유명해진 건 사실 〈부드러운 좌익을 위한 희유곡〉 때문이 아니다. 물론 첫 단편 하나로 아쿠타가와상 후보까지 오른 것은 대단한 일이지만, 그때는 초보 작가였기 때문에 생각만큼 큰 주목은 받지 못했다. 시마다 마사히코를 유명하게 만든 작품은 다음 해 출간된 《몽유왕국을 위한 음악》(문예공론사, 1996)이다. 이 소설로 1984년에 노마문예 신인상을 받으며 화려하게 주목을 받기 시작했다.

그 뒤 열정적으로 작품을 발표했는데 안타깝게도 아쿠타가와상에는 인연이 없었는지 여섯 번이나 후보에 올랐는데도 마지막에 가서 번번이 떨어지는 불운을 겪기도 했다(이것은 지금까지도 마스다 미즈코와 더불어 최다 낙선 기록이다). 하지만 뭐, 그게 대수인가? 시마다 마사히코는 열심히 소설을 썼고, 1990년대 초반에는 러시아와 인도, 자메이카 등 세계 각지로 여행을 다니기도 했다.

여행 또는 방랑에서 돌아온 시마다 마사히코가 내놓은 또 다른 작품은 《피안선생의 사랑》(민음사, 1996)이다. 이 책은 나쓰메 소세키의 유명한 소설 《마음》을 패러디한 작품인데, 비평가와 독자들한테 대단한 호평을 받았다. 지금까지 별명이 '피안(일본어로는 히간) 선생'인 걸 보면 인기가 어느 정도였는지 짐작이 간다(게다가 공식 홈페이지 이름도 '피안 백화점'이다). 시마다 마사히코는 이 작품으로 1992년에 이즈미 교카 문학상을 받았다.

내가 시마다 마사히코를 알게 된 건 대학 졸업반 때다. 진로 고민 등 여러 가지로 복잡한 마음이었는데 친구가 《드림 메신저》를 선물로 줬다. 지금도 그렇지만 그때도 일본 사람이 쓴 작품에 별로 관심이 없었다. 《드림 메신저》를 다 읽고 난 뒤에도 '그냥 좀 특이한 소설이네' 정도였다.

그러나 《미확인 미행 물체》를 보고는 정말 큰 충격을 받았다. 시마다 마사히코는 에이즈를 말하면서 인류에게 새로운 문화가 탄생한 것으로 그리고 있다. 이 단편 마지막 문장은 대단히 극단적이다. "에이즈와 인류는 친구 사이잖아. 주고받고Give and Take 하면서 잘해 보자구." 이 책을 읽고 난 뒤 시마다 마사히코 책이 나오면 당장 사서 읽는 팬이 됐다.

미확인 미행 물체는 소설 속에서는 에이즈 바이러스를 가리킨다. 에이즈는 치료 방법이 전혀 없는 희귀한 질병이다. 에이즈 바이러스 자체로 사람이 죽는 게 아니라 바이러스가 몸속을 돌아다니면서 면역력을 없애기 때문에 각종 합병증으로 죽는 경우가 많다.

소설 속에서 성전환 수술을 한 게이로 나오는 '루치아노'는 에이즈 환자다. 루치아노는 의사인 사사카와를 미행한다. 말하자면 루치아노와 에이즈는 둘 다 똑같이 '미확인 미행 물체'다. 루치아노가 왜 사사카와를 미행하는지 정확히 알 수 없지만, 게이인 루치아노가 사사카와를 무척 사랑하기 때문에 스토킹하는 것이라고 볼 수 있다.

그런데 결정적인 순간에 루치아노는 자살을 하고 만다. 사사카와와 함께 있을 때 강물에 몸을 던진 것이다. 이것은 루치아노 처지에서 보면 미리 계획된 사건이다. 루치아노는 어차피 에이즈 때문에 죽을 것이기 때문에 자기가 생각하기에 가장 의미 있는 일을 완성하고 죽고 싶었다. 그건 바로 사랑하는 사사카와에게 에이즈를 옮기는 것이다. 루치아노는 그 일을 성공한 다음 자유롭게 자기 육체를 놓아줬다.

처음부터 루치아노를 경멸에 찬 눈으로 바라보던 사사카와는 자기가 바로 그 루치아노 때문에 에이즈에 걸렸다는 사실에 분노한다. 그 뒤 사사카와의 삶은 전혀 다른 방식으로 흘러가게 된다. 보통 사람에서 에이즈 환자로, 의사에서 실업자로, 한 여자에게 사랑을 받는 남편에서 고독에 사로잡힌 사나이로……

시마다 마사히코는 에이즈를 통해 한 남자의 영혼이 완성되고 구원받는 여정을 그리고 있다. 그렇기 때문에 에이즈는 꼭 나쁜 것만은 아니다. 오히려 인간 영혼을 더 발전시키고 순결하게 만드는 일을 돕고 있는 게 바로 에이즈다. 이렇게 보면 에이즈는 인간과 친구 이상이 아닌가!

물론 시마다 마사히코가 말하는 에이즈는 소설에서 상징적인 의미로 쓰인다. 실제로 에이즈를 찬양하는 사람은 아무도 없을 것이다. 우리 주변에는 우리가 볼 수 없고 만질 수 없지만 우리를 미행하는 것들이 있다. 그건 에이즈 바이러스처럼 어느 날 갑자기 우리 몸속에 들어와서 점점 세력을 넓히다가 나중에는 몸 전체로 퍼져 결국 모든 것을 잠식한다. 여기에 에이즈라는 단어 대신 습관이나 편견, 사랑, 미움, 종교, 예술, 어떤 것이라도 넣어보면 시마다 마사히코가 소설을 통해 말하고자 하는 게 무엇인지 조금 짐작할 수 있다.

시마다 마사히코가 쓰는 소설은 대개 이런 내용을 담고 있다. 과연 우리 몸은, 우리 영혼과 생각은, 우리 스스로 만들고 결정할 수 있는 것일까? 살면서 자신도 모르게 더러워지는 영혼은 누가 구원해줄 수 있을까? 그런 게 불가능하다면 나 자신을 완전하고 깨끗한 공백인 상태로 유지할 수 있을까? 어렵고 재미없는 이야기지만 시마다 마사히코는 이것을 소설로 잘 풀어내고 있다.

2000년 중반에 들어서면서 다시 부활한 시마다 마사히코. 이제는 그 이름을 전혀 들어보지 못한 사람들도 최소한 《나는 모조인간》이나 '무한카논' 시리즈라는 말을 들으면 고개를 끄덕인다. 이렇다 보니 이미 예견된 일이지만 출간 20년 정도밖에 지나지 않은 시마다 마사히코의 절판 도서들은 꽤나 가격이 오르고 있는 실정이다. 독자들에게 '모조인간'을 소개한 북스토리는 시마다 마사히코의 최근작 무한카논 3부작을 연이어 펴냈다.

이제 중년 나이가 된 시마다 마사히코, '피안 선생'은 왜 이제야 한국 사람들이 자기를 이렇게 좋아하는지 어리둥절할지 모른다. 그 이유는 나도 모른다. 팬들도 잘 모를 것이다. 어쨌든 지금 이 정도 인기가 아니었다면 그 유명한 무한카논 시리즈는 번역이 안 됐을지 모른다. 우리가 삶이라고 부르는 지독한 패러디와 반복, 그것이 결국은 인간성을 파괴시키는 원인이라는 사상은 무한카논에서 정점에 이른 듯하다. 《퇴폐예찬》(해담솔, 1999)에서 그렇게도 몰입하던 '유희'와

'퇴폐'의 인간성이 무한하게 반복되는 카논 연주곡으로 다시 태어나는 순간이다.

　일본 문화가 친숙함을 넘어서 익숙하다 싶을 만큼 개방된 지금, 무라카미 하루키나 나쓰메 소세키 같은 대작가들이 써낸 소설들이 이제는 식상해지고 있는 지금, 시마다 마사히코의 인기는 점점 높아진다. 그렇다면 수집가들에게는 결코 좋은 소식이 아니다. 1990년대 출판된 초기 작품들 가격은 더욱 높아질 것이기 때문이다. 이것 참, 웃어야 할지 울어야 할지!

시인들을 위한 진혼곡

《시여, 침을 뱉어라》 | 김수영 | 민음사 | 1975

나는 솔직히 시는 아는 게 별로 없다. 시는 확실히 규정짓기 힘들고 이해하기 어려운 장르다. 어릴 때 처음 시를 접하고 나서 한 번 어렵다고 생각하니까 그 다음부터는 시를 잘 읽지 않게 됐다. 그때는 아주 어릴 때라서 시가 뭔지 알기도 전에 겁부터 먹은 것 같다. 그 두려움은 어른이 되고도 사라지지 않고 그림자처럼 따라다녔다. 그런 내게 특별한 공감을 선물해준 시인이 있다. 바로 김수영이다.

시인 김수영은 1921년 서울 관철동에서 태어났다. 젊은 시절을 일제 강점기로 모두 보낸 뒤 한국전쟁 때 인민군에 징집돼 거제도 포로수용소에 수감되는 등 평탄하지 않은 삶을 살았다. 전쟁이 끝난 뒤에 미8군 통역, 모교인 선린상고 영어 교사와 평화신문사 문화부 차장 등을 맡으며 여러 직장을 돌아다녔다. 틈틈이 시를 쓰던 김수영은 1947년 《예술부락藝術部落》*에 〈묘정의 노래〉를 발표하며 문단에 나온 뒤 마지막 시인 〈풀〉**에 이르기까지 200여 편의 시와 많은 시론을 발표했다.

김수영의 초기 시들은 '모더니즘' 계열로 평가받는다. 솔직히 나는 왜 김수영의 시가 모더니즘이며, 심지어 시에서 모더니즘이란 무엇인가 하는 의문이 든다. 사실 한국전쟁 이후 조금만 특별한 작품을 발표하면 평론가들은 그 작품을 두고 모더니즘이나 포스트모더니즘이라는 애매한 옷을 입혀줬다. 김수영의 초기 시들은 대부분 '느낀다', '생각한다', '본다' 같은 감각의 틀 속에 있었다(실제로 시에 이런 단어들이 자주 나온다). 사물이나 현상을 대하는 태도는 시인에게는 아주 중요한 소질이다. 〈공자의 생활난〉, 〈사령死靈〉 같은 초기 시를 보면 대단히 '모던한' 태도로 세상을 봤다는 걸 알 수 있다. 이런 시들은 지금 봐도 꽤 진보적인 기법으로 가득하다.

그러던 김수영이 1960년대 이후 갑자기 변한다. 시인의 시가 변했다는 건 세

---

* 1946년 조연현을 중심으로 순수 문학 동인들이 만든 잡지다. 조지훈, 이한직 등이 여기서 활동했고, 세 번 잡지가 발행된 뒤 종간됐다.

** 김수영의 마지막 시로 알려진 〈풀〉은 김수영이 죽고 난 뒤 나온 시집 《거대한 뿌리》(민음사, 1974)에 수록돼 있다. 김수영은 살아 있을 때 시집을 단 한 권밖에 내지 못했다. 《달나라의 장난》(춘조사, 1959)이 그것이다.

상을 보는 시각이 달라졌다는 것이다. 모더니스트인 김수영은 세상을 좀더 자세히 들여다보고 시가 그 안에서 할 수 있는 도리를 찾기를 바란다. 김수영은 이제 리얼리즘을 담은 시를 쓰기 시작한다. 이전까지 있던 자신을 버리고 현실과 역사, 시대와 사회에 관심을 가지게 된 것이다. 여기에서 저 유명한 말 '시여, 침을 뱉어라'가 나온다.

김수영이 죽고 난 뒤 민음사에서 펴낸 《시여, 침을 뱉어라》는 이런 '반시론反詩論'에 관한 해석이자 평론이다. 1960년대부터 갑자기 생을 마감할 때까지 쓴 시들은 확실히 초기에 나타났던 세련된 간접 표현 같은 게 크게 드러나지 않는다. 그 대신 독설과 풍자로 가득했다. 1960년 4월 19일, 영구 집권을 노리던 이승만과 자유당 정권을 종식시킨 시민혁명으로 이 사회는 무언가 새로운 빛을 맞이하는 것처럼 보였다. 하지만 그 뒤에 들어선 제2공화국은 그야말로 '허무'했다. 대통령에 윤보선, 국무총리에 장면이 임명됐지만, 오래가지 못했다. 뒤를 이은 박정희 쿠데타 체제는 이 사회를 더욱 비참한 독재 국가로 몰아갔다.

이런 시대적 상황에서 가장 빛을 발한 건 시인들이었다. 사회를 향한 불만을 직접 말할 수 없는 분위기에서 시인들은 자신들만의 언어로 사회에 거친 욕설을 퍼부었다. 그것은 '자유, 민주, 정의, 혁명'으로 대변되는 4·19정신이었다. 시인이 해야 할 일, 시가 노래해야 할 대상, 시를 어떻게 써야하는지에 관한 절박한 요청과 욕구가 《시여, 침을 뱉어라》에 그대로 드러나 있다.

《시여, 침을 뱉어라》는 독립된 책이 아니라 김수영이 죽기 전에 쓴 일기와 수필, 시론 등을 모아서 엮은 것이다. 그중에 〈시여, 침을 뱉어라〉라는 짧은 시론의 제목을 따서 이름을 붙였다. 김수영의 시 창작 작업에 견주면 보잘것없는 내용일 수 있지만, 이 책은 그 모든 것을 함축적으로 보여주는 나침반이다.

> 내가 지금__바로 지금 이 순간에__해야 할 일은 이 지루한 횡설수설을 그치고, 당신의, 당신의, 당신의 얼굴에 침을 뱉는 일이다. 당신이, 당신이, 당신이, 당신이 내 얼굴에 침을 뱉기 전에……
>
> ― 〈시여, 침을 뱉어라〉 중에서

정확히 말해 〈시여, 침을 뱉어라〉는 연설문이다. 1968년 4월 익산에서 팬클럽 주최로 열린 문학 세미나에서 발표한 원고를 그대로 책에 실은 것이다. 김수영은 이 세미나를 마친 뒤 6월, 집 앞에 있는 도로에서 버스에 치이는 사고를 당해 생을 마감한다. 소중한 시인을 어이없이 잃게 되는 순간이다. 그때 시인의 나이 48세였다.

《시여, 침을 뱉어라》가 김수영이 죽고 난 뒤에 나왔지만 소중한 책으로 대접받는 이유가 거기에 있다. 김수영의 시를 읽어보지 못한 독자라고 하더라도 죽기 두 달 전에 독기를 품은 듯 말한 저 글을 보면 정말 그 죽음이 더욱 안타깝게 사무친다. 이렇게 김수영의 시 세계는 이제 막 힘찬 나래를 펼칠 준비를 하고 있던 터였다.

같은 연설문에서 김수영은 더욱 유명한 말을 한다. 이 말은 '침을 뱉는 시'와 더불어 김수영의 사상을 거침없이 보여주는 것이고, 나중에 많은 후배 시인들이 가슴에 품은 교훈이 된다.

> 시작詩作은 '머리'로 하는 것이 아니고, '심장'으로 하는 것도 아니고, '몸'으로 하는 것이다. '온몸'으로 밀고나가는 것이다. 정확하게 말하자면, 온몸으로 동시에 밀고나가는 것이다.
>
> — 〈시여, 침을 뱉어라〉 중에서

김수영의 말에서 '머리'는 행동이 없는 사상이다. 머리에 생각만 가득하고 그 생각을 실천하지 못하는 시는 죽은 시다. '심장'은 감정이다. 감정에만 치우쳐서 현실을 보지 못하는 시 역시 죽어서 땅속에 들어가 누운 것과 다르지 않다. 김수영은 시를 쓰려면 머리, 심장, 손, 발, 이 모든 것을 한 번에 밀고 나가면서 쓰라고 권한다. 온몸을, 온몸으로 밀고 나가는 게 바로 시다.

가끔 김수영이 그때 어이없이 죽지 않았다면 세상이 바뀌어도 몇 번은 바뀌었을 거라는 공상에 빠질 때가 있다. 김지하의 〈오적五賊〉이 아니더라도, 박노해의 〈노동의 새벽〉이 아니더라도 그것보다 더 강력한 힘인 '온몸'으로 이 세상에 침을 뱉을 수 있는 사람이 바로 김수영이 아니었을까? 사실은 바로 지금 이런 시인이 필요하다. "떨어지는 은행나무 잎도 내가 밟고 가는 가시밭"(〈어느 날 고궁을 나오며〉)이라고 말하며 답답한 가슴을 쓸어내릴 시인이 필요한 것이다.

하지만 시인은 확실히 말했다. 세상을 향해 침을 뱉는 사람은 바로 '당신, 당신들'이라고. 시인의 입에서 나오는 침은 거룩한 침이 아니다. 시인이 말한 숭고한 침은 민중의 입에서 나오는 마른 침이다. 〈시여, 침을 뱉어라〉는 바로 그런 작은 소리일지라도 이제부터 내달라는 유언 같은 당부의 말로 끝이 난다.

김수영은 오래전에 죽고 없지만 김수영의 시와 시 정신은 여전히 남아서 사람들을 감동시킨다. 1981년부터는 유족과 민음사가 김수영 문학상을 제정해 매년 젊은 시인들을 배출한다. 2001년에는 금관문화훈장이 수여됐다. 〈풀〉은 교과서에 실려서 어린 학생들에게도 아주 익숙하다.

《시여, 침을 뱉어라》는 1975년에 민음사에서 처음 나오고, 1977년에 중판까지 나왔다가 더는 나오지 않는다. 초판이건 중판이건 할 것 없이 중고 책 시장에서 하드커버가 깨끗하게 보존된 책을 구입하려면 웃돈을 들여야 구할 수 있는 책이 된 건 당연한 일이다. 김수영의 시는 전집으로 엮여 많이 나오는데, 시론이 담긴 이 책이 여전히 나오지 않고 있는 것은 참으로 아쉽다.

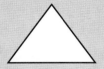

시처럼 아름다운 일기

오래된 책을 들추다 보면 속표지나 맨 뒤에 꽤 의미 있는 글을 적어놓은 걸 종종 발견한다. 글 종류는 다양하다. 책을 읽고 느낀 것, 읽기 전에 마음가짐을 쓴 것, 누군가에게 주는 편지, 어느 날 쓴 일기까지 별별 글이 있다.

여러 가지 길고 짧은 글을 많이 봐왔지만 내가 특별히 좋아하는 건 1977년에 중판으로 나온 《시여, 침을 뱉어라》 속표지에 누군가 적어놓은 글이다.

책 주인은 이 책을 1977년에 샀을까? 하지만 짧은 글 마지막에는 각각 1978년 8월이라고 적혀 있다. 어쩌면 이 사람은 1977년에 책을 사서 읽다가 1978년이 돼서야 이 글을 적었을 수도 있다. 아니면 정말로 이 책을 1978년에 샀을 수도 있다. 이 책은 아주 유명한 책이었기 때문에 시인을 꿈꾸는 문학청년이라면 누구라도 한 권 정도는 갖고 있었을 것이다. 뒷장에 있는 사진이 바로 그 책에 쓴 낙서를 찍은 것이다.

짧은 글에 날짜를 적어 놓은 것을 보면 마치 일기처럼 보인다. 1978년 8월 7일과 그 다음 날에 적은 일이다. 그런데 좀더 천천히 읽어보면 딱히 일기 같지는 않다. 아무리 자기 생각을 적은 글이라고 해도 일기를 이렇게 관념적인 문장으로 쓰는 사람은 많지 않다. 나는 이 글을 시라고 생각하며 읽었다.

金洙暎

詩여 침을 뱉어라

오늘의 散文選集 ① 民音社

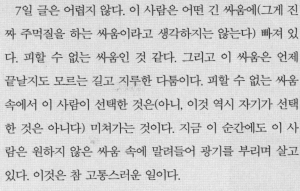

7일 글은 어렵지 않다. 이 사람은 어떤 긴 싸움에(그게 진짜 주먹질을 하는 싸움이라고 생각하지는 않는다) 빠져 있다. 피할 수 없는 싸움인 것 같다. 그리고 이 싸움은 언제 끝날지도 모르는 길고 지루한 다툼이다. 피할 수 없는 싸움 속에서 이 사람이 선택한 것은(아니, 이것 역시 자기가 선택한 것은 아니다) 미쳐가는 것이다. 지금 이 순간에도 이 사람은 원하지 않은 싸움 속에 말려들어 광기를 부리며 살고 있다. 이것은 참 고통스러운 일이다.

그 싸움이라는 건 여러 가지로 생각해볼 수 있다. 막연하게 '삶'이라고 할 수도 있다. 좀더 범위를 좁혀보면 이 사람은 지금 누군가를 사랑하고 있는 게 아닐까? 어떤 사람을 사랑하면 대개 처음에 가진 순수한 마음이 조금씩 변하기 마련이다. 글을 쓴 사람은 그런 순수한 마음을 되찾고 싶어서 자기 자신과 고통스러운 싸움을 하고 있는 중일까?

두 번째 글은 여러 번 읽었는데 여전히 잘 모르겠다. 첫 문장부터 막힌다. 주인공은 무엇을 보고 있고, 어떤 상황이기에 초록빛 연막이 깔린다는 표현을 썼을까? '연막'은 비슷한 느낌이지만 시에 자주 등장하는 '안개'와 다르다. 좀더 인위적이고 답답하며, 어쩐지 무겁고 퀴퀴한 곰팡이 냄새가 날 것 같은 단어를 선택한 건 분명히 이유가 있을 것이다.

그것보다도 차창 앞에 초록색 연막이 드리운 것은 어떤 이유일까? 주인공은 지금 차 안에 있다. 그 안에서 밖을 보니 온통 초록색뿐인 연막으로 커튼을 친 것처럼 세상은 가려 있다. 무엇도 보이지 않는다. 아니, 보이긴 보이지만 그것은 온통 초록색으로 싸인 뿌연 연기뿐이다.

어쩌면 이 초록색 연막이라는 건 다른 사람 때문에 강제로 탄 차 안에서 느끼는 감정일까(이때 감정은 마음이 아니라 한자 그대로 자동차라는 기계 때문에 느끼는 흔들림이

다)? 아마 주인공은 강제로 차에 타 어디론가 가고 있는지도 모른다. 납치일 수 있고, 공권력의 강제 연행일 수도 있다. 그렇다면 초록색 연막은 영화나 드라마에서 흔히 보듯 눈가리개나 얼굴 씌우개다.

이 사람은 갑작스럽게 얼굴이 가려진 채 납치나 연행이 돼 어디론가 가고 있다. 너무 당황해서 처음에는 아무것도 느낄 수 없었지만 이내 자기에게 닥쳐올 몇 가지 일들을 예상할 수 있게 된다. 이건 지금까지 가슴을 졸이며 걱정한 사건이기도 하다. 1970년대 후반 시대 상황을 생각해보면 이 사람은 정치적인 이유 때문에 느닷없이 어딘가로 끌려가는 중인지도 모른다.

처음에는 너무 갑작스러웠기 때문에 이런 일이 연막처럼 갑갑하다. 그러나 이내 상황을 이해하고 자기에게 일어날 일들을 생각하게 된다. 당연히 그 일들은 협박과 고문, 구타일 것이고, 어쩌면 죽을 수도 있다. 이제 이 사람 앞에는 검고 축축한 공기가 들이닥친다. 이것은 절망일까, 아니면 예상할 수 있는 일에 관한 체념일까?

책에는 시인이 한 말, 쓴 편지, 강연 등이 빽빽하게 들어 있다. 이 사람은 책을 읽고 많은 것을 생각하고 느꼈을 것이고, 거기서 영감을 얻어 일기를 썼을 것이다. 무더운 한여름인 8월에. 장마가 막 지나고 숨이 턱턱 막히는 날씨다. 그런 답답한 세상을 살다 간, 시인 김수영과 시인이 쓴 글을 읽고 있는 어떤 청년. 일기는 곧장 시가 되고, 시는 김수영의 말처럼 이 사람을 움직여 온몸으로 밀고 나가게 만든다.

이건 순전히 짧은 글을 보고 내가 생각해본 것이니까 사실과 완전히 다를 수 있다. 그런데도 이렇게 책에 쓴 글을 읽는 걸 즐긴다. 읽으면서 깊이 생각해보는 게 좋다. 왜 썼을까? 무엇 때문에? 영원히 대답을 들을 수 없다고 하더라

도 책 속에 쓴 글은 남아서 늘 내 마음을 두드린다. 글로 적은 마음을 알아달라고 귓가에 속삭인다.

하나의 긴 싸움 속에서 나는
미쳐가지 않으면 안 되었다.
점점 나는
깊숙한
狂氣(광기) 속에 침몰되지 않으면 안 된다.

1978. 8. 7. MON

갑자기 車窓(차창) 앞에 초록빛의 연막이
깔리더니 서서히 걷히면서 그 자릴
흑색의 축축한 공기가 대신하고 있었다.

1978. 8. 8.TUE

영원히 도착하지 않는 편지

《아무도 대령에게 편지하지 않다》 | 가브리엘 가르시아 마르케스 | 홍보업 옮김 | 민음사 | 1977

gabriel garcia
marquez

아무도
大領에게
편지하지 않다

MÁRQ

마르께스 短篇集

洪寶業 譯　　　　民音社

수준 높은 문학 작품을 쓰는 작가들은 인기가 없는 경우가 많다. 작품성이 뛰어나면 그만큼 대중성은 떨어지기 때문이다. 그런 작가들이 쓰는 글은 도무지 무슨 내용인지 알 수 없는 경우도 많다. 그런데 여기 대중성과 작품성, 게다가 상업적으로도 성공한 사람이 있다. 바로 가브리엘 가르시아 마르케스다.

마르케스는 1982년에 《백 년 동안의 고독》으로 노벨문학상을 받았다. 노벨문학상을 받은 작품에 대부분 관심을 가지기 마련이지만, 솔직히 재미있지는 않다. 반면에 마르케스는 재미있고 잘 읽히는 작품을 쓰기 때문에 많은 사람들이 노벨상을 받은 작가라는 걸 모르고 있을 정도다. 노벨상을 받은 작품인 《백 년 동안의 고독》이 그렇고, 최근에 나온 《내 슬픈 창녀들의 추억》에 이르기까지, 마르케스의 소설은 막힘없이 술술 읽히는 게 가장 큰 매력이다.

예민한 독자라면 여기서 궁금증이 생기기 마련이다. 왜 이렇게 대중적인 작품을 쓰는 마르케스에게 노벨상이 돌아갔을까? 이유는 많다. 마르케스가 혼란스러운 시대에 콜롬비아에서 태어나 좌파 활동을 통해 작품의 가치관을 마련한 것이 그중 하나이고, 유럽과 라틴아메리카 문학의 경계를 자유롭게 넘나들며 개성 있는 문장을 구사했기 때문이기도 하다. 그리고 평론가들이 흔히 말하는 '환상적 리얼리즘', 또는 '마술적 사실주의' 기법을 작품에 사용해 새로운 창작 방법을 여는 데 기여했기 때문이다.

솔직히 '환상적 리얼리즘'이라는 건 말이 안 되는 문장이다. 문학 작품을 어렵게 만들기 좋아하는 사람들이 이런 말을 만들어냈다. 마르케스의 소설에 이런 꼬리표가 붙어 있으니까 읽기 쉽게 쓴 글이 자꾸만 어려워지는 것이다. 그러나 겁부터 먹지는 말자. 데리다*는 무엇이든 해체하라고 했다. '환상적 리얼리즘'이라는 말도 그렇게 생각하면 쉽게 다가온다. 데리다 말대로 말장난을 좀 해보면, 마르케스의 소설 안에는 '환상'과 '사실'이 동시에 존재한다는 얘기다. 이것은

---

* 자크 데리다는 프랑스 철학자로, 처음에는 현상학을 공부했지만 나중에 철학을 하는 가장 기본적인 단위인 언어 쪼개기에 거의 모든 시간을 보냈다. 우리말로 써도 무슨 소리인지 잘 이해가 안 되는 '해체'나 '차연' 같은 개념을 만들었다. 예나 지금이나 철학은 확실히 말장난이다. 모든 철학의 본질이 바로 그렇다는 걸 쓸데없이 어렵게 증명한 사람이 데리다다. 그런데 데리다가 쓴 책도 자세히 읽어보면 결국 좀더 어려운 말장난이라고 할 수 있으니 아이러니다.

북유럽이나 러시아에서 유행하던 환상 소설과 다르다. 당연히 사실주의나 구조주의 소설과 같지도 않다. 한마디로 마르케스가 지어낸 이야기는 '진짜 같은 거짓말'이라고 할 수 있다.

하지만 이것만으로도 시원하지 않다. 소설이란 있을 만한 이야기를 작가가 지어내서 쓴 문학 작품이다. 이 말이 방금 쓴 '진짜 같은 거짓말'과 똑같은 것 아닌가? 비슷한 말이긴 하지만 마르케스의 작품은 좀 다르다. 마르케스는 글을 쓸 때 완전한 사실을 기본으로 삼는다. 그리고 그 기본 위에 이야기를 붙여나가기 때문에 독자들은 그 이야기가 사실이라고 생각하며 빠져든다. 우리는 보통 소설을 읽을 때 '이건 그냥 소설일 뿐이야'라고 생각한다. 마르케스 작품의 힘은 바로 여기에 있다. 소설이 아주 현실적이기 때문에 마치 그 이야기가 라틴아메리카 어느 나라에서 실제로 일어난 일이라고 믿게 만든다.

마르케스는 이렇게 말한다. "모든 작가들의 가장 혁명적인 임무는 글을 잘 쓰는 데 있고, 이상적인 소설이란 그 소설 속에 담긴 정치, 사회적 내용이 아니라 현실 속으로 독자들을 침투, 끌어들일 수 있는 힘을 통해서 독자들을 감동시키는 데 있다."

이 말대로 마르케스가 쓴 소설은 곧 혁명이었다. 자신이 치열하게 라틴아메리카의 정치 현실과 싸웠듯이, 그런 환경에서 태어난 글은 모두 혁명의 도구라고 해도 좋을 만큼 거친 내용들이다. 그렇지만 반대로 마르케스의 이야기는 모두 재미있고 흥미롭다. 마치 잠들기 전 할머니에게 듣는 옛날이야기처럼. 소설 속에서 정치, 사회적 내용을 직접 드러내놓고 이야기하지는 않지만, 독자들은 어느새 마르케스가 말하는 정치적인 선동에 귀를 기울인다. 이것이 마르케스가 말한 이상적인 소설이다.

문학에서 환상적 리얼리즘의 기술적인 출발은 보르헤스'다. 보르헤스는《픽션

---

* 소설을 어렵게 쓰는 작가들 치고 보르헤스만 한 사람이 없다. 하지만 보르헤스는 반대로 평론가와 독자에게 모두 문학의 대가 소리를 듣는 사람 중 하나다. 특히 움베르토 에코는 대단한 보르헤스 추종자였다. 에코는 유명한 소설 《장미의 이름》에서 수도원 살인 사건을 푸는 핵심적인 인물에 보르헤스의 이름을 사용하기도 했다. 수도원에 있는 미로 같은 도서관 모습도 보르헤스의 소설 《바벨의 도서관》에서 아이디어를 얻은 것이다.

들》,《알렙》 같은 실험적인 단편들을 통해서 소설 쓰기의 새로운 장을 열었다. 그 뒤 라틴아메리카와 미국 등에서는 사실에 기반을 둔 환상 문학이 유행했다.

대학에서 법학을 공부하던 마르케스는 카프카의《변신》을 읽고 작가가 되기로 결심했다고 한다. 처음에 마르케스는 톨스토이, 도스토옙스키, 플로베르, 스탕달, 발자크처럼 서사 구조가 탄탄한 사실주의 작가들을 좋아했다. 하지만 여러 작가와 문학 소모임을 가지면서 사실주의에 환상 문학의 기법을 사용한 작가들을 만나게 됐다. 마르케스는 제임스 조이스, 버지니아 울프, 존 스타인 벡 등을 알게 됐는데, 이 모임에서 마르케스가 가장 큰 관심을 가진 작가는 윌리엄 포크너였다.

이런 배경을 가지고 태어난 작품이 유명한《백 년 동안의 고독》이다. 마르케스는 가족과 함께 아카폴코로 운전해서 가는 도중 문득 이 작품의 소재가 떠올라 곧장 운전대를 돌려 집으로 와서 작품을 쓰기 시작했다. 머릿속에 떠오른 구상이 무척 자세해서 6개월이면 다 쓸 수 있을 것이라고 생각하던 작품이었지만, 완성하는 데 18개월이 걸렸다. 이 위대한 작품은 1967년 6월 세상에 나왔다.

이렇게 탄생한《백 년 동안의 고독》은 워낙 유명한 작품이다 보니 마르케스를 모르는 사람도 책 제목 정도는 들어봤을 정도다. 그런데 마르케스 소설을 좋아하는 독자들은 1968년에 나온《아무도 대령에게 편지하지 않다El coronel no tiene quien le escriba》나 1989년 작품인《미로 속의 장군》을 더 아낀다. 특히 지금 말하려고 하는《아무도 대령에게 편지하지 않다》는 잘 알려지지 않은 작품이지만, 1957년에 마지막으로 탈고한 뒤 출판하기 전까지 마르케스가 열한 번이나 고쳐 썼을 정도로 애착을 가진 중편 소설이다.

《백 년 동안의 고독》이 한 가문의 사람들이 100년 동안 이어온 고독한 몰락의 연대기를 그렸다면,《미로 속의 장군》은 실제로 존재하는 라틴아메리카의 전

---

* 윌리엄 포크너는 1962년과 1954년에 각각 퓰리처상을 받았고, 1949년에는 노벨문학상을 받았다. 주로 고향인 미시시피를 배경으로 소설을 썼다.《음향과 분노》(북피아, 2006),《팔월의 빛》(책세상, 2009) 등이 있다. 미국을 무척 싫어하는 마르케스가 반대로 미국 문화를 극찬한다는 게 아이러니다. 마르케스는 미국 문학이 앞으로 세계 문학의 흐름을 주도할 것이라고 말하기도 했다.

쟁 영웅 볼리바르의 최후 7일을 소설로 그리면서 역시 고독한 결말을 이끌어낸다. 《아무도 대령에게 편지하지 않다》에는 좀더 현실적으로 고독한 인물이 등장한다. 바로 오래전에 퇴역한 늙은 대령이다.

주인공인 늙은 대령은 얼마 전 아들이 죽자 의지할 곳이 없어졌다. 남아 있는 것이라곤 아무 곳에도 쓸모없는 대령이라는 계급과 죽은 아들이 남긴 수탉 한 마리뿐이다. 이 수탉은 싸움닭이다. 돈을 걸고 닭싸움을 붙이는 것은 법으로 금지돼 있지만 대령은 이 수탉으로 어느 정도 돈을 벌 수 있다고 굳게 믿고 있다. 몇 년 째 연금이 나오지 않아 형편이 좋지 않기 때문이다.

과연 연금을 받을 수 있기는 한 걸까? 사실 대령은 정부에서 연금이 지급된다는 편지를 15년째 기다리고 있는 중이다. 돈벌이는 전혀 없이 명예만 갖고 있는 대령을 대신해 아내는 어떻게든 살림을 꾸리려고 갖은 노력을 다하지만, 역시 돈이 없다는 건 큰 문제다. 급기야 아내는 대령에게 수탉을 내다 팔아 돈을 마련해오라고 말하기에 이른다. 하지만 대령에게 수탉은 죽은 아들을 대신하는 소중한 존재다. 게다가 내년 봄이면 닭싸움을 붙일 수 있는 자리가 마련되는데, 그때까지 기다리면 더 많은 돈을 받을 수 있을 거라 생각하며 수탉을 팔지 않는다.

대령도 집안 형편이 좋지 않다는 건 알고 있지만 그럴수록 연금에 대한 미련은 더욱 커진다. 금요일마다 배를 타고 들어오는 우편배달부를 기다리는 이유가 바로 그것이다. 하지만 편지는 결국 오지 않는다. 계속 편지를 기다리는 대령에게 우편배달부는 그만 포기하라고 말한다. 대령은 소설 마지막 부분에서 우편배달부에게 "그 편지는 반드시 오게 돼 있어"라고 말하며 굳은 신뢰를 드러낸다. 참다못한 우편배달부는 이렇게 말한다. "반드시 오는 건 죽음뿐입니다, 대령님." 대령은 아무 대꾸도 하지 않는다.

중편 소설이지만 이야기는 꽤 지루하다. 늙은 부부의 일상은 단조롭기 짝이 없고 시골 마을에서는 재미있는 일도 일어나지 않는다. 왜 마르케스는 이 이야기에 그렇게 많은 정성을 쏟았을까? 그것을 알려면 마르케스, 그리고 나아가서 여전히 혼란스러운 라틴아메리카의 정치와 역사를 차근차근 훑어봐야 한다.

대령이 살고 있는 시골 마을은 겉으로 보기에는 영원히 아무런 일도 일어날 것 같지 않은 평온하고 지루한 일상만 이어가고 있다. 그러나 거기서 살아가는 사람들은 저마다 복잡한 사정을 갖고 있다. 이런 사람들이 모여 사는 작은 마을은 조용하면서도 속으로는 늘 시끄러운 일이 가득하기 마련이다. 마치 드라마 〈전원일기〉처럼 말이다. 대령이 자주 가는 술집 벽에 '정치 이야기 금지'라고 써 있는 것을 보면 시골 마을이라고 해서 혼란스러운 현실이 피해가지 않는다는 걸 짐작할 수 있다.

《아무도 대령에게 편지하지 않다》는 민음사에서 1977년에 초판이 나왔고, 1982년에 재판이 나왔다. 초판은 작은 크기에 세로쓰기였지만, 재판부터는 가로쓰기고, 표지도 예뻐졌다. 늘 그렇지만 마르케스의 작품 역시 유명한 몇 개를 제외하고는 다른 책이 거의 나오지 않았다. 《아무도 대령에게 편지하지 않다》도 민음사에서 초판과 재판을 찍은 게 전부다.

읽고 싶은 책이 서점에 없다는 건 누구에게도 하소연할 수 없는 일이다. 책 읽는 사람은 많지 않은데 그 사람들만 보고 큰돈 들여 책 만들 회사는 없다. 책을 낸다는 건 한 번에 많은 돈이 들어가는 일이니까 출판사도 손해 보는 장사를 할 수 없는 노릇이다. 서점에서 좋은 책을 많이 만나려면 독자와 출판사가 함께 박수를 쳐서 소리를 내야 한다. 독자들은 좋은 책을 많이 찾아서 읽고 출판사는 그런 독자들에게 좋은 책, 좋은 번역으로 답해야 한다.

《아무도 대령에게 편지하지 않다》에는 지금까지 얘기한 중편 소설 말고 짧은 단편이 아홉 편 더 들어 있다. 긴 이야기를 즐겨 쓰는 마르케스이기 때문에 이렇게 짧은 글도 썼다는 게 믿겨지지 않지만 하나같이 좋은 글이다. 어느 날 등에 날개를 달고 있는 노인을 발견하면서 마을 사람들에게 벌어지는 일을 그린 〈날개 달린 노인〉, 유쾌하면서도 불편한 콩트 〈이 마을엔 도둑이 없지〉, 마르케스가 베네수엘라에서 쓴 〈마나님의 장례식〉 같은 단편은 짧으면서도 긴 여운을 남긴다.

마르케스가 쓴 소설은 아이러니 그 자체다. 웃음과 눈물이 같은 사건 속에 있고, 지루한 일상 속에 복잡한 인간 심리가 얽혀 있다. 아마도 이것은 마르케스 자신을 닮은 것 같다. 마르케스는 좌파 잡지를 만들고 운영할 정도로 좌익 성향이 짙고, 그만큼 정치적인 사람이다. 하지만 다른 한편으로는 멕시코와 콜롬비아, 바르셀로나 등에 호화로운 별장을 가지고 기분에 따라 거처를 옮기며 사는 것으로도 유명하다. 로물로 가예고스상*으로 받은 상금을 베네수엘라의 좌익 게릴라 단체에 기부하기도 하지만, 신문이나 잡지 인터뷰 요청이나 강연을 할 때면 그 대가로 엄청나게 많은 돈을 요구하기도 한다. 마르케스의 이런 이중적인 모습은 마치 마르케스가 쓴 소설처럼 아이러니고, 블랙 코미디다.

---

* 베네수엘라 작가 로물로 가예고스(Rómulo Gallegos, 1884~1969)를 기리기 위해 만든 문학상으로, 중남미의 노벨상으로 불린다.

외로움에 관한 경고

《부부들》 | 존 업다이크 | 장왕록 옮김 | 상지문화사 | 1969

누구를 만나 질문을 받더라도 책에 관해 늘 하는 얘기가 있는데, 미국 소설은 재미 없어서 읽지 않는다는 말이다. 물론 이건 실제로 미국 소설이 재미가 없다는 게 아니라 내 편견이다. 어떤 사람은 내가 이런 말을 하면 얼굴색이 변할 정도로 반감을 나타낸다. 하지만 뭐, 그럴 것 있나? 누구나 편견 한두 가지 정도는 다 갖고 있는 거니까. 소설뿐만 아니라 영화나 음악도 미국에서 들여온 거라면 별로다. 차라리 영국이라면 그래도 괜찮은데 유독 미국만 그렇다. 왜일까? 그냥 사소한 편견 때문에 미국 문화를 싫어하는 건 내가 생각해도 불공정하다.

뭔가 보답이라도 해야 한다고 생각해서일까. 오래전에 일부러 미국 책을 찾아 읽어봤다. 다 기억은 안 나지만 제임스 미치너,* 폴 오스터,** 윌리엄 포크너 등이었다. 더 많은 작가들의 작품을 읽었지만 대부분 잊어버렸다. 기억에 남는 사람들 작품이라고 해도 찜찜한 기분이 함께 남아 있다. 역시 미국은 전혀 내키지 않던 것이다. 폴 오스터 작품은 지금도 여전히 읽고 있기는 하지만 유럽이나 러시아 소설처럼 인간에 관한 철학적 접근이 약해서 읽고 난 다음 썩 개운하지는 않다.

이렇게 때로 미국 작가 몇 명을 떠올릴 때 내 기억을 가장 많이 차지하고 있는 사람 중에 존 업다이크가 있다. 만약 이 이름이 생소하다면 유명한 소설인 '토끼 시리즈'를 떠올리면 된다. 존 업다이크는 이 토끼 시리즈로 퓰리처상을 두 번이나 받았다.*** '토끼'는 존 업다이크가 소설에서 주로 다루고 있는 1960년대 미국 중산층들(또는 소시민)을 나타낸다.

존 업다이크는 전쟁 후 급격히 발전하는 사회와 정치적인 의도로 국가끼리

---

* James Albert Michener(1907~1997). 뮤지컬 〈남태평양〉의 원작인 단편집 《남태평양 이야기》로 퓰리처상을 받았다. 열린책들에서 《소설》을 번역해서 펴냈다.
** Paul Auster(1947~). 1970년대부터 시인으로 활동하기 시작했다. 첫 소설은 '폴 벤저민'이라는 필명으로 펴낸 《스퀴즈 플레이》(열린책들, 2000)다. 지금 읽어보면 폴 오스터와 별로 어울리지 않는 탐정 소설이었다. 그러다 조금 더 실험적인 탐정 소설인 《뉴욕 3부작》(열린책들, 2003)으로 크게 성공했다. 미국에서 가장 영향력 있는 작가라는 찬사를 받고 있는 폴 오스터는 최근 시나리오와 영화 제작에도 관심을 보이고 있다.
*** 존 업다이크의 '토끼 시리즈'는 다음과 같다. 《토끼야 달려라(Rabbit, Run)》, 《돌아온 토끼(Rabbit Redux)》, 《토끼는 부자다(Rabbit Is Rich)》, 《토끼 잠들다(Rabbit At Rest)》, 《추억의 토끼(Rabbit Remembered)》. 이 중에서 퓰리처상을 받은 작품은 《토끼는 부자다》와 《토끼 잠들다》. 그런데 한국에서는 어쩐 일인지 《토끼야 달려라》가 가장 인기 있었다.

냉전과 화해를 반복하는 모습 속에 뒤엉킨 채 살아가는 미국 사람들을 꾸밈없이 소설 속 무대에 옮겼다. 소설에 등장하는 사람들처럼 평범하게 살아가는 처지에서 볼 때 어쩌면 대다수 사람은 정치나 경제, 과학, 이데올로기 따위를 깊이 생각할 필요가 없을지 모른다. 하지만 이것들은 늘 사람들 머리 위에 있고, 무시할 수 없을 정도로 무겁게 우리를 짓누르고 있다. 힘없는 사람들이 할 수 있는 일이란 죽을 때까지 참고 견디며(또는 무시하거나 잊었다고 생각하면서) 억압당하거나 토끼처럼 어디로든 열심히 도망가는 것뿐이다. 존 업다이크는 소시민들의 이런 우울한 회색빛 일상을 아주 꼼꼼히 파고들어 고발한다.

존 업다이크가 이런 주제로 쓴 책 중에서 잘 알려지지 않았지만 《부부들 Couples》(1968)이 있다. 한국에는 1969년에 출간된 이 책은 존 업다이크를 좋아하는 사람들에게 아주 귀한 대접을 받고 있다. 내용만 보자면 '토끼 시리즈'가 경쾌한 맛이 있어서 괜찮지만, 존 업다이크의 전매특허라고 할 수 있는 '암담한 인간상'을 나타내는 데 《부부들》만 한 소설이 없다. 게다가 이 책은 1969년 상지문화사에서 초판을 낸 뒤 다시 나온 게 드물다. 다른 출판사에서 1979년과 1994년에 각각 '커플스'라는 제목으로 출간하기는 했지만, 이건 모두 두 권으로 나눠서 펴낸 것이고, 한 권짜리 단행본으로 나온 건 1969년 상지문화사판이 유일하다. 게다가 상지문화사판은 영문학자 장왕록* 교수가 한창 왕성하게 활동할 때 번역한 것이기 때문에 더욱 정이 간다.

《부부들》은 1960년대에 쓴 책이라고 생각하며 읽다 보면 내용이 무척 충격적이다. 그런 이유 때문이었는지 상지문화사에서 나온 2단 세로쓰기 본문을 위아래로 훑으면서 어렵게 읽었는데, 의외로 지루하지 않고 생각을 많이 하게 만드는 책이었다.

이야기 무대는 미국 매사추세츠 주에 있는 작은 도시 탈박스Tarbox(실제로는 존재하지 않는 곳)다. 이곳은 미국 어느 곳에 견줘도 떨어지지 않을 만큼 평화

---

* 서울대학교 명예교수를 지낸 장왕록 교수는 뛰어난 영문학자와 번역가로 잘 알려졌지만, 사람들에게는 딸인 장영희 교수가 더 유명하다. 장영희 교수는 태어나고 얼마 되지 않아 소아마비를 앓고 평생 불편한 몸과 싸우면서도 희망을 잃지 않았다. 2010년에는 아버지와 딸이 함께 번역한 펄 벅의 《대지》 완역본이 세 권짜리로 출간됐다.

롭고 안전한 동네다. 큰 부자가 살지는 않지만 그렇다고 소득 수준이 낮은 사람도 없다. 전쟁 이후 어느 정도 생활이 안정된 사람들, 딱히 큰 걱정 없이 먹고 살 만한 중산층들이 옹기종기 모여 사는 그런 동네다.

도시 중앙에는 교회가 있고, 일요일이면 많은 사람들이 그곳에서 예배를 드린다. 경건한 분위기가 감도는 도시라는 건 이곳을 가로지르는 몇 개의 큰 도로 이름만 봐도 안다. 각각 '희망Hope', '자선Charity', '신성Divinity'이다. 그러나 사람들은 이런 도시 분위기하고는 전혀 다르게 하나같이 섹스 중독에 빠져있다시피 할 정도로 난삽한 성생활을 하고 있다.

소설에는 이 동네에 사는 부부 열 쌍이 등장한다. 이 중에는 오랫동안 여기서 사는 사람이 있는가 하면, 이제 막 이사 온 사람도 있다. 소설 첫 장면에서 피트와 안젤라는 잠자리에서 이런 대화를 한다. "새로 이사 온 부부, 당신 보기에는 어때?" 지극히 평범한 부부의 대화 같지만 사실 이들은 새로 이사 온 부부를 어떻게 하면 스와핑(서로 상대를 바꿔서 섹스하는 것)에 끌어들일지 말하고 있는 것이다. 총 다섯 부분으로 구성된 소설 첫 부분의 소제목이 '탈박스 정경情景'인데, 작가는 아예 처음부터 이곳이 얼마나 타락한 도시인지 여과 없이 보여준다.

부부들은 부족한 것 없이 사는 중산층이다. 만나면 주말에 어느 집에서 파티를 열 것인지, 누구와 함께 테니스를 즐길 것인지 얘기를 나눈다. 하지만 어떻게 보면 이것만큼 지루한 일상이 없다. 사람들은 좀더 자극적이고 새로운 뭔가를 원하고 있다. 이 바람은 가장 원초적인 섹스에 집중된다.

일요일이면 교회에 가서 목사의 설교를 듣지만, 부부들의 신은 교회에 있지 않다. 진짜 원하는 것을 주는 존재는 다름 아닌 자극적인 성관계다. 더욱이 이런 관계는 무척 자연스럽기까지 하다. 소돔과 고모라*가 따로 없다. 스미스와 애플비 부부는 스와핑을 통해 '애플스미스'라는 새로운 성을 만든다. 콘스탄틴

---

* 구약성경 창세기에 나오는 타락한 두 도시. 신은 결국 이 두 도시를 완전히 파괴하기로 결심한다. 여기에서 살아남은 사람은 믿음의 조상이라 일컫는 아브라함의 동생 롯과 그 아내, 그리고 두 딸 뿐이었다. 도시에서 탈출한 이들은 하나님의 말씀대로 뒤를 돌아보지 말고 도망쳐야 했다. 그러나 롯의 아내는 도시에 미련이 남아 뒤를 돌아보았다. 그 순간 소금 기둥으로 변했다(창세기 19장 24절~29절).

과 쑐츠 부부 역시 같은 식으로 '쑐틴'이라는 성을 만든다. 황당한 얘기지만 이 도시에서는 별것도 아니다. 실제로 부부들이 너무 복잡하게 얽혀 있어서 기억력이 아주 좋은 사람이 아니라면 메모를 하면서 읽어야 할 정도다.

어쨌든 전체 줄거리는 이렇게 부부들이 서로 상대를 바꿔가며 섹스를 하면서 점점 더 타락해가는 이야기다. 소설 마지막 부분에는 신이 분노한 때문인지 교회가 벼락을 맞아 불타버리는 장면이 나온다. 하지만 탑 위에 있던, 과거 미국인의 신앙을 상징하던 바람개비만은 그대로 남아서 사람들에게 말없이 경고를 보낸다.

소설은 이 도시 누구도 반성하거나 변하는 것 없이 끝난다. 이런저런 일이 많이 있었지만 결국은 다시 평범한 일상(스와핑!)으로 돌아가는 것이다. 모두 나름 원하던 것을 가졌고, 자극적인 성생활도 지켰다. 하지만 그게 무엇인가? 잃은 것 없이 지켰지만 사실은 가장 중요한 걸 모두 잃고 사는 거나 마찬가지인 탈박스 사람들이다. 그렇게 사는 게 지극히 평범한 마을이다. 재미있는 것은 부부들 중 왠지 한국인으로 보이는 홍씨 부부 만큼은 유일하게 타락하지 않은, 아주 모범적인 사람들로 나온다. 존 업다이크는 1960년대 한국을 그렇게 보고 있었나 보다.

무라카미 하루키*는 산문집 《코끼리 공장의 해피엔드》(백암, 1993)에서 존 업다이크에 관한 추억을 이야기한다. '존 업다이트를 읽기 위한 가장 좋은 장소'는 어디인가 하는 문제다. 책은 종이와 글로 돼 있기 때문에 다 똑같아 보이지만 내용은 같은 게 없다. 사람하고 비슷하다. 세상에 사는 60억 인구는 모두 똑같이 '사람'이지만 그 생각과 내면, 성격이 완전히 같은 사람은 결코 없다. 그렇기 때문에 어떤 책을 읽을 때 가장 잘 어울리는 장소가 있기 마련이라는 무라카미 하루키의 말이 재미있다.

1968년. 젊은 시절의 무라카미 하루키는 대학에 진학하려고 도쿄에 온다. 짐

---

* 무라카미 하루키는 존 업다이트의 영향을 적지 않게 받았다고 한다. 특히 현대 사회에서 젊은이들의 방황과 고뇌를 다루고 있는 무라카미 하루키의 글은 존 업다이트의 글과 아주 비슷하다.

은 모두 우편으로 부치고, 담배와 존 업다이크의 문고판 책 한 권만 들고 도쿄 숙소로 올라왔다. 그런데 이미 왔어야 할 짐이 사고 때문에 아직 도착하지 않았다. 아무것도 없는 텅 빈 숙소에서 무심히 존 업다이크의 소설 《음악학교》(1966)를 펼쳤다. 그렇게 완전히 공허한 상태에서 읽는 존 업다이크의 소설은 더할 나위 없이 좋았다. 당장 해야 할 일도 없고, 뭔가 하고 싶은 생각도 들지 않던 무라카미 하루키가 존 업다이크의 책을 읽으려고 구멍가게에서 사온 건 코카콜라와 비스킷이었다. 책을 다 읽고 나서 콜라병을 들여다보니 다 피운 담배꽁초가 5센티미터 정도 쌓여 있었다. 당연히 지어낸 이야기가 아니겠지만 이거야말로 정말 하루키다운 또는 진짜로 존 업다이크의 소설 속 주인공들이나 할 만한 일이 아닌가!

하루키가 작품 속에서 그리고 있는 것도 존 업다이크와 비슷하게 사람들이 가진 외로움과 고독이다. 특히 혼자 있을 때 피어오르는 외로움이 아니라, 주위에 사람이 많을 때, 오히려 인생의 절정기에서 느끼는 그런 외로움과 쓸쓸함 말이다. 그런 생각을 하며 책을 읽기에 텅 빈 숙소와 딱딱한 매트리스는 그 어떤 장소에 비교할 수 없이 딱 맞아떨어지는 곳이다.

존 업다이크는 이력이 화려하다. 1954년에 하버드대학교를 수석으로 졸업한 다음 곧장 옥스퍼드대학교로 옮겨 회화와 예술을 공부했다. 1955년부터는 《뉴요커》에서 편집 일을 하며 틈틈이 시와 소설을 쓰기 시작했다. 존 업다이크가 쓴 작품 대부분이 《뉴요커》에 실렸다. 시간이 많았던지 또는 그만큼 뛰어난 재능이 있었는지는 모르겠지만 존 업다이크는 아주 많은 작품을 쓴 것으로도 유명하다. 장편 소설만 20편이 넘고, 산문과 시는 수도 없이 많다. 단편 소설만 해도 200편 이상이다.

그러면서도 책마다 늘 좋은 평가를 받았다. 《구빈원의 축제The Poorhouse Fair》(1959)로 미국예술원상, 《켄타우로스The Centaur》(1963)로 전미도서상을 받았고, 그밖에도 오헨리상, 퓰리처상, 국립도서상, 국립도서비평가협회상, 호웰스 메달 등 많은 상을 받았다. 이렇게 평생 소설과 함께했고, 머리부터 발끝까지 소설가인 존 업다이크지만, 정작 어릴 때 꿈은 만화가였다고 한다. 옥스퍼드에서 미술을 공부한 이유도 거기에 있다.

존 업다이크의 소설을 지금 읽어보면 하루키의 그것보다 더 현실적으로 다가온다. 전쟁 후 폭발적인 경제 성장과 자유주의, 그리고 베이비 붐 이후 태어난 젊은이들의 히피 문화까지. 1960년대 후반 미국의 문화를 소설로 읽으면서 내가 지금 살고 있는 여기 모습이 동시에 그려지는 이유는 뭘까?

아침에 일어나서 밤늦은 시간까지 혼자 있을 시간이 거의 없는 생활을 하고 있는데도 우리는 늘 지독한 외로움 때문에 공허한 가슴을 쓸어내릴 때가 참 많다. 어느 때는 나만 빼고 모든 게 다 너무 빨리 지나가버리는 느낌이 들어서 부산하게 일하다가 한참 동안 멍한 상태로 의자에 앉아 있을 때도 있다. 내게 주어진 하루를 모두 바깥에 쏟아버리고 집에 들어오면 몸은 마치 검은색 비닐봉지처럼 텅 비고 축 늘어져 있다. 이런 마음을 달래려고 자꾸만 더 자극적인 뭔가를 갈망한다. 텔레비전, 영화, 술, 섹스, 그리고 또 무엇. 1960년대 존 업다이크가 미국인들을 향해서 경고한 게 바로 그런 무서운 외로움이었다. 외롭다는 말이 어색하게 들릴 정도로 풍요를 향해 달리고 있던 미국을 향해, 또 수십 년이 지난 지금 여기서 우리를 향해 그렇게 말하고 있다. 이렇게 살면 벼락 맞을지도 모른다고.

빈 지게가 더 무겁다

《엽서 ─ 신영복 옥중사색》| 신영복 | 너른마당 | 1993

사람이 감옥에서 할 수 있는 일은 무엇이 있을까? 나는 감옥에 가본 적이 없다. 구경은 해봤다. 지금은 역사 공원으로 바뀐 서대문 형무소에 가봤다. 그때는 공사를 시작하기 전이라 꽤나 음산한 분위기였다. 오래된 감옥이라 지금하고 분위기가 많이 다르겠지만 '감옥'이라는 말에서 풍기는 무서운 느낌은 다르지 않았다.

요즘에는 감옥을 '교정 시설'이라고 부른다. 아무래도 감옥과 교정 시설은 느낌이 많이 다르다. 하지만 그곳을 감옥이라 부르든 교정 시설이라 부르든 거기에 갇혀 있는 사람에게는 다 똑같이 느껴질 것이다. 감옥이든 교정 시설이든, 그 안에 있는 사람은 단절된 삶을 살 수밖에 없다.

다시 질문해본다. 어떤 사람이 감옥에서 단절된 생활을 하며 할 수 있는 일은 무엇이 있을까? 황대권[*] 씨는 야생초를 키웠다. 김지하[**] 시인은 도를 닦았다. 내가 지금 말하려는 사람은 신영복이다. 무려 20년 동안이나 갇혀 지내면서 거기서 무엇을 했을까? 또는 무엇을 해야만 했을까?

감옥에 갇히는 경우는 다양하지만 크게 보면 '죄'를 지었기 때문에 '벌'을 받는 것이다. 하지만 황대권과 김지하는 죄인이 아니다. 죄가 있다면 국가 권력 눈밖에 난 것밖에 없다. 신영복도 마찬가지다. 이런 사람들을 우리는 '사상범'이라고 부른다.

신영복은 서울대학교 경제학과를 졸업한 뒤 숙명여자대학교와 육군사관학교에서 경제학 강사로 일했다. 그러다가 1968년 '통일혁명당 사건'에 휘말려 군사 재판을 받고 사형 선고를 받았다. 얼마 뒤 무기징역으로 감형받고 그때부터 여러 형무소에서 수감 생활을 시작했다. 20대 후반에 감옥으로 들어가서 50세가 다 돼 출소했다. 창창하게 젊은 시절을 거의 다 감옥에서 보낸 셈이다.

---

[*] 미국 유학 중이던 1980년대 초반 간첩 혐의를 받고 법원에서 무기징역을 선고 받아 감옥에 갔다. 유명한 '구미유학생 간첩단 사건' 이다. 감옥에서 13년 동안 살다가 1998년 가석방됐다. 출소 뒤 《야생초 편지》를 펴냈다.

[**] 본명은 김영일이고, 필명 '지하(芝河)'는 '지하에서 활동한다'는 뜻을 가지고 있다. 1960년대와 1970년대 대표적인 저항시를 발표했다. 특히 1970년 5월에 《사상계》에 담시(譚詩) 〈오적〉을 발표하면서 국가 반동 세력으로 주목받았다(이 일로 《사상계》는 강제 폐간당했다). 그 뒤 구속과 도피를 계속하던 생활 끝에 1974년 붙잡혀 사형 선고를 받았다. 선고 후 1주일 뒤 무기징역으로 감형됐고, 1980년에 형 집행 정지로 풀려났다. 현재는 생명과 율려사상 연구에 몰두하고 있다.

군대하고 비교하기는 뭣하지만 군대 역시 사회와 격리돼 집단생활을 하며 지 낸다는 점에서 감옥하고 비슷하다. 요즘에는 복무 기간이 좀 짧아졌지만, 나도 군대에서 2년 넘게 생활했다. 당연히 너무 길고 힘들고 어려운 시기였다. 두 번 다시 돌아가고 싶지 않은 시절이다. 그러니 20년 감옥 생활은 어땠을까?

신영복은 20년 수감 생활을 마치고 사회로 돌아와 책을 펴냈다.《감옥으로부 터의 사색》(햇빛출판사, 1988)이다. 황대권은 야생초를 키우고, 김지하는 돌아앉아 벽을 보며 도를 닦았다는데, 신영복은 '사색'을 했다. 그 생각은 어디에서 왔는 가 하면 감옥에서 온 것이다.

그러면 감옥은 무엇인가? 단절된 곳, 사방이 막힌 공간이다. 모든 것에서 단 절된 세상이다. 신영복은 거기서 어떤 깊은 생각을 한 것일까? 아이러니하게도 이런 궁금증이 한때는 간첩 혐의로 수감 생활을 하던 사람의 책을 베스트셀러 로 만들었다.《감옥으로부터의 사색》은 돌베개 출판사를 통해 1990년대 후반까 지 꾸준히 나왔다.

그런데《감옥으로부터의 사색》은 신영복이 계획해서 쓴 책이 아니다. 신영복 이 감옥에서 여러 사람에게 보낸 편지글 등을 엮은 것이다. 어떤 편지는 아주 짧고, 어떤 건 긴 것도 있다. 대부분 편지는 가족에게 보낸 것이다. 아버지와 어 머니에게 보낸 게 많고, 계수씨와 형수님에게 보낸 편지가 주로 실려 있다. 편지 글이라고 하지만 20년 동안 모은 것을 엮으니 책 한 권 분량이 나온다. 엄밀히 말하면 이 책은 신영복의 사색이 아니라 신영복의 편지다. 책 제목은 잘 지었지 만, 1988년 햇빛출판사판에는 1969년 1월부터 1970년 9월까지 있었던 육군교 도소* 시절 글이 빠져 있기 때문에 사색이라기보다는 편지 모음 성격이 컸다.

친구들은 신영복이 출소한 뒤 그동안 쓴 엽서들을 읽어보고 큰 감동을 받아 몇 장씩 나눠가졌다. 그러다가 이 엽서와 편지글을 그대로 영인하는 작업을 해 보면 어떨까 하는 얘기가 나왔다. 원래 엽서들을 본인에게 돌려주고 대신 그것

---

* 현재는 남한산성에 있던 교도소 건물은 없어졌고, 그 대신 진짜 남한산성을 복원해놓았다. 육군교도소는 1985년에 경기도 이천으로 자리를 옮겼다. 남한산성 육군교도소는 시인 고은이 수감 시절 '만인보(萬人譜)'를 구상한 곳이기도 하다.

을 영인한 책을 하나씩 나눠 갖자는 취지였다. 처음에 신영복은 이 작업을 별로 내키지 않아 했다고 하는데, 결국 몇 년이 지난 다음 이 일은 세상의 빛을 보게 됐다. 그 책이 바로 《엽서》(너른마당, 1993)다.

《엽서》는 말했듯이 신영복이 감옥에 있을 때 밖으로 보낸 엽서와 편지들을 그대로 복사해서 책으로 엮은 것이다. 이것을 그저 한두 번 읽고 마는 책으로 보자면 앞서 나온 《감옥으로부터의 사색》*과 크게 다르지 않다. 《엽서》의 가치는 신영복의 진짜 사색이 원본 그대로 들어 있다는 점에서 《감옥으로부터의 사색》과 차이가 있다.

1988년에 나온 책은 가족들에게 보내는 편지가 많았지만, 《엽서》는 혼자 생각에 잠겨 쓴 글이 많이 실렸다. 특히 1988년판 《감옥으로부터의 사색》에는 나오지 않는, 육군교도소에 있을 때 쓴 소중한 글들을 신영복의 손 글씨 그대로 볼 수 있다.

신영복이라고 하면 통일혁명당 사건과 함께 '청구회' 이야기가 빠질 수 없다. 신영복이 처음 통일혁명당 사건으로 붙잡혔을 때 바로 이 청구회라는 조직 때문에 많은 추궁을 받았기 때문이다. 국가정보부는 청구회를 반국가 행위를 위해 조직한 모임이라고 단정했다. 하지만 신영복이 듣기에 이 말은 아주 우스운 이야기일 뿐이다.

1966년 이른 봄, 대학교수인 신영복은 서울대학교 문학 동아리 회원들과 함께 서오릉으로 소풍을 갔다. 그리고 역시 소풍을 나온 초등학생 아이들 몇몇이 신영복의 관심을 끌었다. 신영복은 아이들과 금방 친해졌고, 한 달에 한 번씩 만나서 모임을 하기로 했다. 그 모임 이름이 바로 '청구회'다. 그런데 정보부에서는 이 모임을 간첩 행위를 하는 조직으로 몰아갔다. 결국 어린이들과 함께하던 청구회는 20년 동안 감옥살이를 하게 만든 계기가 됐다.

---

* 여기서 말하는 《감옥으로부터의 사색》은 1988년에 햇빛출판사에서 나온 것을 가리킨다. 1998년 돌베개 출판사에서 나온 《감옥으로부터의 사색》은 《엽서》와 마찬가지로 내용을 덧붙여서 만든 것이다. 이 책은 《엽서》의 서문을 그대로 실었고, 신영복이 육군교도소에서 쓴 글을 '고성 밑에서 띄우는 글'이라는 제목으로 모아 실었다. 돌베개에서 나온 건 1988년 햇빛출판사에서 나온 책의 증보판이라고 할 수 있다.

신영복은 이 이야기를 남한산성 육군교도소에 있을 때 하루에 두 장씩 지급받은 휴지에 깨알같이 써놨다. 모두 스물아홉 장 분량이다. 1998년 신영복의 출소 10주년을 맞아 돌베개에서 새로 펴낸 《감옥으로부터의 사색》에도 이 부분이 들어 있기는 하지만, 《엽서》처럼 그때 휴지에 쓴 원본을 그대로 읽는 감동하고 비교할 수는 없다(이 이야기는 나중에 《청구회 추억》이라는 책으로 따로 엮여 나왔다).

《엽서》는 앞서 말했듯 1988년에 편지글을 모은 책이 나오고 나서 뜻있는 친구들이 함께 엽서들을 영인해서 만든 것이 1993년 초판이다. 그 뒤 《감옥으로부터의 사색》 증보판을 작업한 돌베개에서 2003년 튼튼하고 멋진 하드커버로 다시 펴냈다. 이 책은 1993년 초판보다 엽서 프린트도 좋고, 편집도 잘 됐기 때문에(그때와 지금의 기술력 차이는 무시할 게 못 된다) 충분히 소장 가치가 있다.

하지만 이 책이 나오기 전까지만 하더라도 책을 수집하는 사람들은, 특히 신영복을 좋아하는 사람들은 1993년에 너른마당에서 나온 초판을 구하려고 정가의 몇 배나 되는 돈을 지불했다. 너른마당 책의 정가는 1만 2000원인데, 상태가 꽤 좋은 책이 10만 원 선에 거래되는 것도 많이 봤다. 물론 지금은 돌베개에서 새로 펴낸 게 있어서 초판 가격은 많이 떨어졌다. 그렇다고 하더라도 1993년에 나온 이 책을 원래 가격대로 구하는 건 거의 불가능하다. 책 상태가 괜찮다면 요즘도 5만 원 정도는 줘야 거래가 된다.

내용이 거의 같고 오히려 인쇄 상태가 훨씬 좋은 책이 나왔는데도 예전 책을 비싸게 구입하는 건 평범한 사람들이 이해하기 어려울 수 있다. 하지만 책을 좋아하는 사람들이라면, 그래서 책을 탐내는 경지(?)에 이른 사람들이라면 '초판'이라는 매력을 버릴 수 없기 때문에 그런 일도 있는 것이다.

《엽서》의 매력은 본문 맨 앞에 있다. 신영복은 1968년에 재판을 받고 남한산성 육군교도소에 수감된다. 1970~80년대 교도소에 수감된 사람들 글을 읽어보면 하나같이 하는 소리가 감옥이 '관' 같다는 것이다.

신영복은 열악한 육군교도소에 수감돼 1년 넘게 언제 사형될지 모른다는 불안감에 떨었다. 이것은 지금까지 살아온 것과 전혀 다른 환경이다. 교장의 아들로 태어나 별 어려움 없이 자랐고, 육사 교관으로 부족할 것 없는 직장을 갖고 살았다. 그런 인생이 한순간 저 밑바닥까지 떨어지다 못해 언제 죽을지 모르는 불안 속에 하루하루를 보내고 있다.

하지만 반대로 바로 이것이 깊이 사색할 수 있는 계기를 만들어줬다. 육체는 한없이 밑으로 가라앉았지만 영혼은 하늘을 향해 열려 있었다. 살아 있지만 죽은 거나 다름없는 육군교도소에서 누런 휴지 조각에 이런 글을 썼다. "인간을 사랑할 수 있는 이 평범한 능력이 인간의 가장 위대한 능력이다." 이 대목을 읽다가 그 어떤 경전이나 철학책에서도 경험하지 못한 뜨거운 감정을 느꼈다.

신영복이 쓴 '엽서'들을 보면 또 한 가지 놀라운 사실을 발견한다. 바로 글씨체다. 20년 동안 수감 생활을 하면서 신영복은 여러 가지 기술을 배웠는데, 그 중 하나가 붓글씨. 붓글씨에 재능이 있던 신영복은 수감 생활 중에 노촌 이구영 선생을 만나 번역을 도우며 서도를 익혔는가 하면, 만당 성주표 선생, 정향 조병호 선생 등이 교도소를 찾은 게 기회가 돼 본격적으로 붓글씨 훈련을 하게 된다. 나중에 신영복은 독특한 글씨체를 만들었는데, 이것은 '신영복체', '어깨동무체', '협동체', 또는 '연대체'라고 불린다. 우리가 잘 아는 소주 '처음처럼'의 글씨를 신영복이 썼다.

《엽서》에 나오는 육군교도소와 1970년대 초반 안양교도소 시절 글씨를 보면, 여느 사람 글씨체와 다르지 않다. 오히려 줄 간격이 잘 맞지 않고, 글자끼리 정리가 안 된 것도 보인다. 하지만 수감 생활을 계속하면서 글씨는 점점 나아진다. 수감 생활 막바지라 할 수 있는 1986년부터 1988년 전주교도소 시절 편지는 마치 컴퓨터로 타자를 친 것처럼 정갈하다. 글씨는 마음에서 비롯된다고 했다. 글씨체를 보면 그 사람 심정을 대강 헤아릴 수 있는 것이다. 그런데 수감 생활을 20년씩이나 한 사람의 글씨가 이렇게 맑고 예쁠 수가 있다니! 이건 붓글씨 연습을 따로 한 것도 있지만 확실히 어떤 면에서 도를 깨친 거라고 봐도 좋다.

육군교도소에 있을 때 쓴 글 중에 "빈 지게가 더 무겁다"라는 것이 있다. 네모난 휴지에 가운데 빈 지게를 지고 서 있는 젊은 사람 그림, 그리고 그 밑에 딱 한 문장 쓴 게 바로 이것이다. 깊은 사색이 담긴 그 문장을 읽고 가슴이 먹먹해졌다. 이것은 20대 후반에, 그러니까 세상 무엇도 다 가질 수 있을 만큼 열정적인 시기에 교도소에 들어가 앉아 쓴 글이다. 글을 쓰고 있는 지금, 아무것도 가진 게 없고, 가질 수도 없는 상황이다. 얼마나 무섭고 앞이 보이지 않는 현실이었을까. 하지만 감옥에 있던 20년 동안 아무것도 없던 지게 안에는 많은 성찰과 사색의 결과들이 무겁게 쌓이게 됐다.

1993년에 나온 《엽서》는 한때 국방부에서 정한 불온 도서 리스트에 들어가 있었기 때문에 일반인은 볼 수 있어도 군부대로 반입이 안 되던 시절이 있었다. 영인된 편지를 보면 대부분 빨간색 '검'자 도장이 찍혀 있다. 교도소에서 이 편지를 검사한 뒤에 도장을 찍어 내보낸 것이다. 교도소에서도 다 검사를 통과해서 밖으로 나간 편지들인데, 정작 영인되어 나온 책이 불온 도서가 되는 건 아직도 없어지지 않은 우리 사회의 웃지 못할 개그 한 자락이다.

어느 곳에도, 파이프는 없다

《이것은 파이프가 아니다》| 미셸 푸코 | 김현 옮김 | 민음사 | 1995

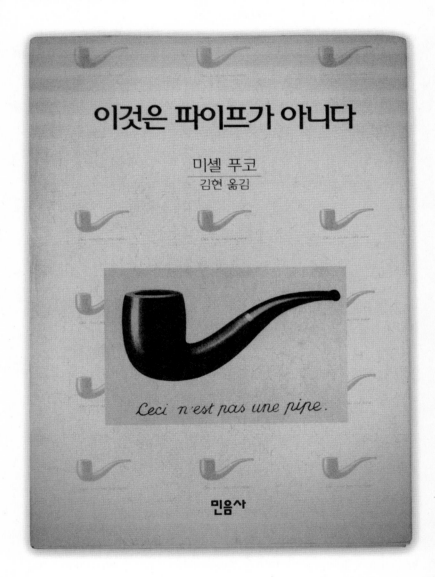

언젠가 이미지 그 자체와 그것이 달고 있는 이름이 함께, 길다란 계열선을 따라 무한히 이동하는 상사에 의해 — 동일화되는 날이 올 것이다. 캠벨, 캠벨, 캠벨, 캠벨.

— 《이것은 파이프가 아니다》, 89쪽

2007년 겨울, 서울시립미술관에 르네 마그리트 전시회를 보러 갔다. 전시관은 초등학교와 유치원에서 단체로 온 관람객 때문에 무척 혼잡했다. 그림에 집중하기가 힘들었고, 아이들 떠드는 소리에 귀가 멍해질 정도였다. 세계적인 초현실주의 화가의 전시회라서 큰 기대를 하고 갔는데, 제대로 구경도 못하고 이리저리 사람에 밀려다니다가 밖으로 나왔다.

전시회에서 특히 보고 싶던 그림은 중절모를 쓰고 정장을 입은 남자들이 하늘에서 비처럼 떨어지고 있는 모습을 그린 작품이다. 전시회에 간 것도 늘 자료 사진으로만 보던 그림을 실제로 볼 수 있다는 것 때문이었는데, 전시장이 너무 혼잡해서 정작 그 그림은 어디에 있는지 보지도 못했다.

중절모 신사 그림을 꼭 봐야겠다는 생각에 주말이 아닌 평일 오후에 시립미술관을 다시 찾았다. 다행히 점심시간이 살짝 지난 시간이라서 그런지 전시관은 한산했다. 마그리트의 작품을 느긋하게 감상할 수 있는 기회였지만 비처럼 내리는 중절모 신사를 먼저 찾아봤다. 찾고 보니 가로 길이가 1미터나 되는 큰 그림이었는데 지난번에 왔을 때는 왜 이걸 보지 못했을까 하는 생각이 들었다.

'왜 내가 찾던 그림을 발견하지 못한 걸까?' 이 질문은 아주 사소한 것이다. 여러 가지 이유가 있을 것이다. 사람이 너무 많아서 이리저리 치이다 그림이 걸려 있는 걸 모르고 지나갔을 수 있다. 아니면 정말 그날은 그 자리에 중절모 신사 그림이 없었던 게 아닐까? 이 사소한 질문 때문에 한동안 머리가 복잡했다. 사람들에게 말하면 놀림만 받을까봐 속으로만 생각하고 있었는데, 어쨌든 이 질문은 풀리지 않는 수수께끼처럼 잊을 만하면 가끔씩 되살아나 편두통과 불면증을 거들었다.

오랫동안 고민한 끝에 내린 결론은 이것이다. '마그리트의 그림은 거기 있지만 동시에 거기에 없다.' 마그리트는 작품을 만들 때 초현실주의 작가들이 대개 쓰는 추상 표현을 거의 하지 않았다. 그 대신 사물을 우리 눈으로 보이는 그대로 세밀하게 표현했고, 그 사물들은 우리 주변에서 볼 수 있는 흔한 것들이다. 예를 들면 새, 모자, 사람, 꽃, 구름, 바다처럼 평소에 늘 접하는 것을 소재로 삼았다. 마그리트는 추상적인 표현으로 사물을 왜곡하는 방법 대신 사물의 위치나 공간 등을 바꾸는 식으로 자기 생각을 표현했다.* 내가 보려고 한 허공에 뜬 중절모 신사 그림도 그렇게 탄생한 작품이다.

마그리트가 1953년에 선보인 〈골콘드Golconde〉 또는 우리말로 〈겨울비〉**라고 부르는 이 작품을 보면 소재는 세 가지밖에 없다. 빨간색 지붕 건물, 허공에 뜬 중절모 신사들,*** 그리고 파란 하늘이다. 말끔하게 차려입은 사람들 여럿이 허공에 떠 있다. 이것은 현실에서 불가능한 장면이다.

그러나 중절모 신사, 건물, 하늘 등 이 그림에서 낯선 느낌을 받는 소재는 하나도 없다. 그런데도 이 그림은 아주 묘하게 뒤틀려 있다. 뭔가 잘못된 것이다. 그림 속 소재가 잘못된 건 아니다. 이 그림은 시간과 공간 개념이 우리가 사는 세상과 다르다.

내가 시립미술관에 간 건 분명히 3차원 세계, 내가 살아서 활동하는 세계다. 마그리트의 그림은 분명히 3차원 세계는 아니다. 현실을 초월한 다른 시공간이다. 우스운 얘기지만 내가 그때 〈겨울비〉를 발견하지 못한 건 그 그림과 내가 있는 차원이 서로 달랐기 때문이라고 생각한다. 하지만 그 그림은 분명히 거기에 있었을 것이다. 내 눈, 정확히 말하면 내 의식이 그림을 못 보고 지나쳤을 것이다. 중요한 건 원래 있는 그림을 그때는 내가 못 봤다는 얘기다. 그러니까 마그리트의 〈겨울비〉는 거기 있었지만 동시에 거기 없었다는 말이 나온 것이다.

---

* 이런 기법을 데페이즈망(Depaysement)이라고 부른다. 이런 기법은 세계대전 이후 나타난 초현실주의 예술가들이 주로 썼는데, 현재는 미술뿐 아니라 시, 소설, 영화에 이르기까지 다양한 방식으로 모습을 바꿔 나타나고 있다.

** 사람이 하늘에 떠 있거나 비처럼 내려오는 이미지는 영화에서도 자주 볼 수 있다. 〈매트릭스〉에서 스미스 요원과 네오의 변신 장면이 대표적이다. 2005년에는 명동에 있는 신세계백화점이 공사를 하면서 바깥벽에 이 그림을 그려놨다. 그때 이 그림을 1년 동안 쓰는 대가로 저작권료 1억 원을 냈다는 신문기사를 보면서 무척 놀랐다. 마그리트가 직접 와서 그려주는 것도 아닌데 그렇게 많은 돈을 내야 하다니!

*** 검정색 중절모를 쓰고 검정색 정장을 입은 남자는 마그리트 그림에 자주 나온다. 이 사람이 정확히 누구인지 알 수 없지만 이런 옷차림을 가장 즐긴 사람은 바로 르네 마그리트 자신이었다.

나만 마그리트에 관해 엉뚱한 생각을 하는 줄 알았는데 진짜 말도 안 되는 이야기를 책까지 써서 펴낸 사람이 있다. 미셸 푸코다. 푸코는 정신의학에 관심이 많았다. 인간의 정신은 알려고 하는 욕구, 즉 지식을 구성하는 기초다. 푸코는 지식과 그 계보, 그리고 지식을 억압하는 권력 구조를 강하게 비판하는 책을 여러 권 썼다. 특히 《감시와 처벌》(나남출판, 2003), 《지식의 고고학》(민음사, 1992) 같은 책들은 헌책방 베스트셀러라고 할 수 있을 정도로 인기가 높다. 워낙 유명하기도 하고, 푸코 사상을 공부할 때 그냥 넘어가서는 안 될 내용이 담겨 있기 때문이다.

내가 지금 얘기하려고 하는 책은 지식이나 권력, 광기 같은 것하고는 거리가 멀다. 푸코가 마그리트의 그림에 관해 길지 않게 쓴 글이 있는데, 바로 그 책을 소개하려고 한다. 책방에 오는 손님들 중 요즘 부쩍 푸코나 데리다 책을 찾는 사람이 많다. 한국에서는 공부하는 사람들을 빼고는 유럽 철학이 일반 대중들에게 거의 소개가 안 되다가 베르나르 베르베르*나 아멜리 노통브** 같은 작가들이 쓴 책이 인기를 끌면서 푸코와 데리다가 쓴 어려운 논문들도 조금씩 관심을 받기 시작했다.

데리다 하면 먼저 떠오르는 게 '해체'라는 알쏭달쏭한 개념이다. 푸코는 구조주의 철학을 연구한 학자인데, 번역된 책을 보면 대부분 정신분석이나 광기, 감옥, 통제 등 철학이라기보다 사회과학에 가깝다. 이런 푸코가 미술에 관한 책을 썼다니 이상하다.*** 물론 그런 책이 우리말로 번역됐다는 사실을 모르는 사람이 더 많다.

《이것은 파이프가 아니다》(민음사, 1995)는 푸코가 생전에 쓴 거의 유일한 미술 비평서다. 이 책보다 먼저 나온 《말과 사물》(민음사, 1986) 첫 부분을 보면 벨라스

---

* 프랑스 소설가. 한국에서 데뷔작인 소설 《개미》를 히트시키면서 엄청난 인기를 모았고, 그 인기가 최근까지 식지 않고 있다. 《뇌》도 꽤 많이 팔렸다. 얼마 전 뇌에 관한 국제 학술 세미나가 있었는데 베르나르가 와서 연설을 하기도 했다. 이렇게 보면 베르나르가 세계적으로 아주 유명한 것 같지만, 사실 가장 많은 독자를 갖고 있는 나라는 한국이다.
** 1992년에 《살인자의 건강법》으로 데뷔한 소설가. 벨기에 사람이지만 일본에서 태어났고, 활동은 주로 프랑스에서 한다.
*** 푸코는 프랑스문화관에서 마네, 인상주의 화가들, 자코메티 같은 화가들을 분석하는 강의를 한 적이 있다고 한다. 하지만 한국에서 공식적으로 번역되거나 발표된 강의록은 없다.

케스[*]의 〈메니나스_{Les Meninas}(시녀들)〉^{**}를 분석하는 장면이 나오지만, 그것뿐이다. 《말과 사물》은 미술보다는 언어에 관한 책이다.

《이것은 파이프가 아니다》는 푸코가 마그리트의 그림 〈이것은 파이프가 아니다〉 연작을 분석한 짧은 글이다. 본문 뒷부분에 포함된 마그리트의 편지글을 빼면 고작 89쪽밖에 되지 않는다. 하지만 어렵고 복잡한 생각들로 가득해서 책 속 밀도는 대단히 높다. 책을 읽다 보면 숨이 막혀 답답한 느낌이 들 정도다.

첫 시작은 푸코가 마그리트의 유명한 그림 〈이것은 파이프가 아니다〉를 바라보는 것으로 출발한다. 이 그림은 단순하다. 캔버스에 등장하는 건 담배를 넣어 피우는 파이프가 전부다. 그림 속 파이프는 캔버스를 거의 다 차지할 정도로 크다. 파이프 밑에는 글씨가 있다. "이것은 파이프가 아니다_{Ceci n'est pas une pipe.}" 마그리트가 그린 그림은 이게 끝이다. 이제부터 이 그림을 보고 푸코가 어떻게 생각했는지 깊고 어두운 사유 속으로 걸어 들어가자.

푸코는 말장난을 시작한다. 눈을 부릅뜨고 그림을 보자. 마치 파이프 그림이 우리 눈앞에 있다고 생각하면서. 우선 마그리트가 그림에 쓴 글씨는 맞는 말이다. '이것은 파이프가 아니다.' 확실히 그렇다. 그림 속에 있는 파이프는 파이프 그림이지 진짜 파이프가 아니다. 그림 속에 있는 파이프를 끄집어내서 담배를 피울 수 없다.

그리고 '이것은 파이프가 아니다'라는 글씨도 파이프가 아니다. 그건 글씨이지 파이프가 아니고 더욱이 파이프 그림도 아니다. 그렇다면 이 글씨는 바로 위에 있는 파이프 그림을 지시하기 위한 용도일까? 그것도 아닌 것 같다. 우리가 지금 제목이라고 생각하는 문장도 캔버스 위에 있는 그림의 일부분일 수 있기 때문이다. 그 글씨가 무슨 뜻인지 아는 사람에게는 분명히 문장이지만 나처럼 그 나라 말을 전혀 모르는 사람이 보면 그건 문장이 아니다. 뜻을 전혀 알 수

---

[*] Diego Rodríguez de Silva Velázquez(1599~1660). 스페인에서 태어난 화가.

^{**} 벨라스케스 그림 중에서 가장 유명하다. 특히 여러 사람이 거울에 비친 모습을 표현한 부분을 보면 누구라도 그 정교한 기교에 놀란다. 그림 속에 있는 인물이나 사물이 역시 그림 속에 있는 거울에 비쳐서 나타나는 중첩된 표현 기법은 그 뒤 그림은 물론 문학, 영상 등 다양한 매체에 사용됐다.

없기 때문에 그것은 그림의 일부분이다. 차라리 글씨 위에 있는 파이프 그림이 내 눈에는 더욱 친숙하다.

그럼 파이프는 어디에 있는 것일까? 푸코는 결론을 내린다. "어디에도, 파이프는 없다." 푸코는 이 엉뚱한 문장으로 마그리트 분석을 마친다. 무슨 말일까? 이건 내가 시립미술관에서 겪은 일과 비슷하다. 내가 마그리트 그림을 보려고 미술관에 처음 갔을 때 분명히 〈겨울비〉를 발견하지 못했다. 이때 적어도 나에게는 시립미술관에 〈겨울비〉는 없는 것이다. 하지만 같은 시간 바로 거기서 〈겨울비〉를 감상한 사람이라면 그 작품이 당연히 거기에 있었다고 믿을 것이다. 우리는 같은 시간, 같은 장소에 있었지만 〈겨울비〉는 그렇지 않다. 마치 허공에 떠있는 파이프 그림처럼 〈겨울비〉는 있기도 하고 없기도 한 존재가 된 것이다.

어떤 사물이나 사건이 같은 시간, 같은 장소에 있으면서 동시에 없는 현상. 말 그대로 엉뚱하지만 생각해보면 이런 일은 우리 주변에서 늘 일어나고 있는 일들 중 하나다. 오히려 너무 익숙해서 우리가 알아차리지 못할 뿐이다. 예를 들면 텔레비전이나 신문 같은 미디어가 그렇다. 미디어는 늘 우리에게 더 많은 것을 알려주려고 애쓰는 것처럼 보이지만 사실은 전혀 그렇지 않다. 반대로 미디어 때문에 잘못된 지식이나 편견을 갖게 되는 경우가 훨씬 많다. 미디어는 사람들에게 편집된 영상(또는 소리)을 보여주기 때문이다. 파이프 그림과 다르지 않은 것이다.

우리는 아주 당연히 텔레비전 화면 속에 나오는 장면을 진짜라고 받아들인다. 마그리트의 그림 속에 있는 파이프가 진짜 파이프가 아니듯이 화면 속에 있는 것도 진짜가 아니다. 정말 진짜 같은 모습이지만 그건 그저 수도 없이 많은 '0'과 '1'로 만든 디지털 신호일 뿐이다. 어쩌면 마그리트는 바로 그런 거짓된 현대성을 꼬집어 비틀기 위해서 사물을 추상화시키지 않고 있는 그대로 세밀하게 그렸는지도 모르겠다.

작년에 〈예스맨 프로젝트The Yes Men Fix The World〉라는 영화를 재밌게 봤다. 다큐멘터리 형식으로 만든 이 영화는 미디어가 사람들에게 어떤 영향을 미치는지 잘 보여준다. 미국의 시민단체인 '예스맨'의 일원인 앤디와 마이크는 BBC 카메라 앞에서 기자 회견을 한다. 20년 전 다국적 기업 다우DOW는 인도 보팔에서 대참

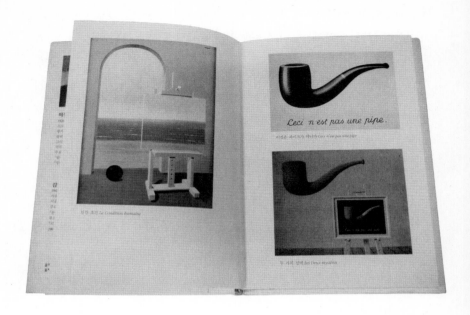

사를 일으켰는데, 이제 그 피해자들에게 120억 달러 규모로 보상을 하겠다는 내용이다. 이것은 생방송으로 영국 전체에 퍼졌다. 당연히 방송을 본 사람들은 앤디와 마이크가 다우의 대변인인 것으로 믿는다. BBC는 믿을 만한 방송사이고, 기자 회견을 한 사람들은 직접 다우의 관계자라고 말했기 때문이다. 다우는 이 방송 내용을 완전히 부인하지만 한 번 왜곡된 이미지는 다시 미디어를 통해 재생산되고 그렇게 반복되면서 점점 더 빠르게 전세계로 퍼져나간다. 지금처럼 세상 전체가 촘촘하게 미디어로 연결돼 있는 경우라면 이렇게 큰 특종은 단 몇 분 만에 지구촌 구석구석으로 침투할 것이다. '예스맨'들은 바로 이런 점을 이용해 곳곳을 돌며 속 시원한 해프닝을 벌이고 있다.

이런 생각을 갖고 텔레비전이나 신문을 보면 도대체 무엇이 진실인지, 어디까지 믿어야 할지 의문이 든다. 굳이 괴벨스 같은 사람을 예로 들지 않더라도 지금도 권력을 가진 사람들은 미디어를 가장 강력한 정책 홍보 수단과 국민 교육

수단으로 교묘히 이용한다. 그렇다고 하지만 세상을 전혀 믿지 않고 살 수도 없는 노릇이다. 그렇다면 어떻게 해야 할까? 이 복잡한 세상을 어떻게 이해하면서 살아야 할까? 철학자들은 바로 이런 질문에 대답을 찾는 사람들이다.

아인슈타인에서 스티븐 호킹으로 이어지는 우주와 시간 이론, 그리고 최근에 가장 활발하게 논의되고 있는 양자 이론, 끈 이론, 그리고 기타 등등⋯⋯. 놀랍게도 지금은 자연과학과 철학의 경계마저 모호한 이론들이 나오고 있다.* 머리 좋은 사람들은 저마다 결론을 내리고 하지만 여전히 확실한 건 아무것도 없다. 오히려 어떤 것이라도 명확히 설명할 수 없다는 게 결론인 것 같다. 마그리트가 그린 이상한 그림처럼 말이다. 우리 눈앞, 지금 허공에 떠 있는 것, 확실히 파이프처럼 보이기도 하지만, 그건 파이프가 아니다. 어느 곳에도, 우리가 찾고 있는 파이프는 없다. 그것이 바로 푸코가 마그리트의 그림을 빌려 하고 싶은 말이다.

---

* 이런 개념 중 하나로 '통섭(統攝, Consilience)'이라는 말을 눈여겨볼 만하다. 고대 그리스 시대에는 자연과학과 인문학, 철학 등을 모두 하나의 본질이라고 생각했지만, 르네상스 이후 학문은 서로 나뉘게 된다. 통섭은 이렇게 서로 떨어져서 만나지 않는 학문들을 하나로 묶으려는 시도다. 역사는 돌고 돈다고 했나? 결국 현대 철학이나 자연과학이 대부분 그리스 시대를 모방하고 있다. '통섭'은 1840년 윌리엄 휘웰이 《귀납적 과학의 역사》라는 책에서 처음 사용했다.

그 남자와 앨리스의 관계

《이상한 나라의 애리스》 | 루이스 캐럴 | 한낙원 옮김 | 계몽사 | 1962

한낙원 선생이
번역한 책 초판.

《이상한 나라의 앨리스》는 아주 유명해서 새삼 공들여 말할 것도 없다고 느껴질 때가 있다. 하지만 여전히 많은 독자들이 루이스 캐럴을 그냥 루이스 캐럴로, 앨리스를 그냥 귀여운 소녀로 알고 있다. 루이스 캐럴이 영국인 수학자 찰스 루트위지 도지슨이며, 앨리스가 실제로 도지슨이 좋아한 여자아이였다는 사실은 어쩌면 중요한 게 아닐 수도 있다. 하지만 루이스 캐럴과 앨리스를 좇아 여러 책방을 전전하는 사람들에게는 환상적인 내용보다 여전히 더 중요한 게 바로 작가 찰스 루트위지 도지슨이라는 인물과 실제 앨리스에 관한 이야기들이다. 두 사람이 들려주는 이야기는 《이상한 나라의 앨리스》보다 더 환상적인 것들로 가득 차 있다.

찰스 루트위지 도지슨이라는 이름은 유명하지 않다. 《이상한 나라의 앨리스》를 재미있게 읽은 독자라고 하더라도 루이스 캐럴이 이런 밋밋한 이름을 갖고 있다는 사실을 아는 사람은 많지 않을 것이다.

도지슨은 놀랍게도 수학자다. 평생 옥스퍼드대학교에서 수학을 가르쳤고, 논문을 발표하기도 했다. 하지만 수학계에 뭔가 흔적을 남길 만큼 대단한 학자는 아니었다. 대학교수라는 점을 빼면 그저 평범한 사람이었다.

루이스 캐럴의 삶은 처음부터 끝까지 별다른 굴곡이 없었다. 부유한 집안에서 태어난 루이스 캐럴의 일생(1832~1898)은 영국의 전성기이던 빅토리아 여왕의 통치 기간(1837~1901)과 거의 일치한다. 이때 영국은 '해가 지지 않는' 나라였다. 이런 시기에 태어나 뚜렷한 사건이나 사고도 없이(심지어는 큰 병치레도 없이) 평생을 산 도지슨의 삶은 지루한 무성 영화처럼 건조하다. 이런 사람에게 놀라운 취미가 생겼다. 그것은 바로 사진 촬영이다.

빅토리아 시대에 사진 촬영은 아무나 가질 수 없는 취미였다. 그때만 하더라도 카메라가 있다는 것을 아는 사람조차 드물었다. 도지슨이 처음 카메라에 관심을 가진 1850년대는 제대로 된 카메라가 발명된 지 채 20년도 되지 않을 때였다. 카메라는 지금처럼 간단하고 작은 기계도 아니었다. 복잡한 수학, 화학 지식이 있어야만 카메라를 다룰 수 있었다. 게다가 무척 비쌌기 때문에 이 시기에 카메라를 사서 다루려면 상당한 부자에 지식 수준도 높은, 말하자면 엘리트 계층이어야 했다. 다행히도 도지슨이 바로 그런 사람이었다.

도지슨은 학교에 개인 암실과 스튜디오까지 만들고 오랫동안 사진 작업을 계속했다. 도지슨이 역사에 가장 뚜렷한 흔적을 남긴 건 수학이 아니라 사진이었다. 초상 사진 분야에서 줄리아 마가렛 카메론과 함께 19세기 사진사에 중요한 양대 작가로 꼽힌다.

치밀한 성격을 가진 수학자이며 극도로 내성적인 성격인 도지슨에게 사진이라는 분야는 아주 잘 맞는 세상이었다. 죽기 전까지 수천 장에 이르는 사진을 찍었다. 그때 사진 한 번 찍으려면 피사체가 수십 분 정도 전혀 움직이지 않고 있어야 하는 걸 감안한다면 도지슨이 찍은 인물 사진들은 지금 봐도 놀라울 정도다.

특히 도지슨은 아이들을 무척 좋아해서 어린 소녀들을 찍는 걸 즐겼다. 그런데 이 부분은 여전히 논란이 있다. 아이들을 좋아한 건 사실이지만 유독 여자아이들에게만 관심을 보인 것도 그렇고, 여자아이들 사진이 대부분 누드 사진이라는 것도 꽤 충격적인 사실이다. 많은 사람들이(특히 정신분석학자들이) 도지슨이 사실은 아동성애자가 아니었을까 추측하는 이유도 여기에 있다.

실제 인물인 앨리스도 예외 없이 도지슨이 찍은 사진에 등장한다. 완전한 누드 사진은 남아 있지 않지만 앨리스가 도지슨에게 꽤 중요한 모델이었다는 것은 확실하다. 앨리스 리델은 도지슨의 후원자이기도 한 헨리 리델 학장의 딸이다. 빅토리아 시대 전형적인 보수주의자인 도지슨은 진보 성향을 가진 헨리 리델 학장에게 불만이 많았지만, 앨리스에게 쏟는 사랑은 그 어떤 사람에게도 견줄 수 없을 만큼 컸다. 앨리스와 함께 보트 여행을 하거나 직접 그린 그림과 편지를 써서 보내는 등 각별한 애정을 보여줬다.

도지슨이 여자아이들 누드 사진을 많이 찍은 건 사실이지만 빅토리아 시대 상황을 보면 이해가 전혀 가지 않는 것도 아니다. 그때는 어린아이, 특히 여자아이는 가장 순결한 존재로 여겨졌다. 천사를 그린 회화에 아이들이 종종 모델로 등장하는 걸 생각하면 이해가 쉽다. 그러니까 그때 여자아이를 그리거나 사진 찍는 일은 이상한 일이 아니었을 것이다. 게다가 도지슨은 자기가 찍은 누드 사진을 대부분 아이의 부모에게 돌려줬고, 남아 있는 사진들도 자기가 죽으면 모두 불태워 없애라는 유언을 남겼다고 한다. 그래서 그런지 여자아이 누드 사진은 거의 남아 있지 않다.

도지슨은 아동성애자가 아니라 진짜로 아이들을 좋아한 어른이었을까? 루이스 캐럴을 좋아하는 사람들은 대부분 그렇게 믿는다. 영국과 미국에서 발간된 도지슨의 일기를 보면 얼마나 순수한 마음으로 아이들을 사랑했는지 잘 나와 있다. 또한 도지슨을 만난 아이들도 나중에 자서전을 펴낸 경우가 더러 있는데, 도지슨이 전혀 다른 의도 없이 아이들을 즐겁게 해줬다고 한다. 도지슨은 아이들을 즐겁게 해주려고 가방 속에 늘 마술 도구 등을 갖고 다닐 정도였으며, 해변에 나갈 때는 아이들 치마가 바닷물에 젖지 않게 하려고 옷핀을 가지고 다녔다고 한다. 이런 도지슨에게 앨리스 리델이라는 여자아이는 더욱 특별한 존재로 남아 있다.

《이상한 나라의 앨리스》는 처음부터 문학 작품으로 만든 게 아니었다. 후원자인 헨리 리델 학장의 세 딸과 함께 강에서 보트 여행을 하며 들려준 이야기를 직접 손으로 쓰고 그림을 그려 앨리스에게 크리스마스 선물로 준 것이다. 이때부터 도지슨은 루이스 캐럴이라는 필명을 쓰게 된다. 이 이야기를 알게 된 몇몇 사람들이 정식으로 출판하면 어떻겠냐고 물었고, 얼마 뒤 이 책은 존 테니얼의 삽화가 곁들여져 세상에 나오게 된다. 그때가 1865년이었다.

어찌 보면 사소한 의도에서 시작된 앨리스 이야기는 수학자이며 사진가인 도지슨을 동화 작가 루이스 캐럴로 다시 태어나게 했다. 많은 사람들이 이 책에 관심을 보였고, 책은 크게 성공했다. 뒤이어 루이스 캐럴은 1871년에 《거울 나라의 앨리스》라는 속편을 만들었다. 이 책에서는 앨리스가 꿈속에서 여행을 하는 것에 그치지 않고 거울 속 나라로 들어가 여왕이 되는 과정까지 그리고 있다.

한국에서는 한동안 《이상한 나라의 앨리스》만 번역됐다. 《거울 나라의 앨리스》는 처음에 나오는 수수께끼 같은 체스부터 시작해 너무 자주 등장하는 언어유희 때문에 거의 번역이 되지 않았다.

《이상한 나라의 앨리스》는 계몽사에서 1962년 50권 분량으로 펴낸 아동문학 전집에 오스카 와일드 단편집과 함께 엮여 실렸다. 번역은 유명한 과학 소설 작가인 한낙원 씨가 맡았다. 한낙원 씨는 한국 과학 소설 분야의 선구자라고 불린다. 이미 1950년대에 《금성 탐험대》(삼지사, 1957)[*]라는 책을 내놓으면서 정치, 경제, 사회적으로 어렵던 시절 어린이들에게 꿈과 희망을 심어준 인물이다.

다시 영국으로 돌아가자. 《이상한 나라의 앨리스》는 금방 유명한 책이 됐고, 전세계 평론가와 학자들이 이 책을 분석하느라 많은 시간을 들였다. 치밀한 수학자였던 작가가 대단한 공을 들여 쓴 책이기 때문에 그 안에는 수학 논리와 언어유희 등이 아주 많이 나온다.

이 책을 그냥 앨리스라는 꼬마 아가씨가 겪는 이상한 일 정도로 보면 더는 얘기할 거리가 없지만, 사실은 그렇지가 않다. 《이상한 나라의 앨리스》는 책으로 나온 뒤 지금까지 많은 사람들에게 다양한 방면에서 평가됐고, 많은 매체에서 패러디돼 다시 살아났다.

최근에는 《이상한 나라의 앨리스》를 정신분석학 측면에서 다룬 연구가 많다. 주인공인 앨리스의 심리 상태와 작가인 루이스 캐럴이 왜 이런 책을 지었는지에 관한 정신분석이 쏟아져 나왔다. 하지만 루이스 캐럴을 깊이 이해하고 있는 마틴 가드너[**]는 이런 견해에 동의하지 않는다. 《마틴 가드너의 앨리스 깊이 읽기》 (북폴리오, 2005)를 살펴보면 루이스 캐럴이 《이상한 나라의 앨리스》를 쓴 계기는 단순히 아이들에게 재미있는 이야기를 들려주기 위한 것이지 정신분석 대상이 되기 위한 것은 아니다.

앨리스 이야기에 나오는 많은 등장인물들은 저마다 이상한 성격을 갖고 있다. 이것은 당연히 분석 대상이 되기도 하지만, 한편으로는 아이들이 이런 괴상한 성격을 가진 인물들을 좋아한다. 아이들은 이야기 속 인물들이 평범하고 교훈적인 것보다 쉴 새 없이 괴상한 짓을 벌이는 걸 좋아한다. 언어유희도 마찬가지다. 다양한 방법의 언어유희 또한 아이들이 즐기는 놀이이기 때문이다.

한마디로 루이스 캐럴은 아이들을 진심으로 좋아한 어른이었기 때문에 아이

---

[*] 《금성 탐험대》는 한국 우주인이 금성을 탐험한다는 단순한 이야기인데 대단한 인기를 누려 1970년대까지 절판되지 않고 계속 나왔다. 삼지사에서 펴낸 1957년 판본은 중고 책 시장에서 아주 비싼 가격에 거래된다. 한낙원 씨는 2007년 3월에 세상을 떠났다.

[**] 미국에서 태어났으며, 시카고대학교에서 철학을 전공했다. 유희수학(recreational mathematics) 분야의 권위자로 통한다. 앨리스 책에 나오는 언어유희 연구에도 많은 열정을 쏟았다.

들이 즐거워할 만한 유희 코드를 잘 알고 있었다는 것이다. 그렇기 때문에 후대에 많은 사람들은 앨리스 이야기를 모티브로 다른 이야기를 만들었다. 말하는 토끼를 따라가다가 끝이 보이지 않는 이상한 토끼 굴속으로 뛰어들면서 시작되는 이야기 초반부는 다양한 모습으로 패러디됐다. 사실 굴속이나 땅속으로 들어가면 새로운 세계가 나온다는 이야기는 루이스 캐럴 이전에도 있었다. 가장 유명한 예는 1318년에 완성된 단테의 《신곡》이다. 이 놀라운 문학 작품의 첫 시작은 땅속으로 들어간 주인공이 안내자를 따라 지옥을 여행하는 것이다.

그 뒤로 라이먼 프랭크 바움은 20세기에 들어 '오즈의 마법사'*시리즈를 통해 신기한 여행의 계보를 잇는다. 한 소녀가 회오리바람에 휩쓸려 이상한 나라에 도착한 뒤 빨간 벽돌 길을 따라 가며 여러 캐릭터를 만나는 줄거리는 《이상한 나라의 앨리스》와 이야기 구조조차 비슷해 보인다.

일본의 유명한 애니메이션 감독인 미야자키 하야오는 〈이웃집 토토로〉, 〈귀를 기울이면〉, 〈센과 치히로의 행방불명〉 등에서 굴이나 터널, 좁은 골목길을 통해 나가면 뭔가 재미있고 신기한 세계가 있다는 설정을 이용한다. 심지어 〈이웃집 토토로〉에 나오는 고양이 버스는 앨리스 이야기에 나오는 체셔 고양이**와 모습이 아주 비슷하다.

영화 〈매트릭스〉의 초반에는 주인공 네오가 모피어스에게 두 가지 약을 받는 장면이 나온다. 두 약은 전혀 다른 효과를 가지고 있다. 하나는 진실을 알게 하는 약이고, 다른 하나는 가짜 세상에서 그대로 평범하게 살게 하는 약이다. 이 장면은 《이상한 나라의 앨리스》에서 쐐기벌레가 앨리스에게 버섯 두 개를 주는 것과 같다.

〈매트릭스〉는 《이상한 나라의 앨리스》와 언어유희도 닮았다. 루이스 캐럴은 같은 이름에서 철자를 바꾸는 식으로 언어유희를 구사했다. 〈매트릭스〉 주인공

---

* 모두 14편으로 된 환상 동화다. 그중 1편이 〈오즈의 위대한 마법사(The Wonderful Wizard of Oz)〉로, 1900년 시카고 조지 M. 힐 출판사에서 나왔다. 책은 나오자마자 큰 인기를 끌었다. 바움은 인기에 힘입어 더욱 다양한 '오즈 시리즈'를 썼다. 우리가 잘 아는 사자, 허수아비, 양철 나무꾼이 등장하는 이야기는 이 긴 시리즈 중 일부일 뿐이다.

** 세계적인 UFO 연구자 자크 발레(Jacques Vallee)는 UFO가 갑자기 나타나서 인간과 대화 등의 접촉을 한 뒤에 홀연히 사라지는 효과를 '체셔 고양이 효과(Cheshire Cat effect)'라고 정의한다.

이름은 네오NEO다. 철자 순서를 바꾸면 'ONE'이 되고, 네오가 바로 구세주라는 것을 암시한다.

'모피어스Morpheus'는 이름 그대로 보면 그리스 신화에 나오는 '꿈(잠)의 신'인데, 이것은 또 구약성경에서 이스라엘 민족을 이집트에서 구해내는 '모세Moses'의 언어유희다. 그리고 '트리니티Trinity'는 인류가 처음으로 사용한 핵무기 이름이기도 하지만, 성경으로 보면 '성부, 성자, 성령', 즉 '삼위일체'의 뜻이다. 이것은 트리니티가 영화 속에서 네오와 사랑의 결실을 맺고, 인류를 구원하는 '성모'나 '성배'가 되는 것을 암시하고 있다.

근대로 들어서면서 많이 쏟아져 나온 '반유토피아' 소설을 보면 자주 등장하는 장면이 있다. 사회 구성원들의 개성이 완전히 무시당하는 모습이다. 예를 들어 사람들은 이름이 아니라 숫자로 불린다. 군대나 교도소에서는 흔히 볼 수 있는 풍경인데, 이것은 모든 사회 구성원들이 극단적으로 평준화된 모습이다. 《이상한 나라의 앨리스》를 보면 이런 장면이 나온다. 바로 이야기 후반부에 나오는 '트럼프 병사들'이다. 병사들은 트럼프 종류별로 할 일이 철저하게 나뉜다. 스페이드는 정원사, 다이아몬드는 신하, 클로버는 병사, 하트는 열 명의 왕자와 공주들을 나타낸다. 그리고 병사들은 이름 없이 몸에 적혀 있는 무늬와 숫자만으로 불린다.

그밖에도 《이상한 나라의 앨리스》에 남겨진 수수께끼는 아주 많다. 이것이 바로 앨리스 이야기를 단순히 흥미로운 아동물로만 봐서는 재미를 느끼지 못하는 이유다. 이야기 중간에 앨리스가 이상한 티 파티에서 미친 3월의 토끼와 그것보다 더 괴상한 모자 장수를 만나는 장면이 나온다. 도무지 이해할 수 없는 이 존재들은 앨리스를 더욱 난처하게 만든다. 특히 앨리스가 이상한 나라에서 만난 것 중 유일한 '인간'인 모자 장수는 앨리스에게 수수께끼를 하나 낸다.

"까마귀와 책상이 왜 닮았을까Why is a raven like a writing desk?"

애석하게도 모자 장수는 이 질문의 답을 알려주지 않는다. 이 수수께끼 하나만 가지고도 논문 하나가 나올 정도로 앨리스 연구 열기는 대단하다. 세계적으로도 많은 루이스 캐럴 협회가 있고, 민간단체와 동호회까지 합치면 그 수는 어마어마하다. 일본에도 루이스 캐럴 협회가 있다. 여기서는 영어와 일어로 된 뉴스레터를 발행하고 있다. 일본에는 협회에서 펴낸 앨리스 시리즈를 60쇄나 찍어 낼 만큼 루이스 캐럴 팬들이 많다.

하지만 한국에서는 아직까지도 루이스 캐럴과 앨리스에 관한 연구가 드물다. 1960년대에 나온 마틴 가드너의 '주석 달린 앨리스'가 최근에 번역된 것만 봐도 그렇다. 그리고 루이스 캐럴이 쓴 많은 작품들 중 《이상한 나라의 앨리스》와 《거울 나라의 앨리스》만 주로 번역되는 게 아쉽다. 루이스 캐럴이 이 두 작품만 남긴 걸로 아는 독자들도 적지 않다. 그나마 최근에 《실비와 브루노Sylvie and Bruno》(페이퍼하우스, 2011)가 출간됐지만 말이다.

최근에 팀 버튼 감독이 〈이상한 나라의 앨리스〉를 영화로 만들었다. 이상한 세계의 유일한 인간인 모자 장수 역에는 팀 버튼의 단짝 조니 뎁이 출연했다. 다시 한 번 루이스 캐럴과 앨리스에 관한 관심이 높아진다. 우리 독자들도 이제 앨리스 이야기를 단순히 재미있는 동화 정도로 보는 시각에서 점점 벗어나고 있는 걸 느낀다. 찰스 루트위지 도지슨, 루이스 캐럴, 그리고 한국 과학 소설의 선구자 한낙원 씨로 이어지는 세월 속에 많은 앨리스 책들이 오늘도 먼지를 뒤집어쓰고 어느 책방 한구석에서 아무도 모르게 이상한 수수께끼를 만들고 있는 모습을 상상해본다.

인간의 문, 신의 문

《하늘의 문》 | 이윤기 | 열린책들 | 1994

이윤기는 꽤 많은 수식어가 따라다니는 사람이다. 우선 1977년 《중앙일보》에 《하얀 헬리콥터》를 발표하며 등단한 소설가다. 자주는 아니더라도 드문드문 소설집을 냈다. 그런가 하면 탁월한 번역가이기도 하다. 그 유명한 《장미의 이름》을 번역한 사람이다.

또 한국에서 그리 많지 않은 신화학자이기도 하다. 대학원에서 신학을 공부한 뒤 '그리스 로마 신화' 시리즈 책을 여럿 냈다. 어쩌면 이런 점이 움베르토 에코와 성향이 비슷하게 맞아 떨어지는 부분도 있는 것 같다. 이윤기는 움베르토 에코의 《전날의 섬》, 《푸코의 진자》 등도 번역했다.

그리고 지금 이야기하려는 책은 《하늘의 문》이다. 《하늘의 문》은 1994년 열린책들에서 처음 나왔다. 이윤기는 움베르토 에코 책들을 번역하면서 틈틈이 소설을 썼다. 세 권으로 나온 이 긴 소설은 이윤기의 모든 것을 꽉꽉 채워 담고 있다고 해도 과언이 아닐 정도로 완성도가 높다.

열린책들은 1990년대 중반 이후, 그러니까 이윤기 소설을 낸 뒤로는 거의 번역서에만 집중하고 있다. 그래서 《하늘의 문》은 수집가들 사이에서, 특히 이윤기를 좋아하는 독자들 사이에서 꽤 가치가 높아졌다. 하지만 이것만 가지고 이 책이 헌책방에서 무조건 높은 가격으로 거래되는 건 아니다. 작가와 책을 이어주는 어떤 연결 고리가 있어야 한다. 그건 바로 번역이다.

이윤기는 《하늘의 문》 맨 마지막 작가의 말을 이렇게 시작한다. "변역을 찾아서……." 여기서 이윤기는 포도가 변해 포도즙이나 포도주가 되는 과정을 설명하며 변화 또는 변역이라 불리는 자기 가치관을 이야기한다. 이것은 깊이 들어가면 이윤기 자신이 그토록 찾아다니 신화에 관한 이야기다.

신화는 신과 인간의 이야기다. 어쩌면 《하늘의 문》 전체가 한마디로 말해 눈에 보이는 인간과 눈에 보이지 않는 신이 어떻게 이 지상에서 만날 수 있는가에 관한 물음에서 시작된 것으로 봐도 된다. 그렇게 이윤기의 작업은 소설이면 소설, 산문이면 산문, 또 번역에 이르기까지 늘 신과 연결돼 있다. 《하늘의 문》은 이렇듯 신화학자로서, 뛰어난 번역가로서 세상을 살고 있는 이윤기의 내면을 몰래 엿볼 수 있는 귀한 책이다. 이런 책이 더는 새 책 파는 서점에 없다는 건 정말 아쉬운 일이다.

《하늘의 문》은 모두 세 권으로 돼 있는데, 각 권마다 제목이 붙어 있다. 1권은 바람개비, 2권은 가설극장, 3권은 패자부활이다. 긴 소설이지만 전체 내용을 추려보면 마치 이윤기 자신의 일대기라고 불러도 될 만하다. 이윤기는 주인공을 통해 어린 시절, 군대 시절, 그리고 어른이 돼 다시 세상을 바라보는 구성으로 책을 썼다. 그리고 그 안에서 도저히 뗄 수 없는 신과 자신의 관계를 이야기한다. 이것은 마치 소설로 다시 쓴 그리스 로마 신화 같다. 《하늘의 문》에는 제우스나 아프로디테가 나오지 않지만, 많은 신화가 얽혀 있다. 《하늘의 문》을 읽는 재미는 여기 있다.

소설들은 대개 인간이면 인간, 신이면 신 어느 한쪽으로 치우쳐 있다. 신과 인간이 함께 나온다고 하더라도 그런 소설은 아주 그로테스크한 내용으로 쏠리는 경우가 많다. 또는 판타지나 환상 소설이 되기도 한다. 그저 통속적인 종교 소설이 되는 경우도 있다.

하지만 이윤기가 생각하기에 신과 인간은 같은 하늘 밑에서 함께 살고 있다. 이전에도 그렇고 지금도 마찬가지다. 이윤기는 소설 안에서 일어나는 많은 일(예를 들면 군대에서 있었던 그 수많은 '가설극장'들처럼)들이 사실은 인간과 신의 합동 작품이라는 것을 말한다. 인간은 신의 범위를 넘어설 수 없다. 넘어설 수는 없지만 조금씩 알아갈 수는 있다. 사람이 살아가는 것은 이렇게 자기 주위에 빈틈없이 가득 들어찬 신의 섭리를 아주 조금씩 알아가는 과정이다.

어쨌든 이윤기는 글 잘 쓰는 소설가이고, 신화학자이며, 동시에 신뢰를 주는 번역가다. 그런데 그런 사람이 쓴 최고의 소설 《하늘의 문》은 어째서 다시 출판되지 않는 것일까? 이것은 이윤기에게 좋은 일일까? 그 반대일까? 어쩌면 그런 대답 역시 신만이 알고 있는지 모르겠다. 모든 걸 다 알고 있으면서도 우리가 사는 평생 동안 아는 척 한마디 하지 않는 그 신 말이다.

이윤기가 이렇게 긴 소설을 다시 쓰지 않아서인지 모르겠지만 겉모양이 깨끗한 《하늘의 문》 세 권이 갖춰진 세트는 1990년대 소설이라고 하기에는 좀 비싼 가격에 나온다. 책을 찾아다니는 탐서가들은 주로 1970년대 이전 책들에 관심이 많지만, 《하늘의 문》처럼 비교적 최근에 나온 책이라도 그 책의 가치를 보고 수집하는 경우가 적지 않다. 《하늘의 문》은 책 상태에 따라서 다르지만 원래 가격보다 세 배에서 다섯 배 정도 웃돈을 주면 구할 수 있다.

어떤 사람들은 이윤기의 데뷔작인 《하얀 헬리콥터》(영학출판사, 1988)를 더 비싸게 부르기도 하지만, 그건 짧은 소설일 뿐이다. 어찌 세 권짜리 두툼한 책에 견줄 정도로 존재감이 있을까! 게다가 《하늘의 문》은 이윤기의 모든 작품을 하나로 압축해놨다고 해도 될 정도로 완성도 있는 작품이다. 지금도 작가 이윤기를 좋아하는 많은 사람들은 집에 있는 서재에 《하늘의 문》을 꽂아두고 내심 뿌듯한 미소를 짓고 있을 것이다.

* 이 글을 쓰던 중 2010년 8월 27일 이윤기 씨가 세상을 떠났다는 소식을 들었다. 신들이 기다리고 있는 하늘로, '하늘의 문'을 열고 들어간 것이다. 하지만 너무 일찍 세상과 이별했다. 편안히 잠드시길.

제로 사냥꾼,
코스미코미케,
우주 만화

《제로 사냥꾼》 | 이탈로 칼비노 | 전경애 옮김 | 현대미학사 | 1993

고전은 어떤 책일까? 글자 그대로 '오래된' 책을 말하는 것일까? 하지만 오래됐더라도 고전이라고 부르지 않는 책은 얼마든지 있다. 그런가 하면 어떤 책은 그리 오래되지 않았는데도 고전이라고 부르기도 한다. 이런 고민에 재미있는 해답을 준 사람이 이탈로 칼비노다.

이탈로 칼비노는 《왜 고전을 읽는가》(민음사, 2008)에서 여러 가지 방법으로 고전을 정의한다. "고전이란, 사람들이 보통 '나는 …를 다시 읽고 있어'라고 말하지, '나는 지금 …를 읽고 있어'라고는 결코 이야기하지 않는 책이다." 이것은 칼비노가 고전을 정의한 열네 가지 중 첫 번째다. 나는 이 말처럼 고전을 짧고 간결하게, 게다가 아주 재치있게 설명한 문장을 보지 못했다.

그러면 이탈로 칼비노는 왜 고전을 읽을까? 하지만 《왜 고전을 읽는가》는 칼비노가 왜 고전을 읽는지 알려주는 책은 아니다. 즐겨 읽는 책에 관해 쓴 에세이를 모아 엮은 것일 뿐이다. 다만 책 맨 앞에 '왜 고전을 읽는가'라는 제목으로 1981년에 쓴 짧은 글이 있기 때문에 책 제목이 그렇게 된 것이다.

그렇다고 해도 이 제목이 거짓은 아니다. 당연히 이 책에는 칼비노가 고전이라고 생각하는 책들이 차곡차곡 들어 있기 때문이다. 호메로스(B.C 800?~B.C 750), 스탕달(1783~1842), 찰스 디킨스(1812~1870)와 더불어 우리에게는 익숙하지 않은 레몽 크노(1903~1976)까지 두루 고전으로 보고 있다. 어떤 독자들은 호메로스와 디킨스를 똑같이 고전으로 취급하는 걸 이해 못 할 수 있다. 그렇지만 이 유쾌한 소설가 이탈로 칼비노는 어떤 책이 자신을 자꾸만 끌어당기는 힘이 있다면 그 작가가 언제 태어나서 활동했는지는 상관하지 않고 고전이라는 이름을 붙여준다.

그렇다고 하면 나는 차라리 이탈로 칼비노를 고전이라고 부르고 싶다. 그리고 칼비노의 책 중에서 고전이라고 할 수 있는 책을 딱 한 권 뽑으라면 미련 없이 《제로 사냥꾼(T zero)》(1967)이라고 말하겠다. 《제로 사냥꾼》은 이탈로 칼비노

---

* 20세기 프랑스 문단을 대표하는 거장 레몽 크노는 소르본대학교에서 공부한 철학도다. 철학과 수학, 정신분석학 등 다양한 방면에 관심을 보였으며, 소설 《개밀》(1936)로 데뷔했다. 한국에서는 그 명성에 견줘 작품이 거의 번역되지 않다가 최근에 《지하철 소녀 쟈지》(정혜용 옮김, 도마뱀출판사, 2008)가 나왔다.

가 쓴 단편들 중 열한 편을 모아 엮은 책이다. 그냥 단편이 아니라 모두 희한하고 이상한 글이다.

첫 작품 〈제로 사냥꾼〉을 보면, 처음에는 사자를 향해 화살을 쏘는 사냥꾼 이야기로 시작해 불현듯 돌고 도는 우리의 삶, 즉 윤회를 이야기하는 것처럼 들린다. 하지만 책을 넘기다 보면 갑자기 T0, T1, T2, Z(a)0, Z(b)0 등 여러 가지 수학 기호가 등장한다.* 끝으로 갈수록 자기가 만든 우주의 원리를 독자들에게 설명하느라 바빠진다. 거대한 우주와 현재, 찰나에 관해 설명하기에는 책을 쓰는 시간이 영원처럼 느껴질 것이다. 이탈로 칼비노는 이 찰나를 영원히 글 속에 가둬놓고 싶었는지 글 마지막에는 마침표도 하나 찍지 못하고 쉼표만 늘어놓다가 결국 말줄임표를 사용하면서 저 먼 우주 속으로 사라진다. 불현듯 윌리엄 블레이크의 시가 떠오르는 순간이다. "한 알의 모래 속에서 세계를 보며/ 한 송이 들꽃에서 천국을 본다/ 그대 손바닥 안에 무한을 쥐고/ 한 순간 속에 영원을 보라(〈순수의 전조〉 제1연)."

1923년 쿠바에서 태어난 이탈로 칼비노는 우리에게 많이 알려진 작가는 아니다. 칼비노의 작품을 아는 사람들은 《달은 다 알고 있지》(배정희 옮김, 문예당, 1999), 《보이지 않는 도시들》(박상진 옮김, 청담사, 1991), 《나무 위의 남작》(이현경 옮김, 민음사, 1997) 등을 읽어본 정도다.

하지만 딱 잘라 말해서 이 책들은 이탈로 칼비노가 얼마나 대중적인 작가인지 보여주는 작품에 불과하다. 이탈로 칼비노를 고전이라고 말한 것은 진정한 포스트모던 작품들을 거의 처음으로 실험한 작가이기 때문이다. 아니, 어쩌면 칼비노의 작품들을 포스트모던이라는 이름으로 부르는 것조차 너무 평범할지 모르겠다. 어떤 사람들은 칼비노의 소설을 'Qfwfq'**라고 부르기도 한다.

10년 전만 하더라도 도대체 칼비노가 누구인지 모르는 사람들이 더 많았다.

---

* 책 제목인 'T zero'는 바로 여기에 나오는 'T0'이다. 이것은 또 'Time Zero', 즉 '원점'을 뜻하기도 한다.
** 'Qfwfq'는 〈제로 사냥꾼〉에 들어 있는 단편 〈새들의 기원〉에 나오는 주인공 이름인데, 실제로 발음할 수 없는 이름이기도 하다. 억지로 해본다면 '크프우프크'정도 될까? 마치 성경에서 신의 이름을 사람의 입으로 발음하는 걸 불경스럽다고 생각해 'YHWH(야훼)'로 표기한 것과 비슷하다. 최근 나온 책에서는 이 이름을 '크푸우푸크'라고 번역했다.

외국에서는 이미 오래전부터 마르케스, 보르헤스와 더불어 거장으로 인정받고 있었지만, 국내에서는 독자가 거의 없었던 것이다. 그동안 칼비노의 책이 번역되지 않은 건 아니다. 우선 데뷔작이라고 할 수 있는 《거미집 속의 오솔길》(1947)이 1978년 문장 출판사에서 나왔다. 그리고 《사랑은 모험》,* 가장 대표적인 작품인 '우리들의 선조' 3부작(《반쪼가리 자작》, 《나무 위의 남작》, 《존재하지 않는 기사》) 등도 출간됐다. 하지만 정말로 평범한 작품들이다. 진짜 이탈로 칼비노 팬이라면 누구나 한목소리로 《제로 사냥꾼》을 읽어보라고 권한다.

《제로 사냥꾼》은 칼비노 책을 많이 읽은 독자들한테도 낯선 책이다. 다른 작품들에 견주면 거의 알려지지 않았을 뿐만 아니라 내용이 난해해 어떤 사람들은 이 작품을 소설이라기보다는 미학 에세이로 간주하기 때문이다. 이런 작품을 1990년대에 찾아내 번역한 것만 해도 놀라울 따름이다. 도대체 이 단편들은 누구를 위해 쓴 건지 알 수 없을 정도로 이상한 내용들뿐이다. 특히 앞쪽에 있는 〈제로 사냥꾼〉, 〈몬테 크리스토 백작〉, 〈밤의 운전사〉, 〈추적〉이 가장 심하다.

3부로 구성된 《제로 사냥꾼》에서 이탈로 칼비노는 이 네 작품을 1부에, 'Qfwfq'라는 주인공이 처음으로 등장하는 〈새들의 기원〉 같은 환상 소설은 2부, 그리고 2부에서 연결되는 내용이지만 그 형식이 전혀 다른 〈유사분열〉, 〈감수분열〉 등을 3부에 넣었다. 책을 읽으면서 도대체 왜 1부 내용이 《제로 사냥꾼》에 포함됐는지 이해할 수 없었다.

이 책을 처음부터 끝까지 연결되는 완전한 소설이라고 본다면 〈새들의 기원〉부터 시작하는 2부가 첫머리인 게 확실하다. 여기에서 주인공인 'Qfwfq'가 처음 나오는데, 이 인물은 소설이 끝날 때까지 우주, 윤회, 생명 등에 관해 궤변을 늘어놓는다. 그러니까 1부와 2부는 형식이나 내용 면에서 전혀 연관이 없는 것처럼 보인다. 이건 나만 그렇게 생각하는 건 아니었나 보다.

1994년에 열린책들에서 '코스미코미케'라는 이름으로 다시 번역한 것에도 《제

---

* 칼비노가 죽고 난 뒤 1985년에 나온 영문판 'Difficult Loves'를 번역한 것이다. 나중에 다른 출판사에서 '사랑은 어려워'라는 제목으로도 나왔다.

로 사냥꾼》의 1부 네 편이 빠져 있다. 그러나 이탈로 칼비노는 확실히 이 작품들을 《제로 사냥꾼》의 일부로 봤다. 연관성을 찾는 건 머리 좋은 평론가나 책 파고들기 좋아하는 독자들 몫이다.

자, 여기서부터 《제로 사냥꾼》에 관한 조금 복잡한 얘기가 시작된다. 심호흡 한 번 하고 따라오기 바란다. 1967년 작품인 《제로 사냥꾼》은 1993년 현대미학사에서 처음 나왔을 때 모두 11개 단편이 들어 있는 연작 모음이었다. 1년 뒤 열린책들은 이 작품을 《코스미코미케》*로 펴낸다. 여기에는 현대미학사판 《제로 사냥꾼》에서 1부에 해당하는 네 작품이 삭제된 대신 원래 책에 없던 연작 단편들을 더 포함해 27편이 소개됐다. 사실 《코스미코미케》는 《제로 사냥꾼》보다 2년 앞선 1965년 작품이다. 결국 이탈로 칼비노는 《제로 사냥꾼》을 통해 방대하고 어려운 《코스미코미케》를 정리하고, 앞쪽에 단편 네 개를 덧붙여 서문을 쓴 게 아닐까?

그런데 최근에 다시 번역된 민음사판은 왜 그랬는지 《코스미코미케》에서 몇 작품을 빼고 《우주 만화》(이현경 옮김, 2009)로 바꿔 펴냈다. 민음사에서 이탈로 칼비노 작품을 번역한다는 소식을 듣고 《제로 사냥꾼》과 《코스미코미케》가 합쳐진 두툼한 새 번역본을 기다리던 칼비노 팬들에게는 몹시 싱거운 결과였다.

민음사에서 번역한 《우주 만화》는 1965년판이고, 열린책들은 1984년에 칼비노가 직접 참여한 개정판을 번역한 것이다. 이렇게 보면 민음사도 초판 번역에 충실한 거니까 핀잔할 이유는 없다. 그리고 어쨌든 민음사나 열린책들에서 나온 책에는 모두 《제로 사냥꾼》 1부가 빠져 있다. 이게 바로 사람들이 칼비노 책 중에서 유독 《제로 사냥꾼》을 탐내는 이유다.

이제 비로소 《제로 사냥꾼》에 관한 이야기를 할 때가 됐다. 그러나 내가 이 책에 관해 뭐라고 말할 수 있을까? 이 책에 관해 무엇을 이야기한다는 게 가능한 일일까? 책이란 글로 쓴 것이니까 우리가 그걸 읽고 이해하는 건 당연한 것

---

* 원래 제목은 'Le cosmicomiche'이며, 칼비노는 1984년에 새로운 단편을 포함해 'Cosmicomiche vechie e nuove'라는 제목으로 개정판을 펴낸다.

처럼 느껴진다. 하지만 다시 'Qfwfq'를 생각해보자. 이건 글로 쓴 거지만 누구라도 정확한 발음을 알 수 없다. 이탈로 칼비노조차 이 주인공 이름을 정확히 발음한 적이 없으니 독자들은 더욱 난감할 뿐이다.

그러나 이것은 당연한 일이기도 하다. 주인공 'Qfwfq'는 아주 오래전에 지구상에 나타난 생명체다. 우리가 정의 내리기도 어려운 생명체이기 때문에 정확한 이름이 무엇인지 밝히는 것 자체가 오히려 이상하다. 그렇기 때문에 그 이름은 그냥 묻지도 따지지도 말고 'Qfwfq'로 알고 있으면 된다. 어차피 지금 이 세계에 등장하는 모든 생물들 이름이 다 이런 식이다. 'Qfwfq'가 만난 아름다운 '새 비슷한 것'은 이름이 'Org-Onir-Ornit-Or'이다.

이상한 생명체인 'Qfwfq'는 우주의 역사, 지구의 진화와 함께 자신을 여러 모습으로 변화시킬 수 있는 존재다. 편리하기는 하지만 영원한 삶을 누리고 있기 때문에 죽음을 넘어선 철학을 고민하지 않을 수 없다. 인간은 누구나 한 번 태어난 이상 반드시 죽기 때문에 삶과 죽음에 관한 철학을 고민한다. 주인공은 삶이나 죽음 같은 것을 이미 초월했기 때문에(하지만 신은 아니다), 주인공의 고민은 독자들이 전혀 이해할 수 없는 것들로 가득 차 있다. 이게 바로 《제로 사냥꾼》이 읽기 어려운 이유 중 하나다. 과연 이 철학을 어떻게 풀어낼 수 있을까? 적당한 해답은 책 뒤가 아니라 맨 앞에 있다. 바로 《코스미코미케》에서 사라진 1부 말이다.

《제로 사냥꾼》 1부는 우리가 사는 현실에 관한 이야기다. 반면에 'Qfwfq'가 등장하는 2부부터는 무대가 우주로 뻗어나간다. 칼비노는 우주에서 일어나는 일에 관한 철학을 지극히 평범한 현실, 그중에서도 한 찰나를 통해 설명한다. 예를 들어 사냥꾼이 사자를 잡으려고 쏜 화살이 목표물을 향해 3분의 1 정도 날아간 그 순간 말이다. 이때 현실은 연속적인 게 아니라 멈춘 영화 필름처럼 한 장면이 된다. 화살이 사자를 향해 날아가는 장면을 무한대로 나눈 것 중 한 찰나다. 자, 바로 다음 장면을 상상할 수 있을까? 절대 할 수 없다. 우리가 사는 찰나 바로 다음 순간을 미리 경험해본 일이 없을 뿐만 아니라 그렇게 할 수도 없기 때문이다.

이걸 좀더 복잡하게 만들면 양자역학quantum mechanics과 끈 이론string theory에 해당하는 골치 아픈 문제다. 그런데 삶과 죽음의 문제 너머에 있는, 드넓은 우주적인 관점에서 바라보는 철학도 사실은 아주 단순한 논리로 설명된다. 결론은 'Time zero', 즉 '원점'부터 다시 시작하는 것이다. 이탈로 칼비노가 소설 속에서 어렵게 글과 수식으로 썼지만, 동양 철학에서는 보통 이것을 '윤회'라고 부른다.

이탈로 칼비노는 초기에 '우리들의 선조' 3부작 등 재미있는 소설을 주로 썼지만, 1960년대 이후 《코스미코미케》와 《제로 사냥꾼》으로 이어지는 독특한 문학 형태로 돌아섰다. 이런 작품들을 통해서 SF와 환상 문학, 그리고 나아가서 철학의 문제까지 포함하는 새로운 문학을 실험한 것이다.

이제 내가 왜 이 글을 시작하면서 고전에 관한 이야기를 했는지, 이탈로 칼비노 같은 현대 작가를 어째서 고전이라고 했는지 노골적인 변명을 마칠 시간이다. 누군가는 이 무책임한 말에 화를 내며, "도대체 말이 되는 소리냐!"라고 할지 모르겠다. 그러면 오히려 담담하게 말할 것이다. "그래서, 결론은 제로입니다……."

무료 읽기 사절

《일본 고서점 그라피티》| 이케가야 이사오 | 박노인 옮김 | 신한미디어 | 1999

비싼 책을 사는 손님 중에, 옷차림이 말쑥한 사람은 많지 않아요. 대체로 책을 좋아하는 사람이라면, 스테이크를 먹을 돈이 있으면 라면이나 훌쩍 마시고, 남는 돈으로 책을 사는 사람들이니까……

— 《일본 고서점 그라피티》 동경편, 32쪽

사람이 책을 좋아하는 이유는 여러 가지다. 우선 책 읽기를 좋아하는 사람. 이런 사람은 말 그대로 책 내용을 읽고 즐기는 사람이다. '나는 책을 좋아합니다'라고 말하는 사람이 여기에 속한다. 책에 나온 그림을 좋아하는 사람도 있다. 그런 사람은 책 내용과 상관없이 자기가 좋아하는 삽화가가 그린 책이라면 무조건 산다. 책 모양을 좋아하는 사람은 많지 않지만 그렇다고 무시할 수는 없다. 오히려 이런 사람들이 책을 더 많이 사기 때문이다. 그밖에 특이한 장정을 좋아하는 사람이나 단순히 표지가 예뻐서 책을 사는 사람도 꽤 있다.

여기까지라면 나름 정상인이라고 할 수 있다. 이제 외계인들을 만나보자. 우선 심각한 활자 중독자다. 활자에 중독된 사람들은 말 그대로 어떤 강박증에 시달리며 미친듯이 글자를 읽어야 마음이 편안해진다. 한시라도 활자를 읽지 못하면 불안한 사람들이다. 이런 경우 두껍고 글자가 가득 들어 있는 책일수록 만족도는 높다. 나만 하더라도 어릴 때 성경책이 참 좋았다. 얇고 찰랑거리는 종이에 빼곡하게 들어찬 글자를 보는 것만으로도 기분이 좋았다.

컴퓨터 백신을 개발한 안철수 씨도 대단한 활자 중독자였다고 한다. 길을 가다가 땅바닥에 떨어진 종잇조각에 글자가 있으면 그걸 꼭 주워서 읽어야 했을 정도라고 한다. 책을 보는 경우 본문 내용은 물론이고 사소한 서지 사항까지 꼼꼼하게 읽는 게 바로 활자에 강박증을 갖고 있는 사람들이다.

활자 중독은 자기가 관심이 있는 분야건 아니건 상관없이 글자만 보이면 읽어야 직성이 풀리기 때문에 사회생활이 불편한 경우도 많다. 처음부터 끝까지 글자 바꾸기 놀이로 채운 책, 《이상한 나라의 앨리스》를 쓴 루이스 캐럴이 그런 사람 중 하나다. 루이스 캐럴은 손이 더러워질까봐 늘 장갑을 끼고 다닐 정도로 결벽증이 있었다. 루이스 캐럴의 소설들은 거의 다 치밀한 언어유희를 바탕으로 하고 있으며, 죽기 전까지 30여 년 동안 10만 통에 이르는 편지를 쓴 사실은 얼마나 활자에 빠져 살았는지 잘 보여준다. 이 정도면 정말 '화성인' 수준이다.

다른 경우도 얼마든지 있다. 지금은 컴퓨터로 책을 만들지만 십 몇 년 전만 해도 일일이 식자를 해서 만들었는데, 그런 책만 수집하는 사람들이 있다. 청하 출판사가 1980년대 후반에서 1990년대 초반까지 펴낸 장 그르니에 전집* 같은 책 말이다. 식자로 찍어낸 본문은 마치 판화처럼 오톨도톨한 느낌이 재미있다.

1970년대에 나왔던 삼중당문고나 삼성문화문고, 클로버문고 등 문고판 책을 모으는 사람도 꽤 있다. 이런 책들은 도대체 전체 시리즈가 몇 권이나 되는지 공식적으로 파악이 안 될 정도로 많은데, 이걸 헌책방에 다니면서 발품 팔아 구하는 재미에 푹 빠진 사람들이 의외로 많다.

얼마 전 책방에 정장을 말쑥하게 차려입은 남자가 찾아왔다. 나는 컴퓨터 앞에 앉아서 도서 목록을 작성하고 있었다. 그 사람은 내가 일을 다 끝내고 자리에서 일어날 때까지 아무런 말도 하지 않고 책만 구경하더니, 한참 만에 이런 질문을 했다. "여기 책방에 있는 책들을 다 읽으셨다는 게 정말입니까?" 나는 그렇다고 대답했다. 남자는 무척 놀라는 눈치였다. 마치 자기 앞에 있는 사람이 외계인이라도 되는 듯이. 그러고 보니 이 남자 말투가 좀 어눌한 게 이상하다. 혹시 일본 사람이 아니냐고 물었다. 남자는 밝게 웃으면서 그렇다고 대답했다. 그 얘기를 시작으로 거의 세 시간 가까이 책방에서 이런저런 이야기를 나눴다.

그 사람은 자기를 오자키 다쓰지라고 소개했다. 일본에서 언어학을 전공했고, 한국에는 1980년대 후반부터 꾸준히 왔다고 한다. 지금은 명지대학교에서 일본어 강의를 하고 있기 때문에 5년 가까이 한국에서 생활하고 있단다. 그래서인지 우리말을 꽤 잘한다. 일본어 억양이 있지만 발음이 정확해서 놀랐다. 나이는 확실히 가늠하기 어려웠지만 대략 40대 같았다. 얘기를 나누다 보니 오자키 다쓰지 씨도 이런저런 이유로 헌책방에 많이 다니고 있었다. 강의가 없는 시

---

* 1988년 《일상적인 삶》과 《섬》이 나온 것을 시작으로, 1990년대 초반까지 20여 권이 출간됐다. 본문을 식자로 만든 책은 1990년 이전 것이다. 지금은 거의 모든 책이 디지털 활자로 만들어지기 때문에 촌스러운 식자 본문에 왜 매력을 느끼냐고 할지 모르지만, 식자 본문의 그 오묘한 촉감과 입체감에 빠지면 다음부터는 그런 책만 찾아다니게 된다. 비교하자면 CD로 음악을 듣다가 아날로그 LP 음반을 듣는 느낌이라고 할까?

간에는 거의 한국에 있는 헌책방 순례를 한다고 해도 될 정도였다. 우리는 말이 나온 김에 일본과 한국의 헌책방에 관한 이야기로 화제를 돌렸다.

그러면서 내가 책장에서 꺼내 보여준 책이《일본 고서점 그라피티》다. 1999년에 번역돼 나온 책이기 때문에 그리 오래된 책은 아니지만 일찍 절판됐기 때문에 새 책으로는 살 수가 없다. 오자키 다쓰지 씨는 일본에서도 유명한 책이기 때문에 절판되는 일은 없을 거라고 말했다. 그 책에는 글 쓴 사람이 손으로 직접 그린 헌책방 조감도가 가득 들어 있기 때문이다. 책방에서 손님이 이것저것 둘러보거나 사지도 않을 책을 주인 허락도 없이 마구 만져보는 걸 꺼려하는 일본 사람들에게 이 책은 헌책방 순례를 다닐 때 아주 유용하다고 한다.

책방 조감도는 꽤 자세하게 돼 있다. 각 책방 위치는 기본이고, 어떤 책을 주로 팔고 있는지, 각 책장에는 어떤 책들이 무슨 순서를 기준으로 정리돼 있는지 나와 있을 뿐만 아니라 특별한 경우 책방 주인 성격을 써놓기도 했다. 헌책방 백과사전이라고 할 만하다.

이 책을 쓴 사람인 이케가야 이사오는 프리랜서 일러스트레이터다. 이 사람도 헌책방에 다니는 걸 무척 좋아하는데, 자기 직업을 한껏 활용해 이런 책을 낸 것이다. 일본에서는 1996년에 '동경편'이 나왔고, 인기에 힘입어 1998년 '교토·오사카·고베편'도 나왔다. 한국에서는 신한미디어 출판사를 이끌고 있는 박노인 선생이 이 두 권을 번역해 1999년에 초판을 냈다. 일본에서는 이 두 책에 이어서 2004년에 '신동경편'도 나왔는데, 아직 한국에는 나오지 않았다.

오자키 다쓰지 씨는 일본과 한국에서 헌책방을 부르는 말이 다르다고 말했다. 그 얘기는《일본 고서점 그라피티》에도 나와 있다. 일본에서 중고 책을 다루는 책방은 크게 두 가지로 나뉜다. 고본방古本房과 고서점古書店이다. 고본방은 흔히 '헌책방'이라고 부르는 것과 비슷한 책을 취급한다. 중고 책이기는 하되 펴낸 지 얼마 되지 않은 책이다. 고서점은 우리도 똑같이 고서점'이라고 부르고 있다.

---

* 한국의 고서점은 서울에서는 호산방과 통문관이 유명하다. 호산방은 취급하는 책을 1950년대 이전 책으로 한정해놨고, 통문관은 연도를 나누지는 않았지만 워낙 오래된 책방이라 고서로 불릴 만한 책이 많다. 그리고 경주나 대구 쪽으로 가면 조선 시대 이전 책들을 볼 수 있는 고서점들이 몇 군데 있지만, 역시 일반 사람들이 접근하기는 쉽지 않다.

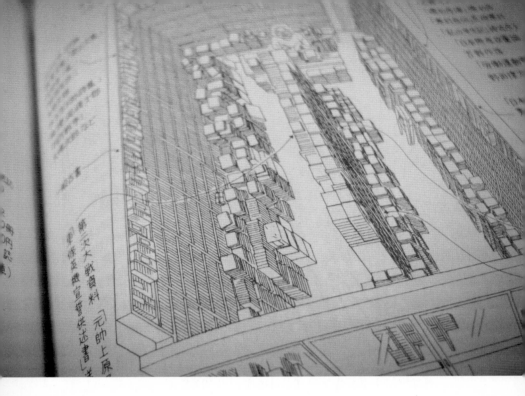

고서점은 고본방보다 오래된 책을 취급한다. 일본은 2차 대전 전에 나온 책이나 그것보다 더 오래된 메이지 유신, 또는 막부 시대 책들도 고서점에서 취급한다. 시기적으로 차이가 좀 있지만 우리는 1953년 한국전쟁이 끝난 시점*이전에 펴낸 책을 고서라고 하는 반면 일본은 2차 대전을 기준으로 그 이전을 고서라고 부르는 것이다.

특이한 점은 일본 헌책방들은 우리처럼 한 가게에서 여러 가지 종류의 책을 한데 모아서 팔지 않고 책방마다 개성이 있다는 것이다. 예술, 역사, 고지도, 소설, 시집 등 큰 분류로 나뉘고, 그 밑으로 세세하게 주인의 취향에 따라 책방 분

---

* 고서와 헌책, 또는 그냥 중고 책을 나누는 기준은 사람마다 다르다. 정해진 게 없다. 1953년이라는 기준은 호산방 주인 박대헌 씨가 펴낸 《古書 이야기》에 나오는 것을 근거로 했다.

위기가 달라진다. 《일본 고서점 그라피티》에는 책방에서 만나는 독특한 주인과 책 이야기가 양념처럼 들어 있다.

'손님의 매너'를 중요하게 생각하는 일본 사람의 특성 때문에 손님이 책방에 서서 책을 읽는 것에 관해 각 책방의 고민을 이야기하는 부분은 특히 재미있다. 우리는 책방에서 통로에 앉거나 서서 책을 읽는 사람이 많은데, 일본은 그게 대단히 무례한 일이라고 한다. 책방이 벽에 붙여놓은 주의사항도 책방마다 개성이 있다. 어떤 책방은 '본 점포는 도서관이 아닙니다', 또 어떤 곳은 '알고 계시지요. 책방이라는 것'이라고 써놓기도 한다. 이런 건 양반이다. '무료 읽기 사절'이라고 강하게 써놓은 곳도 있다.

서서 책을 읽는 것에 관한 내용 말고도 벽보는 다양하다. '3인 이상 동반 입점 사절.' 이 책방 주인은 패를 지어 몰려다니는 손님에게 무슨 안 좋은 일이라도 당했나 보다. '어린이를 동반한 손님은 사양합니다.' 성인 도서 전문점이 아닌데도 이렇게 써붙인 걸 보면 어린이를 아주 싫어하는 주인인 게 분명하다. '점포 안에서 워크맨을 듣지 않도록 해주십시오' 같은 경우는 왜 그렇게 해야 하는지 책을 읽으면서도 궁금했다.

또 흥미로운 건 일본 고서점 거리를 중심으로 거의 매주 고서 전시회와 고서 시장이 열린다는 것이다. 심지어 백화점에서도 1년에 한두 번 정도 고서전이 열린다. 하지만 정말 책을 좋아하는 사람들은 1년에 한두 번 열리는 책 시장에 만족하지 못한다. 유명한 고서점 거리인 간다에 있는 고서회관에서는 거의 매주 금요일과 토요일에 '애서회愛書會', '화양회和洋會' 등 여러 모임이 열린다. 한국에서도 몇몇 책 동호회를 중심으로 책 경매가 진행되는 걸로 알고 있는데, 일본처럼 많은 사람들이 몰려들거나 대중적인 분위기는 아니다. 일본 사람들 책 사랑은 정말 본받을 만하다.

'동경편'은 특히 재밌는 읽을거리가 많다. 글쓴이도 20년 이상 고서점을 돌아다닌 경력이 있기 때문에 책과 책방에 관해 할 말은 누구보다 많을 것이다. 눈여겨볼 것은 고서점을 순례하는 마음가짐과 순례할 때 입는 옷 모양까지 설명해놓은 부분이다. 책에 나온 고서점 순례 방법 몇 가지를 소개하면 이렇다.

첫째, 각 책방이 문을 열고 닫는 시간이 다르니까 잘 알아보고 가야 한다. 유럼의 영향을 많이 받아서 그런지 일본 헌책방도 손님을 상대하는 시간이 짧다. 평일은 오후 4~5시부터 저녁까지 단지 몇 시간만 문을 열어놓는다. 한국 헌책방들이 밤 12시가 가까운 시간까지 문을 열어두는 반면 아주 짧은 시간만 문을 연다. 사람들은 그 시간에 맞춰서 책방에 가야 한다.

둘째, 책값을 흥정하지 않는다. 우리 같으면 어디서든 깎는 걸 이상하게 생각하지 않는데, 일본에서는 그렇지 않다. 특히 책방에서는 더욱 그렇다. 오히려 책방 주인이 먼저 책값을 깎아주면 고마울 따름이다. 그러고 보니 오자키 다쓰지 씨도 책값을 좀 깎아줬을 때 허리를 90도로 꺾어 인사를 하며 무척 고마워한 기억이 난다. 인사를 받는 내가 다 미안할 정도였다.

셋째, 책장에 있는 책을 마음대로 뒤적거리지 않는다. 이것도 우리는 이해하기 힘든 부분이다. 글쓴이 말에 따르면, 고서점에 있는 책은 모두 책방 주인이 직접 수집한 책들이기 때문에 기본적으로 책방은 주인의 개인 서재나 다름없다. 그렇기 때문에 거기 있는 책을 아무렇게나 만지고 들춘다는 건 예의 없는 행동이 되는 것이다.

고서점을 다닐 때 입는 옷차림에 관해서도 알아보자. 헌책방을 많이 돌아다니는 사람들 복장은 일본이나 한국이 크게 다르지 않다. 《일본 고서점 그라피티》에서는 이렇게 말한다. "큰 가방을 어깨에 걸치고, 도수가 높은 안경을 끼었으며, 옷은 조금 구겨져 있다"(동경편, 32쪽). 이런 사람은 상상만 해도 어떤 분위기인지 그림이 그려진다. 나도 여러 중고 책 시장을 돌아다니면서 이런 차림을 하고 있는 수집가들을 많이 봤다. 이런 기준으로 보면 오자키 다쓰지 씨는 확실히 고서 수집가는 아닌 것 같다. 책방에 올 때마다 늘 깔끔한 정장 차림이기 때문이다.

이런 이야기 말고도 《일본 고서점 그라피티》에는 일본 고서점에 관한 다양한 얘기가 많으니까 책에 관심 많은 사람들에게는 필수 도서라고 하겠다. 실제로 일본 고서점 거리를 여행하려는 사람 중에 절판된 이 책을 구하거나 복사라도 해서 가져가려는 사람들이 적지 않다. 하지만 책을 아주 좋아하는 사람들 말고는 많이 읽을 만한 내용이 아니다 보니 이 책이 다시 나올 가능성은 그리 크지 않은 것 같다. 2004년에 나온 '신동경편'이 여전히 번역되지 않은 걸 보면 내가 직접 번역하고 싶은 충동이 생기기도 한다. 여유가 된다면 한국의 헌책방 거리를 돌면서 이것과 비슷한 책을 만들어볼 수 있을까 하는 욕심이 있다. 하지만 헌책방에 관해 잘 알지도 못하면서 그런 일을 하면 오히려 장난스러운 책이 나올 것 같다. 하루가 멀다 하고 헌책방을 순례하는 부지런한 사람들이 많은데 그중 한 명이 이런 작업을 해보면 어떨까?

　그것보다도 신한미디어는 요즘 뭐하는지 모르겠다. 이런 책들이 통 안 나오니 말이다. 알아보니 책을 번역한 박노인 선생은 번역에만 매달릴 수 없는 상황이라 잠시 다른 일을 하고 있다고 한다. 일본과 한국은 독서 인구도 많이 차이 나고, 사람들이 책에 관해 갖는 인식도 다르기 때문에 이런 책을 내는 것만으로 출판사를 이끌어가기는 쉽지 않은 모양이다. 그래도 가끔 전화 통화를 해보면 여전히 목소리에 생기가 넘치는 박노인 선생이다. 이름처럼 노인老人은 아니다. 마음 같아서는 번역 말고 박노인 선생이 직접 책을 써보는 것도 좋지 않을까 싶다. 나중에 만나게 되면 꼭 그렇게 말씀드려야겠다.

동네 서점이 없어지는 건

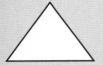

동네에 있는 작은 책방이 하나둘 없어지고 있다. 며칠 전 어머니가 계신 수서동에 갔는데, 동네에 책방이 하나도 없어서 당황했다. 수서는 시골 동네도 아니고 주위에 학교가 여럿 있는데도 책방이 없었다. 요즘 동네 책방들이 계속 사라지는 추세이기는 해도 학교 근처에는 있을 줄 알았다. 그런데 없다. 전혀!

얼마 전까지만 하더라도 수서 지하철역 지하에 책방이 있었다. 그런데 얼마 전에 없어졌다. 크지는 않아도 그나마 이 근처에 유일하게 남은 거였는데. 이 동네에서 '책방'이라고 불리는 보호종이 결국 멸종한 것이다. 그날 나는 버스를 타고 잠실역 지하에 있는 교보문고까지 가서 책을 사야 했다.

1990년대 이후 대형 서점과 온라인 서점이 활기를 띠면서 동네에 있는 작은 책방은 쇠퇴기에 접어들었다. 작은 책방에는 모든 책을 다 둘 수 없기 때문에 사람들은 책방에서 자기가 원하는 책을 찾는 경우가 많지 않다. 책방에 주문을 하면 하루나 이틀이 지난 다음 책을 받을 수 있지만, 요즘처럼 무엇이든 빨리빨리 해야 하는 세상에서 기다림은 고객 무시라는 생각까지 들게 한다.

요즘은 온라인 서점에 주문하면 그날 오후나 저녁에 받기도 한다. 물류 업체에서 일하는 사람들은 아주 고되지만, 책을 사는 사람은 정말 편하고 좋다. 이렇다 보니 동네 서

점에 가서 책을 산다는 건 좀 무모하고 바보 같다는 느낌마저 든다.

대형 서점에는 별별 책이 다 있고, 언제 가더라도 원하는 책을 바로 사올 수 있다. 이미 절판된 책이 아니라면 대형 서점에서 찾을 수 없는 책은 없다고 해도 심한 말이 아닐 것이다. 동네 서점은 규모나 속도에서 완전히 뒤떨어졌고, 곧 모두 없어질 거라는 말도 심심찮게 들린다. 한때 유행이던 비디오 대여점이 지금은 거의 남아 있지 않는 것처럼 동네 서점도 그렇게 될 거라는 얘기다.

하지만 나는 소리 지르고 싶은 심정이다. "비디오테이프와 책은 다르잖아!" 우리는 언젠가부터 책을 물건처럼 사고파는 데 익숙해졌다. 물론 책은 어쨌든 공장에서 찍어내는 상품이기도 하다. 책을 써서, 만들어서, 쌓아두고서, 영업해서 돈 버는 사람이 많다. 그것만으로 책을 공산품처럼 생각하는 건 아주 슬픈 일이다. '사람은 책을 만들고, 책은 사람을 만든다'라는 말이 있다. 이 문장에서 '책'말고 다른 단어를 넣으면 어색하거나 우스운 말이 된다. 책은 바로 그런 것이고 책을 사고파는 건 그래서 아주 고귀한 일이라고 믿는다.

동네 서점에서 책을 사는 건 물건이 아니라 사람과 사람이 만나는 것이고, 그 사이에서 귀하고 아름다운 마음이 서로 오고가는 일이다. 나는 지금도 우리 동네에 있는, 아직 남아 있는 서점들을 돌아다니면서 우리가 함께 무엇을 해볼 수 있는 게 없을까 궁리하고 있다. 서점에서 사람과 사람이, 사람이 책을, 책이 사람을 만나게 하고 사람들 사이에 있다가 어느샌가 끊어졌던 가느다란 끈을 찾아 잇고 싶다. 그럴 수 있다고 확신한다.

Michael J. Fox

장미정원

6 JUNE

日	月	火	水	木	金	土
						1
2	3	4	5	6	7	8
9	10	11	12	13	14	15
16	17	18	19	20	21	22
23	24	25	26	27	28	29
30						

책

...가 있거진 책은
...지 않은 역사 같습니다.
...다운 색상, 넓은 시대를 담아
... 빛 소리이고가 합니다.

서적 도 · 소매

광서점

☎ 52 · 4414
51 · 4414

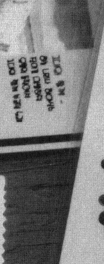

현대어학(서점)

을지로 5가 지하상가
4 - 27 호
☎ 266- 2794

일월화수목금토	일월화수목금토	일월화수목금토	일월화수목금토	일월화수목금토	일월화수목금토
1 JANUARY	2 FEBRUARY	3 MARCH	4 APRIL	5 MAY	6 JUNE

총력테스트
A°에이플러스
종로계몽
미성템클래스   회원접수
홀스터디   및
아이템플   상 담

한림서적

(동신 APT 정문앞)

☎ 44-8 3 4 4

1994

일월화수목금토	일월화수목금토	일월화수목금토	일월화수목금토
...BER	10 OCTOBER	11 NOVEMBER	12 DECEMBER

추리 여왕 실종 사건의 전말

《애거서 크리스티 추리문고》 | 애거서 크리스티 | 이가형 외 옮김 | 해문출판사 | 1980년대

어릴 때 추리 소설에 한 번쯤 빠지지 않은 사람이 있을까? 남자라면 더욱이 그랬을 것이다. 요즘에는 일본 문학을 비롯해서 여러 나라에서 나온 추리 소설을 볼 수 있지만, 1980년대에 초등학교를 다닌 나에게 추리 소설을 쓰는 작가는 딱 두 사람뿐이었다. 애거서 크리스티와 아서 코넌 도일이다.

그때 나는 동서추리문고*에서 홈스가 주인공으로 등장하는 코넌 도일의 추리 소설을 꽤 읽었다. 한동네 사는 친구 집에 동서추리문고 128권짜리 세트가 있었기 때문이다. 당연히 그 전집의 1번 책은 아서 코넌 도일의 《셜록 홈즈의 모험》이었다. 그때 그 검은색 표지 책들을 얼마나 동경했는지! 날마다 그 친구 집에 가서 살다시피 했다.

동서추리문고는 코넌 도일 말고도 여러 작가가 쓴 추리 소설과 SF 등 장르 소설 고전들을 모아놓은 것인데, 거기서 '애거서 크리스티'라는 작가를 알게 됐다. 당연히 엘러리 퀸** 같은 대가들도 전집에 포함돼 있었지만, 나를 확 사로잡는 사람은 애거서 크리스티였다. 애거서 크리스티가 쓴 대표작 《그리고 아무도 없었다》가 동서추리문고 3번 책인 게 지금도 생생히 기억난다.

그 집에 있던 동서추리문고 128권을 모두 읽어치운 나는 곧장 책방으로 달려가서 애거서 크리스티가 쓴 추리 소설이 더 있는지 물어봤다. 그때 나는 초등학교 3학년이었다. 작은 꼬마가 그런 책에 관해 물으니까 책방 아저씨는 좀 당황했던 것 같다. 아저씨는 한쪽에 따로 진열해놓은 해문출판사 애거서 크리스티 문고판 전집 시리즈를 보여줬다. 나는 입이 떡 벌어지고 눈이 휘둥그레졌다. 대강 보더라도 수십 권이나 되는 책이 나를 향해서 눈을 부릅뜨고 있었다.

나는 거기서 '애거서 크리스티 추리문고'라는 걸 처음으로 봤다. 동서추리문고는 온통 검은색 표지였는데, 애거서 크리스티 추리문고는 책등부터 앞뒤 표지까지 모두 빨간색이었다. 그래서 사람들은 이 시리즈를 '빨간책'이라는 별명

---

* 동서추리문고는 1977년부터 100권이 넘게 나왔다. 디자인도 별로고 세로쓰기로 돼 있어서 불편했지만, 책 목록이 정말 보물 같아서 지금도 이 시리즈를 수집하는 사람들이 꽤 있다. 최근 이 책들은 여러 독자들의 호응에 힘입어 다시 출간되고 있다.
** 사촌 사이인 두 미국 작가 프레데릭 대니(Frederic Dannay, 1905~1982)와 맨프레드 리(Manfred Bennington Lee, 1905~1971)가 함께 사용하던 필명이다. 작품에 등장하는 인물 이름이기도 하다. 《Y의 비극》과 《폭스가의 살인》 등의 작품을 40여 년 동안 이 이름으로 발표했다.

으로 불렀다(빨간책은 성인 잡지를 부르는 말이기도 했기 때문에 나처럼 어린 애들은 이런 말을 함부로 쓰지 못했다).

지금도 그렇지만 동네 서점은 작아서 빨간책 시리즈가 모두 있는 건 아니었다. 책방 아저씨에게 지금부터 이 책들을 읽겠다고 하니까 아저씨는 '참 당돌한 녀석 다 보겠구나' 하는 생각에서인지 사실은 그 책이 모두 60권도 넘는다는 얘기를 해주셨다(지금은 해문출판사에서 모두 80권까지 출간됐다). 그 책방에는 대략 30권 정도 있었다.

그렇게 많은 책을 어떻게 썼는지, 게다가 그걸 언제 다 읽을지 생각하니 머리가 빙글빙글 도는 것 같았다. 책 가격은 한 권에 1500원이었다. 문고판이라 비싼 건 아니었지만, 어린 내게는 부담스러운 돈이었다.

나는 신중하게 생각한 끝에 제목이 가장 마음에 드는 것으로 한 권 골랐다. 《오리엔트 특급 살인》이었다. 잔뜩 흥분을 한 채 집으로 뛰어와서 단숨에 읽었다(사실 이건 좀 과장이고, 다 읽는 데 일주일 정도 걸렸다. 어쨌든 숨도 쉬지 않고 읽었다).

내가 헌책방을 찾게 된 결정적인 계기도 바로 애거서 크리스티, 그리고 해문 출판사에서 펴낸 애거서 크리스티 추리문고다. 욕심 같아서는 60권 모두 한꺼번에 사두고 싶었지만, 아이에게 그런 일은 절대로 불가능했다. 마침 대학교에 다니는 동네 형들에게 책을 싸게 파는 서점이 있다는 얘기를 듣고 헌책방을 찾게 된 것이다.

어릴 때라서 헌책방을 찾아 멀리 나가지는 못하고 동네 근처부터 시작했다. 성북구에 살았기 때문에 정릉시장, 길음시장, 미아리 대지극장 근처에 있는 헌책방 몇 개를 물어물어 찾아갔다. 청계천 헌책방은 중학생이 돼서야 가볼 수 있었다.

진짜로 헌책방에서는 책을 싸게 팔았다. 애거서 크리스티 추리문고를 500원이면 살 수 있었다. 물론 책방마다 갖추고 있는 책이 많지 않았기 때문에 여러 곳을 돌아다녀야 했다. 어쨌든 나는 헌책방을 돌아다니며 애거서 크리스티 추리 소설을 스무 권 정도 사 읽었다. 그때 읽은 것들은 애거서 크리스티 소설 중에서도 명작이라고 꼽히는 《스타일스 저택의 괴사건》(1920), 《애크로이드 살인 사건》(1926), 《ABC 살인사건》(1936), 《나일강의 죽음》(1937) 등이었다. 조금 더 큰 뒤에 시내 대형 서점에 가서 이 시리즈를 다 볼 때까지 집에서 이런 책들을 몇 번씩이나 읽고 또 읽었다.

추리 소설은 범인이 누구인지, 알리바이가 무엇인지 다 알고 봐도 재미있었다. 어느 때는 내가 명탐정이 돼 추리를 하고, 또 다시 읽을 때는 범인이 돼 쫓기는 마음으로 가슴을 졸이며 봤다. 어릴 때 책 읽는 재미를 알게 해줬을 뿐 아니라 다른 세계와 다른 공간을 마음껏 상상할 수 있도록 해줬다. 어른이 된 지금도 애거서 크리스티 추리 소설은 가끔씩 다시 읽는다.

애거서 크리스티는 1890년에 태어나 85세의 나이로 세상을 떠나기 전까지 장편 66편, 단편 20편을 남겼다. 추리 소설을 많이 썼지만, 시집도 냈고, 희곡은 18편, 그리고 한국에는 거의 번역이 안 됐지만 재미있게도 로맨스 소설을 펴내기도 했다. 애거서 크리스티의 추리 소설은 100여 개 나라에서 번역돼 지금까지 20억 부 이상 팔렸다고 하니 전세계 인구 3명 중 1명은 크리스티 여사가 쓴 책을 읽은 셈이다.

애거서 크리스티는 1971년 추리 소설 작가로는 이례적으로 영국 여왕에게 '데임'* 작위를 받기도 했다. 영국뿐 아니라 세계적인 인기를 누린 애거서 크리스티 추리 소설들은 내용도 내용이지만 소설에 등장하는 주인공도 엄청난 유명세를 누렸다.

벨기에 출신 탐정인 '에르퀼 포와로'는 애거서 크리스티가 창조한 대표적인 인물이다. 셜록 홈스와 전혀 다르게 뚱뚱한 외모에 중절모를 쓰고 다니는 이 중년 남성은 애거서 크리스티의 작품 중 서른 개가 넘는 에피소드에 등장해 활약한다. 에르퀼 포와로는 실제 살아 있는 사람처럼 소설 속 일거수일투족이 주목을 받았다. 실제로 포와로가 비극적인 최후를 맞는 마지막 작품 《커튼》(1975)**이 출간되자 《뉴욕타임스》는 포와로의 부고 기사를 싣기도 했다.

---

* 남자로 치면 '기사'에 해당하는 작위다. 1960년대에 '비틀즈'도 기사 작위를 받았는데, 대중 가수에게 기사 작위를 주는 것에 항의하는 영국 사람들도 많았다.
** 《커튼》은 애거서 크리스티 시리즈의 마지막 작품이지만, 사실은 소설을 쓰기 시작하던 초기에 이미 써 놓은 것이라고 한다.

애거서 크리스티 최고의 작품은 역시 《그리고 아무도 없었다》와 《쥐덫》이다. 두 작품은 모두 연극과 영화, 드라마로 만들어져서 큰 인기를 누렸다. 특히 《쥐덫》은 1947년에 여왕의 80세 생일을 축하하려는 왕실의 요청에 따라 20분짜리 라디오 극본으로 집필됐다. 그 뒤에 이 작품은 짧은 단편과 연극 대본으로 수정돼 1952년 런던에서 초연이 됐고, 그 공연이 지금까지 이어져 2000년에는 2만 회 기념 공연을 하기도 했다. 애거서 크리스티는 이제 죽고 없지만, 남은 가족은 이 공연 수익으로만 300만 파운드(약 50억 원) 이상을 벌었다고 하니 대단한 작품이다.

애거서 크리스티를 말하면서 빼놓을 수 없는 게 바로 실종 사건이다. 애거서 크리스티는 소설가로 데뷔하고 얼마 지나지 않아 《에크로이드 살인사건》으로 큰 인기를 얻게 된다. 그리고 그해 12월 3일, 갑자기 실종됐다. 추리 소설로 명성을 얻은 사람에게 정말로 추리 소설에나 나올 법한 일이 생긴 것이다. 이 일은 단번에 큰 화제가 돼 온 영국을 술렁이게 했고, 경찰은 물론 기자들도 갖은 노력을 기울이며 찾아다녔다. 잘나가는 젊은 작가가 갑자기 실종된 건 지금도 그렇겠지만 그때도 큰 이야깃거리였다.

애거서 크리스티의 차는 버려진 채 발견됐고, 차 안에서는 주인을 알 수 없는 옷과 신분증이 발견됐다. 남편의 잦은 외도에 마음고생을 하던 크리스티가 자신이 쓴 소설에 등장시킨, 살인 사건의 무대가 된 인근 호수에서 자살한 것이라는 추측도 나돌았다. 실종 사건은 11일 만에 애거서 크리스티가 노스요크셔 주 하로게이트의 한 호텔에서 발견되는 것으로 끝이 났다. 발견됐을 때 기억상실 증상을 보였다고 한다. 경찰은 수색 비용으로 3000파운드를 썼고, 이것을 메꾸기 위해 세금이 올랐을 정도라고 한다.

이 사건은 애거서 크리스티의 추리 소설처럼 여러 가지 풀리지 않는 의혹으로 가득 차 있다. 실종 당시 돈을 전혀 갖고 있지 않던 사람이 어떻게 누구에게도 들키지 않고 하로게이트까지 가서 호텔에 묵을 수 있었는지, 호텔 숙박부에 이름을 쓸 때 왜 남편의 애인 이름을 쓴 것인지, 어떻게 갑자기 기억상실 증세를 보이게 됐는지 등등.

애거서 크리스티는 이 일에 관해 죽는 날까지 진실을 말하지 않았다. 언론 인터뷰는 물론이고, 자서전에도 이 사건 이야기는 빠져 있다. 많은 사람들이 서로 다른 주장을 내놨지만, 사실은 자신을 유명하게 만들려고 치밀하게 준비한 자작극이었다는 설도 있다. 실제로도 실종 사건 이후 인기는 급상승했고, 펴내는 책마다 크게 성공했다. 하지만 지금도 이 사건은 미스터리한 일로 남아 있다.

이렇게 애거서 크리스티에 관한 이야기는 자기가 쓴 추리 소설만큼이나 많다. 많은 세월이 지났지만 이런 이유 때문에 독자층이 더 많아진 게 아닌가 싶다. 해문출판사는 예전에 나온 빨간책 시리즈를 여전히 펴내고 있다. 사람들은 해문출판사가 돈을 버는 건 거의 다 애거서 크리스티 때문이라고 말하기도 한다.

영국 에이전시와 정식으로 계약을 맺고 애거서 크리스티 책을 펴내는 일은 최근에야 진행됐다. 그런데 이런 일에 많은 돈과 노력을 쏟아부은 출판사는 해문이 아니라 황금가지다. 황금가지에서는 최근까지 애거서 크리스티 전집을 60권 이상 펴냈고, 지금도 계속 작업 중이다.

황금가지에서 열심히 애거서 크리스티 전집을 만들고 있지만, 여전히 애거서 크리스티를 좋아하는 사람들은 해문출판사에서 펴낸 빨간책 시리즈를 수집하는 걸 목표로 삼는다. 빨간책 시리즈는 1980년대 추리작가협회를 만들고 초대 회장을 지낸 이가형 선생이 번역에 참여했기 때문에 더욱 의미가 있다.

영문학자이기도 한 이가형 선생은 대학교수로 학생들을 가르치면서 1970년대 후반부터 추리 소설 발전에 많은 기여를 했으며, 아주 많은 추리 소설을 번역해 소개했다. 해문출판사의 애거서 크리스티는 거의 다 이가형 선생의 손을 거쳤다고 해도 될 정도다. 이가형 선생은 2001년 80세의 나이로 세상을 떠났다. 추리 소설을 좋아하는 사람들이라면 당연히 이가형 선생이 번역한 해문출판사 전집을 소장하고 싶어한다.

또 해문출판사 전집은 각 권마다 표지에 그림이 그려져 있는데, 이게 책 내용하고 오묘하게 연관이 있어서 책을 읽기 전과 읽은 뒤에 표지를 보는 느낌이 정말 다르다. 이런 재미 때문에도 굳이 빨간책을 수집하는 사람들이 많다. 다만 황금가지에서 애거서 크리스티 재단이 인정한 정식 계약본이 나온 만큼 해문출판사판은 인기가 식을 가능성이 크다. 여전히 헌책방을 돌아다니면서 빨간책을 수집하는 독자들은 서두르기 바란다!

우리 독자들도 점점 추리 문학에 관한 관심이 높아지고 있다. 그동안 추리 문학계에는 큰 인물이 없었다. '김내성'에서 '김성종'으로 이어지는 가느다란 명맥만이 아슬아슬하게 유지될 뿐이다. 이런 때에 해문출판사든 황금가지든 추리 문학에 힘을 더하는 모습은 추리 문학을 좋아하는 독자들에게 즐거움을 준다.

열 권이 아니라 한 권으로

《혼불》 | 최명희 | 동아일보사 | 1981

최명희 소설《혼불》을 모르는 사람은 없을 것이다. 이 작품은 작가 최명희의 혼이 담긴 소설이라고 해도 과언이 아닐 정도로 시대를 아우르는 명작 중 하나다. 작가는 1998년 난소암으로 세상을 떠나기 2년 전에《혼불》열 권을 완성했다. 평생에 걸쳐《혼불》하나만 남겼다고 해도 될 정도로 작가는 이 작품에 모든 것을 걸었다. 작가가 세상을 떠난 지 10년이 훌쩍 넘었지만 대형 서점에는 아직도 이 소설을 찾는 독자들이 많다.

대형 서점뿐만이 아니다. 헌책방에도《혼불》을 찾는 손님은 여전히 많다. 대학생들은 학교에서《혼불》을 읽고 감상문을 써오라는 숙제가 있어서 이 책을 찾는다. 직장인들도 많이 찾기는 마찬가지다. 어릴 때 살던 시골 고향이 작품의 무대이기 때문에 소설을 읽는다는 사람도 있다. 나이가 지긋한 어르신들도《혼불》을 찾는다. 작품 곳곳에 나오는 전통문화에 관한 부분을 즐겨 읽는다고 한다. 이렇게《혼불》은 나이를 따지지 않고 많은 사람들에게 두루 인기 있는 작품이다.

새 책을 파는 서점에 가 보면 1990년대 한길사에서 나온《혼불》세트는 이미 절판돼 구할 수 없는 상태다. 그 대신 매안 출판사에서 최근에 다시 펴낸 게 있는데, 솔직히 이 출판사 책은 표지 디자인이 좋지 않다는 평가를 받고 있다. 매안 출판사는 최명희 작가의 동생인 최용범 씨가 발행인으로 있기 때문에 어떻게 보면 매안에서 나온 책이 더 많은 가치를 품고 있을 수도 있지만, 내가 봐도 매안의 표지는 좀 촌스럽다. 까다로운 수집가들에게는 감점 요인이다. 책이라는 건 읽는 맛도 있지만, 책장에 꽂아두고 바라보며 뿌듯함을 느끼는 맛도 있는 법인데, 이렇게 표지가 멋지지 않다면야 누가 이 책을 선뜻 사겠는가. 그리고 이 책은 자그마치 열 권짜리가 아닌가!

그래서인지 여전히 한길사에서 나온《혼불》세트가 매안 세트보다 더 인기가 좋다. 헌책방에서는 상태 좋은 한길사 판본을 웃돈까지 주고 거래하는 일이 적지 않다. 한길사에서 재판을 낸다는 소식을 들은 지 꽤 됐는데 아직 소식이 없다. 헛소문인가 보다. 판권 자체가 매안으로 넘어갔기 때문에 더는 한길사에서《혼불》을 펴내지 못하는 것일 수도 있다.

헌책방에서는 한길사에서 나온 판본이 꽤 비싼 값에 팔리는 게 사실이지만,

솔직히 말하면 지금부터 얘기할 한 권짜리 《혼불》이 더 비싸다. 《혼불》은 열 권으로 된 대하소설이라고 알고 있는 사람들이 대부분일 것이다. 그런데 사실 《혼불》은 한 권짜리였다는 말씀!

어릴 적 우리 집에도 이 한 권짜리 《혼불》이 있었다. 아마도 아버지가 보던 것일 게다. 초등학생인 나는 그 책에 크게 관심이 없었다. 게다가 제목도 '魂불'이었기 때문에 그게 도대체 무슨 책인지 알 수가 없었다. 이렇게 재미있는 책인 줄 알았다면 차근차근 읽어볼 걸 그랬다. 내가 《혼불》을 읽은 건 대학생이 돼서다.

이 소설을 읽으면 작가의 혼이 책 속에서 이글이글 타고 있는 것 같은 느낌을 받는다. 지독한 자료 조사를 통해서 우리 전통문화에 관해 길게 이야기하는 부분에서 특히 그랬다. 어떤 사람들은 바로 그 부분 때문에 《혼불》을 읽는 재미가 줄어든다고 하는데, 나는 반대였다. 오히려 그런 글을 읽을 때면 마치 글 밖으로 주인공들이 튀어나와 눈앞에 서 있는 착각마저 들었다. 심지어 책을 읽으며 움베르토 에코가 소설에서 자주 사용하는 장광설을 떠올리기도 했다.

《혼불》이 처음 세상에 나왔을 때로 가보자. 1981년이다. 그 전에 최명희는 1980년 《중앙일보》 신춘문예에 〈쓰러지는 빛〉이 당선돼 등단한 초보 작가였다. 최명희는 이듬해 창간 60주년을 맞은 《동아일보》에서 기념으로 마련한 장편 소설 공모전에 《혼불》을 내서 당선된다. 《혼불》은 반응이 좋아 당장 동아일보 출판국을 통해 단행본으로 출간됐다.

최명희는 몇 년 뒤 《혼불》 다음 이야기를 계속 쓰기로 마음먹었다. 그 뒤 1995년까지 《신동아》에 《혼불》을 연재했고, 마침내 열 권짜리 《혼불》이 탄생했다. 그러니까 《혼불》에 관심을 두고 있는 수집가라면 당연히 열 권짜리가 아닌 1981년 동아일보에서 펴낸 한 권짜리 《혼불》에 눈이 가는 것이다. 이 한 권짜리 《혼불》은 지금도 헌책방에서 간간히 보이긴 하지만 상태 좋은 책을 구입하려면 꽤 비싼 가격을 치러야 한다.

헌책이 높은 가격에 거래되려면 여러 요소를 갖춰야 한다. 기본적으로 초판 발행 부수가 적을수록 희소가치가 높기 때문에 책 가격은 비싸진다. 그밖에도 다양한 이유 때문에 책 가격은 높아지거나 낮아진다. 한 권짜리 《혼불》은 여러 가지 요소를 동시에 갖춘 책이다. 이 책은 일반 출판사에서 펴낸 게 아니라 동아일보에서 공모전 당선 기념으로 펴냈기 때문에 한 번 출간된 게 끝이다. 물론 지금까지 재판은 나오지 않았다. 게다가 최명희는 《혼불》에 모든 인생을 바친 작가가 아닌가. 그렇기 때문에 그 시작이 된 한 권짜리 《혼불》은 더욱 가치가 높아지는 것이다.

최명희의 《혼불》은 때때로 박경리의 《토지》*와 비교된다. 《토지》는 20권이나 되는 방대한 분량으로, 이야기의 주 무대가 경상도다. 반면 《혼불》은 전라도다. 우리는 각 지역마다 큰 작가를 낳았는데, 경상도에 박경리가 있고, 충청도에 이문구가 있다. 그리고 전라도에는 최명희가 있다. 시대적 배경은 일제 강점기 막바지를 다루고 있다는 게 같다.

제각각 평가가 엇갈리지만 독자들은 확실히 《혼불》보다는 《토지》를 좀 높게 평가한다. 읽어보니 그런 면도 없지 않다. 《토지》는 방대한 분량인데도 인물들 하나하나가 살아 움직이는 듯 생생하며 이야기를 끌어가는 힘이 대단히 끈끈하다. 《혼불》은 그런 면이 조금 부족하다. 이야기 자체가 힘이 부족하고 주제의식 면에서 《토지》와 달리 좀 흐지부지하다고 해야 할까?

그러나 《혼불》은 말 그대로 최명희의 모든 것을 담아낸 작품이 틀림없다. 게다가 정확히 말하면 《혼불》은 열 권으로 끝낼 게 아닌 작품이었다. 1998년 호암상을 받는 자리에서 최명희가 직접 밝힌 것만 봐도 《혼불》은 죽는 날까지 계속 이어나갈 대작이었다. 그렇게 일찍 생을 마감하지만 않았어도 우리 문학사에 길이 남을 작품이 됐을지 모른다.

작가가 남긴 건 사실 《혼불》 말고도 몇 작품이 더 있다. 《며별訣別》, 《만종晩鐘》, 《정옥이》, 《주소》 등이다. 이 작품들은 단편이고, 1985년부터 이듬해까지 《전통문화》에 장편 《제망매가祭亡妹歌》를 연재했지만 《혼불》에 전념하려고 다른 글쓰기를 중단했다. 물론 작가는 《혼불》을 연재하기 시작한 뒤부터 다른 작품을 전

---

* 작가 박경리(1926~2008)가 쓴 대하소설. 박경리의 본명은 금이(今伊)다. 자신을 찾아온 일본 문학인들과 학생들에게 거리낌 없이 '나는 반일주의자다'라고 말할 정도로 반일 감정이 확고한 작가이기도 하다. 또한 박경리는 심각해지는 환경 파괴를 보면서 인간 본성은 결국 악한 것인가 하는 마음을 가졌다. 인간에 관한, 그리고 환경에 관한 깊은 탐구는 《토지》 전체에 걸쳐 있는 주제이기도 하다.

혀 쓰지 않았다. 말 그대로 《혼불》에 마지막 혼을 다 담은 것이다. 작품의 배경이 되는 남원시 종갓집 근처에 '혼불문학관'이 있으며, 예약을 하고 가면 답사 안내를 받을 수 있다.

2000년이 되는 걸 못 보고 작가 최명희는 길지 않은 생을 마감했다. 한길사에서 나온 《혼불》, 동아일보에서 나온 《혼불》도 모두 절판됐다. 하지만 여전히 최명희가 남긴 민중의 혼불, 문학의 혼불은 여기저기서 활활 타오르고 있다.

두 남자의 사정

《마지막 페이지》 | 장 그르니에 | 심재중 옮김 | 청하 | 1989

누군가 유럽 문화에 관심이 있는지 알아보기 위해 하는 질문 중에 이런 게 있다. "장 그르니에를 아시나요?" 만약 안다고 하면 그 사람은 유럽 문화에 어느 정도 관심이 있다고 봐도 좋다(물론 순전히 내 생각이지만). 그만큼 장 그르니에는 유럽을 떠오르게 하는 이름이다. 그리고 그 이름만큼 유럽을 안개 속에 감춰두는 것도 없다.

유럽 문학 작품이나 철학책을 많이 본 사람들도 장 그르니에를 아는 사람이 많지 않다. 그런데 제자인 알베르 카뮈는 아주 유명하다. 사람들은 대개 카뮈의 책을 읽고 좋아하게 된 다음 카뮈의 스승이라고 알려진 장 그르니에가 누군지 궁금해서 책을 찾아본다.

장 그르니에는 파리대학교에서 미학을 가르쳤다. 이력을 보면 알 수 있듯 장 그르니에는 소설가가 아니라 철학자다. 그것도 아주 고리타분한 미학을! 미학이라고 하면 가끔 아주 아름답고 멋진 학문이라는 생각이 들 때도 있는데, 사실 이것만큼 밑도 끝도 없는 학문이 흔하지 않다.

알베르 카뮈는 바로 그런 사람이 쓴 글을 읽고 큰 감동을 받았다. 카뮈의 마음을 송두리째 가져간 책은 장 그르니에의 대표작 《섬》이었다. 카뮈는 길거리에서 그 책을 겨우 처음 몇 줄만 읽고 다시 접어 가슴에 꼭 껴안았다. 그리고 책을 들고 뛰다시피해 아무도 없는 곳(카뮈가 말한 대로라면 자기 방)으로 가서 정신없이 읽었다. 앞으로 대작가가 될 이 어린 청년에게 장 그르니에의 책을 읽은 이날 저녁은 영원히 잊을 수 없는 시간이 됐다.

가난하던 카뮈는 문학에 재능이 있었지만 그것을 계발하고 드러낼 방법이 없었다. 카뮈는 폐결핵으로 한참 고생했고, 전쟁에 나간 아버지가 죽은 뒤 작은 아파트에서 어머니, 할머니와 함께 살았다. 어머니는 글을 몰랐기 때문에 카뮈는 글을 써도 가족에게 보여줄 수도 없었다. 이런 카뮈를 발견해 진심어린 사랑으로 이끌어준 사람이 장 그르니에다. 이렇게 시작된 장 그르니에와 카뮈의 인연은 오랫동안 계속된다. 지금 같으면 훈훈한 제자 사랑으로 여러 매체에 났을 만한 일이다. 나중에 카뮈는 스승의 작품 《섬》 앞에 헌사를 붙여 펴낸다. 청하 출판사에서 나온 장 그르니에 전집을 보면 이때 카뮈가 쓴 헌사가 그대로 들어 있다.

어쨌든 이런저런 이유로 장 그르니에라는 이름과 《섬》이 알려지기 시작했다. 한국에서도 장 그르니에라고 하면 《섬》을 떠올릴 정도로 이 길지 않은 산문집은 카뮈와 장 그르니에를 동시에 보여주는 작품이 됐다.

간혹 이렇게 《섬》에 매료돼 장 그르니에가 쓴 책을 몇 권 더 찾아보려고 하는 사람은 이내 책이 거의 다 절판되고 1990년대 후반 민음사에서 펴낸 네 권(《섬》, 《일상적인 삶》, 《어느 개의 죽음》, 《카뮈를 추억하며》)밖에 없다는 사실에 실망하고 만다.

장 그르니에 책을 가장 많이 출간한 곳은 청하출판사다. 1980년대 후반부터 시작해 모두 스물세 권짜리 전집을 펴냈다. 물론 여기에는 몇 년 전 민음사가 펴낸 네 권짜리 선집에 들어 있는 작품도 모두 포함돼 있다. 이 정도면 장 그르니에가 쓴 책을 대부분 번역했다고 할 수 있다. 물론 이 책들은 거의 절판됐기 때문에 장 그르니에를 사랑하는 독자는 어쩔 수 없이 헌책방을 다니면서 한 권 한 권 수집하는 수고를 해야 한다.

장 그르니에의 책 중에서 《섬》과 《지중해의 영감》은 카뮈와 인연도 있고 아주 유명해서 한 번쯤 봤을 작품이다. 물론 본 것과 이해한 것은 다른 문제니까 여기서는 '이해'라는 말을 살짝 접어두기로 하자. 나도 누가 장 그르니에 책을 보고 이해가 됐냐고 물으면 조용히 고개를 저을 테니까 말이다. 그밖에 좋아하는 책 한 권을 뽑으라면 나는 두말 할 것 없이 《마지막 페이지》를 꼽는다.

솔직히 《섬》이나 《지중해의 영감》은 아주 관념적이라서 쉽게 이해도 안 되고 빨리 읽히지도 않는다. 둘 다 길지 않은 글인데 잘 안 읽히니까 화가 나기도 한다. 천천히 읽으면 이해라도 돼야 하는데, 그것도 안 되니까 더 화가 나는 책이다. 반면에 《마지막 페이지》는 마치 장 그르니에 작품 해설서 같다. 제목이 어느 정도 암시하고 있듯이 책을 다 쓰고 나서 작가가 맨 나중에 덧붙이는 글 같은 성격이다. 장 그르니에 글 중에서는 '그래도, 그나마' 읽을 만한 책이다. 장 그르니에 책 중 가장 여러 번 읽은 책도 바로 《마지막 페이지》다.

《마지막 페이지》는 같은 책을 여러 번 읽게 만드는 요소를 두루 갖추고 있다. 사람마다 다르겠지만 내가 같은 책을 몇 번이고 다시 읽는 이유는 세 가지 정도다. 우스운 얘기일 수도 있으니 그냥 봐주기 바란다.

첫째, 책 내용이 이해가 되지 않아야 한다. 한두 번 읽어서 책 내용이 파악되면 다시 그 책을 읽는 경우가 그만큼 적다. 그러나 전혀 무슨 말인지 감도 안 잡히는 책이라면 얘기가 달라진다. 그런 책은 아예 몇 쪽 읽다가 덮어놓고 오랫동안 쳐다보지도 않는다.

둘째, 책을 읽을 때는 이해가 되더라도 읽고 나서 금방 내용을 잊어버리는 책이다. 이런 책은 정말 자주 읽는다. 내가 잘 잊어버려서 그런지는 몰라도 같은 책을 열 번 넘게 읽은 적도 몇 번 된다. 《세상이 끝날 때까지 아직 10억 년Za milliard let do kontsa sveta》(열린책들, 2006)*이 바로 거기에 들어간다.

셋째, 책 내용이 사건 흐름보다는 관념적인 것, 주인공의 의식의 흐름을 담고 있는 책은 자주 본다. 몇 가지 사건을 중심으로 내용이 전개되면 나중에 책을 다 읽고 나서 그 사건이 자꾸 기억에 남기 때문에 대개 다시 그 책을 읽지 않게 된다. 반면에 《잃어버린 시간을 찾아서》**처럼 계속해서 주인공의 의식을 따라가는 글은 몇 번이고 다시 읽게 된다. 사람이 갖는 의식이나 관념은 사건처럼 눈에 보이는 게 아니기 때문에 책을 읽어도 그게 늘 기억 속에 희미한 느낌으로만 있다. 그런 책을 다시 읽게 되는 건 마치 소중한 어린 시절 기억을 좇는 일처럼 늘 흥미롭다.

장 그르니에가 쓴 글은 지금까지 말한 요소들을 두루 갖추고 있기 때문에 시간이 날 때마다 자주 본다. 특히 《마지막 페이지》는 짧고 깊은 사색을 바탕으로 쓴 책이라서 더 자주 손이 간다.

《마지막 페이지》는 소설이나 산문이 아니다. 그렇다고 시도 아니기 때문에 장르를 규정짓기가 애매하다. 문학 형식으로 된 글은 〈불행한 존재〉 결론부의 초고' 부분이 유일하다. 그리고 〈불행한 존재〉에 관해 편집자가 쓴 글이 책 앞에

---

* 1960년대 전성기를 누린 러시아 SF 소설의 대가 스트루가츠키 형제가 1974년에 발표한 작품. 서로 다른 분야를 연구하는 여러 학자들이 알 수 없는 외계의 압력을 받아 연구 활동을 못하게 된다. 연구를 계속하면 자신은 물론 가족까지 위험해진다. 안전을 위해서 외계인과 이대로 타협할 것인가? 하지만 그런데도 학자로서 양심을 지킬 것인가 하는 문제로 모두 깊이 고민하고 있다. 냉전 시기 러시아 사회 현실을 풍자적으로 그리고 있다.

** 프랑스 작가 마르셀 푸르스트가 1913년부터 시작해 1927년까지 펴낸 소설. 한국에서는 1998년 국일미디어가 전권을 펴냈다. 열화당은 프랑스에서 모두 12권을 목표로 펴내는 만화 《잃어버린 시간을 찾아서》를 번역해서 내놓고 있다. 프랑스에서 작업을 마치는 속도대로 번역하고 있기 때문에 펴내는 속도가 무척 느리다.

포함돼 있고, 뒤쪽에는 〈불행한 존재〉 결론에 관해 장 그르니에가 장 폴랑*에게 보낸 제법 긴 해명 글이 있다. 이 글 바로 뒤에 장 폴랑과 장 그르니에가 주고받은 편지가 나오면서 책이 끝난다.

장 그르니에는 《불행한 존재》**를 발표했는데, 원래 이 책 제목은 '악惡의 변호' 였다. 제목에서 알 수 있듯이 이 세상 어느 곳에나 숨어 있는 악에 관한 이야기다. 이 지구 위 아무리 평화로운 곳이라고 할지라도 어느 정도 악이라는 건 꼭 있다. 또 아무리 성인군자 같은 사람에게도 악한 구석이 아주 조금은 있는 법이다. 이렇게 생각하면 악을 굳이 강하게 부정하거나 아주 없애버리자는 주장은 옳지 않다.

장 그르니에는 이것을 특유의 담담하고 깊은 사유로 풀어낸다. 세상에는 빛과 어둠이 같은 곳에 함께 있듯 선과 악이 반드시 존재한다. 장 그르니에는 악을 이야기하되 그것 하나만을 말하지 않는다. 그 너머에 있는 선이 악을 얘기하는 것 이상으로 중요하기 때문이다. 빛이 있어야 어둠이라는 개념도 있는 것이며 그렇게 보면 반대의 경우도 마찬가지이기 때문에 상대적으로 어둠, 즉 악은 참으로 불행한 존재가 아닐 수 없다. 선이 있기 때문에 존재하는 악이다. 장 그르니에는 선과 악 그 어느 쪽에도 속하지 않으면서 두 가지를 모두 따뜻한 시선으로 보듬는다.

문제는 장 그르니에가 선과 악에 관한 이야기를 쓴 글 마지막 부분에서 신의 존재를 완전히 다르게 해석했다는 데 있다. 신이 있다면(만약 그 신이 정말 최고로 선한 존재라면) 어째서 세상에 악을 만들었을까? 상대적인 비교를 통해 인간에게 선이라는 것을 가르치려 했다면 악을 아주 조금만 만들었어야 했다. 그러나 세상은 완전히 그 반대처럼 보인다. 악은 점점 그 세력을 넓히고 있으며, 선은(선한 사람은) 악 때문에 고통당한다. 신이 이 세상 모든 것을 초월해서 선

---

* Jean Paulhan(1884~1968). 프랑스 비평가. 특히 언어 문제를 집중적으로 다뤘다. 낭만주의 이후 유럽 문학이 위기에 빠진 것으로 보고, 이것을 분석하고 연구하는 데 일생을 바쳤다.

** 원제는 '존재의 불행(L'Existence malheureuse)'. 1957년에 나왔다. 청하출판사 장 그르니에 전집 11번이다. 2002년 문예출판사에서 권은미 씨 번역으로 나오면서 《불행의 존재》로 바뀌었다. 《마지막 페이지》에 나오는 것은 《불행의 존재》 마지막 결론 부분에 해당하는 초안 원고다.

하다면 과연 이런 일은 왜 바꾸지 않은 걸까? 장 그르니에는 거룩한 신을 인간 세계로 끌어내린다. 신이란 처음부터 아무것도 아닌 '무위無爲'라고 말한다. 리처드 도킨스*가 말하듯 다른 모든 물건(또는 개념)과 마찬가지로 신은 우리가 만들어낸 이름에 불과하다.

비평가 장 폴랑은 이렇게 파격적인 결론을 받아들일 수 없었다. 게다가 장 그르니에는 이 책을 장 폴랑에게 헌정했으니 더욱 화가 날 만도 하다. 장 폴랑은 즉시 장 그르니에에게 편지를 썼다. 1957년 4월 19일에 쓴 편지는 이렇다. "당신 책의 마지막 페이지는 나를 감동시킵니다. 그러면서도 또한 당황스럽게 만듭니다. 전혀 뜻밖의 결말이기 때문입니다(적어도 내가 보기에는요). 우리의 밖에 애정이나 인내나 의지가 있을지 모른다고요. 하기야 그럴지도 모르지요." 이렇게 시작한 편지는 내내 장 그르니에가 쓴 책을 향해 불만을 드러낸다. 장 폴랑은 신에 관한 장 그르니에의 견해를 완전히 반대했다.

장 그르니에는 해명하지 않을 수 없었다. 마음을 다잡고 글을 쓰기 시작했다. 해명·편지는 꽤 길어졌다. 장 그르니에는 70쪽 가까이 되는 내용을 네 부분으로 나눠 정리한 다음 장 폴랑에게 보냈다. 이 내용이 바로 《마지막 페이지》 본문이다. 원래는 편지라서 제목이 따로 없지만 나중에 장 그르니에 전집을 구성하면서 편집자가 따로 이 편지에 '마지막 페이지'라는 제목을 달았다. 이 글은 장 폴랑에게 보내는 해명 편지이지만 동시에 〈불행한 존재〉 글 뒤에 따라오는 마지막 페이지인 셈이다.

이렇게 긴 해명 편지를 보냈지만 장 폴랑은 여전히 마음이 풀리지 않은 것 같다. 《마지막 페이지》 맨 뒤에 해명 편지를 받은 장 폴랑이 다시 장 그르니에에게 답장을 쓴 게 실려 있는데, 그렇게 긴 해명 편지를 봤는데도 여전히 장 그르니에의 생각에 동의할 수 없다고 쓰여 있다.

두 사람이 편지를 주고받은 지 몇 십 년이 지난 다음 우리는 책으로 나온 장

---

* 케냐 태생 생물학자로 무신론을 과학으로 설명한다. 《눈 먼 시계공》, 《만들어진 신》, 《이기적 유전자》, 《지상 최대의 쇼》 등을 썼다.

그르니에 전집 《마지막 페이지》를 읽는다. 어떤 사람은 장 그르니에의 글이 아주 매력적이라고 생각할 것이다. 또 다른 사람은 장 폴랑의 처지에 서 있을 수 있다. 《마지막 페이지》는 이렇게 논란이 된 원고를 슬며시 훔쳐보는 재미가 있다. 더 나아가서 우리가 그때로 거슬러 올라가 볼 수 있다면 함께 신에 관해 토론해보는 것도 좋을 것이다. 이 '마지막 페이지'를 장 그르니에가 아니라 리처드 도킨스가 썼다면 어땠을까 싶다. 그러면 장 폴랑도 좀 이해를 했을까?

　신에 관한 문제는 장 그르니에를 읽는 데 대단히 중요하다. 장 그르니에는 참으로 낭만적인 회의주의자였지만, 한편으로는 비밀 조직 프리메이슨Freemason*에 가입한 사람이라는 말도 있기 때문이다. 물론 아닐 수도 있지만 장 그르니에가 프리메이슨이라고 생각하면서 작품을 읽어보면 또 다른 재미가 있다. 어쩌면 우리는 역사상 최고의 프리메이슨 철학자의 사유 속에 꼼짝없이 사로잡혀 있는 건지도 모른다.

---

* 18세기 영국에서 시작한 석공(石工, 메이슨) 모임에 기원을 둔다. 18세기에는 영국 전역에 퍼졌고, 19세기에 들어서면서 유럽 전역으로 세력이 확장됐다. 그 뒤로 세계 정치, 사회, 과학 등의 분야에 프리메이슨 조직원들이 비밀리에 활동하며 영향력을 미치고 있다는 루머가 끊임없이 이어지고 있다. 확실한 실체와 조직 규모는 여전히 알 수 없다.

시와 판화가 만났을 때

《나는 너다》 | 황지우 | 풀빛 | 1987

헌책방에 다니는 사람들에게 "건졌다", "득템했다"는 소리를 자주 듣는다. 찾는 책이 절판돼 새 책으로 살 수 없는데 우연히 헌책방에서 찾았을 때 그렇게 말한다. 헌책방이라고 해서 매번 갈 때마다 좋은 책을 건질 수 있는 것은 아니다. 달리 생각해보면 그렇기 때문에 산더미처럼 쌓인 책들 속에서 보물을 만나는 재미가 있다.

1970년대와 1980년대는 출판업을 하던 사람들에게는 암흑 시대였다. 많은 책들이 판매 금지 조치를 당했기 때문이다. 사실 책 판매 금지는 이 시기에만 있던 일은 아니다. 1950년대에는 전쟁이 끝난 직후이기 때문에 공산주의 사상을 담고 있는 책들은 출판할 수 없었다. 전쟁 중에 월북한 작가들 작품도 당연히 출판이나 판매가 금지됐다. 1960년대부터 1980년대까지는 많은 사회과학 책들이 이런 일을 겪었다. 문학 작품 같은 경우 내용이 선정적이라는 이유로 판매가 금지된 경우도 많이 있었다. 이런 책들은 정상적인 유통 경로로 구할 수 없었기 때문에 사람들은 서울 청계천이나 인천 배다리, 부산 보수동까지 가서 헌책방을 기웃거렸다.*

이러던 것이 1987년 6·29 선언 이후 바뀌었다. 다는 아니지만 많은 책들이 판매 금지 조치에서 벗어났다. 월북 작가들 작품이나 공산권 국가 작가들 작품도 펴낼 수 있게 됐다. 하지만 이때는 이미 많은 책들이 자취를 감춘 뒤였다. 특히 1980년대 전두환 정권 때 나온 민중 문학들은 오래된 헌책방에서도 흔하지 않은 책이 됐다.

독재 정권 때 가장 큰 힘을 가진 건 시였다. 많은 시인들이 자기 양심을 목숨과 맞바꾸는 심정으로 시집을 냈다. 1970년 시인 김지하는 사회를 풍자한 〈오적〉을 《사상계》에 발표하면서 큰 문제가 됐다. 이 일 때문에 《사상계》가 폐간되고 작가 김지하와 《사상계》 편집인은 국가보안법 위반으로 구속됐다. 이 일을 시작으로 많은 작가와 출판인들이 바르지 못한 사회 모습을 문학 형태로 고발

---

* 몇 년 전 금호동에 있는 헌책방 '고구마' 사장님에게 들은 말이 기억난다. 사장님은 판매가 금지된 김지하의 〈오적〉이 보고 싶어 청계천 어느 헌책방에 가서 공책에 시를 베껴왔다고 한다. 그때 청계천 등 일명 헌책방 거리에서는 이런 일을 흔히 목격했다고 한다.

하는 작업에 힘을 쏟았다. 비록 펴내는 책마다 출판 금지 조치를 받고 심한 경우 감옥에 갇히거나 고문을 당했지만 폭력은 결코 양심을 억누르지 못했다. 근현대사를 볼 때 수준 높은 철학과 사회과학 책들이 가장 많이 출판된 시기도 바로 이렇게 자유가 억압당하던 때였다.

1980년대 초 김지하의 《황토》를 시작으로 1980년대 후반까지 풀빛 출판사에서 펴낸 '풀빛판화시선'은 특이하게 시와 판화라는 두 예술 장르를 결합한 기획이었다. 언뜻 보면 시는 글자이고 판화는 그림이기 때문에 둘이 무슨 관계가 있을까 싶다. 아이들이 보는 그림책이라면 몰라도 진지한 내용을 담고 있는 시와 흑백 판화는 별로 어울리지 않을 것 같다는 생각이 앞선다. 하지만 그때 사회상을 잘 알고 있는 사람들은 이 판화시선이야말로 아주 적절한 출판 기획이라고 말한다.

전두환 정권이 장기 집권을 노리던 때 지식인과 대학생들은 하루가 멀다 하고 곳곳에서 데모를 했다. 청계천과 광화문, 종로와 명동이 그때는 전쟁터 같았다. 화염병과 돌이 날아다니고 최루탄 연기 때문에 눈을 뜨기 힘든 날이 많았다. 데모하는 사람들에게 큰 힘이 된 것은 시와 노래였다. 시인이 시를 쓰면 작곡가는 거기에 곡을 붙였다. 노래는 힘겨운 농사일을 하면서 부르는 노동요처럼 자연스레 많은 사람들 입에서 입으로 퍼졌다(김민기의 〈아침이슬〉 같은 노래를 생각하면 된다).

그러면 데모하는 곳에서 그림은 어떤 의미가 있을까? 한국의 민중 미술은 간단하면서 힘찬 필치로 평범한 사람들 모습을 담아냈다. 커다란 걸개그림 속에 나오는 민중들을 보면서 우리 자신이 세상의 주인인 것을 마음 깊이 느꼈다. 문학이든 예술이든, 세상 그 무엇이라도 일부 특권층이 주인일 수 없다. 우리가 있기 때문에 존재하는 게 이 세상이다. 그러니까 세상의 주인은 바로 사람들인 것이다. 그림은 바로 그런 복잡한 철학을 쉽게 드러내는 수단으로 쓰였다.

바로 이런 시기에 나온 풀빛판화시선은 1권을 김지하의 《황토》로 선택한 것만 봐도 어떤 의도를 가지고 기획됐는지 짐작이 간다. 그리고 각 시집마다 내용에 잘 어울리는 판화를 표지로 쓰고 두 장을 따로 본문 앞에 함께 수록했다. 이 판화시선을 말할 때 빼놓을 수 없는 사람이 바로 오윤이다. 풀빛 출판사는 투박한 민중 이념과 순수한 예술성을 동시에 나타내는 시집에 가장 잘 어울리는 작가를 찾고 있었는데, 그런 사람이 바로 오윤이었다.

30대 젊은 나이였던 오윤은 서울대학교에서 조각을 전공했지만 판화로 많이 알려졌다. 가난하던 오윤은(예술가들이 대개 가난하지만) 조각으로는 생활비를 벌 수 없어 판화 몇 편을 표지에 싣고 돈을 벌고 있었다. 오윤의 판화는 선이 굵고 거칠다. 마치 단단한 돌조각이 목판 안에 들어가 박혀 있는 모습이다. 이런 느낌은 가진 것 없이 나약하지만 꿋꿋한 뚝심을 갖고 살아온 우리 민중의 모습을 잘 표현했다. 풀빛판화시선 표지를 장식한 오윤의 판화는 더 많은 사람들에게 알려졌고, 몇몇 작품은 크게 만들어 데모하는 곳에 걸렸다.

민중 미술, 특히 판화라고 하면 이렇게 오윤을 먼저 떠올리기 때문에 풀빛판화시선 표지를 모두 오윤이 작업했다고 오해하기도 한다. 사실 오윤의 작품으로는 박노해의 첫 시집인 《노동의 새벽》이 유명하고, 더러는 김경주, 홍성담 등이 작업에 참여했다. 이렇게 이름이 알려진 작가들은 표지 안쪽에 판화를 누가 만들었는지 적어두는데, 어떤 책은 작가를 표시하지 않은 것도 있다.

풀빛판화시선에서 내가 가장 좋아하는 건 스물여섯 번째 시선집인 황지우의 《나는 너다》다. 이 책은 서른 권 남짓 나온 풀빛판화시선 중에서도 헌책방에서 눈에 잘 띄지 않는 책에 속한다. 책방에서 살 수 있는 가격도 풀빛판화시선 중에서 가장 비싼 편이다. 상태 괜찮고, 책 속 판화 작품도 온전히 남아 있으면 몇만 원은 줘야 살 수 있다. 이 시집의 표지와 판화는 오윤이 아니라 김경주의 것이다.

《나는 너다》는 지금도 열정적으로 활동하고 있는 시인 황지우의 초기 작품에 속한다. 황지우는 김수영문학상을 받은 《새들도 세상을 뜨는구나》(1983)로 알려졌다. 이 작품은 언어를 나열한 시라기보다 어떤 상황을 줄기차게 묘사한 무언극 같다. 시집 내용이 그 자체로 아주 극적이기 때문에 나중에 연극으로 재탄생한 것도 우연은 아닐 것이다.

《나는 너다》도 조금은 특이한 시 모음이다. 시집에 수록된 시는 90여 편인데 모두 제목 없이 글 앞에 숫자만 달려 있다. 이 숫자가 무엇을 뜻하는 것인지 모르겠다. 1번부터 순서대로 돼 있는 것도 아니다. 첫 번째 시가 〈503.〉이고, 다음은 〈187.〉이다. 의도한 것인지 알 수 없지만 맨 마지막에 있는 시가 〈1.〉이다. 시라는 것이 시인이 깊이 사유한 생각의 결과물이라고 볼 때 이 숫자는 시 제목이라기보다 단순히 생각이 떠오른 순서일 가능성이 있다.* 나중에 이 생각을 모아서 시집을 낸 것이고, 글 싣는 순서는 작가나 편집자가 흐름에 맞게 다시 정했을 것이다.

이 숫자들이 제목이 아닌 이유는 또 있다. 시집 후반부에 있는 시 몇 편은 숫자 밑에 제목으로 보이는 작은 글씨가 따로 적혀 있기 때문이다. 예를 들어

---

* 시집 후기에서 황지우는 이렇게 말한다. "제목을 대신하는 숫자는 서로 변별되면서 이어지는 내 마음의 불규칙적인, 자연스러운 흐름 이외에 아무것도 아니다."

〈214.〉 밑에는 '양떼구름 뒤 사람 발자국'이라는 글자가 있고, 〈289.〉 아래는 '구반포 상가를 걸어가는 낙타'가 있다. 시인이 스스로 말하고 있듯이 모든 것을 (말이나 행동을) 다 제 맘대로 판단하고 규정짓기에 급급한 사회를 보면서 답답한 마음이 들었나 보다. 황지우는 세상을 향해 급한 전보를 날리듯 시에 숫자를 적어 써냈다.

숫자로 된 제목 말고 특이한 것은 또 있다. 시를 읽다 보면 왜 그런지 모르게 입안이 바짝바짝 마르고 답답한 기분이 든다. 이유가 뭘까? 시 속에 자주 등장하는 단어를 보면 어느 정도 짐작을 할 수 있다. 첫 번째 시 〈503.〉은 이렇게 시작한다. "새벽은 밤을 꼬박 지샌 자에게만 온다./ 낙타야/ 모래박힌 눈으로/ 동트는 지평선을 보아라." 이 시에는 낙타나 모래 말고도 사막이 나오는 걸로 봐서 배경이 아프리카 어느 사막 즈음 되는 것 같다. 첫 시에 나온 낙타와 사막은 마지막 시에 그대로 다시 등장한다. 물론 마지막 시 〈1.〉에 낙타나 사막이라는 단어는 등장하지 않는다. 하지만 "꼬박 밤을 지샌 자만이 새벽을 볼 수 있다/ 보라, 저 황홀한 지평선을!"이라고 시작하는 첫 부분은 맨 앞에 나온 시 〈503.〉과 연결된다.

이렇게 맨 앞과 뒤에 뜨거운 사막을 생각나게 하는 시를 뒀고, 그 사이에 있는 다른 시에도 사막, 모래, 낙타 같은 소재가 자주 등장한다. 시 〈126.〉 첫 연 시작은 이렇다. "나는 사막을 건너 왔다, 누란이여." 〈26-2.〉 첫 시작은 "시리아 사막에 떨어지는, 식은 석양"이다. 급기야 〈130.〉에서는 "사식집이 즐비한 을지로 3가, 네거리에서/ 나는 사막을 체험한다"고 말한다. 이렇게 보면 시인은 아무래도 자기가 살고 있는 이 세상이 사막처럼 덥고, 답답하고, 목마른 곳이라고 생각하는가 보다. 심지어 값싸고 맛있는 음식집이 모여 있는 서울 한복판, 밤이 되면 눈부신 네온사인과 먹고 마시는 사람들로 늘 붐비는 을지로 3가가 황폐한 사막처럼 느껴질 정도다.

황지우뿐만이 아니다. 많은 지식인들이 1980년대 한국을 사막이라고 생각하지 않았을까? 풀 한 포기 자라지 않고 가도 가도 끝없이 붉은 모래만 널려 있는 버려진 땅 말이다. 여기엔 어떤 희망이나 가능성도 없는 것처럼 보인다. 풀빛판화시선은 바로 그렇게 가시나무 같은 시대를 맨몸으로 부둥켜안고 살던 사람들이 써내려간 시다. 황지우를 비롯해 김지하, 강은교, 박노해, 백기완, 김진경 등 판화시선에 참여한 작가들 이름만 봐도 그 성격을 알 만하다. 그때는 출판도 사회 운동의 차원에서 했다고 하니 더 말할 것도 없다.

풀빛판화시선 중에서 《나는 너다》를 좋아하는 이유는 특별한 철학을 담고 있는 시집 제목 때문이다. 간결하고 확신에 찬 이 문장은 마치 시인이 내 눈을 똑바로 쳐다보면서 말하고 있는 것 같다. 한편으로 이 문장은 전혀 논리적이지 않다. 실존을 중요하게 생각하는 서양 철학에서 '나'는 결코 '너'가 될 수 없다. '나'는 다른 곳이 아니라 바로 여기에 있는 나고, '너'는 여기가 아닌 다른 어떤 곳에 있는 존재다. 그렇기 때문에 '나=너'라는 논리는 참이 아니라 거짓이다.

하지만 서양 사람들이 몇 천 년 전부터 '나는 누구인가'라는 질문 때문에 골머리 썩고 있는 걸 볼 때 '나는 너다'라는 선언도 결코 거짓이라고 볼 수는 없다. '나'라는 것을 정확히 정의내리지 못하면서 '나'가 들어간 등식이 참인지 거짓인지 판단한다는 것 자체가 모순이기 때문이다. 머리 아픈 얘기는 여기까지 해두자.

말하자면 '나는 너다'라는 말은 참일 수도 있고 거짓일 수도 있는 애매한 문장이다. 좀더 자세히 말하면 참이면서 거짓인 말이다. 오래전 시인 김지하가 쓴 미학 책인 《예감에 가득 찬 숲 그늘》(실천문학사, 1999)을 읽고 큰 감동을 받았다. 여기서도 말이 안 되는 문장이 나온다. '흰 그늘'이 그것이다.

그늘은 햇빛이 닿지 않아 검게 그림자가 진 부분이다. 그늘은 검다. 그런데 김지하는 흰 그늘이라고 한다. '나는 너다'라는 말처럼 참 이상한 말이다. 그냥 말장난일까? 조금만 더 생각의 끈을 잡고 어두운 곳으로 걸어 들어가면 이 말이 절대 장난이 아니란 걸 알게 된다.

그늘은 확실히 그림자가 져서 검게 된 부분이다. 하지만 찾아보면 흰색 그늘도 있다. 맑은 날 오후 숲에 난 오솔길을 걸으면 참 시원하고 마음속까지 상쾌해진다. 바로 이 나무 그늘이 이를테면 흰 그늘이다. 나뭇잎이 만든 그늘은 햇빛을 전혀 통과시키지 않는 벽하고 다르다. 커다란 나무에 촘촘히 붙어 있는 작은 나뭇잎들은 햇빛을 적당히 통과시키면서 서늘한 그늘을 만든다. 이렇게 생긴 나무 그늘은 새 소리, 바람 소리 따위를 함께 갖고 있다. 이 모든 게 하나가

돼 온통 검은색뿐인 그늘보다 더 경쾌하고 시원한 느낌을 준다.*

'이것도 되면서 동시에 저것도 되는' 논리는 동양 철학에서는 거의 처음부터 나온 개념이다. 아리스토텔레스와 플라톤으로 거슬러 올라가는 서양 철학은 이것과 다르다. 서양에서는 크게 봐서 '존재'와 '관념'의 싸움이 곧 철학이었다. 쉽게 말하면 철학이란 누구라도 이해할 만한 보편적인 진리를 탐구하는 학문인데, 바로 이 '진리의 본질'이라고 하는 게 과연 눈에 보이는 것이냐 보이지 않는 것이냐 하는 것이다. 그렇기 때문에 서양 철학은 최근까지도 '이것 아니면 저것'**이라는 논리를 상식으로 생각하고 받아들였다. '이것이면서 동시에 저것'은 말이 안 되는 문장이라고 생각한다.

황지우는 시를 통해서 바로 그렇게 말 안 되는 철학에 관해 이야기하고 있다. 생각해보면 말 안 되는 철학을 갖고 있던 이들은 황지우나 김지하가 아니라 국민을 폭력과 공포로 다스리고 뒤로는 검은 돈을 챙기던 권력자들이다. 막강한 권력자들에게 국민은 대항할 수 없었다. 개인이 조금이라도 싫은 소리를 하면 국가는 거대한 괴물이 되어 짓밟았다. 김지하는 그런 권력자들을 '오적伍賊'이라고 비난했다가 감옥에 갇히고 급기야 재판에서 사형 선고까지 받았다.

김지하가 개인적 차원에서 폭력에 저항했다면 황지우는 국가 권력이라는 거대한 괴물과 싸우기 위해서 우리 모두 힘을 합쳐 연대해야 한다고 말한다.《나는 너다》에서 시인이 줄기차게 말하고 있는 게 바로 그것이다. 숫자로 보면 가장 처음이지만 시집 맨 마지막에 있는 〈1.〉에서 이렇게 말한다. "보라, 저 황홀한 지평선을!/ 우리의 새 날이다./ 만세,/ 나는 너다./ 만세, 만세/ 너는 나다./ 우리는 전체全體다." 역사의 깊은 어둠을 지나 마침내 새벽을 맞은 민중들이 부르는 감격에 찬 만세 소리다. 여기서는 나와 너가 없다. 나는 너고, 너는 나다. 우리는 따로 떨어진 개인이 아니라 모두 하나 된 전체다. 시인은 이렇게 가슴 벅찬 외

---

* 흰 그늘 미학에 대해서 더 알고 싶은 사람은《예감에 가득 찬 숲 그늘》125쪽부터 읽어보기를 바란다.
** 서양에서는 1960년대부터 구조주의 철학이 발달했다. 이것은 실존주의와 현상학을 동시에 비판하면서 나온 개념이다. 구조주의는 '나'를 말할 때 '나 자신은 곧 타자다'라고 설명한다. 동양의 불교가 몇 천 년 전부터 비슷한 사유를 기본으로 했던 것에 견주면 서양 철학이 여기까지 온 것은 한참이나 늦은 것이다.

침을 가장 먼저 떠올리며 시를 적은 종이 위에 '1.'이라고 썼다.

시인은 시를 쓰고, 소설가는 소설을 쓰고, 화가는 그림을 그리고, 가수는 노래를 부른다. 회사원은 사무실에서, 학생은 학교에서, 상인은 시장에서, 노동자는 공장에서, 우리 모두 각자 맡은 곳에서 열심히 산다. 우리는 무엇을 위해서 이렇게 열심히 사는 것일까? 우리는 서로 아무런 상관없이 떨어져 살고 있는 것일까?

나는 어떤 어려운 철학책을 읽은 때보다 황지우의 시집 《나는 너다》를 읽고 나서 세상에 관한 깊은 고민을 할 수 있었다. 나와 너, 그리고 우리는 서로 떨어져 있지 않다. 더 나아가서 사람과 자연, 지구와 우주, 이 모든 게 사실은 서로 손을 잡고 연결돼 있다는 아메리카 원주민들의 지혜처럼 시인은 남북이든 동서든, 또는 좌우로도 결코 나뉠 수 없는 하나인 우리 모습을 그리고 있다.

하일지의 경마장 시절

《경마장 가는 길》| 하일지 | 민음사 | 1990

……나의 일거수 일투족은 모두 허구의 세계에서 기획되어 있는 행동들에 불과하다는 생각이 들기도 해. 나, R이라는 존재는 어느 소설가에 의해 허구적으로 만들어진 것에 불과할지도 모른다는 생각이 들어. 나, R이 지금, 너 J에게 말하고 있다는 것마저도 현실적인 것이 아니라 어느 소설가에 의해 씌어지고 있는 것에 지나지 않는 것이 아닐까 싶어.

— 《경마장 가는 길》, 218쪽

소설가가 되고 싶다고 생각한 때가 있었다. 그것은 아주 오래전 일이다. 초등학교 4학년 여름 방학 때 처음으로 소설을 썼다. 200자 원고지로 200장이나 썼다. 그때는 단편과 장편 같은 분류도 몰랐고, 어떻게 쓰는 게 소설인지도 몰랐다. 내가 알고 있는 소설에 관한 정보는 수업 시간에 배운 게 다였다. 선생님은 소설은 조금 긴 글이고, 실제로 일어날 법한 일을 상상해서 쓰는 거라고 가르쳐 주셨다.

여름 방학이었지만 우리 집은 가난해서 가족끼리 어디 놀러가는 일은 상상할 수도 없었다. 나는 집에 틀어박혀서 한 달 동안 소설을 완성하겠다고 다짐했다. 방학 숙제는 아니었지만 그 소설을 개학하는 날 선생님께 보여드리고 싶었다. 소설 쓰기를 시작하기도 전에, 어쩌면 선생님은 내 소설을 보고 천재성을 발견할지도 모른다는 망상에 빠져 있었다. 그러면 나는 유명한 작가처럼 돈도 많이 벌고, 여기저기 여행도 다닐 수 있으리라 생각했다(소설가라면 당연히 해외여행을 자주 다니는 사람이라고 믿고 있었다).

소설 소재는 예전부터 생각한 게 있어서 따로 고민할 필요가 없었다. 주인공 이름은 당연히 루이스 캐럴의 그 '캐럴'이었다. 소재와 주인공 이름만 있을 뿐인데 마치 소설을 다 끝낸 것처럼 의기양양해져서 원고지 뭉치를 책상에 탁 놓고 글을 쓰기 시작했다.

물론 생각한 줄거리를 글로 옮겨 쓰는 것은 쉽지 않은 일이었다. 게다가 나는 초등학교 4학년이었으니까. 소설 제목도 주인공 이름을 따서 '캐럴'이라고 정했다. 지금 생각하면 소설 내용이 너무 유치해서 부끄러울 정도지만, 그때 나는 여름 방학 내내 그 소설을 쓰는 데 매달려 있었다.

주인공 캐럴은 내 또래 여자아이고, 당연히 영국 사람이다. 지금 다시 생각하려니까 전체 내용이 뒤죽박죽이지만, 어쨌든 캐럴은 어릴 때 부모님을 여의고 다른 집에서 더부살이를 하고 있었다. 무척 힘든 생활이었지만 틈틈이 공부도 하면서 열심히 산 덕분에 예쁜 숙녀로 자랄 수 있었다.

하지만 이 예쁜 숙녀에게도 시련이 찾아온다. 더부살이를 하던 집에 캐럴보다 두어 살 어린 여자애가 있었는데(이 여자애 이름은 기억이 안 난다) 캐럴과 결혼하려던 남자가 이 여자애하고 얽혀서 삼각관계가 된 것이다. 주인집 여자애는 멋진 남자와 결혼하려고 억지 모략을 세워 캐럴을 위험에 몰아넣는다. 결국 캐럴은 누명을 쓰고 경찰에 붙잡혀 감옥에 갇히고, 주인집 여자애는 남자와 결혼을 약속한다.

하지만 결혼식 올리기 며칠 전, 캐럴과 주인집 여자애가 원래 어릴 때 헤어진 자매라는 사실이 밝혀진다. 중요한 결말 부분이 지금 생각이 안 나는데, 아마도 꽤 신파조로 끝났기 때문일 것이다. 출생의 비밀을 알게 된 주인집 여자애는 울면서 캐럴에게 사과하고, 며칠 뒤 결혼은 당연히 주인집 여자애가 아닌 캐럴이 하게 된다는…….

이 얘기는 당연히 내 머리에서 나온 게 아니다. 캐럴이 더부살이를 하면서 어려움을 겪는 장면은 만화책《캔디 캔디》에서 나왔고, 나머지 내용도《소공녀》, 《키다리 아저씨》,《작은 아씨들》등을 섞어서 쓴 것이었다. 하지만 그때는 정말 이 모든 게 내 천재적인 소질에서 비롯된 것이라고 생각했다. 중학생이 돼서도 여전히 내가 아직 발굴되지 않은 문학 천재라고 믿고 있었다.

개학하고 나서 그 소설을 선생님에게 보여줬는데 특별한 반응이 있었던 건 아니다. 며칠 뒤 선생님이 원고지 묶음을 돌려주면서 뭐라고 하신 것 같은데, 전혀 기억나지 않는다. "방학 동안 이렇게 열심히 소설을 썼다면 그 시간에 다른 숙제를 더 잘할 수 있지 않았을까?" 하는 기분 나쁜 대답이었던 것 같다. 화가 나거나 슬프지는 않았지만, 그날 당장 동네 공터에서 소설을 태워버렸다.

그 뒤로도 고등학교를 졸업할 때까지 중편 정도 되는 소설을 열댓 편 썼고, 원고지 1000장에 이르는 장편도 두 번인가 썼는데, 아무에게도 보여주지 않았다. 내가 결코 천재가 아니라는 사실을 안 것도 그 즈음이었다.

적어도 장편 소설을 쓰는 사람은 누구라도 천재이거나 자신을 천재라고 믿고 있는 사람이라고 생각했다. 그런데 세상에 천재가 이렇게 많아서 쓰나? 대형 서점에 가보니까 단편이나 중편은 말할 것도 없고 장편 소설만 해도 하루가 멀다 하고 쏟아져 나왔다. 어느 날 서점을 다니다가 문득 그 사람들이 모두 천재라면 내 자신이 너무 억울하다고 느꼈다. 그래서 진짜 천재를 찾기로 했다. 전 세계 작가 중에서 찾는 건 내 노력으로 불가능하니까 우선 한국 사람부터 찾아보기로 했다.

나름 끊임없이 노력한 덕분에 군대 가기 얼마 전 진짜 천재를 발견할 수 있었다. 바로 하일지다. 나는 《경마장 가는 길》을 읽고 큰 충격에 빠졌다. 도대체 이게 소설인가? 아니, 과연 이게 소설이구나!

찾아보니 하일지 소설은 몇 작품이 더 있었다. 모두 제목에 '경마장'이 들어가기 때문에 연작으로 펴내는 시리즈라고 생각했는데, 읽어보니 꼭 그런 건 아니었다. 그때 내가 읽은 것은 《경마장 가는 길》, 《경마장은 네거리에서…》, 《경마장을 위하여》 이렇게 세 권이었다.

'경마장 소설'은 모두 다섯 권이 나왔는데, 이 세 권을 먼저 보고 나머지 두 권은 군대에 있을 때 읽었다. 그리고 그때 하일지가 경마장 소설에 관해 얘기하며 이 소설이 시리즈가 아니라고 밝힌 것도 알았다. 하일지는 이 소설을 시리즈로 보지 말고 '경마장 시절'이라고 불러달라고 부탁했다(〈'경마장 시절'을 마감하며〉).

경마장 시절 시작을 알리는 《경마장 가는 길》이 민음사에서 처음 나온 건 1990년이다. 원고지 3000장이 넘는 긴 소설이다. 뒤를 이어 다음 해에 《경마장은 네거리에서…》와 《경마장을 위하여》가 나왔고, 1992년에는 《경마장의 오리나무》, 그 다음 해에 마지막으로 《경마장에서 생긴 일》이 나오면서 하일지의 경마장 시절은 끝난다.

친절한 '작가의 말'을 쓰는 하일지는 경마장 시절의 마지막 소설인 《경마장에서 생긴 일》에 실은 덧붙이는 말에 이제 경마장 시절은 끝났으며 더는 경마장 소설을 쓰지 않겠다고 얘기했다. 그 말대로 지금까지 경마장 소설은 다시 나오지 않았다.

나는 이 천재 작가가 사용한 '경마장'이 무엇인지 알아내려고 무척 열심히 노력했다. 뭔가 대단한 의미가 있기 때문에 자기가 글을 쓴 시기를 '경마장 시절'이라고 부른 게 아닐까. 게다가 그때 쓴 모든 소설 제목에 '경마장'이 들어간다. 책을 읽으면서 궁금해서 미칠 지경이었다. 하지만 끝내 경마장 시절 책 다섯 권을 다 읽었는데도 궁금증은 풀리지 않았다.

다른 책이었으면 그냥 그러려니 하고 대충 생각하다가 덮었을 텐데, 이번에는 궁금한 나머지 평론가들의 글을 찾아보게 됐다. 그리고 뜻밖의 사실을 알았다. 몇몇 평론가들이 하일지의 첫 소설 《경마장 가는 길》을 혹독하게 비평하고 있다는 사실이다. 어느 정도 예상은 하고 있었지만 그 정도가 심해서 어떤 것은 인신공격 수준인 글도 있었다.

하일지의 첫 소설이 나온 뒤 장석주와 우찬제 등은 대단한 작가가 나왔다며 극찬했다.* 그러나 남진우** 같은 평론가들 생각은 전혀 달랐다. 남진우는 《시사저널》 제68호 1991년 2월 14일자에 《《경마장…》은 새 소설인가》라는 서평을 실었다.*** 남진우가 첫 번째 경마장 소설에 보낸 평가는 하일지에게 꽤 큰 상처를 줬다. 어쩌면 분노가 치밀어 올랐을지도 모른다.

하일지는 《경마장은 네거리에서…》를 마친 다음 이어지는 작가의 말을 통해 남진우의 글을 정면으로 반박한다. 이제 경마장 소설은 문학 논쟁이 됐다. 남진우는 1991년 7월 27일자 《조선일보》에 〈작가의 심리적 동기 무모-불순〉이라는 글을 발표했다.

---

* 장석주는 시인이며 평론가다. 1980년대에 청하출판사 발행인을 지냈다. 독서가로 이름이 났고, 글도 무척 많이 쓴다. 하일지 소설에 관해 〈방법론적 새로움이 경이롭다〉(《문화예술》, 1991년 1월호)라는 글을 썼다. 우찬제는 평론집 《타자의 목소리》를 포함해 여러 권을 펴냈고, 지금은 서강대학교 교수다. 하일지 소설에 관해 〈인간관계의 불구성을 적나라하게 보여주었다〉(《문학과 나》, 1991년 1월호)를 썼다.

** 시인이며 평론가. 중앙대학교 문예창작학과와 같은 대학 대학원에서 문학을 공부했다. 1981년 동아일보에 시가 당선된 것을 시작으로, 1983년에는 《중앙일보》 신춘문예에 평론이 당선됐다. 1990년대는 남진우의 시대라 할 만큼 여러 곳에서 많은 상을 받고 주목을 받았다. 1995년 동서문학상(평론 부문), 1996년 서라벌문학상, 1998년 김달진문학상, 1999년에는 소천비평문학상을 각각 받았다. 소설가 신경숙 씨와 결혼했다.

*** 남진우는 이 글에서 하일지의 소설이 전혀 새로운 시도가 아니며, 문학적 기교나 깊이 면에서도 부족한 작품이라고 평가한다. "이 작품은 한 번 읽고 나면 고개를 두어 번 끄덕이고 치워버릴 작품이지 되풀이 읽기를 유도하는 또는 되풀이 읽기를 견뎌내는 작품은 아닌 듯싶다"라고 강하게 비판했다.

남진우는 이 글에서 하일지의 소설은 문학이라기보다 개인적으로 한국 사회에 원한이 많기 때문에 단순히 그런 심리 상태로 글을 썼다고 주장한다. 지극히 개인적인 이유 때문에 한국 사회 전체와 문학관까지 추악한 모습으로 그리고 있는 하일지의 소설은 대단히 불순한 동기를 가진 것이라고 말한다. 하일지는 《조선일보》에 반박 글을 보냈지만 실리지 않았다.

결국 하일지는 1991년 10월에 펴낸 소설 이론서인 《소설의 거리에 관한 하나의 이론》을 통해 《조선일보》에 실리지 못한 글을 발표한다. 이것으로 겉으로는 하일지와 남진우의 문학 논쟁은 끝을 맺었지만, 그 뒤에도 하일지 소설을 향한 비평가들의 이런저런 말들은 1990년대 내내 끊이지 않고 나왔다.

다시 '경마장'으로 돌아오자. 그래서 결국 경마장은 무엇인가? 애석하게도 말들이 경주하는 경마장은 소설 속에 실제로 등장하지 않는다. 《경마장 가는 길》에서 주인공 R과 J는 경마장하고는 전혀 상관없는 일 때문에 갈등한다. 다만 소설 속에서 R이 소설처럼 보이는 글을 쓰는 장면이 몇 번 나오는데, 그 소설 제목이 앞으로 나올 다른 소설과 연관이 있다.

내가 하일지를 천재라고 생각한 것은 그 제목 구성과 내용 전개가 아주 치밀하기 때문이다. 어쩌면 하일지는 처음 소설을 쓸 때부터 마지막에 쓸 다섯 번째 책까지 모두 생각하고 있지 않았나 싶을 정도다.

예를 들어 R이 《경마장 가는 길》에서 처음으로 글을 쓰는 장면을 보면 수첩을 편 곳 맨 위에 제목처럼 보이는 문장을 쓰는데, 그게 '경마장에서 생긴 일', 즉 마지막 소설 제목과 같다. R이 쓴 글은 이렇게 시작한다. "나는 당신에게 경마장에서 내가 본 것에 대하여 이야기해 드리려고 합니다. 경마장에서 어떤 일이 일어났는지 아십니까?"

이 글은 마지막 소설 《경마장에서 생긴 일》과 전혀 관계가 없지만, 그 내용에서 어떤 암시를 하고 있다. 《경마장에서 생긴 일》은 교사인 K가 알 수 없는 사람의 초청을 받아 섬으로 들어가 거기에서 겪는 이상한 일을 그리고 있다. 그곳은 물론 말들이 경주를 하는 경마장이 아니다. 경마장은커녕 말 한 마리 나오지 않는다. R은 바로 그 이상한 경마장을 알고 있다. 그래서 지금 글을 시작하려고 하는 것이다. 자기가 본 것을 이야기하기 위해서.

R은 얼마 뒤 다른 글을 쓰기 시작하는데, 제목이 '경마장은 네거리에서…'다. 경마장 시절 소설 두 번째 책 제목과 똑같다. 그리고 R이 지금 쓴 부분은 실제로《경마장은 네거리에서…》처음과 완전히 같다.

다음으로 경마장 시절을 암시하는 글은 R이 여느 때처럼 여관에 있을 때다. 이번에도 J가 떠난 뒤 수첩을 꺼내 '경마장에는 지금…'이라고 적는다. 그것은 "경마장 위로 그림자를 드리우고 있는 나무들은 상수리나무와 피나무와 백양나무와……"로 시작하는 짧은 글이다.

그런데 이것은 또 경마장 시절 네 번째 소설인《경마장의 오리나무》의 내용과 겹친다.《경마장의 오리나무》시작 부분에서 주인공 '나'는 아내와 잠자리를 갖다가 돌아누워서 벽에다 손가락으로 글씨를 쓴다. 그것은 R이 여관방에서 썼던 글 '상수리나무와 피나무와 백양나무와……' 하는 부분과 연결된다.

R의 글쓰기는 소설 가장 마지막에 K라는 인물이 지구를 반 바퀴 돌아 한국으로 돌아오는 장면을 보여주면서 끝나는데, 이 문장은 지금까지 읽은 소설《경마장 가는 길》첫 부분과 완전히 똑같다. 그리고 K는 다시 다른 경마장 시절 소설의 주인공이 되어 나타난다.

K가 주인공이 아닌 소설은《경마장의 오리나무》뿐인데, 여기서 주인공은 '나'라는 1인칭이다.《경마장의 오리나무》는 죽을 듯이 고독하고 부조리한 삶이라는 미궁에 빠진 인물의 내면을 치밀하게 그리고 있다. 나는 여기에 나오는 '나'도 다른 소설과 마찬가지로 K일 것이라고 굳게 믿고 있다.

《경마장의 오리나무》에는 증권회사에 다니다가 갑자기 도망을 나온 '나'를 보면서 어떤 여자가 "아저씨는 문성근 씨를 빼닮았잖아요"라고 말하는 장면이 나온다. 영화배우 문성근은 장선우 감독이 연출한 영화 〈경마장 가는 길〉에 주인공으로 나왔다. 바로 R이다. R은 자기가 쓰는 소설 속에서 K를 주인공으로 만들고 K는 다시 R이…….

이렇게 돌고 돌다 보면 하일지의 경마장 시절 소설은 다섯 권이 서로 분리된 게 아니라 커다란 하나의 이야기라는 생각마저 든다. 내용은 서로 다르지만 거기에 나오는 인물들이 각각 우리 자신이라고 생각하면 '경마장 가는 길'에서 우연히 만난 사람들이 먼 여행을 거쳐 '경마장에서 생긴 일'을 겪는 게 된다.

경마장 시절 마지막 소설인《경마장에서 생긴 일》을 보면, K는 어떤 사람의 초대를 받는다. 거기는 섬이다. 이 섬은 우리가 도달해야 할 경마장일까? 제목이 '경마장에서 생긴 일'이니까 그럴 수도 있겠다.

그러나 이 섬은 들어갈 수 있지만 나갈 수는 없는 구조다. K는 알 수 없는 힘에 감금됐다 싶을 정도로 섬에 구속된다. 경마장 시절 소설은 마치 에셔*의 판화처럼 빙글빙글 돌다가 마침내 모습을 잃어버리고 끝 모를 어둠 속으로 빠지고 만다.

경마장 시절인 1990년대는 소설뿐만 아니라 다른 여러 가지 이유로도 중요한 때다. 박정희와 전두환, 노태우를 거치는 군사 정권을 마감하고 처음으로 군인이 아닌 사람이 대통령이 된 때다. 그러나 대통령이 바뀌었다고 해서 세상이 갑자기 바뀌는 건 아니다. 우리 사회는 부정부패, 부동산 투기, 인신매매 등 극심한 부조리와 싸워야 했다.

하일지는 이런 부조리한 사회를 향해 거북한 소리를 낸 것이다. 사람들은 하일지 소설을 읽고 답답해했고, 더러는 같잖은 소리라고 평가하기도 했다. 어떤 사람들은 이 소설을 읽지 않았다.

하일지의 경마장 시절은 지금도 유효하다. 세상은 많이 변했지만, 경마장 소설에서 하일지가 주로 쓰는 기법인 '했던 말 또 하기'**를 생각해볼 때 우리는 여전히 경마장 안에 갇혀서 뱅글뱅글 도는 경주마와 같다. 누군가 말에게 돈을 걸고, 대박이 나거나 거지가 되는 상황을 경주마는 이해하지 못한다.

우리가 사는 여기가 다름 아닌 거대한 경마장이다. 바로 거기, 경마장 가는 길은, 경마장 네거리에서 북쪽으로 구백삼십사 걸음, 서쪽으로 칠백팔십 걸음 그리고 다시 북쪽으로 팔백오십팔 걸음…….

아쉬운 건《경마장 가는 길》을 빼면 모든 경마장 시절 책들이 절판돼 새 책으

---

* 모리츠 코르넬리스 에셔(Maurits Cornelis Escher, 1898~1972). 네덜란드 출신 판화가로, 특히 무한 반복하는 기하학 도형을 작품으로 만들었다. 그밖에 '불가능한 도형'처럼 착시 현상 등을 이용한 작품을 많이 남겼다.

** 이것은 하일지의 다른 소설에도 끊임없이 나온다. 경마장을 예로 들면, 심지어 한 소설 속에 나오는 말이 그대로 다른 소설 작가의 말에 반복해서 나오는 경우도 있다(《경마장 가는 길》 562쪽의 "나는 아직 한 번도 경마장에 가본 적이 없다…" 아래 경마장에 관한 언급은 《경마장을 위하여》 작가의 말 처음에 그대로 나온다).

로 만날 수 없다는 것이다. 우리는 경마장 시절 책을 찾기 위해 다시 처음부터 시작해야 한다. 경마장을 찾으러 가는 길은, 경마장 네거리에서 북쪽으로 구백 삼십사 걸음, 서쪽으로 칠백팔십 걸음 그리고…….*

---

* 이 마지막 문장은 《경마장은 네거리에서…》 처음 문장과 마지막 문장을 패러디한 것이다. 이렇게까지 유치하게 따라한다고 하더라도 하일지의 소설을 이해하고 즐기는 데까지는 여전히 오랜 시간이 걸릴 거라는 것을 나는 안다.

길 잃은 새와 만나다

《새》| 하일지 | 민음사 | 1999

그때서야 그는 비로소 자신의 실종을 정리해볼 수 있었는데, 그러니까 그는 이제 더 이상 자신의 아내의 남편이 아니었고, 자신의 아이들의 아버지가 아니었고, 자신의 노부모의 아들이 아니었고, 사랑스런 김지영의 애인도 아니었던 것이다.

—《새》, 292쪽

군대를 다녀와서 본격적으로 하일지 소설을 읽고 있을 때 한국은 심각한 금융 위기를 겪고 있었다. 1997년이었던가? IMF에서 돈을 꾸기 시작한 때가 말이다. 회사가 부도나거나 가지고 있는 주식이 폭락해서 자살하는 사람들 소식이 하루가 멀다 하고 9시 뉴스 첫머리에 나왔다.

그때 대통령이었던 김영삼 씨는 나중에 인터뷰를 통해 이렇게 중대한 위기를 코앞에 두고도 전혀 몰랐다고 했는데, 조금이라도 경제에 관심을 가지고 있었다면 누구라도 이런 일은 예측할 수 있었다. 평범하게 직장 생활을 하던 나도 멀리 끼어 있는 먹구름을 보고 이상한 느낌을 받았는데 말이다. 1994년 말 멕시코와 아르헨티나가 먼저 통화 위기를 겪었다. 뒤이어 1990년대 후반은 한국을 비롯한 아시아가 그랬고, 1998년에는 세계 시장을 도박판처럼 운영하던 헤지펀드가 파탄했다.

그런데 폭풍전야는 늘 그렇듯이 아주 맑고 쾌청한 하늘이다. 아이러니하게도 1990년대에 이른바 '즐기는 문화'가 얼마나 성공했는지! 가요계만 하더라도 1990년에 현진영이 나왔고, 1992년에는 가요계 흐름을 완전히 뒤바꾼 서태지와 아이들이 갑자기 나타났다. 1994년에는 룰라와 DJ DOC, 그리고 그 다음은 많은 아이돌 가수가 쏟아져 나왔다. H.O.T, 젝스키스, god 등이 모두 1990년대 텔레비전에서 '춤판'을 벌인 사람들이다. 하긴 그것도 그럴 것이 어른들은 대부분 당장 먹고사는 일에 빠져 있다 보니 모든 문화가 아직은 자유로운 젊은 층에 집중될 수밖에 없었다.

나도 물론 이런 가수들 노래를 엠피쓰리 플레이어에 넣고 다니면서 흥얼거렸다. 운이 좋았다. 어릴 때부터 컴퓨터를 좀 만졌기 때문에 대학에서 컴퓨터를 전공하고, 곧장 이름 있는 IT 회사에 들어갈 수 있었기 때문이다. 내가 다니던 회사는 IMF와 전혀 상관없이 잘 굴러갔다. 김대중 씨가 대통령이 되고 심지어 IT와 벤처 기업을 크게 지원하는 법안이 통과되면서 오히려 더 좋은 시절을 누릴 수 있었다. 나중에는 이 모든 게 '거품'이라는 게 드러나지만, 어쨌든 그 안에서 편안히 누워 거품 목욕을 즐길 수 있을 때 회사를 다닌 것이다. 당연히 IMF 때문에 망하거나 자살하는 사람들 소식을 들으면서도 별 생각이 들지 않았다.

그런 때 하일지를 만난 건 마치 현진영의 〈흐린 기억 속의 그대〉를 처음 들었을 때 받은 충격과 비슷했다. 그리고 나는 오히려 그 책을 통해 지금 사회가 어떻게 돼가고 있는지 실감할 수 있었다. 매일 출근하고, 출근하면 일하고, 일하다 밥 먹고, 밥 먹고 일하고, 일 끝나면 퇴근하고, 퇴근하면 누워 자는 일상이 지루하면 지루했지 그렇게 힘들 것까지는 없다고 믿고 생활하던 그때, 하일지 소설은 어느 날 소리 없이 펄럭거리며 하늘에서 떨어진 빨간색 '삐라'였다.

하일지는 경마장 소설 몇 권을 내고 난 뒤에 뜸하게 책을 냈지만, 나는 꾸준히 하일지 소설을 찾아 읽었다. 그러다가 1999년, 운명처럼 만난 작품이 바로 《새》다. 《새》는 1999년 여름 세상에 나왔다. 세기말이다. 대통령 김영삼 씨는 그 다음 대통령에게 외환 위기라는 바통을 넘겼다. 자살하는 사람 뉴스는 더 많이 나왔고, 몇몇 종교 단체에서는 1999년이 가기 전에 지구가 멸망한다면서 자기들 신을 믿고 구원을 받으라며 목소리를 높였다. 내가 《새》를 읽은 건 크리스마스 얼마 전이었다. 언제부터인가 크리스마스가 크리스마스답지 않다는 생각이 들었는데 아마 이때부터가 아니었나 싶다.

장석주는 《나는 문학이다》에서 하일지의 소설을 이렇게 평가했다. "……불확실하고 모호한 현실 속에서 지표와 이념을 잃고 표류하는 자아의 미시적 욕망의 생태학을 보여주는 소설이다." 나는 '자아의 미시적 욕망의 생태학'이 대체 뭘까 생각하며 몇 번을 되풀이해서 읽었다. 그래도 이해가 잘 안 됐다. 지금 생각해보면 이 말에 딱 들어맞는 주인공이 바로 《새》의 주인공 A가 아닐까 싶다.

40대 중반 남자인 A는 16년 동안 증권 회사에서 일했지만 어느 날 갑자기 해고 통지서를 받는다. A는 일자리라도 부탁할까 싶어서 지방에서 수출 회사를 하는 선배 이영춘을 찾아가보기로 하는데, 그날 밤 선배가 갑자기 죽었다는 소식을 듣는다.

A는 갑자기 이 모든 일을 겪게 된 게 어느 날부터 계속해서 주위를 맴돌던 까마귀 비슷한 검은 새 때문이라고 생각한다. 그러다 A는 남대문 근처 도쿄빌딩에서 엘리베이터를 탔다가 검은 새와 부딪히면서 이상한 사건 속으로 빠져버린다. A는 처음에 엘리베이터 안 세계에서 어린 소녀를 만나고 그 아이의 부탁으로 장님인 남동생을 찾아다니면서 황당무계한 일들과 엮인다. 마치 토끼굴 속으로 떨어진 앨리스처럼 희한한 일을 겪던 A는 자신을 도련님이라고 부르는 어떤 남자를 만나 그 사람을 따라 '남천'이라는 마을(거기에는 A를 가족이라고 알고 있는 사람들이 살고 있다)로 들어간다. 거기 있는 A의 부인은 엘리베이터 밖 현실과 달리 20대의 아름다운 여인이고, 아들도 있다. 게다가 친척들까지! 모두 A를 가족으로 알고 있지만, A는 이런 일이 도대체 믿기지 않는다.

모든 게 비정상이고 혼란스럽지만 결국 A는 남천 생활에 적응하며 살기로 한다. 그러나 바로 그때 A가 가짜라는 사실을 폭로하는 늙은 장님이 나타난다. 이 노인은 남천(정확히 말하면 엘리베이터 안 세계)에서 빠져나가는 길을 알고 있다. A는 노인의 도움으로 가까스로 엘리베이터에서 탈출해 가족을 찾아가지만, 이미 다른 남자와 아이가 남편과 자식 행세를 하고 있다. 결국 A는 가족들에게 미친 사람으로 몰려 쫓겨난다.

갈 곳 없는 A는 지하철에서 노숙자들과 함께 지낸다. 그런데 놀라운 건 노숙자들 대부분이 A와 비슷한 경험을 하고 여기에 모이게 됐다는 사실이다. A는 자기가 이렇게 된 게 지금 사회 현실과 다르지 않다는 것을 깨닫고, 그 순간 몸이 변해 검은 새가 된다. 이 새는 소설 처음에 A를 따라다니던 바로 그 새다. 검은 새로 변한 A는 또 다른 퇴출 직장인의 뒤를 따라간다.

여기까지 줄거리를 놓고 보면 전형적인 하일지 스타일이다. 첫 이야기가 소설 맨 마지막에 똑같이 이어진다든지, 몇몇 문장은 똑같이 반복되는 등 하일지의 전매특허라고 할 수 있는 기법이 여지없이 등장한다. 그래서 읽는 사람에 따라서는 도대체 이 소설이 뭘 말하려고 하는지 도무지 알 수 없다고 짜증을 낼 수도 있다. 내가 하일지 작품 중에서 《새》를 좋아하는 이유는 바로 거기에 있다. 이렇게 생각하기 쉬운 얘기를 어떻게 그 정도로 꼬아놓을 수 있단 말인가!

하일지 소설에는 뒤통수를 후려치는 반전도 없고, 아름다운 형용사라면 아예 평생 쓰지 않기로 작정이라도 한 듯 문장이 건조하다. 그런 소설가가 '통속 소설'을 쓴다는 건 죄악이라고 생각될 정도로 상상조차 할 수 없다. 하지만 1990년대를 '통속'이 아니면 무엇으로 표현할 수 있을까? 1996년에 무서울 정도로 대히트를 기록한 김정현의 소설 《아버지》를 읽으면서(끝까지 다 읽지는 못했다) 나는 아무것도 느낄 수 없었다. 아버지가 일찍 돌아가셨기 때문일까? 그래서 나는 아버지를 추억할 수 없게 된 것일까? 아니면 아주 기억을 잊은 것일까? 그때는 그저 내가 냉정한 사람이기 때문에 그런 거라면서 내 자신을 위로하고 말았다.

그런데 하일지의 《새》는 달랐다. 분명히 이 소설은 통속적인 주제를 담고 있다. 16년 동안 다니던 직장에서 하루아침에 해고 통고를 받은 40대 중년 남자에게는 아직 어린 아들이 있다. 부모님이 거는 기대도 적지 않다. 심지어 회사 여직원과 바람까지 피우고 있다. A는 아무런 잘못도 하지 않았지만 이런 삶이 한순간 거품처럼 무너졌다. 이것을 암시하는 것이라곤 검은 새 한 마리밖에 없었는데, 엘리베이터 안에서 길을 잃기 전까지 A는 새가 무엇 때문에 자기 주위를 그렇게 맴돌고 있었는지 전혀 알지 못했다. 길을 잃고 나서도 아주 오랜 시간이 지나서야 자기가 어떻게 된 것인지 짐작한다. A는 길을 잃은 게 아니라 실종된 것이다. 어느 순간 가족과 사회, 이 세상이라는 물리적 공간, 지금까지 잘 살아온 시간에서, 심지어 자기 자신도 자기가 어디로 증발했는지 알 수 없을 정도로 실종된 것이다.

이건 그저 잘 다니던 직장을 잃고 아버지로서, 자식으로서, 남편으로서 누리고 있던 현실이 무너진 것 이상으로 아프고 참담한 이야기다. 가장 큰 문제는 무엇보다 자기 정체성이 이 지구상에서 증발해버린 일이다. 《새》는 도저히 현실 세계에서 찾을 수 없는, 철저하게 짓밟히고 찢긴 자아가 어떻게 이 세계에서 다른 사람들과 함께 버젓이 실재할 수 있는지 설명하고 있다. 그러면서도 그 속에

---

* 전혀 알려지지 않던 작가가(직업 작가도 아니었다) 쓴 책이 300만 부 이상 팔렸으니 정말로 히트 중에 히트 아닌가. 김정현은 그 뒤에도 몇 권 더 책을 펴냈지만 《아버지》만큼 팔리지는 않았다. 한동안 뜸하다가 2010년 문이당에서 새로운 책을 펴냈는데, 제목은 '아버지의 눈물'이다.

타오르는 인간적인 욕망은 여전히 남아, 갈 곳 없는 새가 되어 또 다른 사람 뒤를 유령처럼 따라다닌다. 이것만이 죽지 않고 살아 있는 사람이라는 걸 증명하고 있다. 나는 바로 그 실오라기 같은 생명을 '미시적 욕망의 생태학'이라고 해석했다.

사람은 누구나 신이 창조한 최고의 작품이 아니던가. 아무리 낮고 천한 곳에서 굴러먹는다고 하더라도 사람은 사람이다. 그렇기 때문에 티끌만 한 욕망들이 여전히 복잡하게 얽혀서 희망을 향해 눈을 돌릴 수도 있는 것이다. 보고 있으면 눈가에 물기가 말라버릴 것처럼 건조한 하일지의 소설들은 사실 그 누구보다 따뜻한 시선으로 희망과 사랑을 이야기하고 있다.

헌책방의 일생

《샛강》 | 이정환 | 창작과비평사 | 1976

어릴 때 우리 집 옆방에는 국민대학교에 다니는 형이 살고 있었다. 형을 자주 만날 수는 없었지만(대학생들은 아주 바빠 보였는데 사실은 데모를 하느라 그랬던 것 같다) 만나면 늘 책 이야기를 했다. 형이 먼저 말을 거는 경우는 많지 않았고, 대부분 내가 먼저 호기심이 생겨 주위를 얼쩡거리다가 말을 하게 됐다.

몸집이 큰 형은 기타를 퉁기며 노래를 부를 때도 있었지만, 책을 읽거나 책에 있는 뭔가를 공책에 옮겨 적는 모습이 더욱 깊은 인상으로 남아 있다. 대학생은 누구나 저렇게 책과 씨름하는 사람인 줄 알았다. 그런 모습이 꽤 멋있게 보였다.

형 방에 대학생 여러 명이 모여 있을 때도 가끔 있었는데 그 모습은 더욱 신기했다. 나는 학생들이 왜 모였고, 모여서 무슨 일을 하는지 전혀 알 길이 없었지만, 책을 무척 많이 늘어놓고 무엇을 한다는 게 그냥 부러웠다.

나는 무슨 내용인지도 모르고 형이 보는 책을 빌려달라고 해서 읽었다. 글자 자체를 좋아했기 때문에 뭐가 됐든 두툼한 책이 무조건 좋았다. 어느 날 형에게 이 많은 책들이 다 어디서 났느냐고 물었더니 "헌책방에서 샀다"는 짧은 대답이 돌아왔다.

그렇다면 형은 헌책방에 자주 다니는 것 같았다. 집에 책이 꽤 많았으니까. 형은 헌책방에 관해 자세히 이야기해줬다. 새 책이 아니라 남이 보던 책을 싸게 살 수 있는 곳이라고 했다. 내가 좋아하는 애거서 크리스티 추리 소설 문고본을 500원이면 살 수 있을 거란다. 나는 당장 그 헌책방이 어디 있냐고 따지듯이 물었다. 형은 '청계천'과 '대학천'이라는 곳을 말해줬는데, 당연히 모르는 곳이었기 때문에 우리 동네에는 없는지 물었더니, 아마도 시장을 돌아다니면 작은 헌책방이 있을 거라고 했다.

형은 헌책방이 어떻게 생겼는지 자세히 말해줬다. 보통 새 책을 파는 동네 서점보다 책이 훨씬 많고, 밖에서 보면 들고 나는 문 앞까지 책을 높게 쌓아놓기 때문에 한눈에 봐도 '저것은 헌책방이다'라고 할 만한 곳이라는 것이다. 간판은 있기도 하고 따로 없을 수도 있는데, 있다면 '○○서점', '○○서림'이라고 돼 있을 거라고 했다. '서점'이나 '서림'이라는 말은 한자인 경우도 있기 때문에 한글 간판만 찾다가는 그냥 지나칠 수도 있으니 한자를 눈에 익혀서 가라는 말도 해줬다.

토요일 오후, 학교를 마치기가 무섭게 집으로 달려가 책가방을 대충 던져두고 헌책방을 찾아 나섰다. 처음에는 찾기 힘들 것 같아서 걱정이 앞섰지만 의외로 헌책방은 눈에 잘 보이는 곳에 있었다. 청덕초등학교에서 정릉 3동 사무소로 이어지는 긴 비탈길을 내려가다 보면 큰 문구점이 있는 골목이 있고, 그 골목을 곧장 빠져 나가면 늘 애들로 붐비는 전자오락실이 있다. 오락실도 지나쳐서 계속 앞으로 가면 정릉시장이다. 헌책방은 큰 문구점과 오락실 사이, 그 길 건너편에 있었다. 자주 다니는 길이었지만 늘 문구점과 오락실에 정신이 팔려 거기 헌책방이 있다는 건 전혀 몰랐다.

처음 보는 헌책방이었지만 누가 보더라도 저건 헌책방이다 싶게 생긴 가게였다. 형이 말한 대로 문 앞은 물론 가게 안쪽에도 책이 가득 쌓여 있었다. 처음에는 책방 문을 열고 들어가기가 쉽지 않았다. 흔히 가는 책방하고 분위기가 많이 달랐고, 들어가서 어떻게 해야 할지 전혀 생각해보지 않았기 때문이다. 가게 앞에 물끄러미 서 있는데 어떤 남자가 책방 문을 열고 나오다가 나와 부딪쳐 넘어질 뻔했다. 내가 책방으로 들어가는 줄 알았는지 남자는 문을 닫지 않고 시장 쪽으로 사라졌고, 나는 천천히 안으로 들어갔다.

헌책방 안은 신기하고 놀라웠고, 무척 넓어 보였다(나중에 좀더 커서 가봤더니 고작 대여섯 평 정도 되는 곳이었다). 주인이 앉는 작은 의자가 있는 쪽을 빼면 사방이 모두 책장이었고, 빈틈없이 책이 들어차 있었다. 심지어 고개를 들어 천장을 보니 거기에도 긴 나무 선반을 만들어 책을 올려놓았다. 어린애가 한참 멍하니 서서 둘러보고 있으니까 주인 아저씨가 무슨 책을 찾느냐고 물었다. 나는 기어들어가는 목소리로 추리 소설을 찾는다고 했다.

"무슨 추리 소설? 누가 쓴 걸 찾는데?"

갑자기 그렇게 물으니까 애거서 크리스티라는 말이 차마 입 밖으로 나오지 않고 우물쭈물했다.

"그래, 어릴 때는 추리 소설이 재밌지. 코넌 도일을 찾니? 애드거 앨런 포? 엘러리 퀸? 엘러리 퀸은 최고지. 왜, 킹이라고 이름을 짓지 그랬나 싶어. 아일랜드 작가 크로포츠도 괜찮아. 일본 사람이 쓴 건 책방에 별로 없는데, 세이초 같은 작가를 최고로 치지. 한국 작가는 김성종 씨가 있고……."

실제로 이때 주인 아저씨가 혼자서 한 말에는 이것보다 더 많은 작가가 등장하고, 그 사람들이 쓴 작품들도 줄줄이 나왔는데, 지금은 다 생각나지 않는다. 물론 그때 나는 아저씨가 도대체 무슨 말을 하는지 이해하지 못했다. 길고 긴 아저씨 말 중에서 내가 찾는 애거서 크리스티는 맨 마지막에 잠깐 나왔다.

"네, 그거요!"

나는 아저씨 말을 더 듣고 있기 불편해서 '애거서 크리스티'라는 말이 나오기가 무섭게 딱 잘라 말했다.

"뭐? 뭐 말이야?"

"애거서 크리스티요."

"애거서 크리스티! 그럼, 에르큘 포와로를 알겠구나!"

아저씨는 마치 오래된 고향 친구 이름이라도 들은 듯 얼굴 가득 웃음을 머금고 큰 소리로 말했다.

"네. 포와로는 명탐정이죠. 헤이스팅즈는 조수고요."

"좋아, 제법인데? 그럼 홈스 옆에는 누가 있지?"

대화는 갑자기 예상에도 없던 퀴즈 풀기가 됐다. 하지만 나는 그 답을 곧장 말할 수 있을 정도로 셜록 홈스 책도 여러 권 봤던 터였다.

"당연히 왓슨이죠."

아저씨는 '왓슨'이라는 말을 듣자마자 커다란 손바닥으로 내 등을 때리면서 큰 소리로 웃었다. 그런 다음 이것저것 시시콜콜 캐물었다. 나이가 몇 살이냐, 어느 학교에 다니느냐, 이름이 뭐냐……. 어쨌든 여러 가지 질문을 거치면서 아저씨는 나를 아주 똘똘한 어린애라고 믿게 된 것 같았다. 하지만 정작 그곳에는 애거서 크리스티 책이 하나도 없었다. 아저씨는 내가 찾는 책이 없어서 미안하다며 동네에 있는 다른 헌책방 몇 군데를 더 알려줬다.

그 다음 주부터 본격적인 동네 헌책방 탐험이 시작됐다. 정릉시장 헌책방에서 숭덕초등학교 쪽으로 걸어가다 보면 삼천리 자전거 가게가 나오는데, 그쪽 골목으로 들어가면 숭덕초등학교 조금 못 미쳐 작은 헌책방이 있었다. 여기에는 소설책보다는 참고서, 교과서, 대학생 교재가 많았다. 나는 해마다 학기 초에 여기서 교사용 전과를 싸게 사서 공부했다. 교사용 전과는 학생들이 보는 전과하고 내용은 같지만 연습 문제에 풀이가 돼 있고, 학생용보다 연습 문제가 많이 들어 있다. 선생님들은 시험 문제 중 많은 부분을 교사용 전과에 나오는 문제로 냈다. 나는 이미 교사용 전과로 공부했기 때문에 늘 좋은 성적을 받을 수 있었다. 초등학교 5학년 때 커다란 국어사전을 산 곳도 바로 이 헌책방이었다.

숭덕초등학교 정문 쪽 길 건너에는 길음시장 조금 못 가 헌책방이 또 하나 있었다. 여기도 작은 책방이지만 책들이 빼곡하게 들어차 있는 풍경은 다른 책방과 다르지 않았다. 심지어 이 책방은 간판도 없이 장사를 하고 있었다. 책방이 찻길 쪽으로 나 있어 따로 책방 이름이 없어도 문만 열어놓으면 들어오는 사람이 많았기 때문에 그랬던 것 같다. 이곳은 특히 돈을 받고 자전거를 빌려주는 가게에서 멀지 않은 곳에 있었기 때문에 언제 가더라도 적지 않은 손님들이 책을 둘러보고 있었다. 내가 애거서 크리스티 추리문고를 가장 많이 산 곳이 바로 여기다.

간판 없는 책방에서 나와 조금 오른쪽으로 걷다가 건널목을 하나 지나면 바로 길음시장이다. 지금은 이곳이 다 아파트 단지로 개발됐기 때문에 그때 모습을 전혀 알 길이 없지만 길음시장 안에도 헌책방이 있었다. 이 책방도 간판 없이 시장 안에 천막을 치고 좌판을 열었기 때문에, 나는 그냥 '시장책방'이라고 불렀다. 여기서 파는 건 대개 나이가 좀 많은 어른들을 위한 책이었다. 천자문, 사서삼경 같은 책이 늘 좌판 앞에 나와 있었고, 꿈 풀이나 사주팔자 보는 법, 풍수지리나 민간요법에 관한 책들이 좌판 안쪽에 꽤 있었다. 여기에는 내가 볼 게 별로 없어서 자주 가지는 않았지만 초등학교 고학년이 되면서 학교에서 한문을 배울 때 만화로 배우는 천자문 책을 500원인가 주고 산 적이 있다.

길음시장은 길음동과 미아삼거리까지 퍼져 있을 정도로 꽤 컸다. 시장이 끝나는 곳에서 삼양동 올라가는 길 끝에는 대지극장이 있었는데, 이 극장 건너편에 작은 헌책방이 하나 있었다. 어린 내가 보기에도 너무 작고 보잘것없는 책방이라 몇 번 가지 않았지만 여기는 그래도 꽤 오랫동안 살아남은 곳이었다.

그런가 하면 아리랑고개 넘어가는 길가에도 헌책방이 하나 있었다. 이 책방은 주로 오래된 책을 판 것 같다. 책방 문을 들어서기가 무섭게 퀴퀴한 냄새가

코를 찌르고 쌓여 있는 책은 모두 누렇거나 검게 그을린 듯 색이 바래 있었다. 처음 이 책방에 갔을 때 기억은 아직도 생생하다. 책방 주인은 할아버지였는데, 어린애가 책방에 들어오니 실망했는지 그냥 자리에 앉아 텔레비전만 봤다. 나는 머쓱하게 책을 둘러보다 채 5분도 머물지 않고 나와버렸다. 그 뒤로 아리랑 고개 책방에는 오랫동안 가지 않았다.

어쩌면 그때 이 동네에는 지금 내가 기억하고 있는 것보다 더 많은 책방이 있었을 것이다. 작정하고 헌책방을 찾으려고 드니까 골목마다 작은 책방들이 꽤 숨어 있었다. 이건 아주 오래된 풍경이 아니다. 내가 초등학생이었을 때니까 1980년대 초반에서 1988년 전까지 이야기다. 올림픽을 치르면서 우리 동네 헌책방들은 하나둘 사라졌다.

헌책방을 특별한 감정을 가지고 보기 시작한 건 고등학생 때다. 실업계 고등학교를 다닌 나는 인문계 고등학교에 다니는 아이들보다 비교적 시간이 많이 남았다. 수업을 마치고 집으로 돌아오는 길에 청계천이나 황학동 책방에 들르는 일이 많았다. 그때만 하더라도 청계천에는 헌책방이 제법 있었는데, 그 근처에 옷 파는 가게들이 점점 늘어나더니 동대문운동장을 중심으로 거대한 빌딩이 들어서면서 책방 숫자는 하나둘 줄어들었다. 그러다 청계천 고가를 뜯어내고 그 주변을 바꾸는 공사가 시작되면서 그나마 있던 책방들도 줄줄이 문을 닫고 없어지거나 다른 동네로 이사를 갔다. 헌책방은 보물 창고 같은 곳이었는데, 이런 곳이 없어지다니 답답했다. 헌책방은 태어날 때부터 이런 운명을 갖고 있었던 걸까?

이정환이 쓴 소설 《샛강》에는 헌책방이 어떻게 나고 자랐는지 자세히 나온다. 이 책이 진짜 있던 일을 기록한 것인지(이정환은 실제로 책방을 운영한 적이 있어서 《샛강》에 나오는 '삼대 헌책방' 이야기는 어느 정도 사실에 근거를 둔 것 같다) 정말 모든 게 다 허구인지 알 수는 없지만, 어쨌든 책 내용은 헌책방에 관한 궁금증을 어느 정도 해결해줬다.

《샛강》은 무척 가난하던 1970년대 어떤 가족에 관한 이야기다. 주인공 종혁의 할아버지는 책방을 운영했다(확실한 것은 아니다. 소설 속에서도 이 부분은 종혁이 아버지에게 전해 들은 것으로 돼 있다). 할아버지는 조선 시대 후기 농민 전쟁에 참가한 사람이다. 아마도 꽤 비중 있는 일을 하지 않았나 싶다. 농민 전쟁이 끝난 뒤 겨우 목숨을 건진 종혁의 할아버지는 시골로 내려가 농사를 지으며 갖고 있던 한적본漢籍本을 팔아 생계를 이어갔다. 이것을 과연 최초의 헌책방으로 볼 수 있는지는 모르겠다.

할아버지가 돌아가신 뒤 종혁의 아버지는 책을 짊어지고 장을 떠돌아다니며 파는 장돌뱅이 생활을 했다. 전국 방방곡곡 가지 않은 장터가 없다. 그렇게 고된 일을 하며 돈을 모아 서점을 하나 차렸다. 종혁이 열다섯 살 때 이미 아버지는 서점을 하고 있었다고 나오니까 어림잡아 1920년대 이야기다.

종혁의 아버지는 장돌뱅이로 익힌 장사 수완과 책에 관한 해박한 지식으로 서점을 잘 운영했지만, 1940년대에는 장사가 안 되고 내리막이었다. 서점에서 한글로 된 책만 취급했기 때문이다. 1940년대라면 일본이 한국 문화에 가장 극성스럽게 간섭을 하던 때다. 우리말과 한글은 당연히 통제당할 수밖에 없었다. 결국 서점은 문을 닫고 만다.

해방이 된 뒤 다시 서점 문을 여는데, 이번에는 방향이 잘못됐다. 아버지는 해방 직전에 일본 책을 많이 사들였고, 해방 뒤에 그것을 팔면 돈이 될 줄 알았는데, 상황은 완전히 달랐다. 해방이 되고 난 뒤에는 우리말로 쓴 책만 팔렸다. 서점 운영이 잘 안 되자 아버지는 새 책과 중고 책을 동시에 파는 가게로 바꾸기로 한다. 그러나 이것마저도 잘 안됐다. 그 와중에 한국전쟁까지 터지면서 결국 아버지는 시장으로 나가 생선 장수들에게 가지고 있던 책을 뜯어서 파는 폐지 장수로까지 전락했다.

《샛강》에서는 여기까지가 2대 헌책방이다. 그리고 이제 종혁과 동생들에게 가업이 넘어왔다. 종혁은 지금껏 보고 배운 게 책 다루는 일이다 보니 남의 글을 대신 써주는 일을 하면서(소설에서는 이 일을 '떡을 친다'고 표현한다), 한편으로는 고향에서 서점 일을 계속했다. 그러다 아버지가 세상을 떠난 뒤 가게는 점점 쇠락했다.

이 소설이 실제 이정환을 모델로 하고 있는 것이라면 고향을 떠나 서울에 와서 이동 서점을 운영하는 시점 바로 전에 이정환은 문단에 나오게 된다. 이정환은 1969년 《월간문학》에 단편 소설 《영기令旗》로 입선하면서 정식으로 글 쓰는 사람이 된다. 돈 한푼 없이 식구들과 무작정 서울로 상경해 '서울인지 경기도인지 애매한 모습을 한' 수색동 근처에 자리를 잡은 이정환과 가족들은 등단해서 받은 돈을 털어 이동 서점을 만들었다. 이동 서점을 만든 건 할아버지 때부터 내려온 가업을 잇는 중요한 일이었지만, 새로운 고생이 시작되는 것에 지나지 않았다. 소설은 이렇게 종혁과 가족들이 어떻게 이동 서점에 이르게 됐는지 말하고 있다. 이야기는 1974년 정월 초하루를 마지막으로 끝을 맺는다. 7·4 남북공동성명이 있고 난 바로 다음 해다.

소설은 이동 서점을 마지막으로 끝나지만 이정환은 나중에 성북구 종암동에 '대영서점'이라는 헌책방을 만들어 운영하면서 계속 작품을 썼다. 그때는 시인이나 소설가가 헌책방을 운영하는 경우가 꽤 있었다. 해방 직후에 박인환은 '마리서사'를 만들었다. 1950년대 시인 신동엽은 돈암동 근처에서 헌책방을 했다. 1970년대 김남주는 광주에서 헌책방이자 인문사회과학 서점의 원형인 '카프카'를 운영했다《고서점의 문화사》. 이렇게 힘들게 일하고, 대가는 적을 수밖에 없는 책 장사를 한 건 그저 글이 좋고 책이 좋아서 그런 게 아닐까.

어른들 이야기를 들어보면 1980년대 초반까지도 책을 수레에 싣고 다니며 파는 이동 서점이 더러 있었다고 한다. 나는 본 적이 없다. 헌책방이 점점 쇠퇴하는 길목에 태어나 고생고생하며 마지막까지 살아남은 책방들을 무심코 돌아다닌 것이다. 내가 어릴 때 다니던 헌책방들 중에서 지금껏 남아 있는 곳은 하나도 없다.

지금 남아 있는 헌책방 중 많은 곳은 대개 학생들 참고서나 대학 교재, 교과서 따위를 팔거나 어린이 전집을 덤핑으로 팔아* 가게를 유지한다. 서울에서는 규모가 제법 큰 헌책방들 중 몇 군데가 청계천과 동묘 쪽에, 그리고 나머지는 도시 외곽에 드문드문 살아남아 있는 게 전부다. 동네 골목 언저리를 지키던 작고 초라한 책방들은 몇 개 남지 않고 거의 다 사라졌다. 세상에 있는 다른 것들

---

* 《샛강》에도 이동 서점을 하던 종혁과 동생들이 덤핑 책 파는 이야기가 나온다. 소설에서는 이런 일을 '빵치기'라고 부른다. 덤핑으로 책을 떼 싸게 파는 일은 이때나 지금이나 크게 다르지 않다. 아니면 이때부터 시작해 지금에 이르렀는지도 모르는 일이고.

은 사라졌다가 다시 생겨나기도 하는데, 헌책방은 사라지기만 할 뿐 새로 문을 여는 곳은 찾기가 쉽지 않다. 누구 탓이라고 할 수는 없다. 시절이 그러니까. 우리는 좀더 복잡한 세상에서 살고 있고, 낡고 오래된 책 이야기는 번쩍번쩍 빛나는 것으로 치장된 요즘 세상에 어울리지 않는 것이니까. 우리 모두 그렇게 만들어버린 것이다. 그것들을 모두 부질없이 샛강에 흘려보내고 다시 찾지 않는 게 지금 우리 모습이다. 매일 아침 광약을 칠해 반질반질 윤이 나는 우리 얼굴이다.

청계천 옆으로 늘어선 평화시장 헌책방 거리는 우리에게 무엇인가?

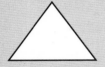

헌책방은 아름답지 않다

헌책방이 많이 사라졌다. 지금도 명맥을 유지하고 있는 곳이 있기는 하지만 1970년대부터 1990년 이전까지 크게 성장하던 헌책방들의 전성기는 지나간 것 같다. 내가 초등학교 다닐 때만 하더라도 청계천 헌책방 거리는 걸어 다니기 힘들 정도로 책을 사고팔려는 사람들로 붐볐다. 인천은 어떻고 부산은 또 어떤가? 부산 국제시장과 붙어 있는 보수동과 인천 배다리도 '헌책방 거리'라고 할 수 있지만 한창 때에 견주면 그 모습이 많이 초라해진 게 사실이다.

이렇게 말하면 또 누군가는 '발끈' 할지 모르겠다. 아마 그럴 것이다. 헌책방을 여전히 좋아하고 즐기는 사람이 줄기는 했지만 아직은 제법 많이 있다. 고마운 사람들이다. 헌책방을 돌아다니면서 책과 만나는 사람들은 진정으로 책을 사랑하는 사람들이다.

새 책을 파는 서점과 헌책방은 완전히 다르다. 책은 같은 책이되 방금 공장에서 나온 책과 이곳저곳을 돌아다니다가 지금 내 앞에 나타난 책은 같을 수 없다. 헌책방에서 만나는 책이야말로 진짜 인연이라고 할 만하다. 헌책방을 찾아다니는 사람들은 이렇게 하늘이 맺어주는 인연을 소중하게 생각한다.

나도 몇 년 전부터 헌책(사실 나는 '헌' 책이라는 말을 별로 좋아하지 않는다) 다루는 일을 하고 있다. 서울에서 가

夜食, 夜識, 夜殖

276

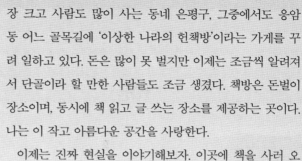

장 크고 사람도 많이 사는 동네 은평구, 그중에서도 응암동 어느 골목길에 '이상한 나라의 헌책방'이라는 가게를 꾸려 일하고 있다. 돈은 많이 못 벌지만 이제는 조금씩 알려져서 단골이라 할 만한 사람들도 조금 생겼다. 책방은 돈벌이 장소이며, 동시에 책 읽고 글 쓰는 장소를 제공하는 곳이다. 나는 이 작고 아름다운 공간을 사랑한다.

이제는 진짜 현실을 이야기해보자. 이곳에 책을 사러 오는 사람들은 대부분 어떤 목적을 갖고 있는가 하면, 오로지 책을 싸게 사는 게 목적인 경우도 있다. 헌책방은 당연히 책을 싸게 파는 곳인데, 사람들은 그것보다 더 싸게 사고 싶어한다. 중고 책은 당연히 값이 싸야 하고, 심지어는 폐지 정도 가격에 사려는 사람들도 꽤 있다. 참 곤란한 일이다.

예를 들어 어떤 손님은 1977년에 초판이 나온 고은 시인의 《입산入山》*이 헌책방에서 1만 원에 거래되는 걸 절대 이해하지 못한다. 시집의 정가는 1000원이다. 손님은 정가가 1000원이면 무조건 1000원보다 싸게 팔아야 한다고 말한다. 그런 손님들에게 야단을 맞은 경우가 한두 번이 아니다. 내가 헌책방을 운영하는 사람 치고 어려 보여서 그런지 몰라도 나이가 좀 많은 분들은 가끔 험한 말도 한다. 1000원짜리 책을 어떻게 1만 원에 팔 수 있냐고. 사기꾼이라고.

그런가 하면 어차피 쓰레기 주워 책방에 갖다놓고 팔면서 책값이 왜 이렇게 비싸냐고 타박하는 사람도 있다. 그런 사람들 말에 따르면 헌책방에 있는 책들은 모두 고물상에

---

* 1958년 〈폐결핵〉으로 문단에 나온 고은 시인은 1960년대에 시집 몇 권을 내지만 이때 나온 시는 대개 관념적이고 감상에 젖어 있다. 그러다가 1970년대 《문의 마을에 가서》(1974), 《입산》(1977) 등을 펴내면서 좀더 적극적인 사회성과 역사의식을 드러낸다. 《입산》은 이런 고은의 시 세계에서 아주 중요한 위치를 차지하는 작품이다.

버려지는 것들이다. 책방 주인은 그걸 수거해서 파는 걸로 알고 있다. 사실은 전혀 그렇지 않다.

책방에서 레닌이나 마르크스의 책을 파는 걸 보고 "빨갱이 책!"이라고 지적하는 사람들도 적지 않다. 책방에서 불온서적을 파는 걸 보니 사상이 불순하단다. 더 나아가서 책방에서 이런 책이나 파니까 나라가 이 모양이란다. 일일이 대꾸하다가는 말싸움이 될 게 빤하니까 대부분 그냥 흘려듣고 있는 편인데, 어떤 사람은 한두 시간씩 국가와 민족, 애국에 관해 연설 비슷한 너스레를 풀어놓다가 돌아가는 경우도 있어 이것도 괴롭기는 마찬가지다.

좀 특별한 경우이기도 하지만 대단히 난처한 상황이 있다. 바로 책에 관해 아는 척을 하기 위해 오는 손님이다. 여러 가지 유형이 있지만 대부분 자기가 어디 대학교수인데 퇴직을 했다, 또는 오랫동안 공무원 생활을 해서 아는 게 많다고 직접 얘기하는 사람들이다. 이런 손님이 책방에 오면 진짜 난처하다. 자기 자랑을 시작하면 끝도 없이 계속하기 때문이다. 게다가 자기 말고 다른 모든 사람들을 비하한다. 같은 책을 읽었어도 자기와 견해가 다르면 화를 낸다. 상대방이 책을 잘못 읽었다고 믿기 때문이다. 이런 손님을 대하면 우습기도 하고, 화가 나기도 하고, 때로는 측은한 마음이 들기도 한다.

적어도 헌책방 전성기라고 할 수 있는 시절에는 이렇지 않았을 것이다. 사람들은 청계천 헌책방을 쓰레기장처럼 생각하지 않았을 것이고, 일꾼들을 얕보지도 않았을 것이다. 적어도 내가 경험한 1980년대 헌책방들은 그랬다. 그때는 헌책방이 문화를 보관하고 재창조하는 공간이었으며, 대학가에서는 학생들이 안식을 얻는 곳이었다.

헌책방이 점점 사라지는 이유는 여러 가지다. 하지만 헌

책방이 완전히 사라질 거라고는 생각하지 않는다. 책방이 다시 한 번 빈곤한 문화를 채우고 사람들에게 편안한 안식처를 줄 수 있다고 믿는다. 그렇게 되려면 우리 모두 노력해야 한다. 책방을 꾸려가는 일꾼이 특히 노력해야 하고, 책을 좋아하는 사람들도 함께 마음을 모은다면 중고 책에 관한 인식도 많이 바뀔 것이고, 중고 책을 파는 가게에 관한 생각도 자연스레 바뀔 것이다.

중고 책은 낡고 헐고 버려진 책이 아니라 지금 내 앞에 있을 때 늘 새로운 책으로 다시 태어난다. 그 책이 몇 명을 거쳐서 나한테 왔는지는 중요하지 않다. 책은 늙지 않고 죽지도 않으며 영원한 생명을 갖고 있으니까. 언제 만나더라도 갓 태어난 아이이며, 청춘이고, 사랑하는 연인이다.

심야책방

《저능아들의 동맹》| 존 케네디 툴 | 안정효 옮김 | 범우 | 1981

저능아들의동맹

● 존 케네디 툴
● 安 正 孝 譯

1981 년도
풀리처賞
소설부문수상작

完譯版

그들은 나를 텔레비전과 새 차와 냉동 음식을 좋아하는 열등 인간으로 만들려고 하겠죠. 모르시겠어요? 정신의학이란 공산주의보다도 나빠요. 나는 세뇌 당하길 거부하겠어요. 나는 로봇이 되지는 않겠어요!

—《저능아들의 동맹》, 338쪽

#1

밤이 깊었다. 아니, 이런 표현보다는 밤이 이제 시작됐다는 것이 좋겠다. 밤은 깊은 곳으로 숨어들어 가는 게 아니라 이제 막 시작됐다. 나는 밤을 좋아한다. 이제 막 시작된 밤을 정말 사랑한다. 나는 밤에 관한 이야기를 쓸 것이다. 어쩌면 혼자 쓰고 혼자만 읽고, 어느 날 쓰레기통이나 불구덩이 속으로 빠지겠지만, 상관없다. 캄캄하고 아무것도 보이지 않는 밤은 모든 것을 다 감추고 덮어줄 것이기 때문이다.

무엇을 하든, 무슨 생각을 하든지 보고 있는 건 모두 어둠뿐이다. 눈동자는 커지고 정신은 점점 또렷해진다. 이렇게 밤이 시작됐고, 나는 어느 날 흥분한 상태에서 소설을 쓰기 시작했다. 그 소설은 '예를 들어……'라는 애매한 말로 시작한다.

#2

예를 들어, 그 사람의 이름을 여기서는 'M'이라고 해두자.

새벽 1시 정도가 M에게는 가장 견디기 힘든 때다. 별일 없이 빨리 끝날 것 같던 야근이 컴퓨터 고장으로 길어지면서 업무는 결국 새벽을 넘기게 됐다. 회사 지하 주차장에서 차에 시동을 건 때는, 확실한 건 아니지만 새벽 3시가 조금 안 된 시간이었다. 차 열쇠를 꽂고 무의식중에라도 시계를 보는 사람은 얼마나 될까? '바람을 피우는 유부남이라면 모텔 주차장에서……' 잠결인지 뭔지 모르게 그런 생각을 했다. 어쨌든 대충 2시 50분이라고 해도 좋을 시간이었다.

배가 고팠다. 일이 일찍 끝날 거라고 예상했기 때문에 회사에는 야근 보고서를 제출하지 않았다. 회사는 야근의 기준을 저녁 8시로 정해놓고 있다. 그 시간을 넘어서 사무실에 남아 야근을 하는 사람은 각 부서에 보고를 해야 한다. 그

건 그저 저녁으로 밥 한 끼를 제공받기 위한 보고다. 어떤 직원은 일부러 회사에서 주는 저녁을 먹고 가려고 별 일이 아닌데도 굳이 야근 보고서를 제출한다.

일단 야근 보고서를 제출하면 7000원 안에서 저녁을 먹을 수 있다. 구내식당은 직원들과 마찬가지로 저녁 6시면 끝나기 때문에 밥은 회사 밖에서 사 먹어야 한다. 보고서를 제출한 직원은 다음 날 오전에 영수증을 제출하면 경리부를 통해 밥값을 받을 수 있다. 악용하는 직원들도 있지만 좋은 제도인 것은 틀림없다. 하지만 M은 매사에 신중하고 정직한 직원이었기 때문에 일찍 끝날 것 같은 일을 할 때는 야근 보고서를 제출하지 않았다.

이런 날은 흔치 않았다. 적어도 밤 9시에는 일이 끝날 거라고 예상했지만 컴퓨터가 문제였다. 처음에는 마우스가 먹통이 되더니 컴퓨터가 다운되고 프린터까지 말썽을 부렸다. 결국 똑같은 작업을 처음부터 끝까지 세 번이나 반복한 끝에 일을 마칠 수 있었다.

M은 광화문에서 자하문 터널을 지나 연신내 쪽으로 방향을 잡았다. 불광동까지는 그래도 차가 좀 있었지만 연신내를 넘어 일산으로 들어가는 도로로 들어서자 차는 거의 없었다. 새벽, 그것도 3시가 넘은 시간에 이런 길을 가는 사람이란 모르긴 해도 분명히 무슨 일이 잘못돼서 낭패를 겪은 사람일 것이다.

얼마 전부터 도로에는 차가 전혀 없어서 자기 혼자만 이 길을 달리고 있다는 착각마저 들었다. 비가 내리기 시작한 건 그 즈음이었다. 온통 검은색뿐인 도로에 비마저 내리니 덜컥 무서운 생각이 들었다.

와이퍼를 작동하고 CD 플레이어 재생 버튼을 눌렀다. 얼마 전 광화문 교보문고에서 산 (능글맞은 요요마 얼굴이 박혀 있는) 첼로 연주 앨범이다. M은 첼로를 좋아했다. 단단하게 정직하게 오선지 위를 비행하는 낮은 음은 자신을 닮았다고 생각했다. 더욱이 요요마는 같은 동양 사람이고 안경을 꼈다는 것도 같았다. 언젠가 M은 요요마와 같은 디자인의 안경을 맞추려고 안경점을 찾은 적이 있다. 어떻게 보면 촌스러워 보이는 요요마의 안경이 그렇게 비싼 건 줄도 모르고. 게다가 독일제였다.

'그럼 그렇지, 비싼 거였군.'

#3

첫 문장은 사실 《모비 딕》을 흉내 낸 것이다.[*] 나는 그게 부끄럽지 않다. 소설 쓰기를 시작할 때 당연히 첫 문장은 유명한 소설을 흉내 낼 거라고 다짐했다. 한때 나는 소설을 흉내 내는 게 내가 쓰는 소설을 인정하는 것이라고 믿었기 때문이다. 멜빌이 내 소설을 읽을 수는 없겠지만 나는 멜빌의 소설 첫 문장을 따라 했기 때문에 그 소설과 비슷한 위치에서 시작한다는 얘기다. 물론 이건 아주 어처구니없는 망상이지만, 나는 이 첫 문장이 그런대로 좋다고 생각했다.

M은 내가 책방을 차리기 전 회사 다닐 때 사장 이름에서 따온 것인데 무엇이든 자신만만하게 밀고 나가다가 결국에는 망하고 마는 캐릭터를 표현하기에 이것보다 더 나은 이름이 없다. M은 좌우가 똑같이 생긴 알파벳이고, 밤과 낮이 나뉘는 그 중간에 있으며, 애매한 도덕성을 지닌 인간을 나타낸다.

아니, 그것보다 나는 소설을 시작하기 전에 첫 문장보다 앞에 오는 어떤 경구 비슷한 것을 넣고 싶었다. 그렇게 하는 게 소설을 읽는 독자를 조금 더 혼란스럽게 만들 수 있을 거라는 우스운 생각이 들었다. 그런 구실을 할 만한 멋진 문장을 찾는 데 일주일 정도를 보낸 것 같다. 마침내 찾은 건 복거일 소설 《비명을 찾아서》에 나오는 문장이다. 그 문장을 그대로 타자해서 첫 문장 위에 오게 했다.

> 진실을 안다고 해서, 그가 받을 보상은 무엇인가? 이 세상이 완전하다면, 아니 완전하기까지 할 필요도 없지, 조금만 덜 불완전하다면, 진실은 그 자체가 그것의 보답일지도 모른다.

몇 번을 읽어봐도 애매하기 그지없는 이 문장이 내가 쓴 소설을 더욱 완전하게, 아니 조금만 불완전하게 만들어줄 것이다. 소설 첫머리에 들어가는 경구란 모름지기 그래야 할 필요가 있다.

---

[*] 《모비 딕》(작가정신, 2010) 첫 문장은 이렇게 시작한다. "내 이름을 이슈메일이라고 해두자."

#4

'심야책방'이라는 걸 처음 생각한 건 내가 아니라 책방에 자주 오는 손님이다 (소설 첫 문장처럼 그 사람을 '시로'라고 해두자). 시로는 대학원에서 공부하는 학생인데 호리호리한 외모에 모자를 쓰고 다녀서 마치 일본 만화 주인공처럼 생겼다. 시로는 만화 주인공답지 않게 책에 푹 빠져 산다. 언젠가 시로의 집에 가본 적이 있는데, 커다란 방 한 개가 다 책으로 가득 차 있었다. 책장뿐만 아니라 책장 위에도 책이 있고, 심지어 바닥에도 아무렇게나 책이 떨어져 있었는데, 그렇게 나뒹굴고 있는 책도 수준이 꽤 높은 것이었다.

집에는 갈색 고양이 한 마리가 함께 살고 있었다. 고양이 이름은 '치무'였는데, '치킨 무'의 줄임말이란다. 고양이는 '치킨 무'로 불리기에는 아까울 정도로 귀엽고 예쁜 녀석이다. 내가 또 한 번 놀란 것은 이 녀석이 골목길을 배회하던 길고양이라는 사실이다. 집 근처에서 치무를 발견하고 그저 먹이나 줄 생각이었는데 아예 데려다 키우고 있는 것이다. 고양이는 사람을 잘 따르지 않는다고 알고 있는데 치무는 시로를 무척 잘 따른다. 나는 둘 중에 하나는 정체를 속이고 있는 게 아닐까 하는 생각마저 했다. 시로가 고양이든지 치무가 실은 사람일 것이다.

시로는 대학원에 다니면서 논문을 쓰거나 조교 일을 하면서 학부생들이 교수님에게 제출한 보고서를 검토하는 일을 한다. 당연히 밤새도록 보고서를 검토하거나 책을 읽는 일이 많다(그저 빈둥거리는 것처럼 보일 때도 많다). 시로는 주변에 자기처럼 밤에 잠을 안 자는 사람이 많을 거라고 하면서 책방을 밤새도록 열어놓는 날을 정해보면 어떻겠냐고 말했다.

그건 나부터도 그렇다. 책방을 오후 3시에 열고 밤 11시에 닫기로 하면서 나한테 밤이란 11시부터 시작이다. 일을 마치고 집에 도착하면 빨라야 밤 12시인데, 그때부터 내 일상이 시작되는 것이다. 대충 씻고 뭐라도 좀 먹으면 새벽 1시다. 자리에 앉아서 책을 읽거나 글을 좀 쓰다 보면 그대로 환하게 밝아오는 창문 앞에서 기지개를 켜기 일쑤다. 그런데 정말로 밤에 눈 뜨고 사는 사람이 많을까?

안 될 거 없잖아? 5년 전 책방을 처음 열 때도 늘 마음속에 담고 있던 것도 바로 그거였다. 책방에서 못 할 게 뭐가 있단 말인가? 그동안 책방에서 노래 공연은 물론 영화 보기, 판소리, 연극, 마술 쇼, 마리오네트 인형극, 마임, 랩 공연까지 별별 것을 다 해봤다. 책방 문을 밤새도록 열어놓는다는 건 어쩌면 그저 결정만 하면 되는 문제에 지나지 않았다. 나는 쉽게 결정했다. 우선 둘째, 넷째 금요일에 문을 열어 다음날인 토요일 아침 6시까지 문을 열어두는 걸로 했다.

시로는 심야책방 하는 날에는 자기가 직접 야식을 만들어서 손님들에게 팔아보겠다고 했다. 책방에서 가끔 노래 공연을 하는 싱어송라이터 '료운'은 심야책방 하는 날 밤 12시부터 공연을 하기로 했다. 이 정도면 대충 그림은 그려졌다. 그밖에 다른 이벤트 같은 건 생각하지 않았다. 애초에 심야책방을 하는 이유가 밤새도록 책 보고 공부하는 거였는데, 이벤트를 많이 하면 그런 목적을 갖고 책방에 오는 사람들에게 방해가 된다.

예상은 잘 맞아떨어졌다. 꽤 많은 사람들이 찾아왔다. 어떤 날은 앉을 자리가 없을 정도였다. 동네 사람들은 늦은 시간에 가족과 함께 책방에 들렀다가 새벽에 돌아가기도 했고, 다른 지역이나 멀리 지방에서 올라온 사람들은 밤을 새고 아침에 첫차를 타고 내려갔다.

내가 늘 하는 말이, 술 없이 밤새도록 이야기를 나눌 수 있는 친구가 진짜 친구라는 것이다. 그런데 그런 사람이 많을까? 밤에 거리에 나가보면 술 먹고 노래하는 가게들이 대부분이다. 새벽이 되면 술 먹다 지친 사람들, 노래하다 목이 쉰 사람들이 거리를 방황하는데, 이런 모습이 마치 좀비처럼 느껴져서 섬뜩할 때가 많다.

이대로 밤은 아름답지 못하게 무너질 것인가? 나는 무엇 때문에 밤늦은 시간에 조용한 책방에서 책을 읽고 글을 쓰고 있는 걸까? 나는 바보가 아닐까? 아니지, 진짜 바보는 여기에 있다.

#5
아주 오랜만에 만나는 책이라 기쁜 마음에 소리를 지를 뻔했다. 《저능아들의 동맹A Confederacy of Dunces》은 아주 좋아하는 책인데, 이 책을 3년 전인가 팔았다. 나는 늘 그렇듯 이 책도 몇 주 만에 다시 구할 수 있을 줄 알았다. 그렇게 책을 찾아다닌 게 벌써 3년이 됐다. 도중에 그냥 포기하려는 마음도 있었지만 어디 책을 좋아하는 사람들이 그리 쉽게 포기가 되나? 3년이 아니라 30년이라도 찾고 싶은 책이 있다면 포기가 안 되는 것이다.

동묘에 있는 한 헌책방에서 이 책을 발견하고 어찌나 기쁘던지 속으로 연신 노래를 불러댔다. 존 케네디 툴이 쓴 《저능아들의 동맹》은 1981년에 퓰리처상 논픽션 부문에 수상작으로 이름을 올렸다. 평생 이렇다 할 책을 쓰지 않은 작가가 단 한 작품으로 퓰리처상을 받았다. 아마 존 케네디 툴이 퓰리처상을 받을 때 살아 있었더라면 나처럼 큰 소리로 노래라도 불렀으리라. 그러나 존 케네디 툴은 자기 작품이 상을 받는 걸 보지도 못하고 세상을 떠났다.

#6

M은 그렇게 어두운 밤길을 차로 달리다가 가벼운 접촉 사고를 낸다. 밤인데다가 안개까지 짙게 깔려서 어찌 된 상황인지 잘 모르겠지만 어쨌든 심한 사고는 아니었다. 앞차가 갑자기 서는 바람에 차가 앞차 범퍼에 아주 살짝 부딪친 것이다. 그건 부딪쳤다기보다는 그저 좀 밀었다고 해도 괜찮을 정도였다. 그래도 M은 차에서 내리는 게 도리라고 생각해 문을 열었는데, 그 순간 앞차는 아무렇지도 않게 그냥 내달렸다. 도망치는 게 아니라 그저 평범한 속도로 언제 그랬냐는 듯 앞으로 미끄러졌고, 그대로 안개와 함께 어둠 속으로 사라졌다.

M도 별 상관하지 않고 좀더 달려서 아파트 지하 주차장으로 들어왔다. 시동을 끄고 차에서 내린 M은 좀 이상한 느낌을 받았다. 바퀴에 뭔가 시뻘건 칠이 돼 있는 것이다. 자세히 보니 피였다. 손가락으로 만져보니 아직 응고가 덜 되어 끈적거렸다. M은 놀랐다. 밤과 어둠이 자신을 집어삼킨 듯 괴로웠고, 더욱이 그 핏자국이 무엇을 뜻하는지 알 수 없어서 잠을 이룰 수 없었다. M은 바보가 아니었다. 다음 날 아침 주차장으로 내려와 보니 핏자국은 여전히 그대로 있었다. 바보가 꾼 꿈이 아니었다.

이 일은 앞으로 M이 어떻게 파멸할 것인지 상징적으로 보여준다. 사람은 대개 자기도 모르는 것 때문에 자멸하고 만다. 또는 알고 있지만 영원히 모르고 싶은 뭔가 때문에 인생이 망가지는 경우도 많다. 핏자국은 자신이 지켜온 삶 속에 절대로 들어오면 안 되는 무엇이다. 그런데 그게 지금 바로 눈앞에 있고, 그게 도대체 뭘 뜻하는지도 모르겠다. 이것만으로도 M은 심한 정신적인 충격을 받는다.

밤은 알 수 없는 일을 만들어내는 마술사다. M은 밤을 저주하고 안개를 빗자루로 쓸어 담아 쓰레기통에 버리고 싶다. 하지만 밤은 영원히 계획되고 안개는 몸 구석구석을 비집고 들어가 목을 조이기 시작한다. 밤과 안개가 복수를 하기 시작했다.

여기까지 글을 쓰고 나서 나는 그 파일을 다 지워버렸다. 이미 앞쪽에 쓴 첫 단락만 남겨두고 모든 글을 싸잡아 마우스로 긁어 휴지통에 넣어버렸다. M이 안개를 쓸어 담아버리는 상상을 했듯이 나도 그래야 했다. 밤은 내게 아무것도 완성할 수 없도록 쇠꼬챙이로 가슴을 찔러댔다.

가슴이 답답해서 냉장고 문을 열어 우유를 벌컥벌컥 마신 뒤 온전한 정신으로 컴퓨터 앞에 앉아 한 일이 바로 이 모든 파일을 다 지워버리는 것이었다. 여기 남아 있는 건 무시무시한 괴물 안개 속에서 살아남은 유일한 글자들이다. 모세가 이집트에서 탈출시킨 하느님의 사람들처럼 이 문장들은 축복을 받은 게 틀림없다.

#7

《저능아들의 동맹》은 최근에 새롭게 나왔다. 도마뱀출판사에서 2010년에 펴낸 《바보들의 결탁》이 그것이다. 제목을 '바보들의 결탁'으로 바꿨는데, '저능아들의 동맹'이 더욱 그럴 듯하다.

《저능아들의 동맹》이 소설가이자 번역가인 안정효의 번역으로 처음 세상에 나온 1981년에 학일출판사에서도 똑같은 책을 '열등생 동맹'이라는 제목으로 펴냈다. 이건 너무 직역을 한 거 같다. 10년 뒤 1991년에 다시 안정효 번역으로 밝은책 출판사에서 나왔는데, 그때는 제목이 '천재는 죽고 바보는 떠나고'였다. 이 제목도 맘에 들지 않는다. 소설에 나오는 천재는 죽지 않았다. 바보는 떠나지 않는다. 게다가 그 둘의 경계도 꽤 모호하다. 마치 소설 첫 문장에서 주인공 이름을 'M'이라든지 '이슈메일'이라고 하는 것처럼.

《저능아들의 동맹》에 나오는 주인공은 '이그나티우스'다. 정확히 말하자면 '이그나티우스 쟈끄 라일리'이지만, 이 이름은 긴 소설 내내 딱 한 번 나온다. 주인공은 그저 이그나티우스로 불리거나 바보, 꼴통, 돼지 같은 놈 따위로 불린다. 소설 첫 부분은 이그나티우스를 묘사하는 것으로 시작한다.

> 둥그렇게 살이 찐 머리 꼭대기에 초록빛 사냥모자가 꼭 끼었다. 큼지막한 귀와, 이발을 안 한 머리카락과, 귀속에서 자라는 보드라운 솜털로 불룩한 초록빛 귀 덮개는 동시에 두 방향을 가리키는 우회 표지판처럼 양쪽으로 튀어나왔다. 덥수룩하고 시커먼 콧수염 밑으로 빼어 문 통통한 입술 가의 작은 주름에는 못마땅한 기분과 감자튀김 부스러기가 잔뜩 묻었다.

이런 차림이라면 누가 보더라도 바보나 저능아라고 부를 만하다. 이그나티우스는 엄청난 바보다. 소설은 이그나티우스가 시내에서 어머니를 기다리다가 경찰관과 말도 안 되는 이유로 시비가 붙어서 일이 꼬여버리는 장면으로 시작한다. 만나는 사람마다 뚱뚱하고 이상한 옷차림을 한 이그나티우스를 바보 취급한다. 이그나티우스는 대학원까지 다닌 사람이지만 평소 행동은 저능아 수준이다. 어머니와 함께 살지만 일할 생각도 안 하고 방에만 틀어박혀 이상한 글만 쓰고 있다. 빈둥거리다가 저녁에는 영화나 보러 다니는 게 하루 일과다.

어디든 이그나티우스가 가기만 하면 소란이 일어난다. 대부분 이그나티우스 때문이다. 이그나티우스는 무슨 수를 내서라도 자기가 가는 곳을 엉망으로 만들어놓고야 만다. 김전일이 가는 곳마다 늘 살인 사건이 터지는 것과 같은 이치다. 그런데 이그나티우스가 완전히 정상인으로 돌아오는 때가 있기는 하다. 자기 방에서 글을 쓸 때다.

물론 이 글들도 아주 이상한 사변들로 가득 차 있지만, 이그나티우스는 이 글이 세상을 구원할 만큼 대단한 위력을 지닌 것으로 착각하고 있다. 이그나티우스는 돈키호테를 가볍게 능가할 정도로 바보인 것이다. 사람들은 이그나티우스를 바보라고 불렀다.

하지만 뉴올리언스에서 함께 살고 있는 다른 사람들은 어떤가? 그 사람들도 역시 정상은 아니다. 어머니부터 문제다. 어머니는 툭하면 이그나티우스를 윽박지르고 무식한 소리를 내뱉는다. 가장 큰 문제는 자기가 그렇게 무식하다는 걸 전혀 모르고 있다는 데 있다. 경찰관 만쿠소는 뭔가 수상한 사람을 잡으려고 화장실에 들어가 앉아 하루 여덟 시간을 보낸다. 댄서인 다알린은 앵무새와 함께 저질스런 스트립쇼를 해서 돈을 챙기려고 한다. 다른 등장인물들을 다 애기해봐야 무슨 소용이 있을까? 여기 나오는 모든 사람들 또한 딱 이그나티우스만큼씩 바보들이다.

이그나티우스는 어머니 잔소리에 못 이겨 바지 공장에 다니고, 핫도그 파는 일도 해보지만 거기서도 역시 사고를 치기는 마찬가지다. 모든 걸 다 엉망으로 만들어놓은 이그나티우스는 결국 우연한 사건을 통해서 이 모든 걸 한 번에 해결하는 매개체가 된다. 어쩌면 이렇게 어지러워진 것이 사실은 모든 걸 제자리로 돌려놓기 위한 것이었다는 듯이 말이다.

너무 지저분한 것은 차근차근 정리하기 어렵다. 불가능한 것인지도 모른다. 이럴 땐 그저 모든 걸 다 방바닥에 쏟아놓고 다시 정리하는 게 좋다. 그러면 자신도 모르는 사이에 방이 깨끗해진다. 우연히 깨뜨린 유리컵과 접시 때문에 부엌은 좀더 좋은 상태가 될 수도 있는 것이다. 이그나티우스는 사실 그런 방면에서 아주 천재적인 능력을 갖고 있었던 것이다. 이그나티우스와 함께 부대끼는 사람들은 그 사실을 전혀 모른 채 욕하고 능멸했지만, 이그나티우스는 천재 중에 천재였던 것이다.

이그나티우스는 어두운 방 한구석에서 잡다한 글을 쓰면서 자신이 천재라는 사실을 말한다. 이건 독자들마저 인정하기 어렵다. 그래도 이그나티우스는 천재다. 믿지 못한다는 건 이그나티우스와 함께 어두운 방으로 들어가보지 못했기 때문이다. 어김없이 늦은 밤에만 열리는 술집. 거기서 춤을 추는 다알린은 아무리 노력해도 앵무새와 함께 스트립 댄스를 추지 못한다. 밤을 조율할 수 있는 천재는 이그나티우스이기 때문이다. 이그나티우스가 없으면 완전한 밤이라고 할 수 없다. 어둡고 퀴퀴한 냄새가 나는 방은 이그나티우스가 없으면 천재의 집필실이 아니다. 그저 구역질 나는 더러운 공간에 지나지 않는다.

이그나티우스는 말할 때마다 트림을 한다. 소리가 크고 작다는 차이만 있을 뿐 거의 매번, 누구 앞에서건 말을 하면서 트림을 해댄다. 천재성을 알아주지 않은 세상이 답답한 것이다. 소설 마지막에 가서야 가슴이 뻥 뚫리면서 시원한 공기를 맛본다. 모든 걸 정리하고 떠나는 이그나티우스에게 우리가 보낼 수 있는 건 천재를 향한 찬양뿐이다. 이그나티우스는 밤을 지배하는 천재다.

#8

내가 쓴 소설은 피 묻은 타이어 때문에 정신이 혼미해진 M이 결국은 자기가 자동차로 사람을 치지 않았나 하는 망상을 가지고 생활하는 것으로 끝을 맺는다. 정확하지는 않다. 내가 쓴 것을 다 지워버렸기 때문에 그 결말은 오직 내 머릿속에만 희미하게 남아 있다. 이 내용은 언제가 다시, 어떤 밤에, 컴퓨터 자판 위에서 손가락이 춤을 추면 새로운 옷을 입고 환생할 것이다. 나는 그날이 오면 이그나티우스처럼 우스꽝스러운 옷을 입고 내 방에 앉아 있을 것이다. 그때 나는 말이 안 되는 글이라도 미친 듯이 자판을 두들기며 써내려 간다.

#9

심야책방을 운영하면서 새벽에 배가 고프면 남아 있는 사람들과 함께 패스트 푸드를 주문해 먹는다. 7000원 이상 주문하면 오토바이를 탄 배달원이 음식을 갖다준다. 우리는 감자튀김만 7000원어치를 주문한다. 처음에는 감자튀김 7000원어치를 다 먹을 수 있을까 걱정했는데, 먹다 보니 이제는 혼자 다 먹을 수 있을 정도로 단련이 됐다. 역시 천재와 바보는 생각 한 끗 차이다. 나는 천재일까 아닐까? 그걸 꼭 생각해야 하나? 오늘 밤에는 그런 생각에 좀 깊숙이 잠겨봐야 겠다.

존 케네디 툴은 원고를 들고 여러 출판사를 돌아다녔지만, 원고를 읽어보려고 하는 곳조차 없었다. 실의에 빠져 있던 존 케네디 툴은 1969년 서른을 막 넘긴 나이에 자살로 생을 마감한다. 어머니는 아들의 원고를 들고 다시 여러 출판사 문을 두드렸고, 마침내 한 곳에서 책이 나왔다. 《저능아들의 동맹》은 출간과 동시에 크게 성공했고, 작가가 목숨을 끊은 뒤 12년 만에 퓰리처상을 받았다.

천재는 죽고.

바보들은 떠났다.

이 책 제목은 그렇게 12년만큼 깊은 숨을 들이마신 다음 입 밖으로 소리를 내야 한다.

인간의 존재 이유

《유년기의 끝》| 아서 C. 클라크 | 소준선 옮김 | 나경문화 | 1992

지금도 전혀 그렇지 않다고 말 못하지만 나는 장르 소설광이었다. 초등학교를 졸업할 때까지 지금껏 내가 알고 있는 거의 모든 추리 소설 작가들을 섭렵했다. 애거서 크리스티와 코넌 도일 책은 교과서보다 더 열심히 읽었고, 엘러리 퀸, 모리스 르블랑, 에드거 앨런 포, 윌리엄 아이리시,* 스티븐 킹, 그리고 브라운 신부** 시리즈를 찾아 어린 나이치고는 꽤 열심히 헌책방을 헤매고 다녔다.

SF를 비롯한 과학 소설은 초등학교 졸업할 무렵과 중학교에 올라가서 많이 읽었다. 이때는 반대로 추리와 스릴러물에서 조금씩 멀어지던 시기이기도 했다. 아주 건방진 생각이지만 그때 나는 내가 아는 모든 추리 소설을 다 읽었다고 믿었다.

그래서 이제는 중학생도 됐으니 다른 쪽(좀더 어른스러운 쪽)으로 관심을 좀 돌려봐야겠다는 생각을 하게 됐다. 아직 내가 학교에서 배우지 못한 어려운 말들이 많이 나오는 과학 소설은 그런 내 계획에 딱 들어맞는 책이었다.

인터넷 같은 매체가 없던 그때 책에 관한 정보를 가장 많이 알려준 사람은 다름 아닌 헌책방 주인 아저씨들이었다. 헌책방을 지키고 있는 아저씨들은 늘 하는 일도 없이 손님들과 수다나 떠는 게 일처럼 보였다. 언제 가더라도 이런저런 사람들과 이야기를 나누고 있는 모습 때문에(심지어 대낮에 책방 안에서 술판이 벌어진 걸 본 적도 있다) 붙임성 없던 나는 아저씨에게 말을 걸어도 된다는 자신감을 얻었다.

지금도 기억나는 어느 헌책방 아저씨 인상은 이렇다. 아저씨는 파란색 셔츠

---

* William Irish(1906~1968). 본명은 코넬 조지 호플리 울리치(Cornell George Hopley-Woolrich)로, 윌리엄 아이리시와 조지 호플리는 필명이다. 가장 유명한 작품이라면 역시 〈환상의 여인(Phantom Lady)〉이다. 윌리엄 아이리시는 아주 불가사의한 사람이었다. 무척 폐쇄적인 생활을 했기 때문에 작품을 헌정하는 일도 없었다. 〈흑의의 신부〉는 자신이 쓰던 타자기에게 헌정했고, 〈환상의 여인〉에는 심지어 호텔방에게 헌정하는 글을 썼다. 윌리엄 아이리시의 소설에는 등장인물들이 사고를 당해 다리를 못 쓰게 되는 경우가 많았는데, 아이러니하게 1967년 자기 발보다 작은 구두를 계속 신고 다니다가 괴저병에 걸려 결국 무릎 아래를 절단하고 만다. 생활은 이전보다 더 망가졌고, 죽을 때는 몸무게가 40킬로그램밖에 되지 않을 정도였다. 스릴러 영화의 거장 알프레드 히치콕 감독이 〈It Had to be Murder〉(1942)를 원작으로 1954년에 〈이창(Rear Window)〉을 만들었다. 대표작 〈환상의 여인〉은 애거서 크리스티의 〈그리고 아무도 없었다〉, 엘러리 퀸의 〈Y의 비극〉과 함께 세계 3대 추리 소설로 꼽힌다.
** 영국 작가 체스터턴(Gilbert Keith Chesterton, 1874~1936)이 창조한 탐정. 체스터턴은 런던을 배경으로 가톨릭 신부가 등장하는 추리 소설을 써서 큰 인기를 끌었다. 브라운 신부가 등장하는 소설은 모두 100편에 이른다. 체스터턴은 말년에 가톨릭으로 개종했기 때문에 책 속에 등장하는 브라운 신부는 종종 작가의 분신이라는 설명이 붙는다.

에 체크무늬 조끼를 입고 있었다. 바지는 갈색이고, 아주 낡은 갈색인지 빨간색인지 구분하기 힘든 구두를 신고 있었다. 얼굴은 잘 기억나지 않지만 입고 있는 옷 색깔이 워낙 부자연스러웠기 때문에 생각이 난다. 아침에 일어나 눈도 제대로 뜨지 않은 상태에서 그대로 옷장으로 걸어간 다음 팔을 뻗어 아무 옷이나 빼내 입은 게 아닐까 싶을 정도로 패션 감각이 한마디로 꽝이었다. 아이가 보기에도 그랬으니 다른 사람이라면 오죽…….

나는 제법 당당하게 아저씨에게 다가가서 중학생(이때 나는 초등학교 졸업을 앞두고 있었다)이 읽을 만한 과학 소설을 하나 알려달라고 말을 걸었다. 아저씨는 나를 한참 훑어보더니 정말로 아무 생각 없이 책장에서 허름한 책을 하나 꺼냈다.

나는 기대감에 부풀어 있었다. 외모는 별 볼 일 없는 이 아저씨가 과연 무슨 책을 줄 것인가? 영화나 드라마를 보면 원래 겉모습이 좋지 않은 사람일수록 내공이 높은 법이다. 그런데 책을 주기 전에 아저씨가 처음으로 한 말은 "너, 돈 얼마 있냐?"였다.

나는 갑자기 김이 팍 샜다. 그때 내 주머니 속에는 2000원이 있었다. 해문출판사 문고판 새 책 가격이 한 권에 1500원이니까 2000원이면 헌책방에 있는 어떤 책이라도 당당히 살 수 있을 거라고 생각했다. 하지만 그 책은 비쌌다. 무슨 책인지 지금은 기억이 전혀 안 나지만 아저씨는 그 책을 사려면 4000원을 내라고 했다. 갑자기 힘이 빠져서 그냥 나가려고 하자 아저씨가 다시 불러 세웠다. 다른 책을 1000원에 줄 테니까 가져가라는 것이다.

아저씨 손에 들린 책은 표지부터 낡고 볼품이 없었다. 게다가 해문출판사 문고판보다 훨씬 작았다. 더구나 책 제목 중 몇 글자는 한문으로 되어 있어서 무슨 책인지 읽을 수도 없었다. 아저씨는 약간 사기꾼 같은 말투로 설명을 했다.

"너 한문 읽을 줄 아니?"

"아니요. 몰라요. 아니, 몇 개는 알아요. 학교 선생님이 외워오라고 숙제 내준 게 있는데, 그게 한 50개……."

"그럼 이걸 한번 읽어봐라."

아저씨는 내 말이 끝나기도 전에 책등 맨 아래에 있는 글자를 뭉툭한 손가락으로 가리켰다. 그 위치에 있는 거면 당연히 출판사 이름일 것이고, 다행히 처음 두 글자는 내가 아는 거였다. 나는 마치 거기 있는 글자를 모두 알고 있다는 듯, 하지만 그 글자를 열심히 기억해내야 한다는 듯이 머리를 긁적이며 더듬더듬 읽었다. 처음 두 글자는 '동서東西'였다. 언젠가 선생님이 내준 숙제 복사물에 '동서남북東西南北'이 있는 걸 확실하게 기억하고 있었다.

내가 기어들어가는 목소리로 "동서……"까지 읽었을 때 아저씨는 아주 커다란 소리로 말했다. "맞았어! 엄청 똑똑하네! 그래, 이건 동서추리문고야." 다행히 아저씨는 내가 전혀 모르고 있던 나머지 네 글자를 스스로 말해버렸다. 나는 마음속으로 '작전 성공!'을 외치며 아까처럼 당당한 태도로 "네, 동서추리문고!"라고 힘주어 말했다. 한숨 돌렸다고 생각했지만 결정적인 문제는 곧장 뒤를 이어 찾아왔다.

"그럼 이걸 한번 읽어봐라. 제목 말이야."

아저씨는 비스듬하게 잡은 책을 똑바르게 고쳐 잡고 표지를 보여줬다. 보는 순간 막막했다. 제목은 모두 여덟 글자인데 그중 앞에 있는 다섯 글자가 한문, 뒤에 세 글자는 한글로 '끝날 때'였다. 한문 다섯 글자 중에서 내가 아는 건 첫 글자인 '지地', 네 번째 글자 '년年'뿐이었다.

짧은 시간 동안 내가 아는 지식은 물론 상상력의 꼭대기까지 더듬어봤지만 대체 이 다섯 글자가 무슨 말인지 알 길이 없었다. 전에 한 번 읽은 적이 있는 《지하 탐험》이라는 책이 생각나서 조금 전처럼 첫 시작을 '지하……'라고 운을 떼려고도 했지만, 확실히 '아래 하(下)'는 아니었다. 나는 모르겠다고 순순히 고백했다.

그 책은 아서 C. 클라크가 쓴 소설 《지구 유년기 끝날 때Childhood's End》(1953)였다. 지금이라면 이 책을 1000원에 산다는 건 꿈도 못 꿀 일이다. 세로쓰기로 펴낸 1978년 책이기는 해도 우리말로는 처음 번역된 것이고, 작가가 몇 년 전에

---

* 19세기 프랑스 소설가 쥘 베른(Jules Verne, 1828~1905)의 소설. 《80일간의 세계일주》나 《15소년 표류기》 등으로 유명하다. 그때 내가 읽은 것도 그렇고, 요즘 쥘 베른이라고 하면 대부분 어린이와 청소년을 위한 축약본이 대부분이지만, 최근에 열림원에서 쥘 베른 컬렉션을 내면서 질 좋은 완역본을 다시 읽을 수 있게 됐다.

세상을 떠났는데도 여전히 클라크의 작품들을 찾는 과학 소설 마니아들이 많기 때문이다. 그리고 그 사람들은 이 작품을 클라크가 쓴 과학 소설 중에서 최고로 꼽는다. 그래서 당연히 중고 책 가격이 올라가기 마련이다. 게다가 장르 문학을 좋아하는 사람들은 다른 분야와 달리 책을 향한 애정이 더 강하기 때문에 비슷한 시기에 절판된 책이라고 하더라도 장르 문학 쪽이 훨씬 비싼 경우가 많다.

그러나 이런 사정을 전혀 알길 없던 나는 그 책이 맘에 들지 않았다. 하지만 아저씨가 그렇게 기분 좋게 설명까지 해줬는데 아무것도 안 사고 나온다는 건 예의가 아닌 것 같아 얼른 1000원을 내고 책방을 나왔다.

집에는 가지고 왔지만 그 책을 읽을 마음이 좀처럼 생기지 않았다. 오는 길에 잠깐 펼쳐본 책은 깨알 같은 글씨에 어머니가 보는 성경책처럼 세로로 읽어야 했으며, 어려운 한자도 많이 나와서 처음 몇 장을 읽는 것도 쉽지 않았다. 책을 사온 날 밤에 대여섯 쪽 정도 본 다음 책장에 아무렇게나 쑤셔 박았다. 몇 년이 지나 꽤 많은 과학 소설을 읽게 된 뒤에 갑자기 생각이 나서 찾아봤지만 우리 집 어디에서도 나타나지 않았다.

그러다가 고등학생이 됐을 때 그 책이 다시 나온 걸 알았다. 나경문화 출판사에서 '유년기의 끝'이라는 제목으로 출판된 것이다. 참고서를 사려고 서점에 갔다가 아주 우연히 그 책을 발견했다. 우주 배경 한가운데 무지개 색을 띤 이상한 원이 있고, 그 왼쪽으로 벌거벗은 여자가 기지개를 펴듯 팔을 위로 쭉 늘이고 있는 표지 그림은 아주 유치했다. 메두사 같은 머리를 하고 있는 여자 누드는 한창 혈기 왕성한 나이인 내게도 아무런 감흥을 주지 못했다. 다만 제목 위에 있는 '휴고상 네뷸러상에 빛나는 A.C.클라크의 정통 SF'라는 홍보 문구에 흥미가 생겼다.

나는 단번에 이 책이 《지구 유년기 끝날 때》와 같은 책이라는 걸 알았다. 유치한 표지 그림이 조금 맘에 걸렸지만 어릴 때 추억을 떠올리며 그 책을 사서 전철을 탔다. 그리고 몇 쪽 읽자마자 책에 빠져들었고, 내릴 곳을 지나치는 바람에 집에 가는 데 꽤 오랜 시간이 걸렸다. 나는 집으로 오는 내내 책의 첫 부분을 잊을 수 없었다. 이것은 단순한 UFO 소설이 아니다!

몇몇 국가의 도시 위에 어느 날 갑자기 UFO가 나타났다. 그것은 아주 크고 무시무시한 느낌을 줬다. 그러나 UFO는 지구에 어떤 짓도 하지 않았다. 대개 UFO가 나오는 과학 소설에서 외계인은 지구를 파괴하고 정복하거나 친구가 되려는 목적을 가지고 온다. 《유년기의 끝》은 그런 빤한 내용이 아니다.

거대한 UFO는 아무런 일도 하지 않는다. 그냥 하늘 위에 무심히 떠 있을 뿐이다. 사람들은 별별 생각을 다 한다. 당연히 그 생각들 중 대부분은 UFO가 언젠가는 인간들을 공격할 거라는 추측이었다.

어떤 나라는 실제로 미사일과 전투기를 이용해서 UFO를 공격했다. 헛수고다. UFO는 인간의 과학기술을 우습게 뛰어넘는 물체다. 미사일 따위로는 UFO에 어떤 피해도 입힐 수 없었다. 사람들은 이제 UFO가 당장 지구를 공격할 것이고, 그 파괴력은 상상할 수도 없는 것이라고 생각하며 두려움에 떨었다. 그러나 UFO는 지구를 공격하지 않았고, 아무런 반응도 보이지 않았다. 시간이 흐를수록 사람들은 UFO를 초월자로 바라보며, UFO의 알 수 없는 뜻을 점차 따라가게 된다.

이것은 책 내용 전체로 보면 가장 처음에 나오는 열 쪽 정도 분량이다. 이 내용을 읽고 곧이어 뒷부분이 어떻게 이어질지 궁금해지지 않을 사람이 있을까? 나는 다음 날 새벽까지 꼼짝 않고 책을 다 읽었다. 마지막까지 읽고 나자 이것은 UFO 소설이 아니라 인간에 관한 이야기라는 것을 알았다. 나는 그제야 책 표지 중간에 있는 문장 '호모 사피엔스, 당신의 존재 이유를 묻는다!'가 무엇을 뜻하는 것인지 깨달았다.

특히 가장 마지막 부분, 인간들이 이제 유년기 시절을 접고 오버로드의 계획에 따라 또 다른 진화를 준비하는 과정을 설명한 문장은 감히 한 번도 생각해 본 일조차 없을 만큼 뛰어나다. 이런 글을 쓰려면 단순히 상상력만 가지고는 부족할 것이다. 그것은 결국 인간이 기계와 적이 돼 싸운다든지 인간 스스로 사이보그가 된다는 식이 아니다. 인간의 진화는 우리들 하나하나의 고유한 영혼들이 서로 맞물려 결국 하나가 되는 일이다. 인간 스스로 우주 그 자체가 되는 일이다.

한참 시간이 지난 뒤 〈에반게리온〉을 보다가 문득 거기에 나오는 '인류 보완 계획"이 《유년기의 끝》에서 모티브를 얻은 게 아닌가 하는 걸 느끼고는 큰 충격을 받았다. 머릿속으로만 상상하던 인간의 마지막 진화 단계를 실제 내 눈으로 보는 착각이 들 정도였다. 결국 인간에게 육체는 말 그대로 껍데기일 뿐인가? 삶이란 그렇게 허무하게 뭉개져 여기저기서 모인 또 다른 삶들과 밀가루 반죽처럼 엉켜버려도 괜찮다는 말인가? 내 고등학교 시절은 그렇게 되지도 않는 생각을 매일같이 되풀이하는 날들이었다.

나는 고등학생이었고 인간이나 호모 사피엔스에 관해 아는 게 거의 없었다. 학교에서는 그런 것을 가르쳐주지 않기 때문이다. 물론 가르쳐주는 학원도 없었다. 호모 사피엔스는 과학책에 나오는 많은 단어 중 하나일 뿐이며 시험에 나오면 외워뒀다가 적기만 하면 된다. 그러고 나서 아무런 쓸모가 없기 때문에 잊어버리는 것이다. 그때까지 학교에서 공부하며 워낙 많은 것을 외웠다가 시험이 끝나면 잊어버리기를 반복했기 때문에 호모 사피엔스도 처음에는 다르지 않았다. 그런데 책에서 클라크가 묻고 있는 '기술로 진보한 인간, 호모 사피엔스'는 그것과 완전히 다른 개념이었다. 그건 시험에 나오지 않는, 일종의 '철학'에 관련된 질문이었다.

그중에서 나는 '존재'라는 말에 깊이 공감했다. 가만히 생각해보니 존재는 막연히 '있다'라는 것과 확실히 다른 의미다. 책을 통해 작가가 묻고 있는 '인간의 존재 이유'는 다시 말해 '사람이 눈앞에 있는' 것보다 훨씬 깊고 폭넓은 질문이었다. 글을 계속 쓰려면 완전히 다른 이야기가 되기 때문에 여기서는 간단히 이렇게 말하고 끝내려고 한다. 나는 그때 책을 읽으며 느낀 '존재'라는 질문 때문에 얼마 뒤부터 여러 철학책에 빠져들게 됐다. 처음에는 존재의 의미를 다루는 실존 철학부터 시작해 그동안 슬쩍슬쩍 맛만 보던 카뮈와 사르트르를 더 깊이 읽게 됐으며, 다음에는 자연스레 독일 작가들의 관념론이나 러시아 구조주의로

---

* 가이낙스에서 만들어 일본 도쿄TV가 1995년에 시리즈로 방송한 애니메이션 〈에반게리온〉은 일본은 물론이고 한국에 '에바 신드롬'을 일으킬 정도로 높은 인기를 누렸다. 에반게리온은 외계에서 날아오는 '사도'들한테 지구를 방어하려는 목적으로 전문 기관 'NERF'가 만든 인간형 로봇이다. 텔레비전 시리즈를 보면 이 애니메이션은 그저 사도들에 대항해 지구를 지키는 에바의 활극에 지나지 않지만 회를 거듭할수록 NERF의 음모가 드러나면서 이야기는 완전히 다른 방향으로 이어진다. NERF의 목적이 바로 궁극적으로 인류를 구하기 위한 '인류 보완 계획'이다.

책 읽기 테두리를 넓히는 계기가 됐다.

이 모든 것들은 학교에서 전혀 가르쳐주지 않던 것이며 운이 없던 탓인지 알아야 한다고 말해주는 선생님조차 만나지 못했다. 시험을 보면 국민윤리 과목 문제 중에 '사람이 직업을 갖는 목적은 무엇인가?'라는 단골 메뉴가 있다. 정답은 '자아실현'이다. '돈을 벌기 위해서'나 '가족 부양을 위해서'라는 걸 고르면 틀린다. 그러면서 정작 학교에서는 '자아'가 무엇인지, 또 그 '실현'은 무엇인지 알려주지 않는다. 내게 그런 의미를 깊이 생각해보도록 격려한 소중한 책이 《유년기의 끝》이다.

2008년 세상을 떠난 클라크는 로버트 A. 하인라인,[*] 아이작 아시모프[**]와 함께 과학 소설계 3대 작가로 불린다. 1968년 거장 스탠리 큐브릭 감독이 연출한 영화 〈2001년 스페이스 오디세이〉의 원작이 바로 클라크의 소설인데, 클라크와 큐브릭이 함께 각본을 썼다고 한다. 이례적으로 영화가 개봉한 다음에 소설책이 나와 큰 인기를 끈 것도 재미있는 일이다.

나는 여전히 사람에 관해, 사람이 왜 사는지 잘 모르겠다. 아무튼 그건 아주 많은 철학자들이 그렇게 오랫동안 고민한 내용인데다가 끝도 없는 말꼬리 물기니까 나같이 평범한 사람이 간단히 설명할 수는 없다. 그래도 한 가지 확실한 건 내가 그것을 어떻게든 알아보려고 노력하고 있다는 것이다. 그 계기는 내가 열심히 읽은 과학 소설도 분명히 한몫했다. 어쩌면 이게 가장 큰 이유였다.

그 책들 중에서 내가 가장 아끼는 책이 바로 《유년기의 끝》이다. 이 소설은 1978년에 동서문화사에서 동서추리문고 시리즈 58번을 달고 처음 번역된 뒤 1987년 모음사 'SF Collection'에 포함됐다가 1990년대 들어서는 1992년 나경

---

[*] Robert Anson Heinlein(1907~1988). 미국에서 태어나 활동한 작가로, 하드보일드 작품을 여럿 썼다. 1997년에 폴 버호벤이 감독한 영화 〈스타쉽 트루퍼스〉의 원작이 하인라인의 것이며, 황금가지에서 다시 펴낸 《달은 무자비한 밤의 여왕(The Moon is a harsh mistress)》(1966)도 과학 소설에서 빼놓을 수 없는 고전이다.

[**] Isaac Asimov(1920~1992). 구 소련 페트로비치에서 태어나 미국에서 활동한 작가다. 보스턴대학교에서 교수로 일하면서 500권이 넘는 책을 펴냈다. 일반 과학 소설은 물론이고 어린이용 교양 과학에 관한 책과 셰익스피어, 성경 해설서를 쓰기도 했다. 윌 스미스 주연으로, 2004년에 개봉한 영화 〈아이, 로봇〉의 원작 소설도 아이작 아시모프가 썼다.

문화, 1994년에는 고려원미디어*를 통해 나왔다. 그 뒤 계속 뜸하다가 2001년과 2002년에 각각 시공사에서 그리폰 시리즈를 펴내면서 새로 번역돼 함께 나왔는데, 지금은 2002년 시공사판만 계속 나오고 다른 건 모두 절판됐다. 번역이야 물론 예전 것보다 지금이 낫겠지만 나한테는 나경문화에서 나온 1992년판이 가장 소중해서 여전히 이 책만큼은 가지고 있다. 틈날 때마다 자꾸 꺼내 보니까 표지도 유치하다는 생각은 들지 않는다. 이렇게 책에 정이 들어버린 것일까?

---

* 고려원미디어에서 나올 때는 제목이 '태양계 최후의 날'이었다. 고려원미디어판은 나오고 얼마 지나지 않아 절판됐기 때문에 헌책방을 오래 돌아다닌 사람들도 만나기 쉽지 않다.

모든 재능을 다 가졌던 사나이

《장 꼭또 데생 129선집》 | 장 꼭또 | 열화당 | 1982

나는 데생가도 화가도 아니다. ……그림에 관한 한, 나는 그림 그리는 행위 자체를 좋아한다. 그림은 손과 눈 이외에 다른 어떤 매개체도 필요로 하지 않는다.

— 장 록토, 한 전시회 카탈로그 서문 중에서

내가 자원 활동을 하고 있는 씨앗학교에는 신승호라는 열다섯 살짜리 남자 아이가 있다. 승호는 또래보다 키가 많이 작다. 그래도 일반 학교가 아니라 대안 학교를 다니면서 처음 학교에 왔을 때 보인 불안한 심리 상태는 많이 없어진 것 같다. 또래보다 키가 작다는 게 열등감 같은 것으로 드러난 걸까? 아니면 일반 학교를 다니면서 키 때문에 친구들에게 따돌림을 당한 걸까? 잘 모르겠지만 승호는 학교생활을 하는 동안 내내 뭔지 모를 불안감 때문에 행동이 부자연스러웠다.

나는 씨앗학교 정교사가 아니라서 학교에 매일 나가지는 않는다. 그래도 씨앗학교 분위기가 어떤지, 선생님들은 어떤 분인지 대강은 안다. 아마 누구라도 그런 환경 속에서 학교를 다닌다면 마음이 편해지고 속으로 억눌린 것들이 풀어질 것이다.

씨앗학교는 이런저런 폭력과 거리가 멀고 무엇보다도 경쟁이란 게 없어서 좋다. 나도 좋은데 아이들은 오죽 좋을까? 아이들은 학교에서 보는 시험을 가장 싫어하는데 씨앗학교에는 시험이 없다. 시험이 없으니까 성적표도 없다. 게다가 학생들을 무엇으로든 평가하는 일 자체가 없다. 평가한 다음 누가 잘하고 못했는지 따지지 않는다. 그러면서도 이것저것 필요한 건 다 배운다. 이 얼마나 멋진 일인지! 승호는 세상에 이런 학교가 있다는 걸 상상도 못했을 것이다.

시간이 지나면서 처음에 아주 불안한 모습을 보이던 승호의 표정이 점점 평화롭게 변하는 걸 느꼈다. 지금 승호는 선생님들하고 농담도 주고받을 정도로 마음이 많이 풀렸다. 마음이 풀리니까 그 속에 있던 것들이 하나둘 제자리를 잡고 겉으로 드러나기 시작했다. 승호는 처음에 자기 자신을 표현하는 데 무척 서툴렀다. 말은 물론이고 제대로 된 글 한 줄 쓰는 것도 힘들어했다. 나는 씨앗학교에서 아이들과 글쓰기 수업을 하면서 특히 승호가 무엇을 쓰는지 관심 있게 봤다. 지금도 승호는 글을 자신 있게 쓰는 건 아니지만 처음과 비교한다면 훨씬 낫다. 과연 승호가 자기 마음을 잘 표현할 수 있는 방법은 무엇일까? 어떻게 하면 스스로 드러내도록 도움을 줄 수 있을까?

고민하던 끝에 아이들과 함께 잡지와 신문을 만드는 수업을 만들어서 반 년 동안 일주일에 한 번씩 했다. 아이들 스스로 기자가 되고 편집자가 돼 재미있는 매체를 만들어보는 게 목적이다. 나는 여전히 다른 아이들보다 승호를 유심히 지켜봤다. 거기서 알았다. 승호는 그림으로 자기를 표현하고 있다는 것을. 이건 아주 놀라운 발견이다. 승호는 신문과 잡지에 들어가는 삽화 대부분을 즐거운 마음으로 그렸다.

승호는 역사와 전쟁에 관심이 많다. 그리는 게 대부분 역사 이야기이거나 세계대전에 관한 것이다. 그림은 마치 윤승운 선생님 것을 닮았다. 똑같은 건 아니지만 느낌이 그렇다. 승호가 그리는 그림은 유명한 '맹꽁이 서당' 시리즈에 나오는 우스꽝스러운 그림체와 비슷한 느낌을 갖고 있다. 나는 그림은 잘 모르지만 한눈에 보기에도 승호가 그림에 소질이 있다는 걸 알았다.

물론 승호가 그림으로 자기를 표현한다는 걸 나만 아는 건 아니다. 씨앗학교 선생님들도 그동안 승호를 관찰하면서 모두 알고 있었다. 나와 선생님들은 승호에게 더 많은 그림을 자유롭게 그려보라고 권했다. 승호는 처음에 군인과 만화 캐릭터들을 주로 그리다가 나중에는 길에 있는 사람들이나 마을 풍경 등을 관찰해서 그렸다.

불안정한 심리 상태하고는 사뭇 다르게 승호는 무엇을 관찰하고 그것을 자기가 갖고 있는 방식대로 표현하는 것에는 아주 자유로웠다. 복잡한 풍경이라도 일단 펜을 잡으면 한 번도 쉬거나 망설이는 일 없이 그림을 그렸다. 말과 행동으로 표현하지 못하는 많은 것을 그림이라는 도구를 통해 세상으로 내뱉고 있는 것이다.

내가 보기에 승호가 그림을 그리는 건 배설과 같다. 제아무리 맛있는 음식을 먹는다고 하더라도 그것을 배설하지 못하면 먹고 싸는 일은 괴로운 법이다. 그렇게 먹고 싸는 일이 사람에게는 세상과 소통하는 첫 시작이다. 아주 어린 아기들은 태어나서 얼마 동안은 먹고 싸고 자는 일밖에 하지 않는다. 부모들은 아직 아기가 말을 못하기 때문에 잘 먹는지, 잘 싸는지, 잘 자는지 보고 아기 상태를 짐작한다. 어느 것 하나 모자라거나 지나치면 아기는 곧장 탈이 나고 병원에 가야 한다.

그건 어른이 돼서도 마찬가지다. 어른이 돼서는 세상과 사회와 관계를 맺고 소통해야 하기 때문에 아주 사소한 일로도 상처를 받거나 상처를 주는 일이 많다. 이런 경우 어떤 방법으로든 속에 쌓인 걸 배설하지 못하면 마음에 병을 얻게 된다. 어쩌면 승호가 지금까지 불안증에 매여 있던 것도 세상에서 받는 자극을 쌓아두고 배설하지 못했기 때문인지도 모른다. 그러다가 그림으로 소통하기 시작했다. 그림으로 먹고, 자고, 배설한다.

남은 문제가 있다. 승호는 일반 학교로 치면 이제 중학교를 졸업할 나이가 됐다. 이건 어쩌면 지금까지 살아오면서 자기에게 가장 어려운 문제가 될 것이다. 앞으로 어떻게 살아야 할지 조심스럽게 결정을 내려야 한다. 다가오는 삶을 단박에 "이거다!" 하고 선택할 수는 없지만 적어도 어느 정도는 기준을 잡고 바로 서는 준비를 시작할 때가 다가온 것이다.

많은 아이들이 자기 미래를 생각해보지 않고, 심지어는 꿈이나 희망이라는 것도 가져보지 않은 채 어른이 된다. 그렇게 어른이 된 사람들이 많은 사회는 꿈이나 희망이라는 단어는 그저 관념뿐이라면서 무시하고 점점 냉소적으로 변한다. 승호는, 아니 씨앗학교 아이들은 그런 건조하고 차가운 사회 속에서 잘 살아갈 수 있을까? 무엇보다 사회는 이 아이들을 받아줄까? 그러면 그 사회 안으로 들어가기 위해서 경쟁해야 하는 건 아닐까? 그건 상상하기도 싫다.

그림에 소질이 있는 아이들은 대개 부모들이 어릴 때부터 극성맞게 미술 학원에 보내고 유명한 미대에 진학시켜 이름을 날리기를 바란다. 그래서 홍익대학교 정문 앞에는 이런저런 입시 학원들이 꽉 들어차 있다. 아이들은 그런 곳에서 경쟁적으로 그리는 훈련을 받는다. 그 경쟁에서 이겨야 학원 앞에 있는 유명 대학에 들어갈 수 있기 때문이다.

아이들이 그렇게 경쟁해서 대학에 가는 게 좋은 걸까? 결코 아니다. 대학에 들어가려고 아옹다옹하는 게 참 안쓰럽다. 꼭 그렇게 유명한 대학 나와서 외국에 유학도 다녀오고 해야 좋은 미술가가 될 수 있을까? 반드시 그래야 할까?

그렇게 하지 않아도 그림에 소질이 있으면 그림을 그리면서 살 수 있는 사회가 되면 좋겠다.

졸업하는 승호에게 마음을 담은 선물을 주려고 할 때 가장 먼저 떠오른 책이 있다. 장 콕토가 그린 그림을 모아서 펴낸《장 꼭또 데생 129선집》이다. 책 내용은 책 제목과 같다. 장 콕토가 그린 그림 중에서 129장을 추려 책으로 엮은 것이다. 내가 왜 하필 장 콕토를 떠올렸냐 하면, 이 사람이야말로 자기가 가진 재능을 죽을 때까지 자유롭게 풀어내며 산 사람이기 때문이다.

장 콕토는 요즘 말로 하면 제대로 된 '엄친아'다. 파리의 중산층 집에서 태어나 어릴 때부터 여러 예술 분야에서 감각이 남달랐다고 한다. 1906년 열일곱 살 때 이미 정식으로 첫 시 낭송회를 가졌고, 그것이 계기가 돼 시집《알라딘의 램프La Lampe d' Aladin》를 펴냈다.

1910년에는 러시아 발레단 주재자인 디아길레프와 작곡가 스트라빈스키를 만나 발레극 〈푸른 신Le Dieu Bleu〉을 만들어 공연했다. 그런가 하면 군에서 보조 간호병으로 일하면서 음악가 에릭 사티를 만났고, 화가 모딜리아니, 피카소하고도 가깝게 지냈다. 특히 피카소와 사티, 장 콕토는 함께 발레극 〈빠라드Parade〉를 만들어 공연하기도 했다.

어쨌든 장 콕토가 한 일을 일일이 말하는 건 시간 낭비라고 할 만큼 모든 예술 분야에서 뛰어난 재능을 보였다. 시를 쓰고, 발레와 연극을 만들고, 죽기 전까지 아방가르드 운동에 참여했으며, 소설가, 연출가, 화가 등 도대체 못하는 게 뭔지 찾아보기 힘들 정도로 여러 방면에서 많은 활동을 했다.

이런 엄친아 중 엄친아를 좋아하는 이유는, 장 콕토는 결코 학교나 그 비슷한 기관에서 예술 교육을 따로 받지 않았기 때문이다. 어릴 때는 물론이고 커서도 어떤 훈련도 받은 적이 없다. 장 콕토가 한 모든 일은 단지 자기가 가진 재능을 바닥에 깔아놓고 세상과 소통한 결과물이다. 그리고 그때 유럽 사회는 전문적인 훈련 과정을 거치지 않은 장 콕토에게 여러 길을 열어줬다. 만약 지금의 한국 같으면 이름난 대학 출신도 아니고 유학파도 아닌 사람이 발레극을 만들어서 공연하겠다고 하면 여기저기서 큰 소란이 날 것이다. 그렇게 보면 장 콕토는 분명 하늘의 축복을 받고 태어난 엄친아가 맞긴 맞다. 확실히 여러 가지로 부러운 사람인 것은 틀림없다.

그런 장 콕토가 처음부터 마지막까지 화려하게만 살았느냐? 그건 또 아니다. 누구나 그렇듯 시련이 있었다. 장 콕토는 1919년 어린 소설가 레이몽 라디게*를 만나 깊은 사랑을 나눈다. 이 시기에 장 콕토는 희곡 몇 개를 써서 공연하고, 시집과 소설을 잇달아 발표하는 등 활발하게 활동했다. 하지만 화려한 날들은 길게 이어지지 않았다. 1923년 레이몽 라디게가 갑작스럽게 병으로 죽으면서 장 콕토는 우울증에 시달리다가 아편과 약물까지 손을 댔다.

그렇다고 하더라도 천재는 천재였던지 장 콕토는 우울증 때문에 병원에서 심리 치료를 받으며 보름 동안 소설 하나를 쓰는데, 이것이 나중에 아주 유명해진 《무서운 아이들Les Enfants terribles》(1929)**이다. 이 작품은 불과 2주 만에 썼다고 믿겨지지 않을 만큼 완벽한 구성과 주인공인 아이들의 치밀한 심리 묘사가 돋보인다. 나중에 장 콕토는 책을 읽은 사람들한테 이 얘기가 바로 자기 어릴 때를 그린 것이라고 고백하는 편지를 많이 받았다고 한다.

1930년대에 장 콕토는 우울증이 완치돼 더욱 뛰어난 재능을 선보이게 된다. 시와 소설, 희곡은 물론 영화와 무대장치*** 분야에서도 천재성을 발휘했다. 1940년대에는 세계를 돌아다니며 연극 공연을 했고, 1950년에는 〈오르페우스〉로 칸 영화제에서 최고 작품상을 받았다.

장 콕토는 살아 있을 때 많은 분야에서 여러 가지 작품을 남겼는데, 1940년대부터 1963년 죽기 전까지 가장 활발히 활동했다. 문학 작품은 물론 수준급 재즈 연주가였고, 성 베드로 성당에 천장화를 그리고 교회 스테인드글라스 작품을 만들기도 했으니 도대체 그 재능의 끝은 어디인지 의심스러울 정도다.

---

* Remond Radiguet(1903~1923). 장 콕토 못지 않은 천재 소리를 들은 작가다. 10대 후반이던 1922년에 소설 《육체의 악마》를 썼는데 이 작품 하나로 시인 랭보에 버금간다는 찬사를 들었다. 이 작품은 한국의 몇몇 출판사에서도 펴낸 일이 있다. 레이몽 라디게는 이듬해 《육체의 악마》로 르누보몽드상을 받았고, 같은 해 12월 장티푸스로 짧은 생을 마쳤다. 죽기 얼마 전 장 콕토에게 "나는 사흘 후면 신의 병사에게 총살을 당할 거야"라고 말했다고 한다.
** 책 제목인 '앙팡 테리블'은 지금도 여전히 무서운 저력을 지닌 청소년이나 젊은이들을 가리키는 말로 쓰인다.
*** 장 콕토가 설계한 유명한 무대로는 〈젊은이와 죽음(Le Jeune Homme Et La Mort)〉이 있다. 이 발레극 첫 부분에서 남자가 추는 춤은 영화 〈백야〉의 첫 장면에서 그대로 나온다. 배우 이종원이 광고에서 이 춤 중에 일부분인 '의자 밟고 넘어서기'를 보여주기도 했다.

어쨌든 장 콕토 이야기를 하면 너무 길기 때문에 사람들은 장 콕토의 어느 한 부분만 두고 글을 쓰거나 말을 한다. 나는 장 콕토의 그림이 좋다. 특히 열화당에서 펴낸 데생 선집은 아주 좋은 책이다. 프랑스에서는 1923년에 초판이 나왔지만, 한국에서는 1982년 열화당이 펴낸 게 처음이다.

장 콕토가 그린 그림은 어딘가에 얽매이지 않고 자유롭게 그린 것처럼 보이지만 자세히 보면 사물을 얼마나 세밀하게 관찰하면서 그렸는지 놀라게 된다. 이런 장 콕토의 그림은 평생 친구였던 피카소에게 많은 영향을 받았다고 하는데(그래서인지 어찌 보면 피카소의 그림과 비슷해 보이기도 한다), 승호도 장 콕토와 같은 재능이 있는 것 같다. 전문 훈련을 받은 적은 없지만(부모님이 미술 학원에 잠깐 보낸 일이 있는데 승호가 너무 싫어해서 곧 관뒀다고 한다), 관찰력이 무척 뛰어나 아주 단순화해서 그리더라도 특징만큼은 곧잘 표현한다. 이것은 승호가 가진 대단한 힘이다. 키 작고 목소리도 우렁차지 않지만 그것을 대신하고도 남을 만한 능력이다.

승호는 지금 씨앗학교에서 마지막 1년을 보내고 있다. 올해 승호는 자기 꿈에 관해, 하고 싶은 일에 관해, 되고 싶은 무엇에 관해 여러 사람들과 소통해야 할 것이다. 지금은 물론 그리는 것에 관심이 있어서 그림 쪽만 바라보고 있는데 사람 일이라는 게 또 어떻게 될지 모르는 거 아닌가? 장 콕토도 어릴 때 시를 잘 쓴다고 해서 어른들이 시인이 되기만 바랐다면 그 뛰어난 연극이나 영화, 그림은 이 세상에 없었을지도 모른다. 그건 아주 무서운 생각이다. 아이들을 대하는 어른들이 늘 조심해야 할 일이다.

책을 찾는 일, 사람을 찾는 일

《원형의 전설》 | 장용학 | 사상계사 | 1962

이유 없이 책을 읽는 사람은 많지 않다. 다른 매체와 달리 책은 뭐가 됐든 이유가 있어야 손에 들게 되고, 책을 펴 그 안에 있는 글자를 읽게 된다. 음악이나 영화는 아무 생각하지 않고 그저 편한 마음으로 즐길 때도 많다. 미술 작품이 전시된 갤러리에 가는 것도 그렇고, 텔레비전 보는 건 더 말할 것도 없다. 그런데 책은 우선 무엇을 읽을까 선택하는 것부터 골치 아픈 일이다. 무작정 남이 추천하는 것을 읽기도 그렇고, 책을 어느 정도 읽어나가기 전까지는 얼마나 재미있는지 전혀 알 길이 없다.

책을 많이 읽다 보면 어떤 책은 여러 번 읽게 되는 경우도 있다. 몇 번 읽었지만 내용이 잘 기억나지 않을 때가 있고, 무작정 그 책이 좋아서 그러는 경우도 있다. 그런 책 한 권으로 사람 인생이 바뀌는 경우를 많이 봤다. 어떤 문장 하나 때문에, 또는 짧은 시 한 줄 때문에 삶이 통째로 흔들리는 것이다. 내게는 그런 경험이 있었나? 아쉽게도 나를 완전히 사로잡은 책은 없었다. 물론 내가 사랑하는 책들은 많다. 좋아하는 문장들도 꽤 있고. 사람마다 다르겠지만 내게는 그런 순간이 좀 늦게 오는 걸 수도 있다고 생각한다.

책은 한 번 출간된 뒤 인기가 있으면 계속 나오지만 신통치 않으면 출판사에서 더는 찍지 않는다. 그러나 정말 우연찮게도 그런 책들 중에 어느 것 하나에 마음을 빼앗기는 일이 종종 일어난다. 그런 일은 아마 책이 세상에 태어나는 그 순간부터 존재했을 것이다. 지금도 역시 끊임없이 일어나는 일이다.

어떤 사연이 있건 자기가 좋아하는 책을 더는 만나지 못하는 건 사랑하는 사람과 헤어져 만나지 못하는 것과 같거나 그것보다 더 심한 고통을 가져오기도 한다. 그 정도가 점점 심해지다가 나중에는 병자처럼 퀭한 눈을 해서 책을 찾아다니는 모습도 더러 봤다. 책방을 연 뒤 누가 부탁한 책을 찾아주는 일을 시작한 것도 바로 그런 이유 때문이다.

나도 어떤 책에 마음을 빼앗기면, 그 책을 찾을 때까지 정말로 마음이 불안하다. 꼭 보고 싶고 그 책을 손으로 쓰다듬고 싶다. 보드라운 표지는 아름다운 여자의 손등과 비교할 만큼 사랑스럽다. 천신만고 끝에 책을 찾아 표지를 볼에 대고 부비면 여신의 손길이 닿은 것처럼 황홀하다. 내가 절판된 책을 찾으러 다니는 기분은 바로 그런 느낌 때문이다. 다른 사람은 어떻게 생각하는지 물어보지는 않았지만 대개 비슷한 이유 때문이라고 믿고 있다.

절판된 책을 찾는다는 건 쉬운 일이 아니다. 공산품처럼 공장에서 막 찍어내는 게 아니다 보니 한 번 나왔다가 여기저기로 팔린 다음 판이 끊기면 그 책이 어디에 있는지 알 길이 없다. 사실 이론적으로 절판된 책을 찾는다는 건 거의 불가능에 가깝다. 운에 맡기는 수밖에 없다. 그저 책방들을 주야장천 돌아다니는 것이다. 책방 주인이나 '나까마'라고 불리는 중간 상인들에게 물어보는 경우도 있는데, 그렇게 해서 책을 찾게 되는 경우는 많지 않다. 우선은 신발이 닳도록 돌아다니는 게 상책이다. 그러다가 우연히 그 책을 발견하게 되길 기도하는 것이다. 내가 찾는 책이 어디 있는지 정확히 알고 있는 건 신밖에 없다.

책을 찾으려고 부탁하는 사람이 100명이라면 100명 모두 각자 이유가 있다. 간혹 어떤 사람은 아주 엉뚱한 이유 때문에 책을 찾는 경우도 있다. 물론 그렇게 적지 않은 돈을 투자해서 찾아달라고 부탁을 하는 책들은 어쨌든 값이 좀 나가는 것들이기 때문에 복잡한 이유가 있겠지만, 더러는 아주 하찮은 이유 때문에 비싼 책을 구해달라고 연락을 하는 사람도 있다. 그런 이유 때문에 제값의 몇 배를 더 얹어주면서까지 책을 구하려는 사람은 솔직히 이해하기 어렵다. 그럴 땐 그저 그러려니 넘겨버린다. 그런 걸 일일이 신경쓰다 보면 머리가 어지럽다. 하찮은 이유 때문에 비싼 돈을 덜컥 내는 걸 보면 배가 아프기도 하고.

이것저것 생각하면 머리가 복잡해지니까 찾아달라면 일단 아무것도 따지지 않고 찾는다. 그래서 처음부터 책을 찾는 이유는 물어보지 않는 게 속 편할 때도 많다. 어차피 나하고 상관없는 일이기도 하고, 이유를 알게 되면 왠지 모르게 책을 찾아달라고 하는 사람과 관계가 어려워지는 경우도 가끔은 있기 때문이다. 그래서인지 책을 찾아달라고 부탁하고, 부탁한 책을 찾아놓고, 찾아놓은 책을 손님이 와서 찾아가는 일이란 의외로 아주 무미건조한 풍경이 돼버리기도 한다.

사람에게는 누구나 얼마간 궁금증이라는 게 있는데, 나에게 그건 아주 특별하고도 귀찮은 것이다. 어릴 때도 그랬지만 지금도 궁금증이 많고, 그걸 어떻게 해서든지 풀지 않으면 오랫동안 속에 뭐가 걸린 듯 시원하지가 않다. 책을 찾아달라는 전화나 이메일을 받으면 바로 궁금증이 생기지만 참고 참아야 한다. 지금도 아주 특별한 경우를 빼면 책 찾는 이유를 굳이 물어보지 않는다. 그런 일이 몇 번 거듭되면서 사람들이 절판된 책을 찾는 이유를 더는 궁금해하지 않게 됐다. 다만 영원히 잊어버리지 못할 것 같은 2년 전의 그 일을 빼면 말이다.

그 일은 말하려고 하면 아주 재미없는 것부터 시작해야 한다. 때는 아마 5월 초이거나 일러도 4월 말이었을 것이다. 전화 한 통이 걸려왔다. 거침없고 낭랑한 목소리가 들려온다. "거기, 헌책방이오?" 나이가 제법 있는 목소리이긴 한데 말투가 건조하지 않고 불안한 떨림도 없다. 나는 "네"라고 짧게 대답했다. 내 말에 맞춰 반대편에서도 짧은 말이 되돌아왔다. "주인이오?" 달리 할 말이 없어 이번에도 짧게 대답했다. "네, 제가 책방 일꾼입니다."

"옛날 책을 찾아준다고 들었는데, 맞소?"

"너무 오래된 책은 말고요, 최대로 잡아 한국전쟁 이후부텁니다."

"60년대 책이오. 아마도 62년이나 63년 정도 될 거요."

나는 그 정도라면 한 번 찾아볼 수 있을 거라고 말했고, 그 사람은 자기가 찾는 책을 간단하게 설명했다. 책 제목은 '원형의 전설', 소설책이고, 지은이는 장용학. 그 옛날 《사상계》를 펴내던 출판사에서 나온 책이라고 한다. 나는 그때까지만 해도 처음 들어보는 제목이었다. 아니, 얼핏 들어는 봤는데 그냥 기억일 뿐이다. 작가도 마찬가지였다. 이런 경우라면 책을 찾는 것도 어려워질 수 있다. 내가 잘 아는 작가나 책이라면 몰라도 전혀 모르는 것을 찾는다는 건 말 그대로 해운대 모래밭에서 잃어버린 동전 찾기와 다르지 않다.

"꼭 찾아야 할 일이 있어서……."

전화기 저편에서 들리는 목소리는 처음으로 말끝을 흐렸다. 나는 책을 찾는데 시간이 오래 걸리거나 아예 못 찾을 수도 있다고 말했다. 내 이야기를 끝까지 듣고 난 다음 목소리는 다시 차분하게 바뀌었다.

"그래도 찾아야 하는 거라. 여러 곳에 수소문해봤는데 다 못 찾았소. 더 자세하게 얘기해줄 테니까 찾아주시오."

그러고서는 책방에 직접 찾아갈 테니 위치를 알려달라고 했다. 워낙 그런 일이 많아서 설마 했는데, 일주일 정도 지나서 정말로 책방에 찾아왔다.

마치 중국 무협지에 나올 만한 사람 같았다. 《삼국지》에 보면 유비가 관우를 만나는 장면이 나오는데, 조금 과장하면 바로 그런 모습이었다. 키가 구척까지는 아니더라도 꽤 컸고, 듬성듬성 희끗한 머리카락에 코 밑과 턱은 흰 수염이 났는데, 따로 관리하고 있는 것인지 수염이 적당히 길고 멋있었다. 얼굴을 보니 일흔 살은 족히 넘어 보이는데, 키가 큰데도 어깨가 구부정하지 않다. 입고 있는 건 오래된 듯 팔 끝이 좀 닳아서 실이 풀린 정장 재킷과 색깔을 맞춘 면바지다. 어쩐지 재킷과 바지는 직접 색깔을 선택했을 거라는 믿음이 간다.

노인은 나를 보더니 "주인이오?" 하고 물었다. 나는 대번에 일주일 전에 전화한 사람이란 걸 알았다. 그 사람은 "꽤 젊은 양반이구먼"이라고 얘기했다. 무슨 대꾸를 해야 할지 망설이다가 책 얘기를 꺼냈다.

"전화로 《원형의 전설》 찾아달라고 하셨지요?"

"꼭 필요한 책이라 찾는 건데 몇 년째 못 찾고 있소. 찾을 수 있겠소?"

"장담은 못 합니다. 사상계라면 벌써 몇 년 전 출판사인데요. 쉽지 않을 겁니다. 말씀드렸지만 제 힘으론 아예 못 찾을 수도 있고요."

노인은 내 말이 끝나자마자 재킷 안주머니에서 흰 봉투를 하나 꺼내서 줬다. 두툼하다. 열어보니 만 원짜리 스무 장이 들어 있다.

"적은 돈인지 모르겠지만 그거 일단 받아두고, 책 찾으면 그만큼 더 드리리다. 더 원하면 더 드리고."

'착수금' 치고는 꽤 많은 돈이다.

"어르신, 이러면 좀 곤란한데요. 책을 찾을 수 있을지 없을지 확실한 것도 아닌데……."

노인이 하는 행동은 막무가내하고는 거리가 멀었지만 어쨌든 나는 그 책을 찾아주기로 했다. 찾는 데 걸리는 시간은 상관하지 않겠다고 했지만 20만 원이나 되는 돈을 받아놓고 게으름을 피울 수는 없다. 바로 그날부터 책 정보를 수집하기 시작했다.

맨 처음 할 일은 인터넷에서 뭔가 얻을 게 있는지 훑어보는 것이다. 나는 이 책이 어떻게 생겼는지도 모른다. 어떻게 생긴 책인지 알아야 어딜 가서 책 더미를 뒤져보기라도 할 것 아닌가. 그런 경우 인터넷으로 이미지 검색을 해보면 대개 누군가 찍어서 올려놓은 책 사진이 나오게 마련이다. 늘 그렇듯이 구글에 접속해서 책 제목을 넣고 검색 버튼을 클릭했다. 편리하다. 클릭과 동시에 몇 가지 표지가 나왔다. 국립중앙도서관에 검색해본 결과 장용학의 《원형의 전설》은 1962년에 사상계사에서 초판을 냈다. 그 뒤 몇 개 출판사에서 문고본을 펴냈고, 최근에는 지만지(지식을 만드는 지식) 출판사에서 장용학 작품집 속에 끼워서 새로 펴낸 게 있다. 이 중에서 그 분이 찾는 책은 당연히 사상계사에서 낸 초판인 1962년판이다. 중앙도서관에 알아봤더니 이 책은 신청한다고 해서 바로 빌릴 수 있는 게 아니었다. '보존용 자료'로 분류돼 있어서 신청하면 접수만 받고 실제 책은 대출이 안 되고 그 다음 날 열람만 할 수 있었다.

인터넷에서 이미지를 찾았고 어떻게 생긴 책인지 알았기 때문에 처음 관문은 통과한 셈이다. 책 표지는 온통 흰 바탕에 몽글몽글한 글씨체로 '圓形의 傳說'이라고 쓰여 있다. 실로 묶어서 장정한 페이퍼북에 판형은 지금 나오는 범우사 판 문고본 크기 정도다. 또는 그것보다 좀 작다. 인터넷을 통해서 얻은 정보는 일단 이 정도다. 이제 이것을 바탕으로 책을 찾아야 한다.

찾는 책을 펴낸 출판사가 아직도 출판을 하고 있으면 어느 정도 책을 빨리 찾을 수 있는 가능성이 있다. 출판사에 전화를 하거나 직접 찾아가면, 또는 그 출판사 물류 창고를 뒤져보면 재고로 남아 있는 책을 한두 권 찾는 경우가 있기 때문이다. 그러나 지금 찾는 《원형의 전설》은 50년 가까이 된 책이고, 출판사는 당연히 지금은 존재하지 않는다. 이제 어쩐다?

걱정할 일만은 아니다. 의뢰받은 책을 찾다 보면 이런 일이 대부분이다. 일단 서울 곳곳에 있는 헌책방들을 한 번씩 훑어봐야 한다. 헌책방 사장님들을 만나서 어떤 책을 구하고 있다고 말하면 그 책이 어디 있는지 알려주는 경우도 많기 때문에 헌책방을 돌아다니는 일은 무척 중요하다. 60년대 책이라면 신촌이나 동묘쪽 헌책방이 먼저 생각난다. 속으로 일정을 정해본다. '숨어 있는 책, 그리고 공씨책방에 가봐야 하나? 동묘에는 영광서점이 있지. 거기 사장님께 물어보면 책에 관해 아실지 몰라. 중앙서점은 이 잡듯 뒤져보고…….'

적지 않은 돈을 받아둔 게 내내 마음에 걸렸다. 찾는 기간은 신경 쓰지 말라고 했지만 몇 개월씩 기다리게 할 수는 없는 일이다. 하지만 그런 책을 어디에서 찾을까? 모든 인맥을 동원해서 수소문했지만, 야속하게도 책은 넉 달이 넘도록 눈에 띄지 않았다. 드디어 반 년 정도 시간이 흐른 다음, 결국 받아뒀던 연락처로 전화를 걸어서 책을 못 찾았다고 이야기를 해야 하나 고민했다. 그러고 있자니 어르신이 책방에 왔을 때 그 책에 관해 잠깐 하신 이야기가 떠올랐다. 깊은 속내까지는 모르지만 하신 말씀만 들어보면 그렇게 절절한 사연도 아니다.

그 책이 나왔을 때, 그러니까 어르신이 한창 혈기왕성하던 청년 시절에 나라를 걱정하는 마음에 어떤 청년 단체에서 활동했다고 한다. 거기서 또 한 청년을 만났는데, 어르신보다 나이는 두세 살 정도 밑이었지만 잘 통해서 서로 친구처럼 지냈다. 어르신은 때마침 친구의 생일에 《원형의 전설》을 선물로 줬다. 아니, 하신 말씀에 따르면 선물로 준 게 아니라 생일을 맞아 그 책을 빌려줬단다. 딱 한 달만 보고 돌려받기로 했는데 책을 받기도 전에 그 친구가 갑자기 행방불명이 됐다. 어디로 갔는지, 누구와 함께 갔는지 전혀 알 길이 없었다. 그리고 그것으로 끝이었다.

어르신은 지금도 그 친구가 경찰에 붙잡혀 갔다고 믿고 있다. 수십 년이 지난 오늘까지 그 친구가 죽었는지 어쨌는지 알 수가 없다. 어르신은 그걸 평생 동안 짐처럼 느끼며 살았다. 그래서 다만 그 책이라도 찾을 수 있으면(빌려준 바로 그 책이 아니더라도) 친구를 향한 마음을 정리할 수 있을 거라고 했다. 그 소설책은 두 사람이 모두 좋아하던 것이고, 어르신은 아직도 책 맨 뒤에 나와 있는 '혁명공약'을 암송할 수도 있다고 말했다.

글을 좀 길게 늘려 썼지만 어르신이 말씀하신 건 그때 내게는 아주 사소하게 들렸다. 처음 그 말을 듣고 몇 달 씩이나 잊고 있었을 정도니까. 좀더 시간이 지난 다음, 어르신에게 전화를 걸기로 마음먹었다. 그 책은 더는 찾기 힘드니까 받은 돈은 돌려줄 셈이었다. 그런데 주말에 아주 뜻밖에도 그 책이 발견됐다.

책방에서 그리 멀지 않은 동네가 재개발 대상이 되어 거기 살던 사람들이 모두 다른 곳으로 떠나야 하는 일이 있었는데, 그곳에 살던 어떤 분이 집에 있는 책을 모두 정리하고 싶다고 전화를 했다. 젊을 때부터 책이 좋아 계속 사두기만 했는데 이제 나이가 들어 더는 책을 싸들고 이사를 할 수 없다는 게 이유였다. 나는 전화 목소리를 듣고 본능적으로 좋은 책을 많이 갖고 있을 거라는 느낌을 받았고, 일주일 뒤 찾아가겠다고 했다.

예상은 딱 들어맞았다. 얼핏 봐도 1960년대부터 나온 각종 단행본과 번역서 전집류가 수백 권은 족히 됐다. 책을 조심스럽게 박스에 담아 차로 옮긴 다음 책방에 와서 다시 정리할 때 《원형의 전설》이 눈앞에 나타난 것이다. 다른 책도 그렇지만 이 책도 상태가 무척 좋았다. 세월이 많이 지난 탓에 본문과 표지가 좀 누렇게 변한 것 빼고는 찢어지거나 낙장 없이 모든 게 완벽했다.

나는 무척 반가워서 그날 저녁 곧장 책을 찾아달라고 부탁받은 어르신에게 전화를 걸었다. 어르신도 당장 책을 보러 오겠다고 말했고, 이틀 정도 지난 다음 책방에 와서 별다른 말없이 약속대로 처음에 준 돈 만큼 들어 있는 흰 봉투를 건네고 돌아갔다.

그런 다음 또 시간이 꽤 많이 흐른 다음에야 그때 일들을 떠올리며 찬찬히 생각을 정리해볼 수 있었다. 《원형의 전설》을 가져왔을 때 워낙 좋은 책들을 많이 주셨기 때문에 실례가 안 된다면 성함이라도 알려달라고 했지만, 어르신은 선문답처럼 "나는 이름이 없는 사람이야. 이름도 없이 살았으니 알려줄 것도 없지" 라고 웃으며 말씀하셨다.

그 말을 할 때 얼굴은 마치 소년처럼 천진난만해 보였다. 그리고 마지막으로 책을 옮긴 다음 머리를 숙여 인사를 하고 돌아서는데 어르신은 몸이 불편한지 한쪽 다리를 절고 있었다. 그 모습이 꽤 자연스러웠기 때문에 아마 오래전에 다치거나 병이 있었던 게 아닐까 생각했다.

혹시! 억측이라고 할 수도 있겠지만 두 어르신이 혹시 그때 청년 운동을 함께 한 사이가 아니었을까? 한 번 물어보기라도 할 걸 그랬나? 설마 그럴 리가……. 정말로 그 두 분이 헤어져 연락이 끊긴 친구였다는 믿음은 아직까지 버리지 않고 있다.

다시 한 번 책을 준 분이 살던 곳에 가봤는데 이미 그 집은 헐리고 폐허만 남아 있었다. 어디로 이사를 갔는지 알 길이 없었다. 연락처도 모르고. 그래도 작은 희망이 있는 건 인연이란 돌고 도는 것이라는 믿음 때문이다. 세상에 영원히 사라지고 다시 잇지 못할 정도로 끊어지는 건 없다. 어느 곳에선가 분명히 살아 있다. 그것을 만나게 해주는 건 희망과 믿음이 아닐까. 이제는 다 늙어버린 두 친구에게도 그런 게 남아 있는 동안 기다림은 여전히 아름답다.